中國學術思想 研究輯刊

五 編

林慶彰 主編

第 15 冊

宋代《詩經》學探析：
以歐陽修、蘇轍等六家爲中心的考察（上）

黃忠慎 著

花木蘭文化出版社

國家圖書館出版品預行編目資料

宋代《詩經》學探析：以歐陽修、蘇轍等六家為中心的考察
（上）／黃忠慎 著—初版—台北縣永和市：花木蘭文化出版社，
2009〔民98〕
序 4+ 目 4+226 面；19×26 公分
（中國學術思想研究輯刊 五編；第 15 冊）
ISBN：978-986-254-044-2（精裝）
1. 詩經　2. 研究考訂　3. 宋代
831.18　　　　　　　　　　　　　　　　　　98014969

ISBN - 978-986-2540-44-2

中國學術思想研究輯刊
五　編　第十五冊　　　　　　　ISBN：978-986-254-044-2

宋代《詩經》學探析：
以歐陽修、蘇轍等六家爲中心的考察（上）

作　　者　黃忠慎
主　　編　林慶彰
總 編 輯　杜潔祥
出　　版　花木蘭文化出版社
發 行 所　花木蘭文化出版社
發 行 人　高小娟
聯絡地址　台北縣永和市中正路五九五號七樓之三
　　　　　電話：02-2923-1455／傳眞：02-2923-1452
網　　址　http://www.huamulan.tw 信箱 sut81518@ms59.hinet.net
印　　刷　普羅文化出版廣告事業
封面設計　劉開工作室
初　　版　2009 年 9 月
定　　價　五編 20 冊（精裝）新台幣 33,000 元

宋代《詩經》學探析：
以歐陽修、蘇轍等六家爲中心的考察（上）

黃忠慎　著

作者簡介

黃忠慎，1984 年國立政治大學中國文學研究所博士。1986 年進入靜宜大學服務，擔任中文系專任副教授，1991 年至國立彰化師範大學國文系專任，1994 年升等為教授。2001 年 7 月至 2004 年 6 月擔任彰化師範大學國文系主任。研究領域為《詩經》學、《尚書》學、四書學、經學史等。著有《尚書洪範研究》、《惠周惕詩說析評》、《四書引論》、《朱子詩經學新探》、《嚴粲詩緝新探》、《詩經全注》、《范處義詩補傳與王質詩總聞比較研究》等書。曾獲國科會優良研究獎（1994 年）、國立南投高中傑出校友獎（學術類）（2000 年）、彰化師大文學院優良著作獎（2004 年）。

提　　要

　　有宋一代，濟濟多士，勠力於《詩經》研究者在百家以上，其時議經疑經為時代風潮，而首出異說，以議論毛鄭者，則為歐陽修，不過，歐陽修在解詩對於《詩序》仍保有相當程度的尊重。蘇轍《詩集傳》在經文的說解方面，顯得比較保守，毛《傳》、鄭《箋》之說被他大量採入書中，然而其書對於《詩序》僅取首句，對於後人影響極大。鄭樵是南宋新派說《詩》中的極端型人物，專斥毛鄭，排詆《詩序》，作風激烈，於《詩經》學史上亦自有其地位。程大昌的《詩論》充滿鮮明的一己之見，他尊重〈首序〉，故不宜逕稱之為「廢《序》」派，而其勇於建立新說，亦完全符合當時的說《詩》潮流。朱子為一代大儒，其學術之總體成就極高，釋經成果無論在規模、質量上，還是在影響、效應上，都少有學者能出其右，就以《詩集傳》而言，其在歷史上產生的作用實亦堪稱典範。宋代《詩經》學史上舊派著作獲得最高評價的大概是嚴粲的《詩緝》，嚴氏從經學、理學、文學三條進路解經，其書獲有「宋人說《詩》第一」、「千古卓絕之書」的美名。本書以上述六家為評述中心，另闢「宋代《詩經》學著述解題」為首章，說明宋代《詩經》學之特質，略述《經義考》所著錄之宋代《詩經》學著述百餘種，作為宋代《詩經》學成果的鳥瞰式巡禮。〈結論〉之章則說明宋代《詩經》學之最大特色，以為反毛鄭、反《詩序》，在宋代非僅不被視為離經叛道，亦且成為當代說《詩》之主流，並點出宋代《詩經》學之最大成就與意義。

目次

序

　　以前有人請問朱子：「詩何爲而作也？」朱子的回答是：「人生而靜，天之性也。感於物而動，性之欲也。夫既有欲矣，則不能無思；既有思矣，則不能無言；既有言矣，則言之所不能盡，而發於咨嗟詠歎之餘者，必有自然之音響節族而不能已焉，此詩之所以作也。」（見朱子《詩集傳・序》）朱子將詩的源起作了極爲扼要的說明。詩之爲作，本由情而發，由言而現，由永歌韻律而成，至於手舞足蹈而爲之象。其內容隨著創作者的內心世界與外緣環境之不同，而有多方面的指涉，例如戀愛之歌，悲悼之歌，農家之歌，讚美之歌，諷刺之歌，和樂之歌，有感傷之歌，宴樂之歌，頌禱之歌，宗廟之歌，祀神之歌……類別之多，不一而足。因其所載，於人民生活之所歷，風俗之所存，政治之得失，邦國之治亂，靡不兼收；故由詩中，王者可以「觀風俗，知得失，自考正也」（《漢書・藝文志》語）。

　　西漢之世，今學昌盛，《毛詩》雖出，終不能與三家並行。是時諸博士好假借經書，以發揮其政治哲理，是以郢書燕說，疊見層出。東漢爲古學昌盛之世，三家雖未亡，而毛《傳》卒以大顯，等到熟悉今文《詩》的鄭玄投入《毛詩》的研究，又將三家的解釋適度納入其《毛詩箋》後，《毛詩》的高標獨秀幾可說是遲早之事。相對於三家《詩》，《毛詩》可稱平實，其訓詁更多簡易可探，唯其亦多以美刺模式說《詩》，諷政說教之意味頗爲濃厚，以是而使讀者逐漸忽略了《詩經》生氣蓬勃之文學特色。

　　自東漢迄隋唐，毛《傳》、鄭《箋》定於一尊，說《詩》者莫敢議毛鄭，雖老師宿儒，亦謹守〈小序〉，缺少了多元詮釋之美，靜極思變乃是理所當然，《詩經》研究的新局終會出現；果然，至宋而別開畦徑，新義日增，《詩經》

學的理解與釋義顯得豐富多變，讓人眼界大開。

有宋一代，濟濟多士，勠力於《詩經》研究者在百家以上，本書以歐陽修、蘇轍、鄭樵、程大昌、朱子、嚴粲六家爲評述中心，另闢「宋代《詩經》學著述解題」爲首章，說明宋代《詩經》學之特質，略述《經義考》所著錄之宋代《詩經》學著述百餘種，作爲宋代《詩經》學成果的鳥瞰式巡禮。

本書第二章爲〈歐陽修之詩經學〉。對於此一北宋始辨毛鄭之失而斷以己意之《詩經》學家，分四節加以討論。首先簡介歐陽公之生平，其次說明《詩本義》之體例，介述《詩本義》之主要見解，然後提出評論。三章〈蘇轍之詩經學〉，分四節，簡介蘇氏之生平，說明蘇氏《詩集傳》之書名、卷帙、版本與體例，評述《詩集傳》之主要見解，並對於蘇轍之《詩經》學提出總結性的之批評。四章〈鄭樵之詩經學〉，分四節，簡介鄭樵之生平，評述鄭樵《詩傳》與《詩辨妄》的重要觀點，以及內容眞偽相雜的《六經奧論》中有關《詩經》學之見解，對於鄭樵《詩經》學之成果提出總結性的批評。五章〈程大昌之詩經學〉，分四節，簡介程氏之生平，說明《詩論》之書名、卷帙、篇數與版本，介述《詩論》之重要主張，並提出整體性的批評。六章〈朱子之詩經學〉，分四節，簡介朱子之生平，說明《詩集傳》釋《詩》之體例及重要主張，評述《詩序辨說》之主要見解，最後對於朱子《詩經》學之成果提出總結性的批評。七章〈嚴粲之詩經學〉，分五節，介紹嚴粲其人及其《詩緝》一書，評介嚴粲《詩緝》的解經態度與方法，說明嚴粲《詩緝》中的理學觀點，以及其以文學說《詩》的特色，最後作出整理性的說明。末章〈結論〉，說明宋代《詩經》學之最大特色，強調反毛鄭、反《詩序》，在宋代非僅不被視爲離經叛道，亦且成爲當代說《詩》之主流，並點出宋代《詩經》學之最大成就與意義。

本書之底稿主要爲筆者二十九歲以前完成之博士論文，其中鄭樵、程大昌、朱子之《詩經》學部分，曾交由台灣商務印書館以《南宋三家詩經學》之名出版，其後出版社停印此書，版權由筆者回收，嚴粲之章則爲當年博士論文所無，今入此書，使全書討論的對象從北宋初年橫跨到南宋晚期，相較之下，顯得稍微完整一些。在此要說明兩點，一，筆者對於《詩經》學的觀點今昔有別，寫作的方式與考察點也大不相同，但我不想利用重新出版的機會將原稿作大幅度的修正，畢竟，這樣的研究成品對於我個人的研究歷程有特定的意義；二，宋代《詩經》學家值得作專題研究的少說也在二三十家以

上，筆者近幾年在台灣國科會的支援之下，對於宋代《詩經》學家持續研究中，除了朱子與嚴粲之外，范處義、王質、呂祖謙、戴溪、輔廣、楊簡……等也都有專文或專書的成果問世，事實上，唯有結合微觀的「點」的研究，我們才能對於「面」有較爲宏觀與正確的認識。

2009 年 3 月黃忠愼謹序於國立彰化師範大學國文系

第一章 宋代《詩經》學著述解題

　　西漢之初，《詩》有魯、齊、韓、毛四家；四家之中，三家為官學，毛為私學。以其時博士皆習今文，故古文之《毛詩》，僅能於西漢末年一度立於學官。〔註1〕

　　三家《詩》於西漢之世甚盛，唯其說《詩》既「咸非本義」，〔註2〕行之自不能長久。果然，東漢之世，治《魯詩》者如高詡、包咸、魏應，治《齊詩》者如伏恭、任末、景鸞，治《韓詩》者如薛漢、杜撫、召馴、楊仁、趙曄諸人，《後漢書‧儒林傳》謂其皆能自持其身，而無譁眾取寵之行為，蓋三家《詩》至東漢已不若西漢之炫赫。〔註3〕

　　另一方面，《毛詩》之學則至東漢而日顯，衛宏、鄭眾，賈逵皆傳《毛詩》，馬融亦為《毛詩》作《傳》，鄭玄更為《毛詩》作《箋》，〔註4〕古學顯而《毛

〔註1〕　班固《漢書‧儒林傳‧贊》：「自武帝立《五經》博士，開弟子員，設科射策，勸以官祿，訖于元始，百有餘年，傳業者浸盛，支葉蕃滋，一經說至百餘萬言，大師眾至千餘人，蓋祿利之路然也。初，《書》唯有歐陽，《禮》后，《易》楊，《春秋》公羊而已。至孝宣世，復立大小《夏侯尚書》，大小《戴禮》，施、孟、梁丘《易》，《穀梁春秋》。至元帝世，復立《京氏易》。平帝時，又立《左氏春秋》、《毛詩》、逸《禮》、古文《尚書》。」可知《毛詩》等古文經典僅於西漢末年短暫立於學官。

〔註2〕　《漢書‧藝文志》云：「漢興，魯申公為《詩》訓故，而齊轅固、燕韓生皆為之傳。或取《春秋》，采雜說，咸非其本義，與不得已，魯最為近之。三家皆列於學官。又有毛公之學，自謂子夏所傳，而河間獻王好之，未得立。」

〔註3〕　參閱《後漢書‧儒林傳》；胡樸安《詩經學》，頁91。台灣商務印書館印行。

〔註4〕　《後漢書‧儒林傳》云：「衛宏，字敬仲，東海人也。少與河南鄭興俱好古學。初，九江謝曼卿善《毛詩》，乃為其訓。宏從曼卿受學，因作《毛詩序》，善得風雅之旨，於今傳於世。後從大司空杜林，更受《古文尚書》作訓旨；時

詩》行，三家《詩》雖未亡，而其傳已微。

《毛詩》之學，自康成《箋》出，其學更盛，說《詩》者多宗毛鄭，三家《詩》乏人問津，以是而《齊詩》亡於魏，《魯詩》亡於西晉，〔註5〕《韓詩》唯存《外傳》十卷。〔註6〕

唐儒孔穎達奉敕作《五經正義》，於《詩》尊崇毛鄭，雖亦頗采隋朝二劉之說。〔註7〕然篤守疏不破注之例，未嘗以己意爲進退，終使毛《傳》、鄭《箋》定於一尊。

有宋一代，《詩》學之情勢急轉直下，其始有歐陽修作《毛詩本義》，其言有云：「先儒於經，不能無失，而所得固已多矣。盡其說而理有不通，然後以論正之。」〔註8〕修所著《詩本義》不確守毛鄭之說，實已開宋人不遵毛《傳》之始。其後蘇轍作《詩集傳》，開始懷疑《詩序》。鄭樵作《詩辨妄》，專斥毛鄭。王質、程大昌、朱子、楊簡諸人繼起，新義日增，舊說幾廢。其時雖有呂祖謙《讀詩記》、嚴粲《詩緝》等，說《詩》仍宗毛鄭，然終不勝新派。反觀朱子《詩集傳》，則書出即爲學者所宗，自南宋至明，勇奪毛鄭之席，致令毛鄭黯然失色，故論《詩經》學之流派者，不能不以宋代爲一轉捩點。

宋代《詩經》學著述極夥，〔註9〕茲據朱彝尊《經義考》所載書目，逐一

濟南徐巡師事宏，後從林受學，亦以儒顯。由是古學大興。中興後，鄭眾、賈逵傳《毛詩》，後馬融作《毛詩傳》，鄭玄作《毛詩箋》。」

〔註5〕 現存之《申培詩說》爲豐坊僞作，已成定論。詳《僞書通考》「經部詩類‧申培詩說」條。

〔註6〕 《漢書‧藝文志》載《韓詩外傳》六卷，與今本 10 卷者異；然《唐書‧藝文志》已著錄《韓詩外傳》10 卷。

〔註7〕 二劉謂劉焯、劉炫，孔穎達《毛詩正義‧自序》云：「近代爲義疏者，有全緩、何胤、舒瑗、劉軌思、劉醜、劉焯、劉炫等。然焯、炫並聰穎特達，文而又儒，擢秀幹於一時，驂絕轡於千里，固諸儒之所揖讓，日下之無雙。於其所作疏內，特爲殊絕。今奉敕刪定，故據以爲本。削其所煩，增其所減，惟意存於曲直，非有心於愛憎。」孔氏之《疏》，專明毛鄭之義。據其〈序〉，多據二劉之說，可知二劉亦宗毛鄭之學者。

〔註8〕 引文見《四庫全書總目》，卷 15，經部，《詩》類一。

〔註9〕 簡澤峰：「實際上宋人的《詩經》學著作應比朱彝尊《經義考》所收錄的 182 種還要多，由南宋末年劉克的這一段話可推知。劉氏云：「近世之解經者，盛於前古。一經之說，多至數百家。」氏著：《詩說‧總說》，收入《續修四庫全書‧經部‧詩類》（上海：古籍出版社，1995 年）第 57 冊，頁 3。而《詩說》完成于紹定壬辰年（1232），距離南宋滅亡之時還有四十餘年，這一段時間內的著作無法得知，由此可見宋代《詩經》學著述之盛。」《宋代《詩經》學新說研究》，頁 1，國立彰化師範大學國文研究所 2008 年博士論文。

概述之。

1、《詩解》（宋徽宗撰）

　　按：宋徽宗姓趙，名佶，繼哲宗立，好道教，自稱教主道君皇帝。工書畫，通百藝，頗知學問。唯秉性昏闇，無治世之才，任用蔡京、童貫等，追貶司馬光，奸佞盈朝，賢士絕跡，遂致朝政日非，邊警屢起。宣和7年（1125），與金啓釁，金兵南下，帝懼，傳位欽宗。靖康2年（1127），金兵陷汴京，虜二帝北去，徽宗被廢爲昏德公。在位26年。紹興5年（1135），殂於5國城，年五十四。葬於永祐陵，廟號徽宗。〔註10〕所撰《詩解》，書共九卷，已佚，無以知其內容。〔註11〕

2、《毛詩演聖論》（胡旦撰）

　　按：胡旦，字周父，濱州渤海人。少有儁才，博學能文辭。太宗時，舉進士第一。累遷右拾遺，直史館，數上書言時政利弊，眞宗時，貶安遠軍行軍司馬，又削籍流尋州。失明後，以秘書省少監致仕，居襄州。再遷秘書監，卒。旦喜讀書，既喪明，猶令人誦經史，隱几聽之不少輟。著有《漢春秋》、《五代史略》、《將帥要略》、《演聖通論》、《唐乘》、《家傳》等共二百餘卷。旦性浮誕，屢起屢躓，晚尤黷貨，干擾州縣，持吏短長，爲時論所薄。〔註12〕所著《毛詩演聖論》，《宋志》著錄二十卷，今已亡佚，無以知其內容。〔註13〕

3、《毛詩正紀》（宋咸撰）

4、《毛詩外義》（宋咸撰）

　　按：宋咸，子貫之，建陽人。天聖進士。初知邵武軍，後守韶州，以功轉職方員外郎，官至都官郎中。著有《易訓》、《毛詩正紀》、《毛詩外義》、《論語增注》、《法言注》、《孔叢子注》、《朝制要覽》等書。〔註14〕《中興書目》載有《毛詩正紀》三卷，云天禧中宋咸撰，四十四篇，論詩名、篇數、風雅正變之類，又《外義》二卷；〔註15〕今二書俱已亡佚，其詳不可知。

〔註10〕參閱《宋史》，卷19至22，〈徽宗本紀〉。
〔註11〕參閱《經義考》，卷104。
〔註12〕參閱《宋史》，卷432，胡旦本傳。
〔註13〕參閱《經義考》，卷104。
〔註14〕參閱陸心源：《宋史翼》，卷23，宋咸本傳。
〔註15〕參閱《經義考》，卷104。

5、《詩折衷》（劉宇撰）

按：劉宇，生平不詳。所著《詩折衷》，《宋志》著錄二十卷，陳振孫《直齋書錄解題》曰：「皇祐中，莆田劉宇撰。凡毛鄭異議，折衷從一，蓋倣唐陳岳《二傳折衷論》之例，凡一百六十八篇。」〔註16〕今其書已佚，其詳無以得知。

6、《毛詩大義》（蘇子材撰）

按：蘇子材，〔註17〕生平不詳。所著《毛詩大義》，鄭樵《通志》著錄三卷，王應麟曰：「皇祐中，武功蘇子材采鄭《譜》、孔《疏》，僅二百條，今爲二卷。」〔註18〕今其書已佚，其詳不可得知。

7、《毛詩本義》（書名又稱《詩本義》，歐陽修撰）

按：本書在《詩經》學史上意義重大，蓋自唐高宗永徽 4 年（653）頒行《五經正義》，說《詩》者多奉毛鄭之說爲圭臬，及至宋代，議經疑經蔚爲風尚，《詩經》方面，首出異說，以立異於毛鄭者，則爲歐陽修之《毛詩本義》。其人其書詳見本編第二章〈歐陽修之詩經學〉。

8、《詩譜補闕》（歐陽修撰）

按：朱彝尊《經義考》著錄有歐陽公之《詩譜補闕》，云「《通志》二卷，存」，〔註19〕考今本《毛詩本義》，無論《四部叢刊》本、《通志堂經解》本，或《四庫全書》本，卷末均附錄歐陽公補亡之鄭氏《詩譜》，作一卷，〔註20〕此即朱氏所謂之《詩譜補闕》。

9、《毛詩小傳》（梅堯臣撰）

按：梅堯臣，字聖俞，宣城人。工詩，以深遠淡古爲意，間出奇巧。初未爲人知，及爲河南主簿，錢惟演留守西京，特嗟賞之，爲忘年交；引與酬唱，一府盡傾。歐陽修與爲詩友，自以爲不及。堯臣益刻厲，精思苦學，由是知名於時。嘉祐初，大臣屢薦宜在館閣，召試，賜進士出身，爲國子監直講，累遷尚書都官員外郎，預修《唐書》，成，未奏而卒。著有《唐載

〔註16〕 見《直齋書錄解題》，卷2。
〔註17〕 蘇子材，《宋史·藝文志》作蘇子才。
〔註18〕 參閱《經義考》，卷104。
〔註19〕 參閱《經義考》，卷104。
〔註20〕 參閱裴普賢：《歐陽修詩本義研究》，頁5～7，東大圖書公司印行。

記》、《毛詩小傳》、《宛陵集》等書，又注《孫子》十三篇。〔註21〕所著《毛詩小傳》計二十卷，〔註22〕今已佚，無以知其內容矣。

10、《周詩義》（茅知至撰）

按：茅知至，仙遊人，高潔孤介，不求聞達，以六經孔孟之道誨人。景祐中，龐籍薦爲國子助教。著有《二十一史繹》、《十二經旁訓》、《周詩義》等書。〔註23〕所著《周詩義》，《宋志》著錄二十卷，今已佚，內容無以得知。

11、《詩說》（周堯卿撰）

按：周堯卿，字子俞，永明人。〔註24〕警語強記，以學行知名。天聖2年（1024），舉進士。歷連、衡二州司理參軍，桂州司錄。後通判饒州，積官至太常博士。范仲淹薦經行可爲師表，未及用，以慶曆5年（1045）卒，年五十一。堯卿爲學不專於傳注，問辨思索，以通爲期。長於毛鄭《詩》及《左氏春秋》。其學《詩》，以孔子所謂「《詩》三百，一言之蔽之，曰：思無邪」，孟子所謂「說《詩》者以意逆志，是爲得之」，考經指歸，而見毛鄭之得失。曰：「毛之《傳》欲簡，或寡於義理，非一言以蔽之也。鄭之《箋》欲詳，或遠於情性，非以意逆志者也。是可以無去取乎？」有《詩說》、《春秋說》、《文集》諸書傳世。〔註25〕其《詩說》計三十卷，已佚，內容不可得知，然由其非議毛鄭之言，當可相信其說《詩》必時出己意，而不確守毛鄭。

12、《詩集》（魯有開撰）

按：魯有開，字元翰，參知政事宗道從子也。好《禮》學，通《左氏春秋》。用宗道蔭，知韋城縣。曹、濮劇盜橫行旁縣間，聞其名不敢入境。知確山縣，大姓把持官政，有開治其最甚者，遂以無事。興廢陂，溉民田數千頃。富弼守蔡，薦之，以爲有古循吏風。熙寧時，以乖異王安石之問，出杭州通判，所歷皆有政績，官至中大夫。〔註26〕所著《詩集》，《宋志》著錄十

〔註21〕參閱《宋史》，卷443，梅堯臣本傳。
〔註22〕梅氏《毛詩小傳》，史志及書目多未著錄，《經義考》則引歐陽修志墓謂堯臣「長於毛氏《詩》，爲《小傳》二十卷」。
〔註23〕參閱廖用賢編：《尚友錄》，卷6；朱彝尊：《經義考》，卷104。
〔註24〕此據《宋史》卷432，周堯卿本傳，《經義考》引歐陽修表墓則以之爲「道州永寧縣人」。
〔註25〕參閱《宋史》，卷432，周堯卿本傳；《隆平集》，卷15。
〔註26〕參閱《宋史》，卷426；《東都事略》，卷112，魯有開本傳。

卷，今已佚，不知其內容。

13、《詩傳》（李常撰）

按：李常，字公澤，建昌人。皇祐進士。熙寧初，爲秘閣校理。王安石與之善，以爲二司條例檢詳官，改右正言，知諫院。安石立新法，常極言其不便，神宗詰安石，安石請令常具官吏主名，常以非諫官體，落校理，通判滑州。歲餘復職，知鄂州，徙湖、齊二州。元豐 6 年（1083），召爲太常少卿，遷禮部侍郎。哲宗時，官御史中丞，兼侍讀，加龍圖閣直學士。有詩傳、元祐會計錄、文集、奏議等傳世。〔註 27〕所著《詩傳》，《宋志》著錄十卷，今已佚，內容無由得知。

14、《毛詩關言》（黃君俞撰）

按：黃君俞，生平無考。所著《毛詩關言》一書，《通志》作二十二卷，已佚，內容不詳。

15、《毛詩箋傳辨誤》（周軾撰）

按：周軾，紹興書目軾作式，生平不詳。其書《宋志》著錄八卷，《紹興書目》作二十卷，已佚，〔註 28〕由書名觀之，其書乃專辨毛鄭之失，其詳則不可知矣。

16、《周詩集解》（邱鑄撰）

按：邱鑄，生平不詳。《宋志》著錄其《周詩集解》二十卷，已佚。書名集解，則其書必聚集前儒之《詩》說而解之，於毛鄭之說有不安者是否改易，則不可知。鄭樵云：「宋朝邱鑄注，只取《序》中第一句，以爲子夏作，後句則削之。」〔註 29〕據此，則蘇轍之刪汰〈小序〉二句以下之語，〔註 30〕乃在邱鑄之後，而邱鑄之前，唐人成伯璵作《毛詩指說》，已有相同之見解，〔註 31〕以是知邱鑄只取《序》中首句，以爲子夏作者，亦非其創見。

17、《新經毛詩義》（王安石撰）

按：王安石，字介甫，撫州臨川人。少好讀書，一過目，終身不忘。爲文

〔註 27〕參閱《宋史》，卷 344，李常本傳，《宋元學案》，卷 19，〈范呂諸儒學案〉。
〔註 28〕參閱《經義考》，卷 104。
〔註 29〕《經義考》，卷 104。
〔註 30〕詳本編第三章〈蘇轍之詩經學〉。
〔註 31〕參閱《經義考》，卷 104。

動筆如飛，初若不經意，既成，見者皆服其精妙。友生曾鞏携以示歐陽修，脩爲之延譽。擢進士上第，簽書淮南判官，再調知鄞縣，起堤堰，決陂塘，貸穀與民，立息以償，邑民便之。嘉祐3年（1058），入爲度支判官。安石果於自用，慨然有矯世變俗之志，於是上萬言書，以爲今天下之財力日以困窮，風俗日以衰壞，患在不知法度，不法先王之政故也。神宗時，爲宰相，改革政治，興青苗、水利、均輸、保甲、募役、市易、保馬、方田、均稅等新法，物議沸騰，遭舊黨大臣反對，罷爲鎮南軍節度使。元豐中，拜左僕射，哲宗時，加司空，封荊國公。元祐元年（1086）卒，年六十八。安石能詩文、工書畫，爲唐宋八大家之一。嘗訓釋詩、書、周禮，既成，頒之學官，大下號曰新義，蓋先儒傳註，悉廢而不用。又黜春秋之書，不使列於學官，至戲目爲斷爛朝報。又著字說，多穿鑿附會，價值甚低。今《周禮新義》十六卷及《文集》百卷猶傳於世，餘多失傳。〔註32〕然《新經毛詩義》雖久佚，幸而有今人程元敏爲之作《輯考彙評》，程氏於〈詩經新義輯考彙評——詩大序及周南召南各篇〉一文中云：「……前既草成《尚書新義輯考彙評》矣，復考宋人文集、史籍、頰書及宋元人筆記，現存宋元明清四朝《詩經》學專書，定輯安石《詩經新義》佚文千又二十六條，及對《詩經新義》之評論二百五十四條。」〔註33〕此千餘條佚文，於安石原書舊觀究恢復多少，固不可知，然安石《新義》於沈晦數百載之後，得有部分問世，實已令人感奮。〔註34〕茲由程氏之文，知安石說《詩》雖多新義，然往往不洽後人之意，如謂《詩序》爲國史撰作，宋人輔廣即評之曰：「是臆度懸斷，無所依據。」〔註35〕又謂《詩序》爲詩人自作，元人馬端臨亦不以其說爲然：「《韓序》〈芣苢〉曰傷夫也，〈漢廣〉曰悅人也。《序》若詩人所自製，《毛詩》猶《韓詩》也，不應不同若是。況文意繁雜，其非出一人手明甚，不知介甫何以言之，殆臆論歟！」〔註36〕又如解〈小星〉詩曰：「小明小星（程元敏原案：安石以『小明』釋『嘒』），無名之小星也。」「三五，陽星也。夙夜在公，陽事也，故以陽星況之。參昂，陰星也。抱衾與裯，陰事也，故以陰星況之。」此說之鑿，宋人李樗已有言曰：「按詩

〔註32〕參《宋史》，卷327；《宋史新編》，卷106，王安石本傳。
〔註33〕程氏之文見《中華文化復興月刊》，第12卷，第4期。
〔註34〕按：大陸學者邱漢生亦有《詩義鈎沉》之輯校成果，北京中華書局出版。
〔註35〕見輔廣：《詩童子問》，卷首。
〔註36〕見馬端臨《文獻通考》，卷178，經籍五。

『肅肅宵征，夙夜在公』亦是陰事，安得以爲陽事？王氏之鑿，類多如此。」〔註37〕類此情形，觸處皆是，故知安石新義固多，於《詩經》學史上，價值恐不甚高。

18、《舒王詩義外傳》

按：其書《宋志》著錄十二卷，朱彝尊引晁公武之言曰：「熙寧中，置經義局，撰《三經義》，皆本王安石說。《毛詩》先命王雱訓其辭，復命安石訓其義，書成，以賜太學，布之天下以取士云。」〔註38〕考晁氏之言見《郡齋讀書志》卷一上，乃是介述安石《新經毛詩義》之言，今《舒王詩義外傳》已佚，不知其內容。

19、《詩講義》（沈季長撰）

按：沈季長，生平不詳。所撰《詩講義》十卷，已佚，內容不得而知。

20、《詩傳補注》（范百祿撰）

按：范百祿，字子功，成都人。第進士，又舉才識兼茂科。累官翰林學士。爲哲宗言分別邪正之目，凡導人主以某事者爲公正，某事者爲奸邪，以類相反，凡二十餘條，願概斯事以觀其情，則邪正分矣。以龍圖閣學士知開封府。勤於民事，獄無繫囚。拜中書侍郎，復以資政殿學士知河南府。卒諡文簡，著有詩傳補注，文集及內外制、奏議。〔註39〕《詩傳補注》計二十卷，已佚，哲宗獎諭詔曰：「敕百祿省所上表，撰成《詩傳補注》二十卷。夫六義之文，蓋溫柔敦厚之教，四家之說，有訓、故、傳、箋之殊，雖同出於先儒，或有非其本義，是使後學各務名家。卿博識洽聞，留心經術，討論之外，尤深於詩，鑑商周之盛衰，考毛鄭之得失，補注其略，細次成書，眞得作者之微，頗助學宮之闕。奏篇來上，講解甚明，研味之餘，嘉嘆無已。」〔註40〕是知范書最大特色在訂正毛鄭之失，補注其略，是以書名《詩傳補注》，其詳則不可得知。

21、《詩論》（李清臣撰）

按：李清臣，字邦直，魏人。舉進士，調邢州司戶參軍，和川令。應材識

〔註37〕見《毛詩李黃集解》，卷3。
〔註38〕參閱《經義考》，卷104。
〔註39〕參閱《宋史》，卷337，范百祿本傳。
〔註40〕參閱《經義考》，卷104。

兼茂科，歐陽修壯其文，以比蘇軾。神宗時，召爲兩朝國史編修官，撰河渠、律曆、選舉諸志。徽宗時，徙門下侍郎，尋爲曾布所陷，出知大名府而卒，年71。贈金紫光祿大夫。〔註41〕所著《詩論》僅二篇，今未見。

22、《詩正變論》（張方平撰）

按：張方平，字安道，南京人，號樂全居士。神宗時累官參知政事，知陳州令，慷慨有氣節。王安石用事，嶷然不少屈，以是望高一時。卒諡文定。〔註42〕所撰《詩正變論》僅一篇，今未見。

23、《詩說》（朱長文撰）

按：朱長文，字伯原，蘇州吳人。年未冠，舉進士乙科，以病足不肯試吏，築室樂圃坊，著書閱古，吳人化其賢。元祐中，起教授於鄉，召爲太學博士，遷秘書省正字。元符初，卒，哲宗知其清，賻絹百。長文於六經皆有辨說，《書》有《贊》，《詩》有《說》，《易》有《意》，《禮》有《中庸解》，《樂》有《琴台志》，《春秋》有《通志》。〔註43〕所著《詩說》今已佚，不知其內容。

24、《詩傳》（鮮于侁撰）

按：鮮于侁，字子駿，閬州人。性莊重，力學。舉進士，爲江陵有司理參軍。神宗時，累官利州路轉運判官。上書論時政，專指王安石。安石怒，毀短之。神宗謂侁有文學，可用，安石不敢言。哲宗立，侁見哲宗幼沖，乃爲之言君子小人消長之理，後轉集賢殿修撰。知陳州。卒，年六十九。侁刻意經術，著詩傳、易斷，爲范鎮、孫甫推許，尤長於《楚辭》，蘇軾自以爲不可及。〔註44〕侁所著《詩傳》，《宋志》著錄六十卷，范鎮作墓志，秦觀撰行狀，俱云二十卷。今其書未見。〔註45〕

25、《詩說》（孔武仲撰）

按：孔武仲，字常父，文仲之弟，臨江新喻人。幼力學，舉進士，中甲科。調穀城主簿，選教授齊州，爲國子直講。喪二親，毀瘠特甚，右肱爲不舉。元祐初，歷秘書省正字、校書、集賢校理、著作郎、國子司業。嘗論科舉

〔註41〕參閱《宋史》，卷328，李清臣本傳。
〔註42〕參閱《宋史》，卷318，張方平本傳。
〔註43〕參閱《宋史》，卷444，朱長文本傳；《宋元學案》，卷2，〈泰山學案〉。
〔註44〕參閱《宋史》，卷344；《宋史新編》，卷177，鮮于侁本傳。
〔註45〕參閱《經義考》，卷104。

之弊，詆王氏學，靖復詩賦取士。又欲罷大義，而益以諸經策，御試仍用二題，進起居郎兼侍講邇英殿，除起居舍人，數月，拜中書舍人，直學士院。徙宣州，坐元祐黨奪職，居池州。卒，年五十七。元符末，追復之。著有《詩說》、《書說》《論語說》、《金華講義》、《內外制》、雜文共百餘卷。〔註46〕所著《詩說》，《宋志》著錄二十卷，業已亡佚。

26、《詩解》（范祖禹撰）

按：范祖禹，字淳甫，一字夢得，爲范鎮之從孫。進士甲科。從司馬光編修資治通鑑，在洛十五年，不事進取。書成，光薦爲秘書省正字。時王安石當國，尤愛重之。哲宗立，遷給事中。宣仁太后崩，祖禹慮小人乘間害政，諫章累上，不報。時紹述之論已興，有相章淳意，祖禹力言淳不可用，不見從，遂請外。又爲論者所誣，連貶紹州別駕而卒。謚正獻。祖禹嘗進《唐鑑》十二卷、《帝學》八卷、《仁皇》政典六卷。而《唐鑑》深明唐二百年治亂，學者尊之，目爲唐鑑公云。建炎2年（1128），追復龍圖閣學士。〔註47〕所著《詩解》，據《宋志》僅一卷，其書今未見。

27、《詩傳》（王嚴叟撰）

按：王嚴叟，字彥霖，大名清平人。年十八，鄉舉、省試、延對皆第一。歷官侍御史，知樞密院。後徙河陽，卒，年五十一。有《易傳》、《詩傳》、《春秋傳》行於世。〔註48〕所著《詩傳》一書，今已佚，內容不可得知。

28、《詩解集傳》（書名又稱《詩集傳》，蘇轍撰）

按：蘇轍之《詩解集傳》在《詩經》學史上的最大意義在於對《詩序》採取半信半疑的態度，保留《序》說首句，其下申說之語不收入其書，雖然此一動作非蘇轍首創，但以蘇轍的影響力最大。另外，蘇轍的說《詩》，與一般傳統儒家學者一樣，特別著重於詩之倫理道德與政治諷諭的層面，體現了從漢儒以來的經世致用的思想。詳見本編第三章〈蘇轍之詩經學〉。

29、《詩義》（彭汝礪撰）

按：彭汝礪，字器資，鄱陽人。治平2年（1065），舉進士第一。歷保信軍推官、武安軍掌書記、潭州軍事推官。王安石見其詩義，補國子直講，改大理

〔註46〕 參閱《宋史》，卷344，孔武仲本傳。
〔註47〕 參閱《宋史》，卷337，范祖禹本傳。
〔註48〕 參閱《宋史》，卷342，王嚴叟本傳。

寺丞，擢太子中允，既而惡之。神宗用爲監察御史裡行，首陳十事，指摘利害，多人所難言者。元祐中，遷中書舍人，詞令典雅，進權吏部尙書，出知江州，卒，年五十四，著有《易義》、《詩義》、《鄱陽集》等。〔註49〕所著《詩義》，《宋志》著錄二十卷，今已佚，內容不得而知。

30、《伊川詩說》（程頤撰）

按：程頤，字正叔，河南人，顥之弟也。與顥同受學於周敦頤。年十八，上書闕下，欲仁宗黜世俗之論，以王道爲心。游太學，著顏子好學論，胡緩大驚異之，即延見，處以學職，同學呂希哲即以師禮事之。治平、元豐間，大臣屢薦，皆不起。哲宗初，司馬光、呂公著共疏其行義，詔爲西京國子監教授，力辭。尋召爲祕書省校書郎，既入見，擢崇政殿說書。即上疏奏輔養之道。每進講，色甚莊，繼以諷諫。而其爲說，常於仁義之外，反復推明，歸之人主。程頤學本於誠，以《大學》、《論語》、《孟子》、《中庸》爲標指，而達於六經。動止語默，一以聖人爲師，其不至乎聖人則不止。學者稱爲伊川先生。卒諡正公。著有《易春秋傳》、《語錄》、《文集》。〔註50〕《伊川詩說》二卷，乃程頤門人記其師所談之經。〔註51〕其說《詩》大抵均前有所承，新意稍少，如釋風曰「風以動之，上之化下，下之風上，凡所刺美皆是也」，此承《詩序》之說，釋賦曰「詠述其事」，說同鄭玄、孔穎達，〔註52〕釋比曰「以物相比」，說同鄭眾，〔註53〕釋興曰「興起其義」，說亦同鄭眾，〔註54〕釋雅曰「陳其正理」，「言天下之事，謂之雅。事有太小，雅亦分焉」，說據《詩序》；釋頌曰「稱美其事」、「稱美盛德，與告其成功」，說亦據《詩序》，而其釋詩之篇旨，縱使雜有理學色彩，主要亦係由政教立說，仍可歸爲宋代說《詩》中的舊派。

31、《詩說》（張載撰）

按：張載，字子厚，長安人。〔註55〕少喜談兵，范仲淹警之曰：「儒者自有

〔註49〕參閱《宋史》，卷346；《宋史新編》，卷117，彭汝礪本傳。
〔註50〕參《宋史》，卷427，程頤本傳；《宋元學案》，卷15，〈伊川學案〉。
〔註51〕參閱晁公武：《郡齋讀書志》，卷1上。
〔註52〕鄭玄《周禮·注》：「賦之言鋪。」〈詩大序〉孔穎達《疏》：「賦者，直陳其事。」
〔註53〕鄭眾《周禮注》：「比者，比方於物。」
〔註54〕孔穎達引鄭眾曰：「興者，起也。」
〔註55〕此據《宋史》卷427張載本傳，呂大臨撰〈橫渠先生行狀〉則主張載先世大梁人，父名迪，卒於涪州任上，時張氏兄弟皆年幼，未克西歸，故僑寓陝安

名教可樂，何事於兵？」因勸讀中庸。載讀其書，猶以為未足，又訪諸釋老，累年究極其說，知無所得，反而求之六經。與二程子相切磋，深得道學之要，以聖人之詣為必可至，三代之治為必可復，嘗語云：「為天地立心，為生民立命，為往聖繼絕學，為萬世開太平。」其學古力行，自任之重如此。嘉祐間舉進士，為雲巖令。熙寧初為崇政院校書，尋屏居南山下與諸生講學，所成就者甚多。世稱橫渠先生。〔註56〕所著有《易說》十卷、《詩說》一卷、《經學理窟》三卷、《張氏祭儀》一卷、《正蒙書》十卷、《雜述》一卷、《張載集》十卷等。〔註57〕張載之《詩說》一卷，《經義考》注曰「存」，〔註58〕然其全文今已不復見，其內容則散見於《正蒙‧樂器篇》，《經學理窟‧詩書篇》及《張子語錄》。〔註59〕由現存之文觀之，張子亦基於政教立場說詩，當屬舊說之派，如其釋〈卷耳〉曰：「〈卷耳〉，念臣下小勞則思小飲之，大勞則思大飲之，甚則知其怨苦噓嘆。婦人能此，則險詖私謁害政之心知其無也。」〔註60〕而《詩序》云：「〈卷耳〉，后妃之志也。又當輔佐君子，求賢審官，知臣下之勤勞；內有進賢之志，而無險詖私謁之心，朝夕思念，至於憂勤也。」兩相比較，張子旨在申論《序》說，其意昭然。然《詩序》此說之瑕疵，宋儒歐陽修、朱子俱已言之，歐陽修曰：「婦人無外事，求賢審官，非后妃之職也。」〔註61〕朱子則曰：「詩中所謂『嗟我懷人』，非后妃所得施於使臣者。」〔註62〕二說均是，《序》說難以通過細節上之檢驗，則張說自亦有待商榷。

32、《毛詩講義》（喬執中撰）

按：喬執中，字希聖，高郵人。入太學，補五經講書，五年不謁告。王安石為群牧判官，見而器之，命子弟與之游。擢進士，調須城至簿。王安石為政，引執中編修熙寧條例，選提舉湖南常平。章惇討五溪，檄執中取大田、離子

鳳翔郡縣之橫渠鎮。
〔註56〕 參閱《宋史》，卷427，張載本傳；《伊洛淵源錄》，卷6；《宋元學案》，卷17，〈橫渠學案〉。
〔註57〕 凡此著述皆見於《宋史‧藝文志》。
〔註58〕 參閱《經義考》，卷104。
〔註59〕 《正蒙‧樂器篇》錄有〈甘棠〉、〈卷耳〉、〈伐柯〉等詩旨，《經學理窟篇》則言〈靈臺〉、〈七月〉等之詩義，並謂《詩序》乃周人作。
〔註60〕 見《正蒙‧樂器篇》，《張子全書》，卷3。
〔註61〕 見歐陽修《詩本義》，卷1。
〔註62〕 見《朱子語類》，卷80。

二峒。峒路險絕，期迫，執中但走一校諭其酋，即相率歸命。紹聖初，以寶
文閣待制知鄆州。執中寬厚有仁心，屢典刑獄，雪活以百數。〔註63〕所著《毛
詩講義》，《宋志》著錄十卷，今已佚。

33、《毛詩統論》（郭友直撰）

按：郭友直，字伯龍，善與人交，又喜藏書，書至萬餘卷，謄寫校對，盡為
佳本，伯龍無不讀，人問之者，伯龍無不知，所以人多與之游。景祐中，被
薦至尚書省，不第，遂歸，不復就舉。於成都學舍聚生徒，常數百人。治平
詔求遺書，伯龍所上凡千餘卷，盡秘書之未有者。著有《毛詩統論》二十卷、
《歷代沿革樂書》十三卷。今《毛詩統論》已佚，內容無由得知。〔註64〕

34、《詩說》（張耒撰）

按：張耒，字文潛，楚州淮陰人。幼穎異，十三歲能為文，十七歲時作〈函
關賦〉，已傳人口。游學於陳，學者蘇轍愛之，因得從軾游，軾亦深知之，稱
其文汪洋沖澹，有一唱三嘆之聲。弱冠第進士，歷臨淮主簿、壽安尉、咸平
縣丞。入為太學錄，范純仁以館閣薦試，遷秘書省正字、著作佐郎、秘書丞、
著作郎、史館檢討。居三館八年，顧義自守，泊如也。紹聖初知潤州，坐黨
諸官。徽宗立，召為太常少卿，甫數月，出知潁、汝二州。崇寧初，復坐黨
籍落職，主管明道宮。耒儀觀甚偉，有雄才，筆力絕健，於騷詞尤長。誨人
作文，以理為主。作詩晚歲益務平淡，效白居易體，而樂府效張籍，得盛唐
之髓。著有兩漢決疑、《詩說》、《宛丘集》。〔註65〕耒所著《詩說》僅一卷，《通
志堂經解》本有納蘭成德之〈跋〉曰：「文潛《詩說》一卷，雜論雅頌之旨，
僅十二條，已載《宛丘集》中，後人抄出別行者。觀所論『土宇昄章』一則，
其有感於熙寧開邊斥竟之舉而為之也歟？《宛丘集》今不甚傳，此亦經學一
種，因校而梓之。」「土宇昄章」之語見〈大雅・卷阿〉第二章，詩云：「爾
土宇昄章，亦孔之厚矣。豈弟君子，俾爾彌爾性，百神爾主矣。」〈卷阿〉乃
臣從王游，作歌以獻於王之詩，其第二章乃頌王之福祿，言王之土宇版圖甚
厚，王且能長壽，而常為百神山川之主；而張氏則曰：「治得於內，則人附之
者眾，非周公侵伐攻取而得之也。夫土小地削，非政之病，然政亂於內，則

〔註63〕參閱《宋史》，卷347，喬執中本傳。
〔註64〕參閱《經義考》，卷104。
〔註65〕參閱《宋史》，卷444，〈元祐黨人傳〉；卷4，張耒本傳；《宋元學案》，卷99，
　　　　〈蘇氏蜀學略〉。

人相與攜持而去，人去之則地隨以削，故芮伯所以憂心殷殷念我土宇，而凡伯之刺幽王以日蹙國百里，而上陳先王之盛時日日闢國百里，蓋土宇畈章與夫蹙國百里者，所以觀治亂之迹也。」類此之引申之義，爲多數先儒所擅長，唯此題外之義，今人是否樂於接受，見仁見智。又《詩說》屬信手拈來之作，非專論詩旨，似亦無何條理可言，如〈魯頌·駉〉，張氏《詩說》云：「思馬斯臧，良馬也，故曰臧。思馬斯才，戎馬也，故曰才。臧者言其德，才者言其用。陳於禮者尙德，用於戰者習其動作之節而已矣，思馬斯徂，駑馬也，故曰徂，言姑足以行而已矣。……」此說大抵牽強武斷，詩云「思馬斯臧」，鄭《箋》：「臧，善也。」張氏謂良馬者是，然又謂臧者言其德，此言不易索解，蓋馬匹善走即爲善，似與德無涉。詩云「思馬斯才」，毛《傳》謂「才，多材也」，張氏謂此馬乃戎馬，才者言其用，此亦畫蛇添足之說，蓋才亦美之意，強以之爲戎馬，殊可不必。詩云「思馬斯徂」，鄭《箋》：「徂猶行也。」言馬之善行如此，亦稱美之詞，而張氏竟謂此馬乃駑馬，言姑足以行而已矣，與詩意並不切合，蓋〈駉〉乃言魯公牧馬之盛，〔註66〕一章之「思馬斯臧」，二章之「思馬斯才」，三章之「思馬斯作」，四章之「思馬斯徂」，俱爲美馬之詞，若以善行之馬爲駑馬，則詩何以云「以車伕伕，思無邪」？是知張說不可信。

35、《詩傳》（沈銖撰）

按：沈銖，字子平，眞州揚子人。少從安石學，進士高第，至國子直講。歷官起居郎、中書舍人，以龍圖閣待制，知宣州，卒。〔註67〕沈銖《詩傳》，《宋志》著錄二十卷，據《揚州府志》，則是書乃子平之父季長所撰，子平續成之。今其書已佚，內容無由知悉。〔註68〕

36、《詩集》（毛漸撰）

按：毛漸，字正仲，江山人。第進士，知寧鄉縣。元祐初，知高郵軍，遷廣東轉運判官。渠陽蠻擾邊，近臣言漸習知蠻事，徙荊湖北路轉運判官，歷提點江西刑獄、江東兩浙轉運副使。浙部水溢，起長安堰，開無錫、武進、常熟、崑山諸湖浦以入海，水不爲患，入爲吏部郎。以秘閣校理爲陝

〔註66〕 朱《傳》謂〈駉〉「言僖公牧馬之盛」，人多從之，然實指僖公則似嫌無證，仍未可遽信，以之爲言魯公牧馬之盛之詩，幾可保無失。

〔註67〕 參閱《宋史》，卷354，沈銖本傳。

〔註68〕 參閱《經義考》，卷104引《揚州府志》。

西轉運使，未幾，攝帥涇原。日夜治兵，破夏人於沒煙砦。進直龍圖閣，知渭州，命下，卒，年59。〔註69〕漸所撰《詩集》一書，《宋志》著錄十卷，今已佚，內容無由得知。

37、《毛詩講義》（趙令滈撰）

按：《宋志》著錄趙令滈《毛詩講義》二十卷，趙氏之生平無考，其書亦已佚，不知其內容。

38、《毛詩訓解》（李撰撰）

按：李撰，字子約，唐宗室，世居陳留，遷福建之連江。熙寧6年（1073）進士，爲江州彭澤令，仕終朝奉大夫，有《毛詩訓解》二十卷、《孟子講義》十四卷。〔註70〕《訓解》一書已佚，內容無由得知。

39、《詩解》（吳駿撰）

按：吳駿，字希遠，浦城人。元豐8年（1085）進士。政和初，爲饒州通判。著有《詩解》、《文集》。〔註71〕吳氏所著《詩解》計二十卷，今已佚，不知其內容。

40、《詩義》（趙仲銳撰）

按：趙仲銳，生平無考，《宋志》著錄其《詩義》二卷，今已佚，內容無由得知。

41、《毛詩判篇》（劉泉撰）

按：劉泉，生平無考，《宋志》著錄其《毛詩判篇》一卷，《中興書目》則載二卷，其書已佚，不知其內容。〔註72〕

42、《詩重文說》（吳良輔撰）

按：吳良輔，生平無考。《宋志》著錄其《詩重文說》七卷，今已佚，內容無由得知。

43、《毛詩義方》（洪林範撰）

按：洪林範，生平無考。《通志》著錄其《毛詩義方》二十卷，今已佚，內

〔註69〕參閱《宋史》，卷348，毛漸本傳。
〔註70〕參閱《經義考》，卷104引楊時志墓及張泉之語。
〔註71〕參閱《經義考》，卷104引《閩書》。
〔註72〕參閱《經義考》，卷104。

容無由得知。

44、《三十家毛詩會解》（吳純撰）

按：吳純，生平無考。《宋志》著錄其《三十家毛詩會解》一百卷，由書名觀之，其書網羅三十家之《詩說》，故卷帙多達百卷，唯書中是否附有吳氏己意，則以其書已佚，已不得而知。

45、《毛詩講義》（周紫芝撰）

按：周紫芝，字少隱，宣城人。號竹坡居士。紹興進士，官右司員外郎，知興國軍。著有太倉稊米集、竹坡詩話，毛詩講義等書。〔註73〕《毛詩講義》已佚，《經義考》錄有紫芝〈自序〉一篇，謂孔子聖人，明乎《詩》之道，子夏、子貢則學乎孔子而明乎《詩》之義者也，孟子則與孔子同道，明乎《詩》之志者也，荀卿著書，輒時取詩人之辭以證其說，卒致失其本旨者甚多，比古人之學，最爲疏繆，故謂君子有意於學《詩》，願以孔子、孟子、子夏、子貢爲之師，以求詩人之大體，而更以荀卿爲戒焉，則庶乎其有得；〔註74〕依此，紫芝《講義》或者盡其所能闡明《詩》之道，窮究《詩》之義，用以意逆志法說《詩》，避免斷章取義，不以詩句爲己說註腳，然《毛詩講義》既已佚，則其成績亦莫能詳明。

46、《詩物性門類》（陸佃撰）

按：陸佃，字農師，號陶山，越州山陰人。居貧苦學，映月讀書。躡屩從師，不遠千里。受經於王安石，而不以新法爲是。擢熙寧甲科，授蔡州推官，補國子監直講。安石以佃不附己，專付之經術，不復咨以政。徽宗時爲尚書右丞，每欲參用元祐人才，讒者遂詆佃名在黨籍，罷知亳州，卒。著有埤雅、禮象、春秋後得、《鶡冠子注》、《陶山集》等書。〔註75〕陳振孫《直齋書錄解題》卷二著錄《詩物性門類》八卷，曰：「不著名氏，多取說文，今考之，蓋陸農師所作《埤雅》藁也。詳見埤雅。」卷三著錄《埤雅》二十卷，曰：「陸佃撰。曰釋魚、釋獸，以及於鳥蟲馬木草，而終之以釋天，所以爲《爾雅》之輔也。此書本號物性門類，其初嘗以釋魚、釋木二篇上之朝，編纂將就，而永裕上賓，不及再上，既注《爾雅》，遂成此書。其於

〔註73〕參閱《宋史翼》，卷27，周紫芝本傳。
〔註74〕詳《經義考》，卷105。
〔註75〕參閱《宋史》，卷343；《宋史新編》，卷116，陸佃本傳。

物性精詳，所援引甚博，而亦多用字說。」由是知《物性門類》即《埤雅》初名，乃因名物以求訓詁，而旁通於經義之書。

47、《詩辨疑》（楊時撰）

按：楊時，字中立，南劍將樂人。熙寧9年（1076），中進士第。先後受業於程顥、程頤。歷知瀏陽、餘杭、蕭山三縣，皆有惠政，民思之不忘。張舜民在諫垣，薦之，得荊州教授。時安於州縣，未嘗求聞達，而德望日重，四方之士不遠千里從之游，號曰龜山先生。高宗時，官至龍圖閣直學士，致仕後，著書講學，當時推為程氏正宗，朱熹、張栻之學，其源皆出於時也。著有《二程粹言》、《龜山集》等。〔註76〕《宋志》著錄有楊時《詩辨疑》一卷，今未見，然《龜山先生全集》中收有楊時論〈將仲子〉、〈叔于田〉、〈狡童〉詩義三篇，皆基於政教之立場申論《序》說，〔註77〕蓋道學家說《詩》能如朱子般力駁《詩序》者，並不多見。

48、《毛詩名物解》（蔡卞撰）

按：蔡卞，字元度，京之弟，與京同登熙寧3年（1070）進士第，調江陰主簿。王安石妻以女，因從之學。紹聖中，累官尚書左丞，專託「紹述」之說，上欺天子，下脅同列。凡中傷善類，皆密疏建白。然後請帝親札付外行之。章惇雖鉅姦，然猶在其術中。惇輕率不思，而卞深阻寡言，論議之際，惇毅然主持，卞或襟不啟齒。論者以為惇迹易明，卞心難見。徽宗時貶少府少監，分司池州，踰歲起知大名，擢知樞密院，時京為相，常以政事相齮齕，遂求去。出知河南，旋拜昭慶軍節度使，易節鎮東，政和末謁歸上冢，道死。紹興中追貶其官。著有《毛詩名物解》。〔註78〕《毛詩名物解》二十卷。收於《通志堂經解》中，卷一卷二釋天，卷二釋百穀，卷四釋草，卷五釋木，卷六卷七卷八釋鳥，卷九卷十釋獸，卷十一、十二釋蟲，卷十三釋魚，卷十四釋鳥，卷十五雜釋，卷十六以下為雜解。陳振孫評其書曰：「卞，王介甫壻，故多用字說，其目自釋天至釋雜凡十類，大略似《爾雅》，而瑣碎穿鑿，於經無補也。」〔註79〕納蘭成德則謂名物解之書「頗有思致」，其言曰：「卞為人固不足道，然為是書，貫穿經義，會通物

〔註76〕參閱《宋史》，卷428，楊時本傳；《宋元學案》，卷25，〈龜山學案〉。
〔註77〕詳楊龜山先生全集卷八，學生書局印行。
〔註78〕參閱《宋史》，卷472，蔡卞本傳；《宋元學案》，卷98，〈荊公新學略〉。
〔註79〕見《直齋書錄解題》，卷2。

理，頗有思致。……吾之猶錄其書存之者，殆所謂不以人廢言之意也歟！」〔註80〕《四庫提要》則謂陳振孫詆卞書甚力，此雖卞傾邪姦憸，犯天下之公惡而自取，「然其書雖王氏之學，而徵引發明，亦有出於孔穎達《正義》、陸璣《草木蟲魚疏》外者，寸有所長，不以人廢言也」，又謂書凡十一類，陳氏《書錄解題》稱十類，蓋傳寫誤脫一字也。〔註81〕總之，卞書城然失之瑣碎，然亦頗多徵引發明，足以爲後世學詩者參考采取。

49、廣川詩故（董逌撰）

按：董逌，字彥遠，東平人。靖康末官司業。著有《廣州藏書志》、《廣川詩故》。〔註82〕《宋志》著錄《廣川詩故》四十卷，《中興藝文志》：「董逌撰。逌謂班固言魯詩最近，今徒於他書得之。齊詩所存不全，或歎後人託爲，然章句間有自立處，此不可易者。韓詩雖亡闕，外傳及章句猶存。毛詩訓故爲備，以最後出，故獨傳。乃據毛氏以考正於二家，且論《詩序》決非子夏所作。建炎中，逌載是書而南其志，公學博，不可以人廢也。」陳振孫曰：「逌說兼取三家，不專毛鄭，謂《齊詩》尚存可據。按逌《藏書志》有《齊詩》六卷，今館閣無之，逌自言隋唐亦已亡久矣，不知今所傳何所從來，或疑後世依託爲之，然則安得便以爲《齊詩》尚存也。然其所援引諸家文義與毛氏異者，亦足以廣見聞，續微絕云。」朱子曰：「董彥遠《詩解》，其論關雎之義，自謂暗與程先生合，但其文晦澀難曉。」〔註83〕《廣川詩故》今已亡佚，成績不詳，唯可從以上諸說略知一二。

50、《毛詩辨學》（王居正撰）

按：王居正，字剛中，號竹西，揚州人。高宗時，除太常博士、遷禮部員外郎。與秦檜善，檜爲執政，與居正論天下事甚銳，既相，所言皆不酬。居正疾其詭，檜亦銜之，出居正佑婺州。召爲太常少卿，遷起居舍人兼權中書舍人、史館修撰。兼權直學士院，又除兵部侍郎。入對，以所論王安石父子之言不合於道者，裒得四十二篇，名曰辨學，上之。後起知溫州，時檜專國，居正被奪職奉祠凡十年。檜死，復故職。居正之學根據六經，著有春秋本義、竹西《論語》感發、《孟子疑難》、《書辨學》、《詩辨學》、《周

〔註80〕見《通志堂經解》本《毛詩名物解》納蘭容若〈序〉。
〔註81〕詳《四庫全書總目》，卷15，經部，《詩》類一。
〔註82〕參閱《四庫全書總目》，卷112。
〔註83〕以上諸說俱見《經義考》，卷105。

禮辨學》、《辨學外集》、《竹西集》、《西垣集》等。〔註84〕《毛詩辨學》二十卷，今已佚，內容不得而知。

51、《詩經講義》（廖剛撰）

按：廖剛，字用中，號高峯，順昌人。少從陳瓘、楊時學。崇寧進士。宣和初，自漳州司錄除國子錄，擢監察御史。時蔡京當國，剛論奏無所避。以親老求補外，出知興化軍。紹興初，召爲吏部員外郎、御史中丞、工部尚書，以直見稱。著有高峯文集。〔註85〕廖氏《詩經講義》約成於南宋初年，或謂爲最早以「《詩經》」二字連言爲書之籤題者。〔註86〕其書今未見，朱彝尊《經義考》謂其書載《高峯集》中，〔註87〕考今本《高峯集》十二卷並無《詩經講義》，〔註88〕故其內容不得而知。

52、《放齊詩說》（曹粹中撰）

按：曹粹中，字純老，定海人。宣和進士。李光之婿。秦檜在位，光爲參政，檜知其名，欲識之，粹中辭不赴。後李光貶謫南海，粹中不復仕，自號放齋。著有《放齋詩說》三十卷。〔註89〕曹氏《詩說》今未見，內容無由得知。

53、《詩解》（羅從彥撰）

按：羅從彥，字仲素，南劍人。篤治性理之學，出楊龜山之門，建炎中爲惠州博羅縣主簿，尋絕意仕進，入羅浮山靜坐，怡然自得焉。朱熹謂「龜山倡道東南，士之游其門者甚眾，然潛思力行，任重詣極如仲素，一人而已」。紹興中卒。學者稱之曰豫章先生。著有《遵堯錄》、《春秋毛詩語解》、《中庸說》、《春秋指歸》、《豫章集》。〔註90〕《經義考》著錄之羅氏《詩解》今已佚，卷數亦不知。

〔註84〕參閱《宋史》，卷381，王居正本傳。
〔註85〕參閱《宋史》，卷374，廖剛本傳；《宋元學案》，卷25，〈龜山學案〉。
〔註86〕詳屈萬里：《詩經釋義》，敍論，「《詩經》名稱」。華岡出版部印行。
〔註87〕見《經義考》，卷105。
〔註88〕《四庫全書》本之《高峯文集》計十二卷，卷1、卷2爲劄子，卷3、卷4爲表，卷5奏狀，卷6進故事，卷7爲辭免、乞出、乞致仕，卷8啓，卷9啓、簡，卷10詩、詞曲，卷11疏狀、青詞、記、題跋、墓誌，卷12致語、祝文、祭文、挽詞。
〔註89〕參閱《宋元學案》，卷20，〈元城學案〉。
〔註90〕參閱《宋史》，卷428，羅從彥本傳。

54、《詩解義》（邱稅撰）

按：邱稅，字爲高，南豐人。入太學，建炎初伏闕上書，乞從都金陵，以圖恢復。著有《詩解義》。〔註91〕今其書已佚，卷數亦不知。

55、《詩解》（陳鵬飛撰）

按：陳鵬飛，字少南，永嘉人。紹興進士，官太學博士、崇政殿說書。忤秦檜，謫居惠州，卒。著有《詩解》、《羅浮集》、《管見集》……等。〔註92〕直齋書錄解題著錄陳氏《詩解》二十卷，其書今未見，內容不詳，然是書在宋時評價已然不高，陳振孫曰：「不解商、魯二〈頌〉，以爲〈商頌〉當闕，而〈魯頌〉可廢。」〔註93〕季札觀樂，未言〈頌〉有周、魯、商之分，或者其時〈魯頌〉、〈商頌〉尙未編入《詩》中，或者雖已入《詩》，而未列於〈頌〉，鄭康成以爲魯、商兩〈頌〉乃孔子編入《詩經》（說見《詩譜》），其言雖不能證實，然或係孔子新編入《詩》，或係孔子由別處抽出，二者必居其一。〔註94〕陳氏《詩解》不解商魯二〈頌〉，豈不以孔子之編《詩》爲然耶？此所以王應麟曰：「陳少南不取〈魯頌〉，然則思無邪一言亦在所去乎？」朱子則曰：「陳少南於經旨既疏略不通，點檢處極多，不足據。」〔註95〕朱子當不至於妄評他人著作，陳氏《詩解》之價值恐怕不高。

56、《毛詩詳解》（李樗撰）

按：李樗，字迂仲，侯官人。自號迂齋。受業於呂本中。與兄楠俱有盛名，並以鄉貢不第，早卒。臨終，謂林少穎曰：「空走一遭。」勉齋嘗稱之曰：「吾鄉之士，以文辭行義爲學者宗師，若李若林，其傑然者也。」學者亦稱爲三山先生。〔註96〕《宋史・藝文志》著錄李樗《毛詩詳解》四十六卷，〔註97〕陳振孫《直齋書錄解題》則著錄二十六卷，今本如《通志堂經解》本、《四庫全書》本等則以李氏詳解與黃櫄《詩解》合爲一書，卷數增爲四十二，陳振

〔註91〕見《經義考》，卷105引《江西通志》。
〔註92〕見《宋元學案》，卷44，〈趙張諸儒學案〉；《宋史翼》，卷24，陳鵬飛本傳。
〔註93〕見《直齋書錄解題》，卷2。
〔註94〕說詳屈萬里：《詩經釋義》，敍論，「《詩經》之編集」。
〔註95〕王應麟及朱子之說俱見《經義考》引。
〔註96〕參閱《宋元學案》，卷36，〈紫微學案〉。
〔註97〕陳振孫《直齋書錄解題》謂《宋志》著錄李樗《毛詩詳解》四十六卷，朱彞尊《經義考》則謂《宋志》著錄《毛詩詳解》三十六卷。陳說是，朱說誤。

孫評李氏書曰：「博取諸家說，訓釋名物文意，末用己意爲論以斷之。」〔註98〕黃宗羲亦謂是書「博引諸說，而以己意斷之」，〔註99〕周中孚《鄭堂讀書記》著錄李黃合著之《毛詩集解》四十二卷，謂《通志堂經解》本《毛詩集解》「不著編輯者名氏，但題宋李樗、黃櫄講義，李泳校正，呂祖謙釋音」，又謂合兩家《詩解》爲一書，或即出於李泳之手，而字下釋音，則取呂氏《讀詩記》中所載分綴之，當於出建陽書肆所爲。〔註100〕《四庫提要》疑《毛詩李黃集解》乃建陽書肆合編，又曰：「《書錄解題》稱其書（按：指李氏《詳解》）博取諸家，訓釋名物文義，末用己意爲論斷，今觀櫄解體例亦同，似乎相繼而作，而稍稍補苴其罅漏，不相攻擊，亦不相附合，如論《詩序》，樗取蘇轍之說，以爲毛公作而衛宏續，櫄則用王安石、程子之說，以爲非聖人不能作，所見迥爲不同，其學雖似少亞於樗，而其說實足以相輔。」〔註101〕樗書與櫄書體制既相同，則以二書爲一編，亦頗便於讀《詩》者。

57、《毛詩叶韻補音》（吳棫撰）

按：吳棫，字才老，福建建安人。舉進士。召試館職，不就。紹興間始除太常寺丞。棫長髯豐頰，進止閒暇中和，溫厚之氣睟然見於面目，學者皆以君子儒稱之。著有《韻補》、《毛詩叶韻補音》、《書裨傳》、《論語指掌》、《考異續解》、《楚辭釋音》、《字學補韻》等書。朱子謂近代訓釋之學，唯才老爲優，因據以叶三百篇之韻。〔註102〕棫之《韻補》徹底實行「古人韻緩」之主張，然未言及叶韻，而其《毛詩叶韻補音》今已不傳，故不知其詳。〔註103〕楊簡評其書曰：「考究精博，然亦有過差。」魏了翁曰：「《詩》易叶韻，自吳才老始斷然言之。」〔註104〕陳振孫曰：「其說以爲《詩》韻無不叶者，如來之爲釐，慶之爲羌、馬之爲姥之類。詩音舊有九家，唐陸德明始定爲《釋文》。〈燕燕〉以南韻心，沈重讀南作尼心切，德明則謂古人韻緩，不煩改字。〈揚之水〉以沃韻樂，徐邈讀沃鬱縛切，德明亦所不載。顏氏《糾謬正俗》以傅毅〈郊祀賦〉禳作而成功，張衡〈東京賦〉激作吉

〔註98〕見《直齋書錄解題》，卷2。
〔註99〕參閱《宋元學案》，卷36，〈紫微學案〉。
〔註100〕詳《鄭堂讀書記》，卷8。
〔註101〕見《四庫全書總目》，卷15，經部，《詩》類一。
〔註102〕參閱《宋元學案》，卷22，〈景迀學案〉；《宋史翼》，卷24，吳棫本傳。
〔註103〕詳本編第六章〈朱子之詩經學〉，第四節〈朱子詩經學之評價〉。
〔註104〕楊簡、魏了翁之說見《經義考》，卷105。

躍切，今之所作，大略倣之。其援據精博，信而有證。朱晦翁注《楚辭》亦用棫例，皆叶其韻。棫又有《韻補》一書，不專為詩作也。要之，古人韻緩之說最為確論，不必一一改字。」〔註105〕

58、《詩傳》（鄭樵撰）

59、《詩辨妄》（鄭樵撰）

按：南宋之初，在主張廢除《詩序》的三大家（鄭樵、朱子與王質）中，鄭樵是「最攻《序》者」，〔註106〕深深影響到了朱子的解《詩》態度，〔註107〕而朱子的《詩集傳》又是《詩經》研究的一個重要之里程碑，〔註108〕鄭樵在《詩經》學史上的最大意義由此可見。關於鄭樵的《詩傳》與《詩辨妄》詳見本編第四章〈鄭樵之詩經學〉。

60、《非鄭樵詩辨妄》（周孚撰）

按：本書僅一卷，近人鄭振鐸曰：「此書本不重要，但因其錄鄭樵《詩辨妄》語頗多，但可因此看出些鄭樵的主張來，故不能廢。」〔註109〕詳見本編第四章〈鄭樵之詩經學〉，第五節「鄭樵《詩經》學之評價」。

61、《詩總聞》（王質撰）

按：王質，字景文，其先鄆州人，後徙興國。高宗建炎元年（1127）生。博通經史，善屬文。游太學，與九江王阮齊名。紹興30年（1160），質進士第，越明年，入為太學正。時孝宗屢易相，國論未定，質上書極論，天子心知質忠，而忌者共讒質年少好異論，遂罷去。孝宗淳熙15年（1188）卒。著有《雪

〔註105〕見《直齋書錄解題》，卷2。
〔註106〕《四庫提要》：「……南渡之初，最攻《序》者鄭樵，最尊《序》者則處義矣。」「南宋之初，廢《詩序》者三家，鄭樵、朱子及質也。鄭、朱之說最著，亦最與當代相辨難。質說不字字詆〈小序〉，故攻之者亦稀；然其毅然自用，別出新裁，堅銳之氣，乃視二家為加倍。」《四庫全書總目》，第1冊，頁337～338。台北藝文印書館印行。
〔註107〕朱子：「舊曾有一老儒鄭漁仲更不信〈小序〉，只依古本與疊在後面。某今亦只如此，令人虛心看正文，久之其義自見。」「向見鄭漁仲有《詩辨妄》，力詆《詩序》，其間言語太甚，以為皆是村野妄人所作。始亦疑之，後來子細看一兩篇，因質之《史記》《國語》，然後知《詩序》之果不足信。」《朱子語類》，第6冊，頁2068、2076。台北華世出版社印行。
〔註108〕詳夏傳才《詩經研究史概要》，頁171～178。台北萬卷樓圖書公司印行。
〔註109〕見鄭振鐸〈關於詩經研究的重要書籍介紹〉，《小說月報》第14卷第3號。

山集》、《詩總聞》。〔註110〕《詩總聞》二十卷，取《詩》三百篇，每篇說其
大義，復有聞音、聞訓、聞草、聞句、聞字、聞物、聞用、聞跡、聞事、聞
人凡十門，每篇為總聞，又有聞南、聞風、聞雅、聞頌，冠於〈關雎〉、〈柏
舟〉（〈邶風〉）、〈鹿鳴〉、〈清廟〉四詩之首。宋人說《詩》，首先懷疑《詩序》
者為蘇轍《詩集傳》，其後鄭樵作《詩辨妄》，專斥毛鄭，反駁《詩序》，而另
立己意說《詩》。王質繼起，其《詩總聞》亦在《詩序》之外，別立新義。同
時代的朱熹作《詩集傳》，則盡棄《詩序》，故《四庫提要》謂南宋之初能廢
《詩序》者，鄭、王、朱三家。然王質於《詩序》之態度，與鄭、朱兩家亦
不同，鄭、朱刻意改〈小序〉，而景文目中無〈小序〉，即其說皆毅然自為，
不遵〈小序〉，亦不字字攻〈小序〉。〔註111〕陸深評其書曰：「王景文《詩總
聞》頗與朱《傳》不合，然多前人所未發。」〔註112〕今觀其書，新解頗多，
雖穿鑿懸解者亦未能免，然其冥思研索之功，究不可抹滅。〔註113〕

62、《毛詩詁訓傳》（晁公武撰）

按：晁公武，字子止，鉅野人。紹興第進士，官至敷文閣直學士，為臨安
府少尹，居官有循聲。公武世業翰墨，家多藏書。著有《郡齋讀書志》、《毛
詩詁訓傳》、《易詁訓傳》、《昭德文集》等書。〔註114〕所著《毛詩詁訓傳》，
《宋志》著錄二十卷，已佚。

63、《詩議》（書名或稱《詩論》、《毛詩辨正》，程大昌撰）

按：程大昌寫作《詩議》的動機是不能認同當時儒者對於漢儒舊說過於依
賴，不過，他一方面強調《詩序》不出於子夏，直指〈小序〉綴語出於衛
宏，否定了《詩序》系出孔門的權威性，一方面又倡論《詩序》不可廢，
以為國史作〈古序〉（《序》說首句），且《毛詩》之所以勝於三家，正因有
〈古序〉，所以後人對他解《詩》立場的新舊取向有截然不同的看法。整體
而言，程大昌此書屬於宋代思辨疑古的產物，〔註115〕其所表現出的精神或
寫作風格，仍然趨向於求新。近人鄭振鐸曰：「此書極重要，篇幅雖不多，

〔註110〕參閱《宋史》，卷 395；《南宋書》，卷 34，王質本傳。
〔註111〕參閱拙文〈經苑作者與內容述評〉，《孔孟學報》第 42 期。
〔註112〕見《經義考》，卷 106 引。
〔註113〕詳可參拙著《范處義詩補傳與王質詩總聞比較研究》，台北文津出版社 2009
　　　　年印行。
〔註114〕參閱《南宋館閣錄》卷 8；《南宋制撫年表》，卷 4。
〔註115〕夏傳才、董治安主編：《詩經要籍提要》，頁 76。北京學苑出版社印行。

而他的見解却有許多很可采取的地方。」〔註 116〕詳見本編第五章〈程大昌
之詩經學〉。

64、《毛詩解義》（鄭諤撰）

　　按：鄭諤，生平無考。《宋志》著錄其《毛詩解義》三十卷，亦已亡佚，內
容不可得知。

65、《詩學》（范處義撰）

66、《解頤新語》（范處義撰）

67、《詩補傳》（范處義撰）

　　按：范處義，字逸齋，范浚之族。以進士累官殿中侍御史。精於經學。所著
有《詩學》、《解頤新語》、《詩補傳》等書。〔註 117〕《詩學》一卷、《新語》
十四卷，俱已不傳，內容不詳。《詩補傳》三十卷，今存，《通志堂經解》本
題曰：「逸齋《詩補傳》」，朱彝尊曰：「《詩補傳》抄本但題逸齋，而不著名。
考《宋·藝文志》有范處義《詩補傳》三十卷，卷數與逸齋本相符。西亭王
孫《聚樂堂目》直書處義名，當有證據。」〔註 118〕《通志堂經解》本之《詩
補傳》，卷前尚有〈篇目〉一卷，《四庫全書》本則無篇目。此書屬擁《序》
一派，逸齋〈自序〉曰：「《補傳》之作，以《詩序》爲據，兼求諸家之長，
揆之情性，參之物理，以平易求古詩人之意。文義有闕，補以六經史傳。詁
訓有闕，補以《說文》、《篇》、《韻》。異同者一之，隱奧者明之，窒礙者通之，
乖離者合之，謬誤者正之，曼衍者削之，而意之所自得者，亦錯出其間，《補
傳》大略如此。或曰：《詩序》可盡信乎？曰：聖人刪《詩》定《書》，《詩序》
猶《書序》也，獨可廢乎？況《詩序》有聖人爲之潤色者，如〈都人士〉之
〈序〉，記札者以爲夫子之言，〈賚〉之〈序〉與《論語》合，《孔叢子》所記
夫子讀二〈南〉及〈柏舟〉諸篇，其說皆與今序相應，以是知《詩序》嘗經
聖人筆削之手，不然，則取諸聖人之遺言也。故不敢廢《詩序》者，信六經
也，尊聖人也。」夫《詩序》作者爲誰，迄無定論，逸齋必以爲聖人之遺言，
又以孔叢子爲據，則殊不可，蓋《孔叢子》七卷，《隋志》始著錄，〈注〉云：
「陳勝博士孔鮒撰。」宋洪邁謂其文「略無楚漢間骨氣」，因疑爲齊梁以來好

〔註 116〕見鄭振鐸：〈關於詩經研究的重要書籍介紹〉，《小說月報》第 14 卷第 3 號。
〔註 117〕參閱《宋元學案》，卷 45，〈范許諸儒學案〉。
〔註 118〕見《經義考》，卷 106。

事者所作，〔註 119〕近人顧實、羅根澤並以爲王肅僞造，〔註 120〕雖其說有所不同，然其爲僞書，則已成定讞。《四庫提要》曰：「南宋之初，最攻序者鄭樵，最尊《序》者則處義矣。……處義篤信舊文，務求實證，可不謂古之學者歟？至《詩序》本經師之傳，而學者又有所附益，中間得失，蓋亦相參，處義必以爲尼山之筆，引據《孔叢子》，既屬僞書，牽合《春秋》，尤爲旁義，矯枉過直，是亦一瑕，取其補偏救弊之心可也。」〔註 121〕《提要》所云「牽合《春秋》，尤爲旁義」，乃針對補傳卷前〈明序篇〉「詩之美刺與春秋相表裡」云云而言；至所謂「必以爲尼山之筆」，則係針對處義〈自序〉而言，然處義於〈明序篇〉又謂「詩有〈小序〉，有〈大序〉。〈小序〉一言，國史記作詩者之本義也，〈小序〉之下皆〈大序〉也，亦國史之所述，間有聖人之遺言」，是《詩序》究「嘗經聖人筆削之手，不然，則取諸聖人之遺言」，抑或「國史之所述，間有聖人之遺言」，處義亦莫能決。無論《詩序》作者爲誰，其說有其特定之時代背景，內容不必盡信已可肯定，處義必一依《詩序》之說，則其《詩補傳》之穿鑿附會終不可免。〔註 122〕

68、《詩說》（趙敦臨撰）

　　按：趙敦臨，字庶民，鄞縣人。少入太學，見楊龜山於京師，得其指授。紹興 5 年（1135）第進士，援蕭山縣簿，郡守使者交薦之，改湖州教授。〔註 123〕所著《詩說》已佚，卷數亦不知。

69、《詩譜》（李燾撰）

　　按：李燾，字仁甫，一字子真，號巽巖，丹稜人。年甫冠，憤金仇未報，著《反正議》十四篇，皆救時大務。紹興 8 年（1138），擢進士第。博極群書，作《續資治通鑑長編》，累官禮部侍郎，進敷文閣學士，同修國史，卒諡文簡。燾以名節學術知名海內，《長編》一書，用力四十年始成，葉適以爲春秋以後纔有此書。又有《易學》、《春秋學》、《五經傳授》……等十餘種著作。〔註 124〕

〔註 119〕洪邁：《容齋三筆》，卷 10，《容齋隨筆》，下冊，頁 536。上海古籍出版社印行。
〔註 120〕顧實說見《重考古今僞書考》，羅根澤說見《孔叢子探源》（《古史辨》第 4 冊）。
〔註 121〕見《四庫全書總目》，卷 15，經部，《詩》類一。
〔註 122〕詳可參拙著《范處義詩補傳與王質詩總聞比較研究》，台北文津出版社 2009年印行。
〔註 123〕參閱《宋元學案》，卷 25，〈龜山學案〉。
〔註 124〕參閱《宋史》，卷 388，李燾本傳。

薰所著《詩譜》二卷，已佚，書名同鄭玄《詩譜》，內容不知有何增益。

70、《毛詩說略》（余端禮撰）

按：余端禮，字處恭，龍游人。孝宗時官同知樞密院事，寧宗時知樞密院事兼參知政事。在相位期年，頗知擁護善類，然爲韓侂冑所制，壹鬱不愜志，稱疾求退。〔註125〕所著《毛詩說略》已佚，內容不得而知。

71、《詩解》（羅維藩撰）

按：羅維藩，字价卿，盧陵人，擢進士第，授廸功南雄州保昌縣尉，陞從政郎，著《詩解》二卷，〔註126〕其書已佚。

72、《詩解》（王大寶撰）

按：王大寶，字元龜，其先由溫陵徙潮州。建炎初，廷試第二，授南雄州教授。孝宗時遷禮部侍郎、諫議大夫，疏劾宰相湯思退主和誤國罪，改兵部侍郎，請致仕，後召爲禮部尙書，尋卒。〔註127〕所著《詩解》已佚，卷數亦不知。

73、《詩解》（張叔堅撰）

按：張淑堅，生平無考，所著《詩解》已佚，卷數亦不知。

74、《毛詩講義》（黃邦彥撰）

按：黃邦彥，生平無考，《宋志》著錄其《毛詩講義》三卷，書已佚，不知其內容。

75、毛詩講義（林岊撰）

按：林岊，字仲山，古田人。嘉定間嘗守全州，日偕諸生講明正學。與魏了翁友善。《宋史》不爲立傳，而《福建通志》稱其「在郡九年，頗多惠政。重建清湘書院，與諸生講學，敦勉實行，郡人祀之柳宗元廟」，則亦一循吏。〔註128〕《宋志》著錄林氏之《毛詩講義》五卷，朱彝尊《經義考》註曰：「佚」，〔註129〕然其內容實未全佚，《永樂大典》所載甚多，朱氏一時不察。今《四庫全書》收有林岊之《講義》十二卷，較《宋志》多

〔註125〕參閱《宋史》，卷398，余端禮本傳。
〔註126〕參閱《經義考》，卷106引楊萬里志墓。
〔註127〕參閱《宋史》，卷386，王大寶本傳。
〔註128〕參閱《四庫全書總目》，卷15，經部，《詩》類一。
〔註129〕見《經義考》，卷106。

七卷，《提要》曰：「是編皆其講論毛詩之語，觀其體例，蓋在郡時所講授，而門人錄之成帙者。大都簡括箋疏，依文訓釋，取裁毛鄭，而折衷其異同，雖範圍不出古人，然融會貫通，而無枝言曲說之病。當光寧之際，廢序之說方盛，毘獨力闡古義，以詔後生，亦可謂篤信謹守者矣。《宋史·藝文志》、馬端臨《經籍考》，及《文淵閣書目》，此書皆作五卷，自明初以來久無傳本，故朱彝尊《經義考》以爲已佚，今從《永樂大典》各韻所載，次第彙輯，用存其概，《永樂大典》所原軼者，則亦闕焉，因篇闕焉，因篇帙稍繁，謹釐爲一十二卷，不復如其舊目云。」〔註130〕要之，宋人說《詩》宗毛鄭者本不勝新派，林氏《講義》篤信舊說，又不能勝於東萊《讀詩記》、嚴粲《詩緝》等書，故後人重之者亦尠。

76、《詩集善》（胡維寧撰）

　　按：胡維寧，生平無考。所著《詩集善》已佚，內容無法得知。

77、《詩解》（謝諤撰）

　　按：謝諤，字昌國，新喻人。紹興27年（1157），中進士第，歷樂安尉、吉州錄事參軍，知分宜縣，所至有惠政。累遷監察御史、御史中丞。諤爲郭忠孝門人，不言而躬行，教弟子數百，人稱良齋先生。晚居桂山，故亦稱桂山先生。著有《詩解》、《書解》、《論語解》、《左氏講義》……諸書。〔註131〕所著《詩解》二十卷，今已不傳，無法得知其內容。

78、《詩說》（潘好古撰）

　　按：潘好古，字敬修，一字伯御，洛陽人。喜著書，有《詩說》、《春秋說》、《論語說》、《孟子說》、《中庸說》，合爲五十一卷。〔註132〕其書已佚，內容無從得知。

79、《毛詩辨疑》（吳曾撰）

　　按：吳曾，字虎臣，崇仁人，高宗時以獻書得官，累遷至吏部郎中。孝宗朝，出知嚴州致仕。著有《毛詩解疑》、《左傳發揮》、《新唐書糾繆》，《能改齋漫錄》……等。〔註133〕所著《毛詩辨疑》已佚，卷數亦不知。

〔註130〕見《四庫全書總目》，卷15，經部，《詩》類一。
〔註131〕參閱《宋史》，卷389，謝諤本傳；《宋元學案》，卷28，〈兼山學案〉。
〔註132〕參閱《經義考》，卷106引呂祖謙作墓志。
〔註133〕參閱《經義考》，卷106引《撫州府志》；《宋史翼》，卷29，吳曾本傳。

80、《詩聲譜》（陳知柔撰）

按：陳知柔，字體仁，溫陵人。紹興進士。與秦檜子熺同榜，檜當軸，同年多以攀援致通顯，知柔獨不阿附，解官歸。著有易本旨、詩聲譜、春秋義例、《論語後傳》。〔註134〕所著《詩聲譜》二卷，今已不傳。

81、《詩說》（黃度撰）

按：黃度，字文叔，新昌人。好學讀書，秘書郎張淵見其文，謂似曾鞏。隆興元年（1163）進士，授御史。寧宗即位，轉任右正言，以忤韓侂冑罷歸。侂冑誅，累官至煥章閣學士，妥擬救荒法，活民百萬。嘉定6年（1213），進龍圖閣學士，贈通奉大夫。著有《詩說》、《書說》、《周禮說》、《史通》等書。〔註135〕《宋志》著錄其《詩說》三十卷，今未見。

82、毛詩圖（馬和之撰）

按：馬和之，錢塘人。紹興中登第。官至工部侍郎。善畫人物山水，筆法飄逸，纖悉粉藻，自成一家。高孝兩朝最重其畫，嘗書《毛詩》三百篇，命和之篇畫一圖，會成巨帙，明時杭人有存其散逸者。〔註136〕朱彝尊曰：「馬和之《毛詩圖》流傳於世者有〈關雎〉、〈葛覃〉、〈螽斯〉、〈桃夭〉、〈漢廣〉、〈采蘩〉、〈草蟲〉、〈采蘋〉、〈甘棠〉、〈騶虞〉、〈北風〉、〈鶉之奔奔〉、〈定之方中〉、〈干旄〉、〈載馳、〈淇澳、〈考槃〉、〈木瓜、〈伐檀〉、〈蒹葭〉、〈晨風〉、〈衡門〉、〈鳲鳩〉、〈九罭〉、〈鹿鳴〉、〈常棣〉、〈天保〉、〈采薇〉、〈蓼蕭〉、〈采芑〉、〈鴻雁〉、〈沔水〉、〈鶴鳴〉、〈白駒〉、〈黃鳥〉、〈斯干〉、〈節南山〉、〈正月〉、〈十月之交〉、〈雨無正〉、〈小旻〉、〈小宛〉、〈小弁〉、〈巧言〉、〈何人斯〉、〈巷伯〉、〈谷風〉、〈蓼莪〉、〈大東〉、〈四月、〈北山〉（按：朱氏原文脱一山字，今補）、〈小明〉、〈鼓鐘〉、〈信南山〉、〈大田〉、〈桑扈〉、〈鴛鴦〉、〈魚藻〉、〈隰桑〉、〈白華〉、〈棫樸〉、〈旱麓〉、〈靈臺〉、〈雲漢〉、〈崧高〉、〈韓奕〉、〈江漢〉、〈振鷺〉、〈豐年〉、〈潛〉、〈酌〉、〈駉〉諸篇，然多係摹本，眞蹟罕存矣。」〔註137〕

83、《詩解》（又名《慈湖詩傳》，楊簡撰）

〔註134〕參閱廖用賢：《尚友錄》，卷4。
〔註135〕參閱《宋史》，卷393，黃度本傳。
〔註136〕參閱《宋史翼》，卷38，馬和之本傳。
〔註137〕見《經義考》，卷106。

按：楊簡，字敬仲，慈溪人。乾道 5 年（1169）進士，援富陽主簿。會陸九
淵道過富陽，問答有所契，遂定師弟子之禮。富陽民多服賈而不知學，簡興
學養士，文風益振。爲紹興府司理，犴獄必親臨，端默以聽，使自吐露。改
知嵊縣。丁外艱，服除，知樂平縣，興學訓士，無訟獄盜賊，民呼楊父。歷
官國子博士、秘書郎，出知溫州，民畫像祀之，官終寶謨閣學士，卒諡文元。
學者稱慈湖先生。著有《甲稿》、《乙稿》、《詩解》、《冠記》、《昏記》……諸
書。〔註 138〕簡所著《詩解》二十卷，又名《慈湖詩傳》，今《四庫全書》及
《四明叢書》皆有收，而《經義考》註曰「佚」，〔註 139〕《四庫提要》曰：「是
書原本二十卷，焦竑《國史經籍志》及黃虞稷《千頃堂書目》尙載其名，而
朱彝尊《經義考》註曰已佚，今海內藏書咸集秘府，而是書之目闕焉，則彝
尊所說爲可信，蓋竑之所錄皆據史志，所載類多虛列，虞稷徵刻書目，亦多
未見原書，固不足盡據耳。今從《永樂大典》所載，裒輯成編，仍勒爲二十
卷。又從《慈湖遺書》內補錄〈自序〉一篇，總論四條，而以《攻媿集》所
載樓鑰與簡論《詩解》書一通附於卷首，其他論辨若干條，各附本解之下，
以資考證。至其總論列國雅頌之篇，《永樂大典》此卷適缺，無從採錄，其〈公
劉〉以下詩十六篇，則《永樂大典》不載其傳，豈亦如呂祖謙之《讀詩記》
獨缺〈公劉〉以下諸篇，抑在明初即已殘缺耶？」〔註 140〕今本《慈湖詩傳》
之來歷可由此說而明。《慈湖詩傳》之得失，則《提要》亦言之極詳：「是詩
大要本孔子無邪之旨，反覆發明，而據《後漢書》之說，以〈小序〉爲出自
衛宏，不足深信。篇中所論，如謂《左傳》不可據，謂《爾雅》亦多誤，謂
陸德明多好異音，謂鄭康成不善屬文，甚至〈自序〉中以《大學》之釋〈淇
澳〉爲多牽合，而詆子夏爲小人儒，蓋簡之學出陸九淵，故高明之過至於放
言自恣，無所畏避。其他箋釋文義，如以『聊樂我員』之員爲姓，以『六駮』
爲『赤駁』之訛，以『天子葵之』之『葵』有向日之義，間有附會穿鑿；然
其於一名一物一字一句，必斟酌去取，旁徵遠引，曲暢其說；其考核六書，
則自《說文》、《爾雅》、《釋文》，以及史傳之音註，無不悉蒐；其訂證訓詁，
則自齊、魯、韓、毛以下，以至方言雜說，無不博引；可謂折衷同異，自成
一家之言，非其所作《易傳》以禪詁經者比也。」楊簡《詩傳》引書甚多，

〔註 138〕參閱《宋史》，卷 407，楊簡本傳；《宋元學案》，卷 74，〈慈湖學案〉。
〔註 139〕見《經義考》，卷 107。
〔註 140〕見《四庫全書總目》，卷 15，經部，《詩》類一。

又時出己意，以其不謹守《詩序》之說，故學者大致將之歸爲說《詩》之「新派」，〔註141〕雖其內容尚難免附會之譏，然較之篤守《詩序》，不敢出入者，自有其新穎可觀之處。

84、《反古詩說》（薛季宣撰）

按：薛季宣，字士龍，永嘉人。年十七，起從荊南帥辟書寫機宜文字，獲事袁溉。溉嘗從程頤學，盡以其學授之。樞密使王炎薦於朝，召爲大理寺主簿，除大理正，出知湖州，改常州，未上，卒，年四十。學者稱良齋先生。季宣於《詩》、《書》、《春秋》、《中庸》、《大學》、《論語》皆有訓義，藏於家。其雜著曰《浪語集》。〔註142〕所著《反古詩說》又名《詩性情說》，〔註143〕已佚，卷數亦不知。

85、《毛詩解詁》（陳傅良撰）

按：陳傅良，字君舉，瑞安人。文擅當世，自成一家。是時永嘉鄭伯熊、薛季宣皆以學行聞，而伯熊於古人經制治法，討論尤精，傅良皆師事之，而得季宣之學爲多。及入太學，與張栻、呂祖謙友善。傅良爲學，自二代、秦、漢以下靡不研究，一事一物必稽於極而後已。乾道進士，累遷起居舍人，寧宗時官至中書舍人兼侍讀，進寶謨閣待制，卒諡文節。學者稱止齋先生。著有《毛詩解詁》、《周禮說》、《春秋後傳》、《左氏章指》，《止齋文集》等書。〔註144〕所著《毛詩解詁》二十卷，今已不傳。

86、《呂氏家塾讀詩記》（呂祖謙撰）

按：呂祖謙，字伯恭，其先河東人，後徙婺州。登隆興元年（1163）進士第，又中博學宏詞科，官至直秘閣著作郎、國史院編修。曾從林之奇、汪應辰、胡憲游，又友張栻、朱熹，與之齊名，人稱「東南三賢」。其學說主張治經史以致用，不規規於性命之說，遂開浙東學派之先聲。其文學術業，本於天資，習於家庭，稽諸中原文獻之所傳，博諸四方師友之所需，融洽無所偏滯。晚雖臥病，其任重道遠之意不衰，達於家政，纖悉委曲，皆可爲後世法。心平氣和，不立崖異，一時英偉卓犖之士皆歸心焉。卒年四十五，諡曰成。著有

〔註141〕見王師靜芝：《詩經通釋》，頁29。
〔註142〕參閱《宋史》，卷434，薛季宣本傳；《宋元學案》，卷5，〈艮齋學案〉。
〔註143〕參閱《經義考》，卷107。
〔註144〕參閱《宋史》，卷434，陳傅良本傳；《南宋館閣讀錄》，卷7；《宋元學案》，卷53，〈止齋學案〉。

《讀詩記》、《古周易》、《東萊左氏博議》、《官箴》、《辨志錄》……諸書。〔註
145〕祖謙之先世居東萊，其曾祖好問封爲東萊郡侯，子孫尊爲「東萊公」。好
問之子本中，學者稱爲東萊先生，至祖謙時，學者亦以東萊先生稱之，於是
祖孫往往牽混。《潁川語小》：「東萊乃名成公之祖，非公自謂，而通國指成公
爲東萊，非也。」〔註146〕然既已相沿成習，後人乃以本中爲大東萊，祖謙爲
小東萊。〔註147〕小東萊《讀詩記》三十二卷，卷一討論「綱領」、「詩樂」、「刪
次」、「大小序」、「六義」、「風雅頌」、「章句首韻」、「〈卷耳〉」、「訓詁傳授」、
「條例」，相當於今人《詩經》學專書之緒論。卷二〈周南〉，卷三〈召南〉，
呂氏以爲二〈南〉爲正〈風〉。卷四至卷十六爲從〈邶〉迄〈豳〉，呂氏並以
爲變〈風〉。卷十七至二十四爲「正〈小雅〉」，卷二十五至二十七爲「正〈大
雅〉」，卷二十八至三十爲〈周頌〉，卷三十一爲〈魯頌〉，卷三十二爲〈商頌〉，
由於祖謙說《詩》推重《毛序》，〔註148〕朱子爲《讀詩記》作〈序〉，又謂「此
書所謂朱氏者，實熹少時淺陋之說，而伯恭父誤有取焉」，〔註149〕朱子本信
《序》說，其後步上鄭樵懷疑之路，所謂少時淺陋之說，即指從前採用《序》
說者，故人多以爲朱呂說《詩》極端相反，一爲毛氏之敵，一爲毛氏之友，
此說大有商榷之餘地，蓋呂氏說《詩》雖以《詩序》爲主，然遇有《序》說
不通處，亦極力攻之，如〈氓〉、〈伯兮〉、〈君子于役〉、〈野有蔓草〉等詩，
呂氏以爲《序》說多有不通處；於《毛詩》之編次，呂氏亦不贊同。初，鄭
玄於〈小雅〉謂「毛公闕其亡者，以見在爲數，故推致什首」，後蘇轍「以爲
非古，於是復爲〈南陔之什〉」，此已與毛氏立異，而呂東萊仍嫌轍於「〈由庚〉、
〈崇丘〉尙仍毛氏之舊」，且一一改正。訓詁方面，祖謙亦不拘於毛《傳》，
如〈卷耳〉之詩云「寘彼周行」，《讀詩記》引滎陽呂氏語曰：「周行，周道也。
〈大東〉詩曰：『佻佻公子，行彼周行』，行亦道也。」又加按語曰：「毛氏以
周行爲『周之列位』，自左氏以來，其傳舊矣，然以經解經，則不若呂氏之說

〔註145〕參閱《宋史》，卷434，呂祖謙本傳；《宋元學案》，卷51，〈東萊學案〉。
〔註146〕見陳昉：《潁川語小》，卷下。台灣商務印書館印行。
〔註147〕參閱吳春山：《呂祖謙研究》，第一章，「呂祖謙之生平」。國立台灣大學1977
　　　　年中文研究所所博士論文。
〔註148〕呂祖謙推重《毛序》，乃本於《左傳》，其《讀詩記》曰：「觀《左氏》所載
　　　　引詩處，多與《毛詩》合，以此知齊韓《詩》未可盡據。」又曰：「魯齊韓
　　　　毛，師讀既異，義亦不同，以魯齊韓之義尙可見者較之，獨《毛傳》率與
　　　　經傳合。」
〔註149〕語見朱子：〈讀詩記後序〉。

也。」〔註150〕由此可見東萊雖被視爲尊《序》之一員大將，然亦非盡信毛《傳》與《詩序》者。〔註151〕陳振孫評其書曰：「博采諸家，存其名氏，先列訓詁，後陳文義，翦裁貫穿，如出一手，己意有所發明，則別出之，《詩》學之詳正，未有逾於此書者。」〔註152〕明陸錢則曰：「其書宗毛氏以立訓，考註疏以纂言。翦綴諸家，如出一手，有司馬子長貫穿之巧；研精殫歲，融會演釋，有杜元凱眞積之悟；緣物醜類，辯名正義，有鄭漁仲考據之精。」〔註153〕二氏於呂氏書皆推崇備至。

87、《毛詩前說》（項安世撰）

88、《詩解》（項安世撰）

按：項安世，字平父，其先括蒼人，後少江陵。淳熙2年（1175）進士，召試，除秘書正字。光宗以疾不過重華宮，安世上書言之，疏入不報，尋遷校書郎。寧宗即位，朱熹詔至闕，未幾予祠，安世率館職上書留之，不報，俄爲言者劾去，後除戶部員外郎，湖廣總領，坐事免，復以直龍圖閣爲湖南轉運判官，未上，用台章奪職而罷。著有易玩辭、毛詩前說、《詩解》、項氏家說等書。〔註154〕所著《毛詩前說》一卷，陳振孫曰：「考定風雅篇次而爲之說，其曰前說者，末年之論有少不同故也。」〔註155〕今其書已佚，其詳不知。《詩解》則《宋志》著錄二十卷，亦已不傳。

89、《詩解》（唐仲友撰）

按：唐仲友，字與政，金華人。紹興21年（1151）進士，兼中宏詞，通判建康府。孝宗時，上萬言書論時政，擢爲江西提刑，被朱熹彈劾免官。仲友素伉直，既處摧挫，遂不出，益肆力於學。著有六經解、諸史精義、皇極經世圖譜等書。〔註156〕唐氏《詩解》一卷，朱彝尊《經義考》註曰：「佚」，

〔註150〕此處所引「呂氏」難以考知究爲何人，趙制陽：「《讀詩記》附〈姓氏表〉載有『滎陽呂氏』與『藍田呂氏』二人，未書其名；又載張氏有三人，程氏、王氏、陳氏、鄭氏各有二人，均不記名，讀者無從考索。」《詩經名著評介》，第3集，頁218～219。台北萬卷樓圖書公司印行。

〔註151〕詳見陸侃如：〈詩經參考書提要〉，《國學月報彙刊》1集。

〔註152〕見《直齋書錄解題》，卷2。

〔註153〕見陸錢〈刻呂氏讀詩記序〉。

〔註154〕參閱《宋史》，卷397，項安世本傳；《宋元學案》，卷49，〈晦翁學案〉。

〔註155〕見《直齋書錄解題》，卷2。

〔註156〕參閱《宋元學案》，卷60，〈說齋學案〉；《宋史翼》，卷13，唐仲友本傳。

〔註157〕然其書實仍存，朱氏未考也。今《金華唐氏遺書》收有仲友《詩解鈔》一卷，《詩解鈔》即朱氏所著錄之《詩解》，是書雜論四始六義與〈兔罝〉、〈載驅〉、〈漢廣〉、〈狡童〉、〈碩鼠〉、〈六月〉、〈鶴鳴〉……等詩，戚雄評之曰：「唐說齋讀經，於《詩》最有發明，如以〈碩鼠〉爲愛君之至，眞有精思卓識。」〔註158〕仲友於《詩》是否「最有發明」，單憑《詩解鈔》一卷，無以論斷，然其論〈碩鼠〉之詩曰：「〈碩鼠〉非斥君之辭也，言〈碩鼠〉之食我黍麥、苗，人而不願之，可以君而甚於鼠乎？三歲貫汝，則蠶食之深矣，雖以碩喻之，猶爲愛君也，然人君則可以戒矣。」按：〈碩鼠〉之詩雖說有不同，然皆以之爲刺詩，〔註159〕而《詩序》云：「〈碩鼠〉，刺重斂也。國人刺其君重斂，蠶食於民，不修其政，貪而畏人，若大鼠也。」此說頗爲適切，而仲友却以〈碩鼠〉爲愛君之至，與詩義實難洽合，戚雄竟反譽之曰「精思卓識」，似有溢美之嫌。

90、《毛詩集傳》（書名又稱《詩集傳》、《詩經集傳》，朱熹撰）

　　按：朱子的《詩集傳》是宋代《詩經》學中最具典範身份的著作，影響所及，元明兩代的《詩經》學以擁朱、述朱學派爲說《詩》之主流。不過，朱子雖然公開批判《詩序》，其解詩同於《序》說的仍佔了一半以上，這是他「涵詠本文，體會詩義」的結果，〔註160〕我們不能僅因其對於《詩序》提出不少負面意見，就逕以爲朱子爲南宋反《序》的領導者。詳見本編第六章〈朱子之詩經學〉。

〔註157〕見《經義考》，卷107。

〔註158〕見《經義考》，卷107。

〔註159〕朱子《詩集傳》謂〈碩鼠〉乃刺有司，未必以〈碩鼠〉比其君，崔述《讀風偶識》以〈碩鼠〉爲民不堪豪強姦擾而思去之作，雖其說與《詩序》異，然仍以之爲刺詩，未嘗以爲此詩「愛君之至」。

〔註160〕尚繼愚：「《詩集傳》繼承傳統《詩經》學的成果，集北宋以來《詩經》研究之大成，把《詩經》學大大向前推進一步。它的廢《序》和對《詩序》的批判，由於廣泛和長期通行天下，有力地破除了對《詩序》的迷信，開闢了《詩經》研究的新道路。但是，在實際的詮釋中，朱熹並沒有徹底地、全面地擯棄《詩序》。經考察《詩集傳》仍有八十二篇採用〈小序〉，八十九篇與〈小序〉大同小異，二者相加，占《詩經》三零五篇的一半以上。所以清儒姚際恆批評朱熹『明反《序》而陰從之。』我們並不認爲朱熹是有意『陽違陰奉』的兩面派，只能說經過朱熹的『涵詠本文，體會詩義』，最終有一多半詩還是作出與《序》相同或相近的解釋。」夏傳才、董治安主編：《詩經要籍提要》，頁80。

91、《文公詩傳遺說》（朱鑑編）

按：朱鑑，字子明，婺源人，朱熹之孫。以蔭補迪功郎，累遷湖廣總領，寶慶間遷居建安之紫霞州，建朱熹祠於所居之左。著有《朱文公易說》、《詩傳遺說》。〔註161〕《詩傳遺說》乃理宗端平乙未（1235），朱鑑以承議郎權知興國軍事時所成，蓋因重槧朱子《集傳》，而取《文集》、《語錄》所載論《詩》之語足與《集傳》相發明者，彙而編之，故曰遺說。其書首〈綱領〉，次〈序辨〉，次〈六義〉，繼之以風、雅、頌之論斷，終之以逸詩、《詩譜》、叶韻之義，以朱子之說，明朱子未竟之義，猶所編《易傳》之體例。〔註162〕讀朱《傳》者，可取以備閱。

92、《詩童子問》（輔廣撰）

按：輔廣，字漢卿，號潛庵，其父本河朔人，南渡居秀州崇德縣。始從呂祖謙遊，已問學於朱文公。慶元初，禁偽學，學者多解散，獨廣不爲動，以此深得朱子器重。築傳貽書院、教授學者，時人稱傳貽先生。著有《詩童子問》、《四書纂疏》、《六經集解》、《通鑑集義》、《日新錄》等書。〔註163〕所著《詩童子問》十卷，〔註164〕題曰「童子問」者，胡一中曰：「先生親炙朱子之門，深造自得，於問答之際，尊其師說，退然弗敢自專，故謙之曰『童子問』。」〔註165〕《四庫提要》則曰：「是編大旨主於羽翼《詩集傳》，以述平日聞於朱子之說，故曰『童子問』。」又曰：「卷首載〈大序〉、〈小序〉，採錄《尚書》、《周禮》、《論語》說《詩》之言，各爲注釋，又備錄諸儒辨說，以明讀《詩》之法。書中不錄經文，惟錄其篇目，分章訓詁，末一卷則惟論叶韻。……其說又掊擊《詩序》，頗爲過當。……然各尊其所聞，各行其所知，謹守師傳，今門別戶，南宋以後，亦不僅廣一人。陳啓源《毛詩稽古編》糾其註〈周頌·潛篇〉，不知季春薦鮪爲〈月令〉之文，誤以爲《序》說而辨之，則誠爲疏舛。

〔註161〕參閱《宋元學案》，卷49，〈晦翁學案下〉。
〔註162〕參閱《四庫全書總目》，卷15，經部，《詩》類一。
〔註163〕參閱《宋元學案》，卷64，〈潛庵學案〉；《四庫全書總目》，卷15，「詩童子問」條。
〔註164〕《經義考》著錄《詩童子問》20卷，《四庫全書》本則爲10卷，《提要》曰：「朱彝尊《經義考》載是書二十卷，有胡一中〈序〉，言閱建陽書市購得，而鋟諸梓，且載文公《傳》於上，〈童子問〉於下。此本僅十卷，不載朱子《集傳》，亦無一中〈序〉，蓋一中與《集傳》合編，故卷帙加倍，此則汲古閣所刊廣原本，故卷數減半，非有所闕佚也。」
〔註165〕見《經義考》，卷108引。

蓋義理之學與考證之學分途久矣，廣作是書，意自有在，固不以引經據古爲長也。」〔註166〕輔氏雖不以引經據古爲長，然是書旨在羽翼朱《傳》，又「多補朱《傳》之未備」，〔註167〕故亦可謂朱《傳》之功臣。

93、《毛詩說》（許奕撰）

按：許奕，字成子，簡州人。慶元 5 年（1199），寧宗親擢進士第一，援簽書劍南東川節度判官。遷起居舍人。韓侂胄議開邊，奕貽書論之，侂胄不樂。後使金，金人聞奕名久，禮迓甚恭，還奏，帝優勞久之。權禮部侍郎，條 6 事以獻。擢給事中，論駁十有六事，皆貴族近習之撓政體者，士論韙之，進顯謨閣直學士致仕，贈通議大夫。著有《毛詩說》、《論語》、《尙書》、《周禮講義》、奏議、雜文等。〔註168〕所著《毛詩說》三卷，已佚，不知其內容。

94、《毛詩筆義》（陳駿撰）

按：陳駿，字敏仲，號仁齋，寧德人。乾道進士，除大冶丞，登朱文金之門，著有《毛詩筆義》、《論語孟子筆義》。駿著《毛詩筆義》，未及脫稿而卒，〔註169〕今其書亦已不傳。

95、《詩口義》（孫調撰）

按：孫調、字和卿，長溪人，其學得朱文公之傳，以排擯佛老、推明聖經爲本。著有《冊府》、《詩口義》、《中庸發題》、《浩齋稿》……等。人稱龍坡先生。〔註170〕所著《詩口義》五十卷，今已不傳。

96、《東宮詩解》（劉爚撰）

按：劉爚，字晦伯，建陽人。受學於朱熹、呂祖謙。乾道進士，謂山陰主簿。請以朱熹白鹿洞規頒示大學，又刊行朱子之《四書集注》。進封子爵，權工部尙書，賜衣帶、鞍馬。兼太子右庶子，進讀詩之說，詹事戴溪讀之爲之咋舌。卒，贈光祿大夫，官其後，賜諡文簡。著有《奏議》、《史稿》、《經筵故事》、《東宮詩解》、《禮記解》、《講堂故事》、《雲莊外稿》。〔註171〕所著《東宮詩解》已佚，何以令戴溪爲之咋舌，自亦不得而知。

〔註166〕見《四庫全書總目》，卷 15，〈詩童子問〉條。
〔註167〕引文爲王禕之語，見《經義考》，卷 108。
〔註168〕參閱《宋史》，卷 406，許奕本傳。
〔註169〕參閱《宋元學案》，卷 69，〈滄州諸儒學案〉。
〔註170〕參閱《宋元學案》，卷 69，〈滄州諸儒學案〉。
〔註171〕參閱《宋史》，卷 401，劉爚本傳；《宋元學案》，卷 69，〈滄州諸儒學案〉。

97、《讀詩記》（徐僑撰）

按：徐僑，字崇甫，義烏人。早受學於呂祖謙之門人葉邦。淳熙進士。調上饒主簿，始登朱熹之門。熹稱其明白剛直，命以「毅」名齋。累官寶謨閣待制奉祠，卒，諡文清。其學一以眞踐實履爲尙。奏對之言，剖析理欲，因致勸懲，弘益爲多，若其守官居家，清苦刻厲之操，尤人所難能。〔註172〕所著《讀詩記》一書，《宋史》本傳及〈藝文志〉俱未言及，或其書當時已不流行，今亦已不傳，莫知其內容。

98、《詩解》（馮誠之撰）

按：馮誠之，生平無考。所著《詩解》二十卷，今已佚，內容不得而知。

99、《詩解》（黃櫄撰）

按：黃櫄，字實夫，漳州人。淳熙中舍選入對大廷，獻十論，升進士丙科，調南劍州教授。迂仲解《毛詩》，櫄足之。兼傳龜山、了齋之學。官終宣教郎。有《詩解》、《中庸語孟解》。〔註173〕今本黃氏《詩解》皆與李迂仲《毛詩詳解》合爲一書，詳見本章李樗《毛詩詳解》條。

100、《詩傳》（林拱辰撰）

按：林拱辰，字嚴起，平陽人。淳熙武舉，換文登第。歷廣東經略安撫史。有詩傳刊於平江。〔註174〕所著《詩傳》已佚，卷數亦不知。

101、《詩學發微》（舒璘撰）

按：舒璘，字元質，一字元賓，奉化人。從張栻、陸九淵、朱熹、呂祖謙學。乾道進士。徽州教授，丞相留正稱璘爲當今第一教官。後知平陽縣、歷任宣州通判，卒諡文靖。〔註175〕所著《詩學發微》一書，《宋史·藝文志》未著錄，本傳亦未道及，今其書已佚，卷數亦不知。

102、《詩集傳解》（高頤撰）

按：高頤，字元齡，寧德人，慶元進士。博通群書，從學者數千人。知永州東安縣。著有《詩集傳解》、《雞窗叢覽》等書。〔註176〕所著《詩集傳解》

〔註172〕參閱《宋史》，卷422，徐橋本傳；《宋元學案》，卷69，〈滄州諸儒學案〉。
〔註173〕參閱《宋元學案》，卷36，〈紫微學案〉。
〔註174〕參閱《經義考》，卷108引《溫州府志》。
〔註175〕參閱《宋史》，卷410，舒璘本傳；《宋元學案》，卷76，〈廣平定川學案〉。
〔註176〕見《尚友錄》卷7；《經義考》，卷108引《閩書》。

三十卷，今已不傳。

103、《詩經講義》（陳經撰）

按：陳經，字顯之，一云字正甫，安福人。慶元進士。官至奉議郎、泉州泊幹。著有《詩經講義》、《尚書詳解》、《存齋語錄》諸書。〔註177〕所著《詩經講義》已佚，不知其內容。

104、《詩名物編》（楊泰之撰）

105、《詩類》（楊泰之撰）

按：楊泰之，字叔正，青神人。少刻苦力學，臥不設榻。慶元初類試，調瀘州尉，易什邡，再調綿州學教授、羅江丞，制置司檄置幕府。累官知普、果二州，有異政，理宗時遷大理少卿，出知重慶府，在朝屢有讜論。著有《詩名物編》、《詩類》、《論語解》、《老子解》……諸書。〔註178〕所著《詩名物編》十卷、《詩類》三卷，今俱已不傳。

106、《詩大義》（時少章撰）

按：時少章，字天彝，號所性，金華人。師事呂東萊先生。大才絕出，博極群書，談經多出新意，而子史學尤精。詩由盛唐而追漢魏，文泝宋東都以前而逮古作者。吳師道稱其峻潔精工，豈惟雄視吾邦，蓋一代之偉人也。由鄉貢入太學，年踰五十，登寶祐進士。由麗水主簿歷諸教授山長，用薦擢史館檢閣。有忌者，改援保寧節度掌書記。著有《易》《詩》《書》《論》《孟》之《大義》、《所性集》，〔註179〕所著《詩大義》業已亡佚，不知其內容。

107、《毛詩口義》（張孝直撰）

按：張孝直，字英甫，臨川人。師事陸九淵，窮理最密，其於先儒經學，心有未安，則雖伊洛諸儒議論，亦不苟同。著有《易》《詩》《書》《論語》《孟子》《中庸》之《口義》共五十餘篇。〔註180〕所著《毛詩口義》已佚，不知其內容。

108、《詩解詁》（陳謙撰）

按：陳謙，字益之，永嘉人。乾道進士。歷官寶謨閣待制、江西湖北副宣

〔註177〕參閱《四庫全書總目》，卷11，經部，《書》類一；《尚友錄》，卷4。
〔註178〕參閱《宋史》，卷434，楊泰之本傳。
〔註179〕參閱《宋元學案》，卷73，〈麗澤諸儒學案〉。
〔註180〕參閱《宋元學案》，卷77，〈槐堂諸儒學案〉。

撫使，其人有雋聲，早爲善類所予。晚坐僞禁中廢，首稱韓侂冑爲「我王」，士論由是薄之。著有《易庵集》、《詩解詁》、《永寧編》、《雁山詩記》等書。〔註181〕所著《詩解詁》已佚，卷數亦不知。

109、《續續詩記》（戴溪撰）

按：戴溪，字肖望，永嘉人，少有文名。孝宗淳熙 5 年（1178）爲別頭省試第一，監潭州南嶽廟。光宗紹熙初年（約 1190），主管吏部架閣文字，除太學錄，兼實錄檢討官，正錄兼史職自溪始。寧宗開僖時（約 1205），官太子詹事，兼秘書監，景獻太子命之講《中庸》、《大學》，復命類《易》、《詩》、《書》、《孟子》、《春秋》、《論語》、《資治通鑑》，各爲說以進，權工部尙書，除華文閣學士。寧宗嘉定 8 年（1215），以宣奉大夫龍圖閣學士致仕，卒，贈特進端明殿學士。學者稱岷隱先生。著有《續呂氏家塾讀詩記》（即《經義考》所云《續續詩紀》）、《春秋講義》、《石鼓論語問答》等書。〔註182〕《續讀詩記》一書原本久佚，故朱彝尊《經義考》注曰「未見」，〔註183〕今本如《四庫全書》本、《墨海金壺》本、《經苑》本等係從《永樂大典》錄出。書分三卷，十五〈國風〉共一卷，〈小雅〉一卷，〈大雅〉、三〈頌〉共一卷。既以《續讀詩記》爲名，可知旨在補呂氏書所未備，蓋戴氏見《呂氏家塾讀詩記》取毛《傳》爲宗，折衷眾說，於名物訓詁最爲詳悉，而篇內微旨，詞外寄託，或有未貫，乃作此書以補之。〔註184〕然戴氏之主張與呂氏頗有不同，如鄭衛二〈風〉，東萊以爲均雅樂，而戴氏則謂「大抵變〈風〉之詩惟鄭與衛多淫風，〈桑中〉、〈溱洧〉是也。」此書攻擊《詩序》，較呂氏尤爲明顯，如〈甘棠〉之詩，戴氏云：「召伯行省風俗，偶憩棠蔭之下，非必受民訟。」又如〈大車〉之詩，戴氏云：「是詩不見有『傷今思古』之意，且云『畏子不奔』，非指聽訟之大夫辭也，使民風若此，亦不足爲古也。」其他如〈女曰雞鳴〉、〈雞鳴〉、〈假樂〉、〈天作〉、〈時邁〉、〈雝〉、〈敬之〉等詩，戴氏亦力駁《詩序》之說，而另立己意說詩，故陳振孫評之曰：「其書……以《續記》爲名，其實自述己意，亦多不用〈小序〉。」〔註185〕《四庫提要》則曰：「以續記爲名，實則自

〔註181〕參閱《宋史》，卷 396，陳謙本傳；《宋元學案》，卷 53，〈止齋學案〉。
〔註182〕參閱《宋史》，卷 434，戴溪本傳；《宋元學案》，卷 53，〈止齋學案〉。
〔註183〕見《經義考》，卷 108。
〔註184〕參閱《四庫全書總目》，卷 15，經部，《詩》類一。
〔註185〕見《直齋書錄解題》，卷 2。

述己意，非盡墨守祖謙之說也。其中如謂〈摽梅〉爲父母之擇壻，〈有狐〉爲國人之憫鰥，〈甘棠〉非受民訟，〈行露〉非爲侵陵，故《書錄解題》謂其大旨不甚主〈小序〉，然皆平心靜氣，玩索詩人之旨，與預存成見，必欲攻毛鄭者，固自有殊。溫州志稱溪平實簡易，求聖賢用心，不爲新奇可喜之說，而識者服其理到，於此書可見一斑矣。」〔註186〕可謂推崇備至。

110、《詩說》（高元之撰）

按：高元之，字端叔，武烈王瓊之七世孫。建炎間，衣冠南渡，父寓籍明州，因家焉。受易、春秋學於沙隨程氏。嘗五上禮部，卒不第，而門人俱顯仕。將死，屬書樓攻瑰，以歐陽子南省白欄求誌文，貧不能葬，立祠，歲時祀之，號萬竹先生。〔註187〕《宋志》著錄高氏《詩說》一卷，今已不傳。

111、《詩講義》（柴中行撰）

按：柴中行，字與之，餘干人。紹興進士，援撫州軍事推官。權臣韓侂冑禁道學，校文，轉運司移檄，令自言非僞學，中行奮筆曰：「自幼讀程頤書以收科第，如以爲僞，不願考校。」士論壯之，屢遷知贛州，請老，與弟中守、中立講學南溪之上，人稱南溪先生。著有《易繫集傳》、《書集傳》、《詩講義》、《論語童蒙》說。〔註188〕所著《詩講義》已佚，卷數亦不知。

112、《誦詩訓》（李心傳撰）

按：李心傳，字微之，宗正寺簿舜臣之子。慶元初下第，絕意不復應舉，閉戶著書。晚因魏了翁等人之薦，自制置司敦遣至闕下，爲史館校勘，賜進士出身，專修中興四朝帝紀。甫成其三，因言者罷，添差通判成都府。尋遷著作佐郎，兼四川制置司參議官，詔無入議幕，許辟官置局，踵修《十三朝會要》，端平間成書。擢工部侍郎，以言罷。著有《高宗繫年錄》、《學易編》、《誦詩訓》、《春秋考》……等書。〔註189〕所著《誦詩訓》五卷，今已不傳。

113、《詩注》（趙汝談撰）

按：趙汝談，字履常，餘杭人。太宗八世孫。淳熙進士。丞相周必大得其，異之，謂他日必有大名於世。調汀州教授，改廣德軍，添差江西安撫司幹

〔註186〕參閱《四庫全書總目》，卷15，經部，《詩》類一。
〔註187〕參閱《宋元學案》，卷25，〈龜山學案〉。
〔註188〕參閱《宋史》，卷401，柴中行本傳；《宋元學案》，卷79，〈邱劉諸儒學案〉。
〔註189〕參閱《宋史》，卷438，李心傳本傳；《宋元學案》，卷30，〈劉李諸儒學案〉。

辦公事，佐丞相趙汝愚定大策。汝愚去國，汝談與弟汝讜上疏乞斬韓侂胄，聞者咋舌。改知無爲軍，與光州守柴中行、安豐守陸峻俱稱循吏。於下列各書皆有注：《易》、《書》、《詩》、《論語》、《孟子》、《周禮》、《禮記》、《荀子》、《莊子》、《通鑑》、《杜詩》。〔註190〕所著《詩注》已佚，卷數亦不知。

114、《學詩管見》（錢時撰）

按：錢時，字子是，淳安人。楊簡之門人。幼奇偉不羣，讀書不爲世儒之習。以易冠漕司，既而絕意科舉，究明理學。江東提刑袁甫作象山書院，招主講席，學者興起，政事多所裨益。其學大抵發明人心，論議宏偉，指摘痛決，聞者皆有得焉。丞相喬行簡知其賢，特薦之朝，授秘閣校勘。未幾，出佐浙東倉幕，太史李心傳奏召史館檢閱。轉對，敷陳剴切，皆聖賢之精微。旋以國史宏綱未畢求去，授江東帥屬，歸。著有《周易釋傳》、《尚書演義》、《學詩管見》、《春秋大旨》……等書。〔註191〕所著《學詩管見》已佚，卷數亦不知。

115、《讀詩臆說》（王宗道撰）

按：王宗道，字與文，奉化人。嘉定進士。官至江東提刑司幹官。著有《易說指圖》、《書說》、《讀詩臆說》、《三禮說》……等書。〔註192〕所著《讀詩臆說》十卷，今已不傳。

116、《詩學發微》（楊明復撰）

按：楊明復，字復翁，臨海人。操履純正，博通經籍，人稱浦城先生。著有《周易會粹》、《尚書暢旨》、《詩學發微》、《冠婚喪祭圖》。〔註193〕所著《詩學發微》已佚，卷數亦不知。

117、《詩說》（張貴謨撰）

按：張貴謨，字子智，遂昌人。官至朝議大夫。封遂昌縣開國男。著有《九經圖述》、《韻略補遺》、《詩說》等書。〔註194〕《宋志》著錄張氏《詩說》三十卷，今已不傳。

〔註190〕參閱《宋史》，卷413，趙汝談本傳；《宋元學案》，卷69，〈滄州諸儒學案〉。
〔註191〕參閱《宋史》，卷407，錢時本傳；《宋元學案》，卷74，〈慈湖學案〉。
〔註192〕參閱《尚友錄》，卷9。
〔註193〕參閱《臨海縣志》，卷21。
〔註194〕參閱《南宋館閣續錄》，卷9。

118、《詩說》（黃應春撰）

按：黃應春，奉化人。嘉熙 2 年（1238）進士。官至朝散郎，知處州。著
有《詩說》。〔註195〕其書已佚，卷數亦不知。

119、《詩傳》（陳寅撰）

按：陳寅，寶謨閣待制咸之子。漕司兩貢進士，以父恩補官，歷官州縣。
紹宜初，知西河州。西和極邊重地，寅以書生義不辭難。元兵圍城，力盡
自刃。諡襄節。〔註196〕《宋志》著錄陳氏《詩傳》十卷，今已不傳。

120、《詩略》（史守道撰）

按：史守道，字孟傳，丹稜人。讀書 1 覽不忘，發之為文，援據詳明，辭
辯雄放。當時學者託周程諸儒先語以自標榜，守道所依惟魏了翁。著有《傳
齋集》、《書略》、《詩略》、《周禮略》……等書。〔註197〕所著《詩略》十卷，
今已不傳。

121、《毛詩傳》（譚世選撰）

按：譚世選，茶陵人。以尚書獻策補官。所者《毛詩傳》二十卷，為羽翼
漢儒之作，〔註198〕今已亡佚，成績不得而知。

122、《詩經訓注》（劉應登撰）

按：劉應登，字堯咨，安城人。景定間漕貢進士。宋社將危，隱居不仕。
〔註199〕所著《詩經訓注》已佚，卷數亦不知。

123、《毛詩粗通》（趙若燭撰）

按：趙若燭，生平無考。所著《毛詩粗通》已佚，卷數亦不知。

124、《詩義解》（韓謹撰）

按：韓謹，字去華，晉江人。崇寧進士。調南海尉，以捕盜有功，改宣議
郎，除處州教授，著《詩禮義解》上之，召為國子博士，遷廣南東路提舉
學事，罷歸。〔註200〕所著《詩義解》已佚，卷數亦不知。

〔註195〕參閱《經義考》，卷 108 引《寧波府志》。
〔註196〕參閱《宋史》，卷 449，陳寅本傳。
〔註197〕參閱《宋元學案》，卷 80，〈鶴山學案〉。
〔註198〕參閱《經義考》，卷 108 引陸元輔語。
〔註199〕參閱《經義考》，卷 108 引《江西通志》。
〔註200〕參閱《經義考》，卷 108 引陸元輔語。

125、《詩衍義》（湯建撰）

按：湯建，字達可，樂清人。不為制舉業，天文、地理、古今制度，孝核精詳。篤意兢省，深造理窟。學者稱藝堂先生。夙興必齋沐讀《易》一卦，鼓瑟自娛。著有《詩衍義》、《論語老子二解》、《藝堂文集》。〔註201〕所著《詩衍義》已佚，卷數亦不知。

126、《詩直解》（呂椿撰）

按：呂椿，字子壽，晉江人。從邱吉甫學。著有《詩直解》、《尚書直解》、春秋精義。〔註202〕所著《詩直解》已佚，卷數亦不知。

127、《詩義解》（韓惇撰）

按：韓惇，生平無考。所著《詩義解》已佚，卷數亦不知。

128、《毛詩解》（劉皇撰）

按：劉皇，字伯醇，建陽人。寶慶 3 年（1227）知江寧，後知常州、衡州，移南劍州。學者稱靜齋先生。〔註203〕著有《毛詩解》，其書已佚，卷數亦不知。

129、《詩訓釋》（董夢程撰）

按：董夢程，字萬里，號介軒，鄱陽人。槃澗先生銖之從子。初學於槃澗與程正思，其後學於勉齋。開禧進士。官朝奉大夫，知欽州。著有《尚書》與《毛詩》兩《訓釋》。〔註204〕所著《詩訓釋》已佚，卷數亦不知。

130、《詩義斷法》（謝升孫撰）

按：謝升孫，南城人。舉進士。為翰林編修官。朝士稱之曰南牕先生。〔註205〕著有詩義斷法，其書已佚，《經義考》未註明其卷數，《四庫全書總目》卷十七《詩》類存目一則著錄《詩義斷法》五卷，云不著撰人名氏，是否即升孫此書，亦無可考。

131、《詩說》（王萬撰）

按：宋理宗朝有兩王萬。其一字處一，嘉定進士，理宗時累官至監察御史。

〔註201〕參閱《宋元學案》，卷 74，〈慈湖學案〉。
〔註202〕參閱《宋元學案》，卷 68，〈北溪學案〉。
〔註203〕參閱《經義考》，卷 108 引《閩書》。
〔註204〕參閱《宋元學案》，卷 89，〈介軒學案〉。
〔註205〕參閱《經義考》，卷 108 引《江西通志》。

《宋史》本傳稱其遺文有時習編及其他奏箚及論天下事者凡十卷。〔註206〕
似處一並無《詩說》之作。另一王萬字萬里，蒲江人。嘉定 2 年（1210）
省試第一。歷任太常博士。《宋元學案》稱其篤學適經術，尤善戴氏《禮》，
〔註207〕或《詩說》即爲其著作，其書今已不傳，卷數亦不知。

132、《詩總》（焦巽之撰）

按：焦巽之，生平無考。所著詩總已佚，卷數亦不知。

133、《毛詩要義》（魏了翁撰）

按：魏了翁，字華父，蒲江人。慶元 5 年（1199），登進士第。時方諱言道
學，了翁策及之。嘉泰 2 年（1202），召爲國子政。明年，改武學博士。開
禧元年（1205），召試學士院。改秘書省正字。明年，遷校書郎，以親老乞
補外，乃知嘉定府。丁父憂解官，築室白鶴山上，開門授徒，士爭從之。
學者鶴山先生。〔註208〕魏氏所著《毛詩要義》傳本罕見，今台人所藏影寫
宋本卷末有光緒 8 年獨山莫詳芝書云：「宋魏鶴山先生於理宗嘉熙間權工部
侍郎，忤時相，謫靖州，嘗取諸經注疏之文，挈領提綱，芟繁舉要，據事
別類而錄之，謂之《九經要義》，凡二百六十三卷，《宋史・藝文志》曾分
載其書，然當時似未盛行，故自後目錄家多未及之。」此書計二十卷，不
錄經文，多依毛鄭之說，然間亦直指《詩序》之非，如〈相鼠・序〉云：「刺
無禮也。衛文公能正其群臣，而刺在位，承先君之化，無禮儀也。」魏氏
謂此〈序〉二語自相牴牾（卷三），甚是。

134、《白石詩傳》（錢文子撰）

135、《詩訓詁》（錢文子撰）

按：錢文字，字季文，樂清人。入太學，有盛名。嘉定後，諸儒無一存者，
文子巋然爲正學宗師。仕至宗正少卿。學者稱爲白石先生。〔註209〕《宋志》
著錄錢氏《白石詩傳》二十卷。〔註210〕魏了翁爲之作〈序〉云：「永嘉錢公
又併去講師增益之說，惟存《序》首一言，約文述指，篇爲一贊，凡舊說

〔註206〕參閱《宋史》，卷 416，王萬本傳。
〔註207〕參閱《宋元學案》，卷 80，〈鶴山學案〉。
〔註208〕參閱《宋史》，卷 437，魏了翁本傳；《宋元學案》，卷 80，〈鶴山學案〉。
〔註209〕參閱《宋元學案》，卷 61，〈徐陳諸儒學案〉。
〔註210〕朱彝尊《經義考》謂《宋志》著錄《白石詩傳》三十卷，三十爲二十之誤。

之涉乎矜己訕上，傷俗害倫者，皆在所不取，題曰《錢氏集傳》。」〔註211〕
《宋志》又著錄白石《詩訓詁》二卷，徐秉義曰：「錢氏《詩詁》三卷，曰
〈釋天〉，曰〈釋地〉，曰〈釋山〉、曰〈釋水〉、曰〈釋人〉、曰〈釋言〉、
曰〈釋禮、曰〈釋樂〉、曰〈釋宮〉、曰〈釋器〉、曰〈釋車〉、曰〈釋服〉、
曰〈釋食〉、曰〈釋禽〉、曰〈釋獸〉、曰〈釋蟲〉、曰〈釋魚〉、曰〈釋草〉、
曰〈釋木〉，凡一十九門。」〔註212〕今白石二書皆未見，其內容僅可由魏、
徐二氏之言略知一二。

136、《叢桂毛詩集解》（段昌武撰）

137、《讀詩總說》（段昌武撰）

138、《詩義指南》（段昌武撰）

按：段昌武，字子武，盧陵人。焦竑《經籍志》作段文昌，蓋因唐段文昌而
誤。朱睦㮮《授經圖》作段武昌，則傳寫倒其文也。昌武之始末無考，惟書
序首載其從子維清請給據狀，稱先叔朝奉昌武以《詩經》而兩魁秋貢，以累
舉而擢第春官而已。〔註213〕朱彝尊《經義考》卷109載段氏之書，有《叢桂
毛詩集解》二十卷，註曰「闕」，又有《讀詩總說》一卷，註曰「存」，是朱
子以《集解》與《總說》爲二書，而《四庫全書》所收段氏之書則名《毛詩
集解》，無「叢桂」二字，卷數爲二十七，其中第二十六卷〈周頌·清廟之什〉，
第二七卷〈周頌·臣工之什〉，皆闕其內容，故《提要》云《集解》之書二十
五卷，然卷一之前另有「卷首」，內容爲「學詩總說」與「論詩總說」，前者
論「作詩之理」、「寓詩之樂」與「讀詩之法」，後者所論有「詩之世」、「詩之
次」、「詩之序」、「詩之體」與「詩之派」，故《提要》以《集解》與《總說》
或爲一書，其言曰：「其書舊本題《叢桂毛詩集解》，蓋以所居之堂名之。……
朱彝尊《經義考》載是書三十卷，注曰闕，又別載《讀詩總說》一卷，注曰
存。《讀詩總說》今未見傳本，而卷首〈學詩總說〉、〈論詩總說〉，今在原目
三十卷之外，疑即所謂《讀詩總說》者，或一書而彝尊誤分之，或兩書而傳
寫誤合之，則莫可考矣。」〔註214〕段氏《集解》一書，列先儒之說，依詩之
章次解之，而間附以己意，體例一如東萊之《讀詩記》，然書成於東萊之後，

〔註211〕見《經義考》，卷109。
〔註212〕見《經義考》，卷109。
〔註213〕見《四庫全書總目》，卷15，經部，《詩》類一。
〔註214〕見《四庫全書總目》，卷15，經部，《詩》類一。

而未能後來居上，卷帙又有所闕漏，故後人於東萊之書多耳熟能詳，而不知盧陵段氏亦有《集解》之作。〈學詩總說〉與〈論詩總說〉亦多引先儒之見解，段氏本人雖無何主意，然其保存古說之功自亦不可沒。段氏另有《詩義指南》一卷，雜論詩篇之義，價值不高，如論〈關雎〉篇首四句曰：「物之和者，以類而相處；人之賢者，以類而相從。」論〈葛覃〉首章曰：「即時物而敍其勤勞之始，不自有其貴者也。」全書之內容類此。

139、《詩緝》（嚴粲撰）

按：嚴粲從經學、理學、文學三條進路以解經，在宋代《詩經》的研究者中別樹一格，雖然因爲篤守《詩序》首句之說，致使其《詩緝》被歸爲守舊派之著作，不過，此書的內容與精神實可謂「舊中帶新」，且整體觀之，南宋晚期說《詩》者中，以嚴粲所獲得的評價最高。詳見本書第七章〈嚴粲之詩經學〉。

140、《詩說》（劉克撰）

按：劉克，或謂信安人，或謂侯官人。〔註215〕其生平未詳。所撰《詩說》十二卷，朱彝尊《經義考》謂：「劉氏《詩說》，《宋志》及焦氏《經籍志》、朱氏《授經圖》均未之載，崑山徐氏傳是樓有藏本，乃宋時雕刻，惜第二、第九、第十卷都闕。前有〈總說〉、楮尾吳匏庵先生題識，尚存。」〔註216〕今《宛委別藏》有收，亦缺二、九、十等三卷。卷前有劉克〈自序〉云：「吾夫子發明至理，以垂訓萬世，未嘗不援詩以爲證。中庸、大學、義理之精微，必以詩發之，豈聖人之道皆有得於詩，所以垂之天下萬世者，必待詩而後發耶？抑其作詩者皆聖賢之盛耶？又況聖人因詩以推廣其義，宏遠精微，皆詩旨之所未及，洙泗之間，諄諄爲學者言，未嘗不以詩爲先，彼春秋諸賢，執詩以助其說者，何啻千里之繆，然後知詩之果爲難言也。」克既以詩爲難言，故其說詩往往自承難知，即如〈卷耳〉、〈漢廣〉等詩文平易者，克亦以爲「是詩何其難知也」、「《詩》之難知，此詩是已」，雖然，劉氏亦一一以己爲之說解。周中孚評此書：「每篇以經文總列於前，而疏明大旨於後，其詳言之者，頗有類於當時之經筵講義，其宗法乃在《呂氏家塾讀詩記》，而間及於朱子《集傳》，然議論多而考證少，不足以成一家

〔註215〕分見《經義考》，卷109；周孚：《鄭堂讀書記》，卷8。
〔註216〕見《經義考》，卷109。

之學。」〔註217〕今觀其書，於《詩序》、毛《傳》之可從者從之，不可從者非之，態度公正，解說詳盡，蓋以議論爲主，固不以考證爲長。

141、《詩地理考》（王應麟撰）

142、《詩考》（王應麟撰）

143、《毛詩草木鳥獸蟲魚廣疏》（王應麟撰）

按：王應麟，字伯厚，鄞縣人。淳祐進士，從王埜受學，擢秘書郎。晚號深寧居士，學者稱爲深寧先生。宋季仕至禮部尙書，入元後杜門不出，講學著書，凡二十年而卒。深寧學問賅博，著作宏富，見於著錄者無慮三十種，散佚之餘，現存者仍得其半。計有《周易鄭注》、《詩考》、《詩地理考》、《補注周書王會篇》、《集解踐阼篇》、《六經天文編》、《漢書藝文志考證》、《通鑑答問》、《通鑑地理通釋》、《漢制考》、《困學紀聞》、《玉海》（附《詞學指南》）、《小學紺珠》、《補注急救篇》、《姓氏急救篇》等十五種。後人裒輯其遺文，先後亦有《四明文獻集》及《深寧文鈔摭餘編》兩種。〔註218〕《宋志》著錄王氏《詩地理考》五卷，今本則爲六卷，卷前有王應麟〈自序〉，曰：「《詩》可以觀：廣谷大川異制，民生其間者異俗，剛柔輕重遲速異齊。聲音之道，與政通矣。延陵季子以是觀之。太史公講業齊魯之都，其作世家，於齊曰洋洋乎固大國之風也。於魯曰洙泗之間斷斷如也。蓋深識夫子一變之意。班孟堅志地理，敘變〈風〉十二國而不及二〈南〉，豈知詩之本原者哉？夫詩由人心生也。風土之音曰風，朝廷之音曰雅，郊廟之音曰頌，其生於心一也。人之心與天地山川流通，發於聲，見於辭，莫不繫水土之風，而屬二光五嶽之氣。因詩以求其地之所在，稽風俗之薄厚，見政化之盛衰，感發善心而得性情之正，匪徒辨疆域云爾。世變日降，今非古矣。人之性情，古猶今也，今其不古乎。山川能說，爲君子九能之一，毛公取而載於傳，有意其推本之也。是用據傳箋義疏，參諸〈禹貢〉、〈職方〉、《春秋》、《爾雅》、《說文》、《地志》、《水經》，網羅遺文古事，傳以諸儒之說，列鄭氏《譜》十首，爲《詩地理考》。讀《詩》者觀乎此，亦升高自下之助云。」所謂「詩由人心生」、「因詩以求其地之所在，稽風俗之薄厚，見政化之盛衰，感發善心而得性情之正」，即深

〔註217〕見周中孚：《鄭堂讀書記》，卷8。
〔註218〕參閱《宋史》，卷438；《南宋書》，卷58，王應麟本傳，另見何澤恆：《王應麟之經史學》，台大中文所1981年博士論文。

寧作《詩地理考》之深旨要義，蓋多識固然有益，然徒務爲博聞強記，則非深寧所願。《四庫提要》指出，《詩地理考》一書全錄鄭氏《詩譜》，又旁採《爾雅》、《說文》、《水經》……，以及先儒之言，凡涉於《詩》中地名者，薈萃成編，然皆採錄遺文，案而不斷，故得失往往並存。〔註219〕雖然，此書爲專研《詩經》地理學之開山之作，僅此一端，在《詩經》學史上已自佔有一席之地。《宋志》又著錄王氏《詩考》五卷，《經義考》云「今六卷」，〔註220〕而今本《詩考》，無論《四庫全書》本，《津逮秘書》本，抑或《學津討原》本，皆僅一卷。此書采集三家《詩》之遺說，彙成一編，存古學而不專佞其說，近人屈萬里譽之爲「傑出」，並謂此書乃輯佚書之始，特值吾人重視。〔註221〕此書卷前有王應麟〈自序〉一篇，其言曰：「漢言《詩》者四家，師異指殊。賈逵撰《齊魯韓與毛氏異同》，梁崔靈恩采二家本爲《集註》。今唯毛《傳》、鄭《箋》孤行。韓僅存《外傳》，而齊、《魯詩》亡久矣。諸儒說詩，一以毛鄭爲宗，木有參考三家者。獨朱文公《集傳》，閎意眇指，卓然千載之上。……一洗末師專己守殘之陋。學者諷詠涵濡而自得之，躍如也。文公語門人，《文選‧注》多《韓詩章句》，嘗欲寫出，應麟竊觀傳記所述三家緒言，尚多有之。網羅遺軼，傳以《說文》、《爾雅》諸書，萃爲一編，以扶微學，廣異義，亦文公之意云爾。」由此〈序〉可見深寧自謂已得朱子治《詩》之要旨。董斯張評此書：「伯厚《詩考》引諸書字義異同，及薛君《韓詩章句》，極其詳覈，然猶有未盡者。如《荀子》引〈節南山〉云『維天子是庳，卑民不迷』，庳今作毗，卑今作俾。《子華子》引〈野有蔓草〉云『有美一人，清風婉兮』，風今作揚。《說苑》引〈黍苗〉『原隰既平，泉流既清』，本立而道生，漢潁薛君碑引詩『永矢不愃』（〈考槃〉，今作「弗諼」），《水經注》引〈魯頌〉『保其鳧繹』，其，今作有。《韓詩》『于嗟嘆辭』（《薛君章句‧騶虞》《文選‧注》），『使我心痗』（〈伯兮〉，《文選‧注》），『彼其之子，碩大且篤』，非良篤修身行之君子，其孰能與之哉！（〈椒聊〉，《韓詩外傳》），『和樂且湛』，薛君：樂之甚也。（〈常棣〉，《文選‧注》）……此皆困學翁之所逸也。」〔註222〕《詩考》誠然猶有未盡，比之清代魏源之《詩古微》、陳壽祺、陳喬樅父子之《三家詩

〔註219〕《四庫全書總目》，卷15，經部，《詩》類一。
〔註220〕《經義考》，卷103。
〔註221〕屈萬里：《詩經釋義》，敍論八，「歷代詩學的演變」。
〔註222〕見《經義考》，卷109。

遺說考》、王先謙之《詩三家義集疏》，亦有遜色，不過，輯佚的成績本就是後來者容易居上，本書既爲輯佚書之始，則其地位已自篤定。《四庫提要》則評之曰：「應麟檢諸書所引，集以成帙，以存三家逸文，又旁搜廣討，曰〈詩異字異義〉，曰〈逸詩〉，以附綴其後。……明末董斯張嘗摘其遺漏十九條，其中《子華子》『清風婉兮』一條，本北宋僞書，不得謂之疏略。近時會稽范家相因應麟之書，撰《三家詩拾遺》十卷，其所條錄又多斯張之所未蒐。……古書散佚，蒐採爲難，後人踵事增修，較創始易於爲力，筆路縕縷，終當以應麟爲首庸也。」〔註223〕此論可謂公允。深寧又有《毛詩草木鳥獸蟲魚廣疏》六卷，其書今已不可得見。

144、《詩注》（洪咨夔撰）

按：洪咨夔，字舜俞，於潛人。嘉定進士，授如皐主簿，尋試爲饒州教授，作大治賦，樓鑰賞識之。授南外宗學教授，以言去。官成都通判，毀鄧艾祠，更祠諸葛亮，尋遷監察御史，劾薛極，朝綱大振。後歷任刑部尚書、翰林學士。著有《詩注》、《春秋說》、《平齋文集》、《平齋詞》等。〔註224〕所著《詩注》已佚，卷數亦不知。

145、《詩經注解》（熊剛大撰）

按：熊剛大，建陽人。嘉定進士，官建安教授。爲蔡淵、黃榦之弟子，學者稱古溪先生。著有《詩經注解》。〔註225〕其書今已亡佚，卷數亦不知。

146、《詩膚說》（高斯得撰）

按：高斯得，字不妄，紹定進士，授利州路觀察推官。時李心傳以著作佐郎領史事，即成都修國朝會要，辟爲檢閱文字。後李心傳修四朝史，辟爲史館檢閱，斯得分修光、寧二帝紀，尋遷史館校勘，又遷軍器監主簿兼史館校勘。斯得屢言事，群檢悚懼，合力排擯之，出知嚴州，累官至參知政事。以論賈似道誤國，留夢炎乘間罷之。著有《詩膚說》、《儀禮合抄》、《草堂文集》……等書。〔註226〕所著《詩膚說》已佚，卷數亦不知。

147、《詩傳演說》（顧文英撰）

〔註223〕見《四庫全書總目》，卷15，經部，《詩》類一。
〔註224〕參閱《宋史》，卷406，洪咨夔本傳；《宋元學案》，卷79，〈邱劉諸儒學案〉。
〔註225〕參閱《宋元學案》，卷62，〈西山蔡氏學案〉；《尚友錄》，卷1。
〔註226〕參閱《宋史》，卷409，高斯得本傳；《宋元學案》，卷80，〈鶴山學案〉。

按：顧文英，字貢士。生平判考。劉克莊謂其所撰《詩傳演說》「大略如鄭夾漈」，〔註227〕據此，則顧氏說《詩》當亦反對毛鄭，唯其書已佚，其詳不可得知。

148、《詩傳》（董鼎撰）

按：董鼎，字季亨，別號深山，夢程之族弟，鄱陽人。私淑黃榦、董銖，著有《詩傳》、《尚書輯錄纂注》……等書。〔註228〕所著《詩傳》已佚，並卷數亦無以得知。

149、《詩講義》（李彖撰）

按：李彖，生平無考。所著《詩講義》已佚，卷數亦不知。

150、詩古音辨（鄭犀撰）

按：鄭犀，生平無考。朱彝尊謂「犀或作庠」，〔註229〕《宋志》著錄有鄭庠《詩古音辨》一卷，鄭庠之名亦無可考，而是書亦已不傳。

151、《詩演義》（劉元剛撰）

按：劉元剛，生平無考。所著《詩演義》已佚，卷數亦不知。

152、《讀詩私記》（章叔平撰）

按：章叔平，生平無考。所著《讀詩私記》卷前有黃震〈序〉曰：「章君叔平因兩家（按：朱子、呂祖謙）之異，參諸說之詳，斷以己見，名以《私記》，無一語隨人之後，其用功之精勤與謙虛不敢自信之意，果何如哉！」〔註230〕今其書已佚，卷數亦已不知。

153、《詩箋》（蔡夢說撰）

按：蔡夢說，字起巖，黃巖人。從車瑾遊，究心濂洛之傳，開門授徒，多所造就。著有《詩箋》八卷，〔註231〕今已亡佚。

154、《佩韋齋輯聞詩說》（俞德鄰撰）

按：俞德鄰，字宗大，號太玉山人、大迂山人，永嘉人。咸淳進士。著有

〔註227〕引文見《經義考》，卷110。
〔註228〕參閱《宋元學案》，卷89，〈介軒學案〉。
〔註229〕見《經義考》，卷110。
〔註230〕見《經義考》，卷110引。
〔註231〕參閱《宋元學案》，卷66，〈南湖學案〉。

《佩韋齋輯聞》、《佩韋齋文集》。〔註232〕俞氏《佩韋齋輯聞》卷二中有《詩說》十四條，〔註233〕皆以己意說詩，如《序》謂〈卷耳〉乃后妃之志，俞氏則謂「〈卷耳〉，夫行役於外，其室家閔其勤勞而作也」，此說爲清儒方玉潤《詩經原始》所本。〔註234〕又如〈風雨〉之詩，《序》謂「思君子也。亂世思君子不改其度焉」，俞氏則曰：「〈風雨〉之詩非思君子也。亂世小人多而君子少，幸一遇焉，故曰心夷，曰疾瘳、曰云胡不喜，猶莊子所謂逃空谷者，聞人足音，跫然而喜也。」此說亦言人所未曾言。惜乎其《詩說》僅十餘條，故不足以名家。

155、《詩解》（姚隆撰）

按：姚隆，韶溪人。贈朝散大夫。其《詩解》一書有黃淵之〈序〉曰：「是解也，參之李迂仲，訂之張敬夫，序之可者從之，否則正之。謂風雅頌皆始於文王，謂風〈關雎〉、鵲巢迺應其聲，謂二〈雅〉聲有大小，非政有大小，謂〈王風〉乃王城之聲，謂〈國風〉無變〈風〉，二〈雅〉無變〈雅〉，譚《詩》平易如此。」〔註235〕今是書已佚，其詳不可得知。

156、《讀詩一得》（黃震撰）

按：黃震，字東發，慈溪人。寶祐進士。調吳縣尉。吳多豪勢家，告私債則以屬尉，民多飢凍窘苦，死尉卒手。震至，不受貴家告。授史館檢閱，以直言出判廣德軍，知撫州，改提點刑獄。爲人清介自守，學宗朱子，學者稱越公、於越先生，門人私諡文潔先生。著有《日抄》、《古今紀要》、《逸編》、《戊辰修史傳》等。〔註236〕所著《讀詩一得》即《日抄》之〈讀毛詩〉，僅一卷。黃氏讀《詩》，雖致疑於《詩序》，然亦以爲《序》實不可盡棄，其言曰：「夫《詩》非《序》莫知其所自作。去之千載之下，欲一旦盡去自昔相傳之說，別求其說於茫冥之中，誠亦難事。」又以爲朱子說《詩》雖盡去美刺，探求古始，其說頗警俗，東萊亦不能無疑焉，然朱子《集傳》文義曉然，發理精到，措辭簡潔，讀之使人瞭然，故欲學者以《集傳》爲

〔註232〕參閱《四庫全書總目》，卷 121，子部，雜家類五。

〔註233〕朱彝尊《經義考》卷 110 引曹溶《佩韋齋輯聞》中有《詩說》十三條，十三爲十四之誤。

〔註234〕方玉潤《詩經原始》謂〈卷耳〉之詩曰：「此詩當是婦人念夫行役而憫其勞苦之作。」

〔註235〕《經義考》，卷 110 引。

〔註236〕參閱《宋史》，卷 438，黃震本傳；陳著：《本堂集》，卷 38。

主，而參以諸家，則庶乎得之。〔註237〕

157、《詩傳注疏》（謝枋得撰）

　　按：謝枋得，字君直，號疊山，弋陽人。寶祐進士。為人豪爽，性好直言。曾應吳潛徵辟，團結民兵，以扞饒、信、撫。尋應試建康，摘似道政事為問目，言：「兵必至，國必亡。」獨犯賈似道，謫居興國軍。咸淳中，赦歸。德祐初，以江東提刑知信州。元兵犯州，戰敗城陷，乃變姓名入建寧唐石山。宋亡，居閩中。元人強之北行，絕食而死。〔註238〕枋得所撰《詩傳注疏》原本久佚，卷帙無考；元人解《詩》，互相徵引，刪節詳略，亦各不同；故朱彝尊《經義考》謂是書已佚，亦不知其卷數。今《知不足齋叢書》收有《詩傳注疏》二卷，卷前有吳長元於乾隆辛丑所撰之〈弁言〉一篇，云：「今於《永樂大典》各韻所載元人《詩經纂注》中，採錄一百六十四條、歷搜諸書，又得一百三十七條。存詳去略，編為三卷，袛標篇目，不錄經文，以脫略甚多也。」據此，則今本《詩傳注疏》分上中下三卷，乃後人編輯而成，非原書卷帙。〈弁言〉又云：「先生生板蕩之朝，抱〈黍離〉之痛，說《詩》見志，於〈小雅〉憂傷哀怨之什，恆致意焉。而於經義發明透暢，又非空作議論者比。解〈無衣〉之『與子同仇』，寓高宗南遷之失；論皇父之不遺一老（按：事詳〈小雅‧十月之交〉），刺似道誤國之姦；至疏〈蓼莪〉之四章，詳明愷惻，令人讀之欲淚。孔子興觀群怨、事父事君之旨，先生蓋深有契焉。讀是編著，可以論世，可以知人矣。」阮元亦曰：「枋得生丁板蕩，故其說《詩》見志，每多〈小雅〉憂傷哀怨之思，然據理解經，亦絕非橫發議論，若胡安國之《春秋傳》可比。……《禮》之所謂溫柔敦厚，與《論語》之所稱興觀群怨者，於枋得實無愧焉。」〔註239〕

158、《詩可言集》（王柏撰）

159、《詩辨說》（或作《詩疑》，王柏撰）

　　按：王柏，字會之，一字仲會，金華人。十五歲而孤，依長兄桐，受其撫教，事之甚恭。柏從朱子門下游，或語以何基嘗從黃榦得熹之傳，即往從之，授之立志居敬之旨。柏少慕諸葛亮為人，自號長嘯，及長，與汪開之

〔註237〕詳見《黃氏日抄》，卷4。

〔註238〕參閱《宋史》，卷425，謝枋得本傳。

〔註239〕見阮元：《四庫未收書提要》。

讀《論語》，一日，至「居處恭，執事敬」，惕然曰：「長嘯非聖門持敬之道。」乃更其號曰魯齋。柏工詩善畫，質實堅苦，勤於著述，著有《讀易記》、《詩可言集》、《詩辨說》（即《詩疑》）、《書疑》、《魯齋集》、《研幾圖》……等。〔註240〕《詩可言集》二十卷，爲評詩之作，所評皆當代理學家，以朱子爲中心，非近「紫陽宗旨」者，則不入選評。所評雖爲歷代之詩，但以「論三百五篇之所以作，及詩之教、之體、之學，而及於騷」爲準則。王柏以爲，近體詩就體制言，不必復古，然近體詩之精神，必須合乎三百篇教化之旨。〔註241〕《詩辨說》二卷，書名或作《詩疑》，納蘭容若曰：「古之說《詩》者率本大〈小序〉，自晦菴朱子去《序》言《詩》，遂以列國之風多指爲男女期會贈答之作。公師事何文定，文定學於黃文肅，文肅受業朱子之門，宜其以鄭衛諸詩信爲淫奔者所作，且疑三百五篇豈盡夫子之舊，容或有刪去之詩存於閭巷之口，漢初諸儒各出所記，以補其缺佚者，又以二〈南〉各十有一篇，兩兩相配，於是削去〈野有死麕〉一篇，退〈何彼襛矣〉、〈甘棠〉於〈王風〉，其自信之堅過於朱子，此則漢唐以來群儒莫之敢爲者也。」〔註242〕《四庫提要》曰：「《書疑》雖頗有竄亂，尚未敢刪削經文。此書則攻駁毛、鄭不已，併本經而攻駁之；攻駁本經不已，又併本經而刪削之。其以〈行露〉首章爲亂入，據〈列女傳〉爲說，猶有所本也。以〈小弁〉「無逝我梁」四句爲漢儒所妄補，猶曰其詞與〈谷風〉相同，似乎移綴也。以〈下泉〉末章爲錯簡，謂與上二章不類，猶著其疑也。至於〈召南〉刪〈野有死麕〉，〈邶風〉刪〈靜女〉，〈鄘風〉刪〈桑中〉，〈衛風〉刪〈氓〉、〈有狐〉，〈王風〉刪〈大車〉、〈丘中有麻〉，〈鄭風〉刪〈將仲子〉、〈遵大路〉、〈有女同車〉、〈山有夫蘇〉、〈籜兮〉、〈狡童〉、〈褰裳〉、〈東門之墠〉、〈丰〉、〈風雨〉、〈子衿〉、〈野有蔓草〉、〈溱洧〉，〈秦風〉刪〈晨風〉，〈齊風〉刪〈東方之日〉，〈唐風〉刪〈綢繆〉、〈葛生〉，〈陳風〉刪〈東門之池〉、〈東門之枌〉、〈東門之楊〉、〈防有鵲巢〉、〈月出〉、〈株林〉、〈澤陂〉凡二十二篇。（《提要》原案：書中所列之目實止二十一篇，疑傳刻者脫其一篇）又曰：『〈小雅〉中凡雜以怨誹之語，可謂不雅，予今歸之

〔註240〕參閱《宋史》，卷438，王柏本傳；《魯齋王文憲公集》，卷10；程元敏：《王柏之詩經學》，第一章，〈王柏生平簡介〉。
〔註241〕參閱程元敏：《王柏之詩經學》，第二章，〈王柏有關詩經學之著作〉。
〔註242〕見《通志堂經解》本《詩疑》納蘭容若〈序〉。

〈王風〉，且使〈小雅〉粲然整潔。』其所移之篇目，雖未具列，其降雅爲風，已明言之。又曰：『〈桑中〉當曰〈采唐〉，〈權輿〉當曰〈夏屋〉，〈大東〉當曰〈小東〉。』則併篇名改之矣。此自有六籍以來，第一怪變之事也。柏亦自知詆斥聖經爲公論所不許，乃託詞於漢儒之竄入。夫漢儒各尊師說，字句或有異同，至篇數則傳授昭然，其增減一一可考。如《易‧雜卦傳》爲河內女子壞老屋所得。《書》出伏生者二十九篇，孔安國以孔壁古文增十六篇，而〈泰誓〉二篇亦爲河內女子所續得。〈舜典〉首二十八字，爲姚方興所上。《周禮‧考工記》爲河間獻王所補，具有明文。下至《左傳》，增其處者爲劉氏一句，「秦穆姬登臺履薪」一段，先儒亦具有記載。惟《詩》不言有所增加，安得指〈國風〉二十二篇，爲漢儒竄入也？王弼之《易》，杜預之《左傳》，以傳附經，離其章句；鄭玄《禮記目錄》與劉向《別錄》不同，亦咸有舊說。惟《詩》不言有所更易，安得謂〈王風〉之詩，竟移入〈小雅〉也？且《春秋》有三家，可以互考，故《公羊》經文增孔子生一條，而《左傳》無。《詩》有四家，亦可以互考，故三家〈般〉詩多「於繹思」一句，《毛詩》無之，見《經典釋文》；《毛詩》〈都人士〉有首章而三家無之，見《禮記‧緇衣‧注》。即《韓詩‧雨無正》多「雨無其極」二句，宋人亦尚能道之，見《元城語錄》。一句一字之損益，即彼此參差，昭昭乎不能掩也。此二十二篇之竄入，如在四家既分以後，則齊增者魯未必增，魯增者韓未必增，韓增者毛未必增，斷不能如是之畫一。如在四家未分以前，則爲孔門之舊本，確矣。柏何人，斯敢奮筆而進退孔子哉？至於謂〈碩人〉第二章形容莊姜之色太褻，〈秦風‧黃鳥〉乃淺識之人所作，則更直排刪定之失，不復託詞於漢儒，尤爲恣肆。」〔註243〕對於孔子不願刪、不敢刪的詩篇，王柏毅然刪之；孔子所不敢變易者，王柏毅然移之；廢《序》言《詩》之弊，一至於此，毋怪《提要》不得不痛斥其非。近人屈萬里謂《詩疑》不獨攻擊毛鄭，兼且刪削經文，乃爲疑古一派之過火之作；〔註244〕言之甚是。

160、《朱子詩傳辨正》（戴亨撰）

按：戴亨，字子元，臨海人。師事邱漸。其教人以毋自欺爲第一義，嘗銘座右曰：「莫見乎隱，莫顯乎微，欲人不知，莫若弗爲。」著有《太極圖說》、

〔註243〕詳《四庫全書總目》，卷17，經部，《詩》類存目一。
〔註244〕見屈萬里：《詩經釋義》，敍論八，「歷代詩學的演變」。

《人心道心說》、《近思錄補注》、《朱子詩解》、《北溪字義辨正》。〔註245〕
朱彝尊《經義考》著錄有戴氏之《朱子詩傳辨正》，卷帙不知，而《宋元學
案》據《浙江通志》，謂亨有《朱子詩解》之書，卷數亦不詳，不知《辨正》
與《詩解》是否同爲一書。今是書已佚，內容無由知悉。

161、《詩經講義》（江愷撰）

按：江愷，字伯幾，婺源人。貢禮闈。宋亡，衣齊衰隱居，學者稱雪江先
生。〔註246〕所撰《詩經講義》已佚，卷數亦不知。

162、《清全齋讀詩編》（陳深撰）

按：陳深，字子微，吳縣人。宋亡，棄舉子業，閉門著書。弟子受業者，
戶屨恒滿。天曆間或以能書薦之，潛匿不出。所居曰寧極齋，別號清全。
著有《讀易編》、《讀詩編》，《讀春秋編》等書。〔註247〕所著《讀詩編》已
佚，卷數亦不知。

163、《詩講義》（陳普撰）

按：陳普，字尚德，寧德人。學者稱石堂先生。宋亡，隱居授徒，三辟爲
本省教授，不起，巋然以斯道自任，四方及門者數百人，嘗聘主雲莊書院。
晚在莆中十有八年，造就益眾。著有《石堂遺集》。〔註248〕所撰《詩講義》，
今未見，《經義考》謂其書僅一卷。〔註249〕

164、《詩傳微》（陳煥撰）

按：陳煥，字詩可，豐城人。博學和易。黃謙父重其人，爲賣田築館，居
之二十年。兩與鄉漕薦。入元，隱居巘山，不仕，取平生著述，定爲《易
傳宗》、《書傳通》、《詩傳微》、《禮記釋》、《四書補注》諸書行於世。〔註250〕
所撰《詩傳微》已佚，卷數亦不知。

165、《詩正義》（或作《詩口義》，丘葵撰）

按：丘葵，字吉甫。居海嶼中，因自號釣磯，宋末科舉廢，杜門厲學。著

〔註245〕參閱《宋元學案》，卷66，〈南湖學案〉。
〔註246〕參閱《經義考》，卷110引《徽州府志》。
〔註247〕參閱萬斯同：《宋季忠義錄》，卷15；《宋史翼》，卷35。
〔註248〕參閱《宋季忠義錄》，卷12；《宋元學案》，卷64，〈潛庵學案〉。
〔註249〕見《經義考》，卷110。
〔註250〕參閱《宋季忠義錄》，卷16。

有《易解義》、《書解》、《詩正義》(《詩口義》)、《春秋通義》四書。亡元時，
倭寇至其宅，他無所犯，惟取遺書以去，故其著述多無傳者。〔註251〕所撰
《詩正義》亦已不傳，內容無由得知。

166、《絃歌毛詩譜》(俞琰撰)

按：俞琰，字玉吾，吳縣人。生宋寶祐間，以詞賦聞。宋亡，隱居著書，
不復仕進。以義理之學淑諸人。於書無不讀。精於易學，尤好鼓琴，既老，
自號石澗。著有《大易會要》、《周易集說》、《周易參同契發揮》、《絃歌毛
詩譜》……等書。〔註252〕所撰《絃歌毛詩譜》一卷，今未見。

167、《毛詩通旨》(何逢源撰)

按：何逢源，字文瀾，分水人。咸淳間累官中書舍人，知時事不可為，引
疾而去。元至元中，御史程文海薦之朝，授福建儒學提舉，辭不赴，卒於
家。何氏於《易》《詩》《書》皆有《通旨》之作，又著有《四書解說》、《玉
筆集》、《感遇詩》等書。〔註253〕所著《毛詩通旨》已佚，卷數亦不知。

168、《詩辨說》(趙惠撰)

按：趙惠，字鐵鋒，為宋宗室。舉進士。入元，隱居豫章，蓋高節之士也。
著有《詩辨說》、《四書箋義》。〔註254〕今本《詩辨說》一卷，舊刻附於元人
朱倬《詩經疑問》後。《槐廬叢書》本《詩辨說》卷末有朱記榮之跋語曰：
「國朝納喇氏刊《通志堂經解》時，祇刻《詩經疑問》七卷，而不及此，
以故世罕獲見。」考今本《通志堂經解》仍以趙氏《詩辨說》為朱氏《疑
問》之附編，且比《槐廬叢書》本多近六百字，朱記榮不知何所據而云然？
此書於詩之大旨，疏證分明，舉凡孔子正樂何以止言雅、頌而不及風，〈國
風〉何以無楚語，〈魯頌〉、〈商頌〉何以皆列於周，〈魯頌〉與商、周之頌
有何不同……等等，皆一一解說，於讀《詩》者實不無裨益。

169、《毛詩集疏》(熊禾撰)

按：熊禾，字去非，號勿軒，一號退齋，建陽人。幼有志濂、洛、關、閩
之學，師事朱子門人輔廣，鉤考經傳，沉潛天人道德之蘊。咸淳進士，授

〔註251〕參閱《宋季忠義錄》，卷15。
〔註252〕參閱《宋季忠義錄》，卷15。
〔註253〕參閱《宋季忠義錄》，卷13。
〔註254〕參閱《槐廬叢書》本《詩辨說》，卷末，朱記榮〈跋〉。

汀州司戶參軍，宋亡，不仕。築室雲門山，四方來學者雲集。著有《毛詩集疏》、《二禮考異》、《春秋論考》、《勿軒集》……等書。〔註255〕所撰《毛詩集疏》已佚，卷數亦不知。

170、《詩本義補遺》（吳氏撰）

按：《宋史·藝文志》載「吳氏《詩本義補遺》二卷」，注曰：「名亡」，朱彝尊曰：「按王氏《困學紀聞》載鶴林吳氏論《詩》曰：『興之體，足以感發人之善心，毛氏自〈關雎〉而下，總百十六篇首繫之興：〈風〉七十，〈小雅〉四十，〈大雅〉四、〈頌〉二，注曰興也，而比賦不稱焉，蓋謂賦直而興微，比顯而興隱也。』吳氏未詳其名，其書出於朱子《集傳》之前，未審即《宋志》所載《本義補遺》否也。」〔註256〕今《補遺》一書已佚，其詳無以得知。

171、《毛詩小疏》

按：《毛詩小疏》，不知其作者。二十卷，因孔《疏》爲本，刪取要義，輔益經注。〔註257〕

172、《毛詩餘辨》

按：《通志》著錄《毛詩餘辨》四卷，不知作者，其書已佚。

173、《毛詩別集正義》

按：《通志》著錄《毛詩別集正義》一卷，不知作者，其書已佚。

174、《毛詩釋題》（《崇文總目》作《毛詩解題》）

按：《宋志》著錄《毛詩釋題》二十卷，不知作者，其書已佚。朱彝尊曰：「《崇文總目》不著撰人名氏，篇端總敍詩義，次述章旨，蓋近儒之爲者歟！」〔註258〕

175、《毛詩正數》

按：《宋志》著錄《毛詩正數》二十卷，不知作者，其書已佚。

176、《毛詩釋篇目疏》

〔註255〕參閱《宋季忠義錄》，卷12；《宋史翼》，卷34。
〔註256〕見《經義考》，卷110。
〔註257〕參閱《經義考》，卷110引《崇文總目》。
〔註258〕見《經義考》，卷110。

按：《宋志》著錄《毛詩釋篇目疏》十卷，不知作者，其書已佚。

177、《詩疏要義》

按：《宋志》著錄《詩疏要義》一卷，不知作者，其書已佚。

178、《毛詩玄談》

按：《宋志》著錄《毛詩玄談》一卷，不知作者，其書已佚。

179、《毛詩章疏》

按：《宋志》著錄《毛詩章疏》二卷，《紹興書目》作二卷，不知作者，其書已佚。

180、《毛詩通義》

按：《宋志》著錄《毛詩通義》二十卷，不知作者，其書已佚。

181、《毛鄭詩學》

按：《宋志》著錄《毛鄭詩學》十卷，不知作者，其書已佚。

182、《纂圖互注毛詩》

按：《纂圖互注毛詩》二十卷，不知作者，其書未見。陸元輔謂此書鋟刻甚精，首之以〈毛詩舉要圖〉二十五，次之以《毛詩篇目》，每詩題下采《毛詩》首句注之，其卷一至終，則全錄大小〈序〉及毛《傳》、鄭《箋》、陸氏《釋文》，而采《左傳》、三《禮》有及於詩者爲互注，又標詩句之同者爲重言，詩意之同者爲重意，蓋唐宋人帖括之書也。〔註259〕

183、《詩義斷法》

按：《詩義斷法》一卷，不知作者，其書已佚。《經義考》卷 108 另著錄有謝升孫之《詩義斷法》，故知宋代書名《詩義斷法》者至少有兩部。

　　以上《經義考》所著錄之宋代《詩經》學著述都凡 183 種，其中有作者可考者 169 部，不知姓名者 14 部，宋儒者研究《詩經》學之風氣可謂歆歟盛哉！抑有進者，宋代《詩經》學要籍尚頗不乏爲《經義考》所漏收者，如毛居正之《毛詩正誤》，見於《六經正誤》，章如愚之《新刻山堂詩考》，見於《古名儒毛詩解十六種》，袁燮之《絜齋毛詩經筵講義》，收於《四庫全書》，而李公凱之《東萊毛詩句解》、楊甲之《毛詩正變指南圖》、陳植之《潛室陳先生

〔註259〕詳見《經義考》，卷 110 引陸元輔語。

木鍾集詩》……等等，也爲《經義考》所未收，故謂宋代《詩經》學專著在兩百部以上，當可相信。

此兩百餘部要籍中，有以考據見長者，如范處義、蔡卞、王應麟等，於詩之名物、訓詁、古語、古說等，皆有精詳之考證；有以義理見長者，如歐陽修、蘇轍、王質、鄭樵、朱子、楊簡等，雖謬誤難免，卓見亦復不少。有勇於糾正毛鄭古說者，如歐陽修、鄭樵、朱子、楊簡、輔廣、戴溪等，皆能獨抒己見，而不迷信舊說；有極端擁護《詩序》者，如范處義；有雖接受《詩序》，然亦時出己意者，如呂祖謙、嚴粲等，或謂其爲毛氏功臣，却又雜采眾說，不受毛鄭束縛。

反觀宋代之前，毛鄭出而三家微，魏晉南北朝在《詩經》學上之成績幾等於零，隋唐兩代亦乏善可陳，其間雖有成伯璵之《毛詩指說》，說《詩》不依毛鄭，然篇幅既少（僅一卷），在當代又無人重視，以是知宋代乃前儒說《詩》之一重要轉捩點。

第二章 歐陽修之《詩經》學

第一節 歐陽修（1007～1072）傳略

　　歐陽修，〔註1〕宋眞宗景德4年（1007）3月丁未（21日）生。〔註2〕字永叔，〔註3〕唐太子率更令歐陽詢之後。〔註4〕嘗自號「醉翁」，〔註5〕晚年更號「六一居士」，〔註6〕吉州廬陵人，〔註7〕本貫永豐縣明德鄉。〔註8〕

　　修四歲而孤，母鄭氏守節自誓，親誨之學。家貧，至以荻畫地學書。幼敏悟過人，讀書輒成誦，及冠，已有名聲。〔註9〕

　　仁宗天聖8年（1030），修舉進士，〔註10〕試南宮第一，擢甲科，調西京

〔註1〕 歐陽修，或作歐陽脩，《宋史》本傳、〈歐陽文忠公神道碑〉、《三朝名臣言行錄》等俱題爲歐陽脩，周必大云：「案《說文》以修爲飾，以脩爲脯；《篇韻》，脩兼訓長，故公字永叔。公文集多以修爲脩，不敢輕改者，蓋當時《集古錄》千卷，皆有公之名印，視其篆文，乃從攸從，未嘗從月，……古字簡少，殆可通用。」《歐陽文忠公全集》，卷16，〈奏議集〉，〈周必大跋〉。不過，多數文獻作歐陽修，《宋史》各篇言及歐陽公，歐陽脩、歐陽修兩名互見。
〔註2〕 參閱胡柯：《廬陵歐陽文忠公年譜》。
〔註3〕 參閱《宋史》，卷319，歐陽修本傳。
〔註4〕 見《神宗實錄》本傳。
〔註5〕 見《歐陽文忠公全集・居士集》，卷40，〈醉翁亭記〉；卷44，〈六一居士傳〉。
〔註6〕 見《歐陽文忠公全集・居士集》，卷44，〈六一居士傳〉。
〔註7〕 見《宋史》，卷319，歐陽修本傳；《東都事略》，卷72。
〔註8〕 見《歐陽文忠公全集・歐陽修行狀》，另〈歐陽修墓誌銘〉及《三朝名臣言行錄》皆云歐陽修爲吉州永豐人。
〔註9〕 參閱《宋史》，卷319，歐陽修本傳。
〔註10〕 見《歐陽文忠公全集・居士外集》，卷12，〈胥氏夫人墓誌銘〉。

推官。〔註 11〕始從尹洙游，爲古文，議論時事，迭相師友。又與梅堯臣游，爲歌詩相倡和，遂以古文冠天下。入朝，爲館閣校勤。〔註 12〕

　　景祐 3 年（1036），范仲淹以言事貶，〔註 13〕在廷多論救，司諫高若訥獨以爲當黜，修貽書責之，謂其不復知人間有羞恥事，若訥上其書，坐貶夷陵令，〔註 14〕次年，徙乾德令，又次年，權武成節度使判官廳公事。〔註 15〕康定元年（1040），仲淹使陝西，〔註 16〕辟掌書記，修婉拒，〔註 17〕久之，復校勘，進集賢校理。〔註 18〕

　　慶曆 3 年（1043），知諫院。據《宋史》記載，歐陽修平素論事切直，不避權貴，仁宗甚重之，每進見，帝即延問執政，咨所宜行。人多視其如仇，帝獨獎其敢言，面賜五品服。同修起居注，遂知制誥。〔註 19〕

　　慶曆 4 年（1044）4 至 7 月，歐陽修奉使河東。〔註 20〕自四方用兵，議者欲廢麟州以省饋餉，修期期以爲不可，州乃得存。〔註 21〕又言：「忻、代、苛嵐多禁地廢田，願令民得耕之，不然，將爲敵有。」朝廷下其議，久乃行，歲得粟數百萬斛。凡河東賦斂過重，民所以不堪者，奏罷十數事。〔註 22〕7 月，還京師，8 月甲午（5 日），保州軍判，契丹聲言討西夏。癸卯（14 日），修任龍圖閣直學士，河北都轉運按察使。〔註 23〕

　　慶曆 5 年（1045），杜衍、范仲淹、韓琦、富弼相繼以黨議罷去，歐陽修上書辨之。〔註 24〕於是邪黨益忌修，因其甥張氏獄傳致以罪，左遷知制誥，知滁州。〔註 25〕

〔註 11〕　參閱《宋史》，卷 319，歐陽修本傳。
〔註 12〕　參閱《宋史》，卷 319，歐陽修本傳。
〔註 13〕　參閱胡柯：《廬陵歐陽文忠公年譜》。
〔註 14〕　參閱《宋史》，卷 319，歐陽修本傳。
〔註 15〕　參閱胡柯：《廬陵歐陽文忠公年譜》。
〔註 16〕　參閱胡柯：《廬陵歐陽文忠公年譜》。
〔註 17〕　歐陽修拒范仲淹之薦，此事一時傳爲美談，今人劉子健則以爲是修不甘屈就書記之職之故，說詳劉子健：《歐陽修的治學與從政》，頁 149。香港新亞研究所出版。
〔註 18〕　參閱《宋史》，卷 319，歐陽修本傳。
〔註 19〕　參閱《宋史》，卷 319，歐陽修本傳。
〔註 20〕　參閱胡柯：《廬陵歐陽文忠公年譜》。
〔註 21〕　參閱《宋史》，卷 319，歐陽修本傳。
〔註 22〕　參閱《宋史》，卷 319，歐陽修本傳。
〔註 23〕　參閱胡柯：《廬陵歐陽文忠公年譜》。
〔註 24〕　參閱胡柯：《廬陵歐陽文忠公年譜》。
〔註 25〕　見《宋史》，卷 319，歐陽修本傳，並詳《續資治通鑑長編》，卷 157，「慶曆

　　據《年譜》所載，慶曆 8 年（1048），歐陽修轉起居舍人，依舊知制誥，徙知揚州。次年（皇祐元年，1048）正月，移至潁州，4 月轉禮部郎中，8 月復龍圖閣直學士。皇祐 2 年（1050）7 月，歐陽修改佑應天府，兼南京留守司事，10 月，轉戶部郎中，加輕車都尉。皇祐 4 年（1052）3 月，丁母憂，歸潁州。4 月，起復舊官，歐陽修固辭之。8 月，許之。〔註 26〕

　　次年（1053）8 月，歐陽修自潁州護母喪歸，喪吉州之瀧岡，是年冬季，復至潁州。〔註 27〕

　　至和元年（1054），歐陽修除服入京，任翰林學士，奉詔修《唐書》。〔註 28〕次年，出使契丹，以其名重，備受禮遇。〔註 29〕

　　嘉祐 2 年（1057），權知貢舉，據《宋史》云，當時士子尚為險怪奇澀之文，號「太學體」，修痛排抑之，凡如是者輒黜，場屋之息，從此遂變。次年（1058）6 月，加龍圖閣學士，權知開封府，承包拯威嚴之後，簡易循理，不求赫赫之名，京師亦治。〔註 30〕

　　（1058）6 月，加龍圖閣學士，權知開封府，〔註 31〕修承包拯威嚴之後，簡易循理，不求赫赫之名，京師亦治。〔註 32〕

　　嘉祐 5 年（1060），《新唐書》成，因功拜禮部侍郎，兼侍讀學士，〔註 33〕11 月，拜樞密副使。〔註 34〕

　　嘉祐 6 年（1061）閏 8 月，轉戶部侍郎參知政事，進封開國公。〔註 35〕修在兵府，與曾公亮考天下兵數及三路屯戍多少、地理遠近，更為圖籍。凡邊防欠缺屯戍者，必加蒐補。其在政府，與韓琦同心輔政。凡岳民、官吏、財利之要，中書所當知者，集為總目，遇事不復求之有司。〔註 36〕

　　　　五年八月甲戌」條。
〔註 26〕參閱胡柯：《廬陵歐陽文忠公年譜》。
〔註 27〕參閱胡柯：《廬陵歐陽文忠公年譜》，又《歐陽文忠公全集・居士集》卷 25 有修撰〈瀧岡阡表〉。
〔註 28〕參閱宋胡柯：《廬陵歐陽文忠公年譜》；蘇轍：〈歐陽文忠公神道碑〉。
〔註 29〕參閱《宋史》，卷 319，歐陽修本傳；歐陽發等述：〈先公事迹〉。
〔註 30〕參閱《宋史》，卷 319，歐陽修本傳；胡柯：《廬陵歐陽文忠公年譜》。。
〔註 31〕參閱胡柯：《廬陵歐陽文忠公年譜》。
〔註 32〕參閱《宋史》，卷 319，歐陽修本傳。
〔註 33〕參閱《宋史》，卷 319，歐陽修本傳。
〔註 34〕參閱胡柯：《廬陵歐陽文忠公年譜》。
〔註 35〕參閱胡柯：《廬陵歐陽文忠公年譜》。
〔註 36〕參閱《宋史》，卷 319，歐陽修本傳。

嘉祐 8 年（1063）3 月，仁宗崩，4 月，英宗即位，修奉敕書大行皇帝哀冊諡寶。甲申（13 日），修轉戶部侍郎，進階金紫光祿大夫。〔註37〕

英宗治平元年（1064）閏 5 月，修轉吏部侍郎。次年春，上表乞外，不允。〔註38〕4 月，有濮議之爭，修自知難容於眾議，乃乞外任，前後凡五請，皆未獲准，乃自編〈濮議〉，以爲理論上之辨解。〔註39〕

治平 4 年（1067）正月，英宗崩，神宗即位。戊辰（19 日），覃恩轉尚書右丞。〔註40〕2 月，御史彭思永、蔣之奇以流言誣修，神宗察其誣，黜出，修亦力求退，罷爲觀文殿學士、刑部尚書，知亳州。〔註41〕

神宗熙寧元年（1068），修遷兵部尚書，知青州，〔註42〕越明年，除檢校太保宣徽南院使、判太原府，辭不受。7 月，改知蔡州。〔註43〕

熙寧 4 年（1071）6 月，修以觀文殿學士太子太師致仕，7 月，歸潁。
〔註44〕

熙寧 5 年（1072）閏 7 月庚午（23 日），歐陽修過世，年六十六。8 月，贈太子太師。又二年，諡文忠。〔註45〕

歐陽修著述浩繁，傳世者有《歐陽文忠公全集》一百五十三卷、《新唐書》二百二十五卷、《五代史記》七十四卷、《詩本義》十五卷……等。〔註46〕

第二節　《詩本義》之體例

《詩本義》爲歐陽修所撰經學專書之一，〔註47〕成於仁宗嘉祐 4 年（1059）。〔註48〕現存之本有四：（一）宋刻本，今台灣商務印書館《四部叢

〔註37〕參閱胡柯：《廬陵歐陽文忠公年譜》。
〔註38〕參閱胡柯：《廬陵歐陽文忠公年譜》。
〔註39〕參閱蔡世明：《歐陽修的生平與學術》，台北文史哲出版社印行。
〔註40〕參閱胡柯：《廬陵歐陽文忠公年譜》。
〔註41〕參閱《宋史》，卷 319，歐陽修本傳。
〔註42〕參閱《宋史》，卷 319，歐陽修本傳。
〔註43〕參閱胡柯：《廬陵歐陽文忠公年譜》。
〔註44〕參閱胡柯：《廬陵歐陽文忠公年譜》。
〔註45〕參閱胡柯：《廬陵歐陽文忠公年譜》。
〔註46〕詳見許秋碧：《歐陽脩著述考》，政大中文研究所 1976 年碩士論文。
〔註47〕歐陽修所撰經學專書除《詩本義》外，另有《易童子問》三卷，至於《廬陵縣志》、《江西通志》著錄之《左傳節文》十五卷，乃明汪道昆編，非歐陽修之作，說詳《四庫全書總目》，卷 30，經部，《春秋》類存目一。
〔註48〕參閱華學亭：《增訂歐陽文忠公年譜》。

刊三編》《詩本義》，即據此本影印。（二）《通志堂經解》本，乃據錢尊王所
藏宋本而刻。（三）明萬曆間刊本，藏於美國普林斯頓大學葛思德東方圖書
館。（四）《四庫全書》本，藏於台灣外雙溪故宮博物院圖書館。〔註49〕是書
共十五卷，其中，十四卷爲正文，第十五卷爲後人輯補。（詳後）卷末另附
〈詩圖總序〉、〈鄭氏詩譜補亡〉及〈詩譜補亡後序〉。

　　《詩本義》前十二卷爲〈本義〉一百零九題，以《詩》之篇名標目，逐
篇立論。就中，〈有女同車〉與〈山有扶蘇〉二篇共一題，〔註50〕〈思文〉與
〈臣工〉二篇共一題，〔註51〕〈十月〉、〈雨無正〉、〈小旻〉、〈小宛〉四篇共
一題，〔註52〕故所論實一百十四篇。

　　此一百十四篇皆旨在改毛鄭之說，其體例，每篇分前後兩段，前段申論
毛鄭之失，以「論曰」兩字開端，其後斷以己意，以「本義曰」三字開端。
若「論」中已然申述己意，則不再另申「本義」。例如〈關雎〉一詩，歐陽修
於「論」中云：

　　爲〈關雎〉之說者，既差其時也，至於大義亦已失之。蓋〈關雎〉
　　之作，本以雎鳩比后妃之德，故上言雎鳩在河之上，關關然雄雌和
　　鳴；下言淑女以配君子，以述文王、太姒爲好匹，如雎鳩雌雄之和
　　諧爾。毛鄭則不然，謂詩所斥淑女者，非太姒也，是太姒有不妬忌
　　之行，而幽閨深宮之善女，皆得進御於文王。所謂淑女者，是三夫
　　人、九嬪御以下眾官人爾。然則上言雎鳩方取物以爲比興，而下言
　　淑女，自是三夫人、九嬪御以下，則終篇更無一語以及太姒，且〈關
　　雎〉本謂文王、太姒，而終篇無一語以及之，此豈近於人情？古之
　　人簡質，不如是之迂也。

此論毛鄭解釋〈關雎〉之失。「本義」則曰：

　　詩人見雎鳩雌雄在何洲之上，聽其聲，則關關然和諧，視其居，則
　　常有別。有似淑女匹其君子，不淫其色，亦常有別而不黷也。淑女
　　謂太姒，君子謂文王也。……〈關雎〉，周衰之作也，太史公曰：「周
　　道衰而〈關雎〉作」，蓋思古以刺今之詩也。謂此淑女配於君子，不

〔註49〕參閱裴普賢：《歐陽修詩本義研究》，東大圖書公司印行。
〔註50〕見《詩本義》，卷4。
〔註51〕見《詩本義》，卷12。
〔註52〕見《詩本義》，卷7。

> 淫其色，而能與其左右勤其職事，則可以琴瑟鐘鼓友樂之爾，皆所
> 以刺時之不然。先勤其職而後樂，故曰「〈關雎〉樂而不淫」，其思
> 古以刺今，而言不迫切，故曰「哀而不傷」。〔註53〕

此斷以己意。又如〈子衿〉一詩，歐陽修於「論」中云：

> 〈子衿〉，據《序》但刺鄭人學校不修爾，鄭以學子在學中，有留者，
> 有去者，毛《傳》又以嗣爲習，謂習詩樂，又以「一日不見如三月」
> 謂禮樂不可一日而廢，苟如其說，則學校修而不廢，其有去者，猶
> 有居者，則勸其來學，然則詩人復何所刺哉？鄭謂「子寧不嗣音」
> 爲責其忘己則是矣。據詩，三章皆是學校廢，而生徒分散，朋友不
> 復群居，不相見而思之辭爾。挑達城闕，閒日遨遊無度者也。〔註54〕

至此，本篇即告結束，篇旨已明，故不復作〈本義〉，此即張燨所謂「因論而
義見」者也。〔註55〕〈本義〉一百十四篇之體例大抵如此。

《詩本義》第十三卷爲〈一義解〉二十篇，與〈取舍義〉十二篇。

〈一義解〉旨在辨毛鄭說詩一義之失，而不及全部，以其餘毛鄭已得其
是，故不復言之也。因爲不詳論全篇各章，僅論解其中一章或一句，甚或一
字之義，故名〈一義解〉。其體例，先錄一篇之〈小序〉，或僅錄《序》首句，
〔註56〕或錄《序》全文，〔註57〕或節錄《詩序》，〔註58〕或錄《序》首句而又
有所刪削。〔註59〕再用「其詩曰」三字爲首，節錄擬論解之詩一章或三四句、
一二句，最後申述詩本義，論毛鄭之失。例如〈甘棠〉一詩解云：

> 〈甘棠〉，美召伯也。其詩曰：「蔽芾甘棠，勿翦勿伐，召伯所茇。」
> 毛鄭皆謂蔽芾，小貌；茇，舍也。召伯本以不欲煩勞人，故舍於棠
> 下。棠可容人舍其下，則非小樹也。據詩意，乃召伯死後，思其人、
> 愛其樹，而不忍伐，則作詩時兼非小樹矣。毛鄭謂蔽芾爲小者，失
> 詩義矣。蔽，能蔽風日，俾人舍其下也；芾，茂盛貌。蔽芾乃大樹
> 之茂盛者也。

〔註53〕見《詩本義》，卷1。
〔註54〕見《詩本義》，卷4。
〔註55〕張燨「因論而義見」之語見《經義考》，卷104引，本章第四節亦有引。
〔註56〕如〈甘棠〉、〈七月〉。
〔註57〕如〈伐檀〉、〈菁菁者莪〉。
〔註58〕如〈頎弁〉、〈雲漢〉。
〔註59〕如〈南山有台〉、〈召旻〉。

〈一義解〉二十篇之體例率皆如此。

〈取舍義〉者，但就一篇中某一毛鄭不同之訓解予以檢討，或取毛而舍鄭，或取鄭而舍毛。例如〈綠衣〉一詩解云：

> 〈綠衣〉，衛莊姜傷己也。言妾上僭，夫人失位也，詩曰：「綠兮衣兮，綠衣黃裡。」毛謂綠間色，黃正色者，言間色賤反爲衣，正色貴反爲裡；以喻妾上僭，而夫人失位，其義甚明。而鄭改綠爲褖，謂褖衣當以素紗爲裡，而反以黃。先儒所以不取鄭氏於詩改字者，以謂六經有所不通，當闕之以俟知者。若改字以就己說，則何人不能爲說？何字不可改也？況毛義甚明，無煩改字也。當從毛。

此取毛而舍鄭。又如〈旄丘〉一詩解云：

> 〈旄丘〉，責衛伯也。狄人迫逐，黎侯寓於衛，衛不能修方伯連率之職，黎之臣子以責於衛也。其卒章曰：「叔兮伯兮，褎如充耳。」毛謂大夫褎然有尊盛之服而不能稱；鄭謂充耳塞耳也，言衛諸臣如塞耳無聞知也。據詩四章，皆責衛之辭。其卒章云充耳者，謂衛諸臣聞我所責如不聞也。鄭義爲長，當從鄭。

此取鄭而舍毛。

綜觀〈取舍義〉十二篇，取毛舍鄭者七，取鄭舍毛者五，〔註60〕是知鄭《箋》較之毛《傳》更不合歐陽修之「本義」。

《詩本義》第十四卷爲〈時世論〉與〈本末論〉，及〈豳〉、〈魯〉、《序》三問。〈時世論〉對鄭玄《詩譜》自相牴牾外提出質疑，並申述己見，期能「與毛鄭之說並立於世，以待夫明者而擇焉」。〔註61〕〈本末論〉論何者爲《詩》之本？何者爲《詩》之末，朱子極稱之。〔註62〕三問則採問答體裁，〈豳問〉不滿鄭玄將〈七月〉詩分成風、雅、頌三體，而提出質疑；〈魯問〉對〈魯頌〉盛稱魯僖公之武功提出質疑；〈序問〉對《詩序》的作者問題提出質疑（但仍強調「今考《毛詩》諸〈序〉與孟子說《詩》多合，故吾於《詩》常以《序》爲證」）。

《詩本義》第15卷爲〈統解〉九篇，分別爲：（1）〈詩解統序〉，（2）〈二南爲正風解〉，（3）〈周召分聖賢解〉，（4）〈王國風解〉，（5）〈十五國次解〉，（6）

〔註60〕歐陽修取毛舍鄭者有〈綠衣〉、〈敝笱〉、〈載驅〉、〈園有桃〉、〈椒聊〉、〈下泉〉、〈玄鳥〉等7篇。取鄭舍毛者有〈旄丘〉、〈出其東門〉、〈綢繆〉、〈蜉蝣〉、〈楚茨〉等5篇。

〔註61〕引文爲歐陽修之語。

〔註62〕朱子稱譽之語見《朱子語類》，卷80，本章第四節亦有引述。

〈定風雅頌解〉，（7）〈十月之交解〉，（8）〈魯頌解〉，（9）〈商頌解〉。此《統解》九篇，或係歐陽修早年所撰，甚後棄而不用者，是以本來不入《詩本義》，亦不入《文忠公全集》，其後珍惜歐陽修文字者得之，將之編爲《詩本義》第15卷，而編《居士外集》（今收於《歐陽文忠公全集》）者，又附入第10卷經旨中，遂成兩見之作。此九篇有內容與《詩本義》前十四卷重複者，亦有立論與前十四卷矛盾者，則其爲歐陽修早年所撰，其後棄而不用，當屬可信。〔註63〕

第三節　《詩本義》之主要見解

一、〈本義〉一百十四篇之篇旨

　　《詩本義》計十五卷，其中前十二卷在討論詩一百十四篇之篇旨，故就篇幅而論，此係《詩本義》之重點所在。此一百十四篇之「本義」可整理歸納如下。

　　（1）〈關雎〉：述文王、太姒爲好匹，如雎鳩雄雌之和諧也。

　　（2）〈葛覃〉：詩人言后妃爲女時勤於女事。

　　（3）〈卷耳〉：卷耳易得，頃筐易盈，而不盈者，以其心之憂思在於求賢，而不在於采卷耳。〔註64〕

　　（4）〈樛木〉：后妃不嫉妒，妾無怨曠，得附之而並進於君子也。

　　（5）〈螽斯〉：后妃不嫉妒，則子孫眾多如螽斯。

　　（6）〈兔罝〉：周南之君列其武夫爲國守禦，赳赳然勇力，使姦民不得竊發也。

　　（7）〈漢廣〉：江漢之國，被文王之化，男女不相侵如詩所陳也。

　　（8）〈汝墳〉：周南大夫之妻，念己君子以國事奔走於外也。

　　（9）〈麟之趾〉：言國君有公子，如麟有趾爾。

　（10）〈鵲巢〉：夫人來居其位，當思周室創業積累之艱難，宜輔佐君子，共守而不失也。

　（11）〈草蟲〉：大夫之妻能以禮義自防，不爲淫風所化也。

　（12）〈行露〉：強暴難化之男，思犯禮而侵陵，而女守正不可犯，自訴

〔註63〕參閱裴普賢：《歐陽修詩本義研究》，頁135～140。
〔註64〕歐陽修自註：「此荀子之說」。

其事，而召伯又能聽決之也。

（13）〈摽有梅〉：召南之人，顧其男女方盛之年，懼其過時而至衰落，
　　　　乃其求庶士以相婚姻也。

（14）〈野有死麕〉：紂時男女淫奔以成風俗，惟周人被文王之化者能知
　　　　廉恥，而惡其無禮。

（15）〈騶虞〉：國君有仁德，不多殺以傷生，能以時田獵，而虞官又能
　　　　供職。

（16）〈柏舟〉：衛之仁人不能兼容善惡，是以見嫉於在側之群小，而獨
　　　　不遇也。〔註65〕

（17）〈擊鼓〉：州吁以弒君之惡自立，內興工役，外興兵而伐鄭國，數
　　　　月之間，兵出者再，國人不堪，所以怨刺。

（18）〈匏有苦葉〉：刺衛宣公與夫人並爲淫亂也。

（19）〈北風〉：刺衛君暴虐、衛人逃散之事。

（20）〈靜女〉：述衛風俗男女淫奔也。

（21）〈新台〉：惡宣公淫不避人如鳥獸也。

（22）〈二子乘舟〉：詩人述其事，以譬夫乘舟者汎汎然無所維制至於覆
　　　　溺，可哀而不足尙也。

（23）〈牆有茨〉：詩人本意但惡公子頑當誅，懼有所傷而不得誅，如蒺
　　　　藜當去，懼損牆而不得去爾。

（24）〈相鼠〉：刺衛之群臣無禮儀也。

（25）〈考槃〉：碩人居於山澗之間，不以爲狹而自得其樂也。

（26）〈氓〉：女被棄逐，怨悔而追序與男相得之初，殷勤之篤，而責其
　　　　終始棄背也。

（27）〈竹竿〉：衛女嫁於異國不見答而思歸也。

（28）〈揚之水〉：東周政衰，周人遠戍不得更代，而有怨思。〔註66〕

（29）〈兔爰〉：桓王之時，周道衰微，諸侯背判，君子惡居亂世，不樂
　　　　其生也。

（30）〈采葛〉：刺讒常以積少成多爲患也。

（31）〈丘中有麻〉：賢如子嗟、子國者，不見錄而難於自進也。

〔註65〕《詩經》有兩篇〈柏舟〉，此指〈衛風〉之〈柏舟〉。
〔註66〕《詩經》有〈揚之水〉三篇，此指〈王風〉之〈揚之水〉。

（32）〈叔于田〉：大叔得眾，國人愛之也。

（33）〈羔裘〉：述羔裘之美，稱其人之善也。〔註67〕

（34）〈女曰雞鳴〉：詩人陳古賢夫婦相警勵以勤生之語，以刺時好色而不說德也。

（35）〈有女同車〉：鄭忽不知齊女之美，反娶於他國，是所美非美也。

（36）〈山有扶蘇〉：刺鄭忽不能依託大國以自安全也。

（37）〈褰裳〉：鄭有忽突爭國之事，人民怨諸侯不來救卹也。

（38）〈子衿〉：學校廢而生徒分散，朋友不復群居，不相見而思之也。

（39）〈東方之日〉：述男女淫風，但知稱其美色而不顧禮義也。

（40）〈南山〉：刺齊襄公與魯文姜之事。

（41）〈蟋蟀〉：刺僖公不能以禮自娛也。

（42）〈揚之水〉：刺昭公微弱不能制沃也。〔註68〕

（43）〈采苓〉：戒獻公聞人之言且勿聽信，置之且勿以爲然也。

（44）〈蒹葭〉：刺秦襄公不能以周禮變其夷狄之俗也。

（45）〈東門之枌〉：陳俗男女喜淫風，而詩人斥其尤者。

（46）〈衡門〉：詩人惜陳僖公懦而無自立之志，故作詩以誘進之。

（47）〈防有鵲巢〉：刺陳宣公好信讒言，國之君子皆憂懼及己也。

（48）〈匪風〉：詩人以檜國政亂，憂及禍難，而思天子治其國政以安其人民。

（49）〈候人〉：刺曹共公遠賢而親不肖也。

（50）〈鳲鳩〉：刺曹臣之在位者也。

（51）〈鴟鴞〉：周公既誅管蔡，懼成王疑己戮其兄弟，乃作詩以曉諭之也。

（52）〈破斧〉：四國爲亂，周公征討凡 3 年，至於斧斨缺，然後克之，其難如此。

（53）〈伐柯〉：刺成王君臣，譬彼伐柯者，不知以何物伐之。

（54）〈九罭〉：述東部之人能愛周公，所以深刺朝廷之不知也。

（55）〈狼跋〉：周公遭讒疑之際，而無惶懼之色，故能履危守正而不失也。

〔註67〕《詩經》有〈羔裘〉三篇，此指〈鄭風〉之〈羔裘〉。
〔註68〕《詩經》有〈揚之水〉三篇，此指〈唐風〉之〈揚之水〉。

（56）〈鹿鳴〉：文王有酒食，能與群臣共其燕樂也。

（57）〈皇皇者華〉：詩人述此，見周之興國之初，其君臣勤勞於事如此也。

（58）〈常棣〉：謂兄弟宜相親相樂，則妻子室家皆和樂矣。

（59）〈伐木〉：鳥在木上聞伐木之聲，驚飛倉卒之際，猶不忘其類，相呼而去，以喻人不可不求其友也。

（60）〈天保〉：言天之安定我君甚堅固也。

（61）〈出車〉：西伯命南仲爲將，往伐玁狁，其成功而還也，詩人歌其事以爲勞還卒之詩。

（62）〈湛露〉：天子燕諸侯，所以中燕私之恩，盡慇懃之意，以見天子思禮諸侯之厚，此詩人所以爲美也。

（63）〈鴻雁〉：厲王之時，萬民離散，不安其居，而宣王之興，遣其臣四出于野，勞來還安定集之。

（64）〈沔水〉：言宣王當容納諸侯，如海納眾水也。

（65）〈黃鳥〉：刺宣王也，宣王中興，雖聖人亦不能無過也。

（66）〈斯干〉：宣王既成宮寢，詩人作爲考室之辭。

（67）〈無羊〉：宣王之時，牧人所掌牛羊蕃息，詩人美其事也。

（68）〈節南山〉：大師尹氏爲下民所瞻而爲治不平，致王政亂，民被其害也。

（69）〈正月〉：幽王將傾覆其國而不知戒愼，詩人刺之也。

（70）〈十月〉：大夫刺幽王敗政，不能繼先王之業也。〔註69〕

（71）〈雨無正〉：大夫刺幽王敗政，不能繼先王之業也。

（72）〈小旻〉：大夫刺幽王敗政，不能繼先王之業也。

（73）〈小宛〉：大夫刺幽王敗政，不能繼先王之業也。

（74）〈巧言〉：幽王信讒以敗政，大夫傷己遭此亂世而被讒毀，乃呼天而訴。

（75）〈何人斯〉：此朋友乖離之詩也。

（76）〈蓼莪〉：周人嘆父母劬勞，而我不得終養以報也。

（77）〈大東〉：譚人遭幽王之時，困於役重而財竭，大夫作詩以告病也。

（78）〈四月〉：周大夫刺幽王之臣在位者貪殘刻剝於其下也。

〔註69〕此〈十月〉即〈小雅〉之〈十月之交〉。

（79）〈小明〉：大夫悔仕於亂世，述征行勞苦，畏於得罪，不敢懷歸之事。

（80）〈鼓鐘〉：本義未可知，宜闕其所未詳也。

（81）〈裳裳者華〉：刺幽王也。

（82）〈鴛鴦〉：本義未可知，宜闕其所未詳也。

（83）〈車舝〉：言褒姒之惡敗亂其國，大夫不能救止，顧無如之何，因思得賢女以配君子為輔佐，庶幾可救王爾。

（84）〈青蠅〉：喻讒言漸漬之多能致惑也。

（85）〈賓之初筵〉：刺幽王君臣沈湎於酒。

（86）〈采菽〉：幽王侮慢諸侯，不能錫命以禮，君子思古以刺今也。

（87）〈角弓〉：言幽王不親九族而好讒佞，骨肉相怨而作是詩也。

（88）〈菀柳〉：刺幽王暴虐不可親也。

（89）〈白華〉：褒姒淫惑幽王，竊居后位，故使下國之人效之，立妾為妻，正妻被棄，而王不能治也。〔註70〕

（90）〈漸漸之石〉：述東征荊舒也。

（91）〈文王〉：戒周之群臣，使無失其世德以配天命而求福祿，又丁寧當知殷之興亡皆自天。

（92）〈棫樸〉：美文王能官賢才而任國大事也。

（93）〈思齊〉：主述大任之德，能致文王之聖爾。

（94）〈皇矣〉：言周世德所積，至文王又著功業而德最盛。

（95）〈生民〉：本義未可知，宜闕其所未詳也。

（96）〈鳧鷖〉：言人神和樂也。

（97）〈假樂〉：臣民嘉美成王之德也。

（98）〈卷阿〉：召康公戒成王求賢周吉士也。

（99）〈蕩〉：召穆公見厲王無道，傷周室將由王而隳壞，乃仰天而訴也。

（100）〈抑〉：衛武公刺厲王不修其容德而陷於不善也。

（101）〈桑柔〉：喻厲王無德不能庇民也。

（102）〈瞻卬〉：述民呼天而仰訴之，謂天不惠我，命此幽王為君也。

（103）〈維天之命〉：成王謙言天本命文王興周，而文王不卒，遂假以及

〔註70〕《詩》有〈白華〉二篇，一篇有目無辭，另一篇在〈小雅‧魚藻之什〉，此〈白華〉係指後者。

　　　我也。

（104）〈烈文〉：述成王初見於廟，諸侯來助祭，即祭而君臣受福自相勑
　　　　　戒之辭也。

（105）〈天作〉：謂天有此高山，大王依以爲國也。

（106）〈時邁〉：武王滅紂，已定天下，以時巡守，其臣頌美其事，以爲
　　　　　告祭柴望之樂歌。

（107）〈思文〉：本義未可知也。

（108）〈臣工〉：本義未可知也。

（109）〈敬之〉：群臣戒成王，成王乃爲謙恭之辭，答群臣見戒之意。

（110）〈酌〉：美武王之詩也。

（111）〈有駜〉：謂僖公君臣知治國之道，致其國治民安，然後君臣燕樂
　　　　　有威儀也。

（112）〈那〉：詩人述商王祀其先祖成湯，美其樂舞，及其助祭諸侯與其
　　　　　執事之臣，皆由商王之能將其事也。

（113）〈烈祖〉：我烈祖中宗以其有常之德申錫主祀之王也。

（114）〈長發〉：祀成湯之詩。

　　《詩》三百零五篇，〔註71〕歐陽修所論，首尾完整者爲上一百十四篇，
唯此一百十四篇中，〈鼓鐘〉、〈鴛鴦〉、〈生民〉、〈思文〉、〈臣工〉五篇，歐陽
修皆以爲本義未可知，是有結論者實僅一百零九篇。

　　此一百零九篇之篇旨，有略取《詩序》之說者，如〈葛覃〉之詩，《序》謂：
「后妃之本也。后妃在父母家，則志在於女工之事。躬儉節用，服澣濯之衣，
尊敬師傅，則可以歸安父母，化天下以婦道也。」歐陽修之說略同於此。有不
取《詩序》全部之言者，如〈關雎〉一詩，歐陽修不取《序》所謂「憂在進賢，
不淫其色，哀窈窕，思賢才，而無傷喜之心焉」，然又以君子爲文王，淑女爲太
姒，此則未免仍受《序》說之影響。另有非但不取《序》說，且直指其說不可
信者，如〈卷耳〉之詩，《序》謂：「后妃之志也。又當輔佐君子，求賢審官，
知臣下之勤勞。……」歐陽修謂「婦人無外事，求賢審官，非后妃之職也」，其
說甚是，《詩序》爲配合《詩》教，不得不迂曲爲說，宜乎歐陽修不信之也。唯
歐陽修於此詩採《荀子》之說，以爲採〈卷耳〉者之心在於求賢，則是仍於詩

〔註71〕　《詩》311篇中，有目無辭者6篇不計在內，故僅實得305篇。

外求義，用心仍在說教，與今人認知的所謂本義有所差距。

二、〈一義解〉二十篇之主要見解

《詩本義》第十三卷載〈一義解〉二十篇，皆在論毛鄭解經之失，其內容如下。

(1) 解〈甘棠〉詩「蔽芾甘棠，勿翦勿伐，召伯所茇」三句云：「召伯死後，思其人，愛其樹，而不忍伐。……蔽，能蔽風日；俾人舍其下也。芾，茂盛貌。蔽芾乃大樹之茂盛者。」評曰：「毛鄭謂蔽芾爲小者，失詩義矣。」

(2) 解〈日月〉詩「日居月諸，東方自出。父兮母兮，畜我不卒」四句云：「謂父母不能畜養我終身，而嫁我於衛，使至困窮也。女無不嫁，其曰畜我不卒者，困窮之人尤怨之辭也。」評曰：「鄭謂莊姜尊莊公如父母，而遇我終者，非也。妻之事夫尊親如父母，義無此理也。」

(3) 解〈谷風〉詩「毋逝我梁，毋發我笱。我躬不閱，遑恤我後」四句〔註72〕云：「以見其妻雖去，而猶不忘其家。」評曰：「鄭謂禁其新婚毋之我家，以取我室家之道者，非也。蓋舊宗所以見棄者，爲有新昏爾，尚安能禁其毋之我家乎？又云何暇憂我後所生之子孫者，亦非也。據詩意，後，後事也。」

(4) 解〈簡兮〉詩「有力如虎，執轡如組。左手執籥，右手秉翟」四句云：「謂此賢者才力皆可任用，而反使之執籥秉翟爲伶官也。」評曰：「萬舞正是惜其非所宜爲也，豈以爲能哉？矧能籥舞豈足爲文武道備？鄭玄能籥舞言文武道備者，非也。」

(5) 解〈木瓜〉詩「投我以木瓜，報之以瓊琚。非報也，永以爲好也」四句云：「詩人但言齊德于衛，衛思厚報，永爲兩國之好爾。」評曰：「鄭謂欲令齊長以爲玩好，結己國之恩者，非。」「木瓜薄物，瓊琚寶玉，取厚報之意爾，豈以爲玩好也？」

(6) 解〈蘀兮〉詩「蘀兮蘀兮，風其吹女。叔兮伯兮，倡予和汝」四句云：「詩人本謂蘀須風吹則動，臣須君倡則和爾。」評曰：「鄭謂群

〔註72〕《詩》有〈谷風〉二篇，「毋逝我梁」四句見〈邶風〉之〈谷風〉。

臣無其君，自以強弱相服，女倡矣，我則和之者，非也。」

（7）解〈野有蔓草〉詩「野有蔓草，零露漙兮。有美一人，清揚婉兮。邂逅相遇，適我願兮」六句云：「男女昏娶失時，邂逅相遇於野草之間爾。」評曰：「鄭以蔓草有露為仲春，遂引《周禮》會男女之禮者，衍說也。」

（8）解〈伐檀〉詩「坎坎伐檀兮，寘之河之干兮，河水清且漣漪」三句云：「謂伐檀將以為車行陸，而寘於河干，河水雖清漣，然檀不得其用，如君子之不得仕進，莫能施其用矣。」評曰：「毛謂伐檀以俟世用，若俟河水清且漣；如毛之說，是寘檀於濁河之側以俟河清，不可得也。據詩文，乃寘檀於清河之側爾，初無俟清之意，如毛之說非也。」

（9）解〈羔裘〉詩「羔裘豹袪，自我人居居。豈無他人，維子之故」四句〔註73〕云：「據詩乃晉人述其國民怨上之辭，云我豈無他國可往，猶顧子而不去爾。」評曰：「鄭謂此民，卿大夫采邑之民爾，又云：『我不去者，念子故舊之人。』……《序》但云不恤其民，鄭據而限以卿大夫采邑，皆曲說也。」

（10）解〈七月〉詩三之日于耜，四之日舉趾。同我婦子，饁彼南畝，田畯至喜」五句云：「農夫在田，婦子往饁，田大夫見其勤農樂事而喜爾。」評曰：「鄭易喜為饎，謂饎，酒食也，言餉婦為田大夫設酒食也。鄭多改字，前世學者已非也，然義有不通，不得已而改者，猶所不取。況此義自明，何必改之以曲就衍說也？」

（11）解〈南山有臺〉詩「南山有臺，北山有萊。樂只君子，邦家之基」四句云：「詩之義本謂高山多草木，如周大國多賢才爾。」評曰：「鄭謂山有草木以自覆蓋成其高大，喻人君有賢臣以自尊顯者，非也。」「山以其高大，故草木託以生也，豈由草木覆蓋，然後成其高大哉？」

（12）解〈菁菁者莪〉詩「菁菁者莪，在彼中阿。既見君子，樂且有儀」四句云：「育材之道博矣，人之材性不一，故善育才者，各因其性而養成之，或教於學，或命以官，勸以爵祿，勵以名節，使人人各極其所能，然則君子所以長育之道，亦非一也。」評曰：「鄭氏引禮家之說曰：『人君教學國人，秀士、選士、俊士、造士、進士，

養之以漸，至於官之』者，拘儒之狹論也。又曰：『既教學之，又不征役』者，衍說也。」「鄭謂有官爵，然後得見君子，見則心喜樂，又以禮儀見接者，亦衍說也。」

（13）解〈采芑〉詩「薄言采芑，于彼新田，于此菑畝」三句云：「言宣王命方叔爲將以伐荊蠻，取之之易，如采芑爾。」評曰：「毛鄭於此篇車服物名訓詁尤多；其學博矣。獨於采芑之義失之。以謂宣王中興必用新美天下之士，鄭又謂和治軍士之家而養育其身，可謂迂疏矣。」

（14）解〈頍弁〉詩「如彼雨雪，先集維霰」二句云：「考詩之意，非謂不親九族有漸，謂其危亡有漸爾。謂國將亡必先離其九族；如雪將降，必先下霰。見霰，知必有雪；見九族離心，知必亡國，必然之理也。」評曰：「《箋》云：『喻幽王不親九族亦有漸，自微至甚，如先霰後大雪』，非詩意也。」

（15）解〈魚藻〉詩「魚在在藻，有頒其首。王在在鎬，豈樂飲酒」四句云：「其言魚在在藻者，言萬物之得其性也。王在在鎬者，謂武王安其樂爾。其義止於如此而已。」評曰：「鄭謂魚依水草，如人之依明王者，非詩人之本意也。」

（16）解〈板〉詩「上帝板板，下民卒癉」二句云：「上帝，天也。其民呼天而訴曰上帝板板者，謂天宜愛養下民，而今反使民皆病也。其意如此而已。」評曰：「毛鄭以爲上帝斥王者，非也。其下云天之方難，又以爲斥王者，亦非也。」「苟如鄭說，其卒章云敬天之怒，又豈得爲斥王乎？故凡言天者，皆謂上天也。」

（17）解〈雲漢〉詩「昊天上帝，則我不遺。故不相畏，先祖于摧」四句云：「據詩，摧當爲摧壞之義，謂旱既大甚，人民飢饉，不能爲國，則將摧壞先祖之基業爾。」評曰：「毛訓摧爲至，初無義理。鄭又改摧爲嗺，嗟也。改字，先儒不取。」「毛鄭皆謂先祖文武爲民父母者，亦非也。」

（18）解〈召旻〉詩「旻天疾威，天篤降喪」、「天降罪罟」之句云：「皆述周之人民呼天而怨訴之辭也。其義與〈瞻卬〉同。」評曰：「毛鄭常以爲斥王者，皆非也。」

（19）解〈有客〉詩「有客有客，亦白其馬」二句云：「直謂有客乘白馬爾。」評曰：「毛以爲小局，鄭以爲亦武庚者，其說皆非也。」「毛

鄭之意，謂亦者又也。」「謂周人與武庚乘白馬，而微子亦乘白馬也。」「詩無周及武庚之文，二家妄自爲說，所以不同也。」

（20）解〈閟宮〉詩「赫赫姜嫄，其德不回。上帝是依，無災無害，彌月不遲」五句云：「據詩意，依，猶賴也。謂上帝是賴者，言姜嫄賴天帝之靈而生后稷，無災害爾。」評曰：「毛謂上帝是依，依其子孫，鄭謂依其身也。天依憑而降精氣，鄭之此說，是用『履帝武敏歆』之說也。其言怪妄，〈生民〉之論詳之矣。而毛謂依其子孫者，亦非也。其上下文，方言姜嫄生后稷時事，與上帝依其子孫，文意不屬。」

以上〈一義解〉二十篇，與前十二卷之〈本義〉一百十四篇無一篇重複者，各詩除解其部份詩義外，篇旨則完全摘取〈首序〉之說，顯見歐陽修對《詩序》仍保有相當的尊重之心。

論毛鄭之失方面，此二十篇中，〈甘棠〉、〈采芑〉等七篇兼論毛鄭之失，〈日月〉、〈谷風〉等十二篇獨論鄭《箋》之失，唯〈伐檀〉一篇獨論毛《傳》之失，由此，吾人亦可知鄭《箋》乃《詩本義》反對之主要對象。

三、〈取舍義〉十二篇之裁決

《詩本義》卷13除〈一義解〉二十篇外，另收錄〈取舍義〉十二篇，在此，歐陽修扮演裁判之角色，於毛鄭之異解，歐陽修皆斷定其優劣，決定其取舍。其十二篇之裁決如下。

（1）〈綠衣〉詩「綠兮衣兮，綠衣黃裡」二句，毛謂綠間色，黃正色，言間色賤反爲衣，正色貴反爲裡，以喻妾上僭而夫人失位；鄭改綠爲褖，謂褖衣當以素紗爲裡，而反以黃也。歐陽修之裁決：當從毛。並云：「毛義甚明，無煩改字。」

（2）〈旄丘〉詩「叔兮伯兮，褎如充耳」兩句，毛謂大夫褎然有尊盛之服而不能稱；鄭謂充耳，塞耳也。言衛諸臣如塞耳無聞知也。充耳者謂衛諸臣聞我所責，如不聞也。歐陽修之裁決：當從鄭。並云：「鄭義爲長。」

（3）〈出其東門〉詩「出其闉闍，有女如荼」兩句，毛謂荼，英荼也，言皆喪服也。鄭謂荼，茅秀，物之輕，飛行無常。歐陽修之裁決：

當從鄭。並云：「考詩之意，云如荼者是以女比物也，毛謂喪服，疏矣。」

（4）〈敝笱〉詩「敝笱在梁，其魚魴鰥」兩句，毛謂鰥，大魚也；鄭改鰥爲鯤，以爲魚子。歐陽修之裁決：當從毛。並云：「詩人之意本以魯桓弱不能制強，則敝笱不能制大魚是其本義，苟如鄭說，則小猶不能制，大則可知，義亦可通，然鰥爲大魚，非毛臆說，又其下文言從者如雲雨，是其黨眾盛，恣行無所畏忌，以見齊子強盛，宜以大魚爲比。」

（5）〈載驅〉詩「四驪濟濟，垂轡濔濔。魯道有蕩，齊子豈弟」四句，毛謂文姜爲淫穢之行，曾不畏忌人，而襄公乘驪垂轡而行魯道，文姜安然樂易，無漸恥之色也。鄭改豈字爲闓，轉引古文尚書，以弟爲圛而訓爲明，以闓明猶發夕也。歐陽修之裁決：當從毛。並謂鄭說「迂疏甚矣」。

（6）〈園有桃〉詩「園有桃，其實之殽」兩句，毛謂有桃，其實之食，國有民得其力；鄭謂魏君薄公稅，省國用，不取於民，食園桃而已。歐陽修之裁決：當從毛。並云：「考詩之意，本刺魏君儉嗇，不能用其民者，謂不知爲國者用有常度，其取於民有道，而過自儉嗇爾，非謂其不取於民，但食桃也。」

（7）〈椒聊〉詩「椒聊之實，蕃衍盈升。彼其之子，碩大無朋」四句，毛謂朋，比也；鄭謂平均不朋黨。歐陽修之裁決：當從毛。並云：「比者以類相附之謂也。無朋者，謂桓叔盛大無與爲比，謂其特盛出於倫類也。」

（8）〈綢繆〉詩「綢繆束薪，三星地天」兩句，毛以三星爲參星，云：「男女待禮而成，若薪芻待人事而後束也。三星在天，可以嫁取矣。」鄭謂三星爲心易。云：「心有尊卑、夫婦、父子之象，又爲二月之合宿，故嫁取者以爲候焉。昏而火星不見，嫁取之時也。今我束薪於野；乃見其在天，則三月之末，四月之中，見於東方矣，故云不得其時。」歐陽修之裁決：當從鄭。並以爲毛《傳》「於義不類」，鄭《箋》「義簡而直」。

（9）〈蜉蝣〉詩「蜉蝣之羽，衣裳楚楚」兩句，毛謂渠略（蜉蝣）猶有羽翼以自修飾，鄭謂群臣徒整飾其衣裳，不知國之將迫脅，君臣

死亡無日，如渠略然。歐陽修之裁決：當從鄭。並云如依毛說，「則是昭公不能修飾衣服，不如渠略，與詩之義正相反也。」

（10）〈下泉〉詩「洌彼下泉，浸彼苞稂」兩句，毛謂稂，童梁，非溉草，得水而病。鄭謂稂當作涼，涼草，蕭蓍之屬。歐陽修之裁決：當從毛。並云：「稂爲童梁，其義自通，何煩改字？」

（11）〈楚茨〉詩「或肆或將」一句，毛謂肆者陳于牙，將者齊于肉。鄭謂或肆其骨體于俎，或奉持而進之。歐陽修之裁決：當從鄭。

（12）〈玄鳥〉詩「天命玄鳥，降而生商」兩句，毛謂春分玄鳥降，有娀氏女簡狄配高辛氏帝。帝率與之祈於郊禖而生契。鄭謂吞鳦卵而生契。歐陽修之裁決：當從毛。並以爲毛說「以今人情物理推之，事不爲怪，宜其有之」，而鄭玄所云乃「怪妄之說也」。

以上〈取舍義〉十二篇，與前所論〈本義〉一百十四篇及〈一義解〉二十篇均無重複者，而《詩本義》自十三卷以下皆爲專題研究，不再論及詩篇，是知《詩》三百零五篇，歐陽修實際付諸討論者一百四十六篇。

此〈取舍義〉十二篇，篇旨如同〈一義解〉，均摘取《詩序》之說，由此，歐陽修尊《序》之說，又得一證。

四、〈時世論〉與〈本末論〉之意見

《詩本義》卷十四爲〈時世論〉與〈本末論〉。〈時世論〉所論有四端。

（一）不滿鄭玄《詩譜》定《詩》時世之自相牴牾。歐陽修之言曰：

案鄭氏譜〈周南〉〈召南〉，言文王受命作邑於豐，乃分岐邦周召之邑爲周公旦、召公奭之采地，使施先公太王、王季之效於己職六州之國。其民被二公之德教尤純，至武王滅紂，巡守天下，陳其詩以屬太師，分而國之。其得聖人之化者，繫之周公，謂之〈周南〉；其得賢人之化者繫之召公，謂之〈召南〉。今考之于詩，義皆不合，而爲其說者，又自相牴牾。所謂被二公之德教者，是周公旦、召公奭所施大王、王季之德教爾，今〈周〉〈召〉之詩二十五篇，〈關雎〉、〈葛覃〉、〈卷耳〉、〈樛木〉、〈螽斯〉、〈桃夭〉、〈兔罝〉、〈芣苢〉，皆后妃之德；〈鵲巢〉、〈采蘩〉、〈小星〉，皆夫人之事。夫人乃大姒也。〈麟趾〉、〈騶虞〉，皆后妃夫人德化之應；〈草蟲〉、〈采蘋〉、〈殷

其雷〉，皆大夫妻之事；〈漢廣〉、〈汝墳〉、〈羔羊〉、〈摽有梅〉、〈江有汜〉、〈野有死麕〉，皆言文王之化。蓋此二十二篇之詩，皆述文王、太姒之事，其餘三篇，〈甘棠〉、〈行露〉，言召伯聽訟；〈何彼襛矣〉，乃武王時之詩，烏有所謂二公所施先公之德教哉？此以《譜》考詩義皆不能合者也。

又曰：

《譜》言：「得聖人之化者，謂周公也；得賢人之化者，謂召公也。」謂旦、奭共行先公之德教，而其所施自有優劣；故以聖賢別之爾。今詩所述既非先公之德教，而二〈南〉皆是文王、太姒之事，無所優劣，不可分其聖賢。所謂文王、太姒之事，其德教自家刑國，皆其夫婦身自行之，以化其下，久而變紂之惡俗，成周之王道，而著於歌頌爾。蓋《譜》謂先公之德教者，周召二公未嘗有所施；而二〈南〉所載文王、太姒之化，二公亦又不得而與，然則鄭《譜》之說，左右皆不能合也。

又曰：

後之爲鄭學者，又謂《譜》言聖人之化者爲文王，賢人之化者，爲大王、王季；然《譜》本謂二公行先公之教，初不及文王，則爲鄭學者，又自相牴悟矣。

鄭《譜》與史實有不合處，經歐陽修一一指出，其地位自此不免有所動搖。不過我們得注意的是，歐陽修所得者爲殘缺之鄭《譜》，非康成之舊觀。〔註74〕

（二）直指二〈南〉《序》說之不通。歐陽修之言曰：

今《詩》之《序》曰：「〈關雎〉、〈麟趾〉之化，王者之風，故繫之周公；〈鵲巢〉、〈騶虞〉之德，諸侯之風，故繫之召公。」至於〈關雎〉、〈鵲巢〉所述，一太姒爾，何以爲后妃？何以爲夫人？二〈南〉之事，一文王爾，何以爲王者？何以爲諸侯？則《序》皆不通也。

此言《詩序》編紋人事出現矛盾，太姒不能同時兼具后妃、夫人雙重身分，文王亦不能同時兼具王與諸侯之身分。歐陽修又曰：

太姒，賢妃，又有內助之功爾，而言者過爲稱述，遂以〈關雎〉爲王化之本，以謂文王之興自太姒始。故於眾篇所述德化之盛，皆

〔註74〕 參閱胡樸安：《詩經學》，頁60。台灣商務印書館印。

云后妃之化所致，至於天下太平，〈麟趾〉與〈騶虞〉之瑞，亦以爲后妃功化之成效。故曰：〈麟趾〉，〈關雎〉之應；〈騶虞〉，〈鵲巢〉之應也。何其過論歟！夫王者之興，豈專由女德？

此斥〈周南〉各篇〈詩序〉以后妃之德說詩之不當。

（三）以爲六經之失，《詩》尤甚；《詩》之失，時世尤甚；《詩》時世之失，周詩尤盛。歐陽修之言曰：

蓋自孔子沒，群弟子散亡，而六經多失其旨，《詩》以諷誦相傳，五方異俗、物名、字訓，往往不同，故於六經之失，《詩》尤甚。《詩》三百餘篇，作非一人，所作非一國，先後非一時，而世久失其傳，故於《詩》之失，時世尤甚。周之德，盛於文武。其詩爲風、爲雅、爲頌。風有〈周南〉、〈召南〉，雅有〈大雅〉、〈小雅〉。其義類非一，或當時所作，或後世所述，故於《詩》時世之失，周詩尤甚。自秦漢已來，學者之說不同多矣，不獨鄭氏之失也。

（四）申述己見。歐陽修於批評鄭《譜》、《詩序》之失後，復又申述己見，近人裴普賢將歐陽修之意見歸納爲下列五條。

（1）〈關雎〉爲康王政衰之詩──採齊、魯、韓三家《詩》說。以孔子曰：「哀而不傷」，太史公曰：「周道缺，詩人本之衽席，〈關雎〉作」爲證。

（2）〈小雅·鹿鳴〉亦周衰之作──採季札之說，並以司馬遷語證成之。吳季子至魯觀周樂，爲歌〈小雅〉，季子曰：「思而不貳，怨而不言，其周德之衰乎？猶有先王之遺民焉。」太史公曰：「仁義陵遲，〈鹿鳴〉刺焉。」

（3）〈周頌·昊天有成命〉爲康王以後詩，詩云：「二后受之，成王不敢康。」所謂二后者，文武也；成王者，成王也。詩稱成王，當是康王已後之詩，毛鄭以〈頌〉皆成王時作，遂有「成此王功，不敢自安逸」之解。

（4）〈周頌·執競〉爲昭王以後之詩，詩云：「執競武王，無競維烈。不顯成康，上帝是皇。自彼成康，奄有四方。」所謂成康者，成王康王也。猶文王武王謂之文武爾，當是昭王已後之詩。毛以爲「成大功而安之」，鄭以爲「成安祖考之道」，皆以爲武王也。據詩之文，但云成康爾，而毛鄭自出其意，各以增就其己說，而意

又不同。使後世何所適從？

（5）〈周頌‧噫嘻〉亦康王以後之詩，詩云「噫嘻成王」者，亦成王也。
而毛鄭亦皆以爲武王，由信己說以〈頌〉皆成王時作也。〔註75〕

〈本末論〉在論何者爲《詩》之本，何者爲《詩》之末，歐陽修之言曰：

吾之於《詩》，有幸有不幸也。不幸者，遠出聖人之後，不得質吾疑
也；幸者，《詩》之本義在爾。《詩》之作也，觸事感物，文之以言，
善者美之，惡者刺之，以發其愉揚怨憤於口，道其哀樂喜怒於心，
此詩人之意也。

又曰：

古者，國有采詩之官，得而錄之，以屬太師，播之於樂，於是考其
義類而別之，以爲風雅而比次之，以藏於有司，而用之宗廟、朝廷，
下至鄉人聚會，此太師之職也。

又曰：

世久而失其傳，亂其〈雅〉〈頌〉，亡其次序，又採者積多而無所擇，
孔子生於周末，方修禮樂之壞，於是正其〈雅〉〈頌〉，刪其繁重，
列於六經，著其善惡，以爲勸戒，此聖人之志也。

又曰：

周道既衰，學校廢而異端起，及漢承秦焚書之後，諸儒講說者整齊
殘缺，以爲之義訓，恥於不知，而人人各自爲說，至或遷就其事，
以曲成其己學，其於聖人，有得有失，此經師之業也。

以上言後世說《詩》者不出詩人之意、太師之職、聖人之志、經師之業四類，
以是而詩說每多紛岐。此四者又有本末之分，歐陽修曰：

惟是詩人之意也，太師之職也，聖人之志也，經師之業也，今之學
《詩》也，不出於此四者，而罕有得焉者，何哉？勞其心而不知其
要，逐其末而忘其本也。何謂本末？作此詩，述此事，善則美，惡
則刺，所謂詩人之意者，本也；正其名，別其類，或繫於彼，或繫
於此，所謂太師之職者，末也。察其美刺，知其善惡，以爲勸戒，
所謂聖人之志者，本也。求詩人之意，達聖人之志者，經師之本也。
講太師之職，因其失傳而妄自爲之說者，經師之末也。

學《詩》者之所以無所得，即在不知其要，舍本而逐末，故歐陽修又云：

〔註75〕見裴普賢：《歐陽修詩本義研究》，頁128～129。台北東大圖書公司印行。

今夫學者得其本而通其末，斯盡善矣。得其本而不通其末，闕其所疑可也。雖其本，有所不能通者，猶將闕之，況其末乎？所謂〈周〉、〈召〉、〈邶〉、〈鄘〉、〈唐〉、〈豳〉之風，是何疑也？考之諸儒之說，既不能通，欲從聖人而質焉，又不可得，然皆其末也。若《詩》之所載事之善惡，言之美刺，所謂詩人之意，幸其具在也。然頗為眾說汩之，使其義不明。今去汩亂之說，則本義粲然而出矣。今夫學者，知前事之善惡，知詩人之美刺，知聖人之勸戒，是謂知學之本，而得其要；其學足矣，又何求焉？其末之可疑者，闕其不知可也。蓋詩人之作詩也，固不謀於太師矣。今夫學《詩》者，求詩人之意而已，太師之職，有所不知，何害乎學《詩》也？若聖人之勸戒者，詩人之美刺是已。知詩人之意，則得聖人之志矣。

此無異提示吾人學《詩》之法，歐陽修於〈本義〉一百十四篇、〈一義解〉二十篇、〈取舍義〉十二篇，皆強調其篇旨，正其言之實踐，而〈本義〉一百十四篇中，〈鼓鐘〉、〈鴛鴦〉等五篇主題皆云「本義未可知，宜闕其所未詳」，亦正其所謂「雖其本，有所不能通者，猶將闕之」，至若篇中字句之有可疑者，以其為「末」，自更可闕其所不知。

　　由於歐陽修以為《詩》有本末之分，故其讀《詩》亦以求得詩人之意為主，詩人之意如何得之？《詩本義》釋〈出車〉云：「詩文雖簡易，然能曲盡人事。而古今人情一也，求詩義者以人情求之，則不遠矣。然學者常至於迂遠，遂失其本義。」〔註76〕此謂「以人情求之」即所以求詩人之意。

五、〈豳問〉、〈魯問〉與〈序問〉之質疑

　　《詩本義》卷十四又有豳、魯、序三問，〈豳問〉於鄭玄將〈七月〉詩八章分成風、雅、頌三體提出質疑，其言曰：

或問：〈七月〉，〈豳風〉也，而鄭氏分為雅、頌。其詩八章，以其一章、二章為風，三章、四章、五章、六章之半為雅，又以六章之半、七章、八章為頌。一篇之詩，別為三體；而一章之言，半為雅而半為頌。詩之義果若是乎？應之曰：〈七月〉，周公之作也。其言豳土寒暑氣節、農桑之候，勤生樂事、男女耕織衣食之本，以見大王居

〔註76〕見《詩本義》，卷6。

> 豳興起王業艱難之事。此詩之本義，毛鄭得之矣。其爲風，爲雅，
> 爲頌，吾所不知也。所謂〈七月〉之本義幸在者，吾既得之矣，其
> 末有所難知者，闕之可也。

〈七月〉之詩，《序》云：「陳王業也。周公遭變，故陳后稷先公風化之所由，致王業之艱難也。」毛鄭皆能闡述其意，歐陽修以爲本義已得，至於〈七月〉之體爲風爲雅爲頌，斯乃末事，不知亦可。然歐陽修既已設爲問答之辭，則不能不進一步反詰鄭玄，故又曰：

> 雖然，吾知鄭氏之説自相牴牾者矣。今詩之經，毛鄭所學之經也。
> 經以爲風，而鄭氏之爲雅頌，豈不戾哉？夫一國之事謂之風，天下
> 之政謂之雅，以其成功告於神明謂之頌，此毛鄭之説也。然則風，
> 諸侯之事；雅，天子之事也。今所謂〈七月〉者，謂之風可矣。謂
> 之雅頌，則非天子之事，又非告成功於神明者，此又其戾者也。風
> 雅頌之爲名，未必然。然於其所自爲説，有不能通也。

風、雅、頌類別之標準，前人之説不一，《毛詩序》以風爲「一國之事，繫一人之本」，雅爲「言王政之所由廢興也」，頌爲「美盛德之形容，以其成功告於神明者也」，鄭玄爲《毛詩》作《箋》，對《序》說未表意見，顯見鄭氏確以「一國之事謂之風，天下之政謂之雅，以其成功告於神明謂之頌」，而鄭氏卻又以〈七月〉之詩兼風雅頌三體，豈有一詩既爲「一國之事」，復爲「天下之政」，又「以其成功告於神明」者乎？宜乎歐陽修以爲鄭說「有不能通」也。唯《周禮》確有「龡豳詩」、「龡豳雅」、「龡豳頌」之記載，〔註 77〕爲釋眾人之疑，歐陽修又云：

> 問者又曰：「鄭氏所以分爲雅頌者，豈非以《周禮》籥章之職，有
> 吹豳詩雅頌之説乎？」應之曰：「今之人所謂《周禮》者，不完之
> 書也。其禮樂制度，蓋有周之大法焉。至其考之於事，則繁雜而難
> 行者多。故自漢興，六經復出，而《周禮》獨不爲諸儒所取，至或
> 以爲瀆亂不驗之書，獨鄭氏尤推尊之。宜其分〈豳〉之風爲雅頌，
> 以合其事也。」

《周禮》一書之來歷及其內容價值，眾說紛紛，迄今尚無定論，〔註 78〕可肯定者，此書有缺文，有省文，有兼官，有預設，有不常制，有舉其大綱者，

〔註 77〕 見《周禮・春官・籥章》。
〔註 78〕 參閱張沁澂《僞書通考・經部・禮類》中有關《周禮》之討論。

有相副貳者，有常行者，有不常行者，﹝註79﹞要之，確如歐陽修所言，乃為一部「不完之書」。鄭玄為牽合《周禮・籥章》之說，於〈七月〉一詩強分風雅頌，又無任何理由，宜乎歐陽修不採其說，後世顧炎武以〈南〉、〈豳〉、〈雅〉、〈頌〉為四詩，其說〈豳〉非風，證據亦來自《周禮》，﹝註80﹞此說自亦難以取信於人。

　　〈魯問〉於〈魯頌〉盛稱魯僖公之武功提出質疑。歐陽修之言曰：

　　或問魯詩之頌僖公盛矣，信乎？其克淮夷、伐戎狄、服荊舒、荒徐宅，
　　至于海邦蠻貊，莫不從命，何其盛也？〈泮水〉曰：「既作泮宮，淮
　　夷攸服。矯矯虎臣，在泮獻馘。」又曰：「既克淮夷，孔淑不逆。」
　　又曰：「憬彼淮夷，來獻其琛。」〈閟宮〉曰：「戎狄是膺，荊舒是懲。」
　　又曰：「淮夷來同，魯侯之功。」又曰：「遂荒徐宅，至于海邦。淮夷
　　蠻貊，及彼南夷，莫不率從。」其武功之盛，威德所加，如詩所陳，
　　五霸不及也。然魯在春秋時常為弱國，其與諸侯會盟征伐，見於《春
　　秋》、《史記》者，可數也，皆無詩人所頌之事。而淮夷、戎狄、荊舒、
　　徐人之事，有見於《春秋》者，又皆與〈頌〉不合者，何也？

提出種種疑問之後，歐陽修將《春秋》所載魯僖公之事跡與〈魯頌〉詠僖公之事跡一一對照，以證「《春秋》可信，則《詩》妄作也」其言曰：

　　案《春秋》僖公在位三十三年，其伐邾者四，敗莒滅項者各一，此
　　魯自用兵也。其四年伐楚侵陳，六年伐鄭，是時齊桓公方稱伯，主
　　兵率諸侯之師，而魯亦與焉爾。二十八年圍許，是時晉文公方稱伯，
　　主兵率諸侯，而魯亦與焉爾。十五年楚伐徐，魯救徐而徐敗。十八
　　年宋伐齊，魯救齊而齊敗。二十六年齊人侵伐魯鄙，魯乞師于楚，
　　楚為伐齊取穀。《春秋》所記僖公之兵止於是矣。其自主兵所伐邾、

﹝註79﹞鄭樵《周禮辨》曰：「《周禮》一書有缺文（軍司馬、輿司馬之類），有省文
　　　　（遂人、匠人之類），有兼官（三公三孤不必備，教官無府史胥徒，皆兼官），
　　　　有預設（凡千里封公四，封侯六，伯十一之類是也），有不常制（夏采方相
　　　　氏之類），有舉其大綱者（四為兩卒之類，司馬法云），有相副貳者（自卿
　　　　至下士同，各隨才高下而同治此事），有常行者（六官分職，各率其屬，正
　　　　月之吉，垂法象魏之類是也），有不常行者（二至祀方澤大裘事上帝合民誨
　　　　國邊珠盤、盟諸侯之類是也）。注云：『圜丘服大裘方澤之祀，經無其服。
　　　　周無邊國事，至平王東遷，盟詛不及三王，以上事皆預為之，而未經行也。』」
﹝註80﹞顧炎武《日知錄》，卷3「四詩」條於「〈豳〉謂之豳詩，亦謂之雅，亦謂之頌」
　　　　之語下，自注曰：「據《周禮・籥章》」。

　　莒、項皆小國，雖能滅項，反見執于齊；其所伐大國，皆齊晉主兵；
　　其所救者，又力不能勝而輒敗。由是言之，魯非強國可知也。烏有
　　詩人所頌威武之功乎？其所侵伐小國，《春秋》必書，烏有所謂淮夷
　　之事乎？惟其十六年一會齊侯于淮爾。是會也，淮夷侵鄫，齊桓來
　　會，謀救鄫爾。由是言之，淮夷未嘗服于魯也。

又曰：

　　其曰「戎狄是膺，荊舒是懲」者，鄭氏以謂僖公與齊桓舉義兵，北當
　　戎與狄，南艾荊及群舒。案僖公即位之元年，齊桓二十七年也。齊桓
　　十七年伐山戎，遠在僖公未即位之前。至僖公十年，齊侯、許男伐北
　　戎，魯又不與。鄭氏之說既繆，而詩所謂「戎狄是膺」者，孟子又曰
　　「周公方且膺之」，如孟子之說，豈僖公事也？荊，楚也。僖公之元
　　年，楚成王之十三年也。是時楚方強盛，非魯所能制。僖之四年，從
　　齊桓伐楚，而齊以楚強不敢速進，乃次于陘，而楚遂與齊盟于召陵，
　　此豈魯僖得以爲功哉？六年楚伐許，又從齊桓救許，而力不能勝，許
　　男卒面縛銜璧降于楚。十五年楚伐許，又從齊桓救徐，而力又不能勝，
　　楚卒敗徐，取其屢林之邑。舒在僖公之世，未嘗與魯通，惟三年徐人
　　取舒一見爾。蓋舒爲徐取之矣。然則鄭氏謂僖公與齊桓南艾荊及群舒
　　者，亦繆矣。由是言之，詩所謂「戎狄是膺，荊舒是懲」者，皆與《春
　　秋》不合矣。楚之伐徐取婁林，齊人徐人伐楚英氏以報之，蓋徐人之
　　有楚伐也，不求助於魯而求助於齊以報之，以此見徐非魯之與國也。
　　則所謂「遂荒徐宅」者，亦不合於《春秋》矣。

由於〈魯頌〉所述僖公之事跡皆與《春秋》不合，故歐陽修乃得此一結論：

　　《詩》，孔子所刪正也；《春秋》，孔子所修也。《詩》之言不妄，則
　　《春秋》疎繆矣；《春秋》可信，則《詩》妄作也。其將奈何？應之
　　曰：吾固已言之矣，雖其本有所不能達者，猶將闕之是也。惟闕其
　　不知以俟焉可也。

孔子未嘗大幅刪《詩》（說詳下節），而《春秋》則爲孔子據《魯史》所作之
經書，雖其主要目的非爲記載史實，〔註81〕但內容關乎史實者，自較《詩》

──────────

〔註81〕孔子修《春秋》之旨趣，見《孟子・滕文公下》：「世衰道微，邪說暴行有
　　　作，臣弒其君者有之，子弒其父者有之，孔子懼，作《春秋》。《春秋》，天
　　　子之事也，是故孔子曰：『知我者，其惟《春秋》乎！罪我者，其惟《春秋》

言可信，歐陽修不敢明言《詩》妄作，而寧可闕其所不知以俟來者，正見其態度之審愼。

關於〈魯頌〉所頌者何人，說亦不一，歐陽修所據者乃《詩序》，〔註82〕而《詩序》之說未必有事實可考，先儒多有駁斥其非者，〔註83〕然〈魯頌〉所頌者究爲何人，先儒亦多不敢明言，唯近人李辰多直指〈魯頌〉乃在頌魯武公，是故《詩》既不妄作，《春秋》亦不疏繆，祇因後人張冠李戴，將魯武公之事跡扣於僖公身上，以致與史實有所不合，而反以〈魯頌〉爲溢美；〔註84〕此說頗新穎，唯絕非定論。

〈序問〉爲歐陽修議《序》之語，其言曰：

或問《詩》之《序》卜商作乎？衛宏作乎？非二人之作，則作者誰乎？應之曰：《書》、《春秋》皆有《序》而著其名氏，故可知其作者；《詩》之《序》不著其名氏，安得而知之乎？雖然，非子夏之作，則可以知也。曰：何以知之？應之曰：子夏親受學於孔子，宜其得《詩》之大旨，其言風雅有變正，而論〈關雎〉、〈鵲巢〉繫之周公、召公，使子夏而序《詩》，不爲此言也。

《詩序》之作者究爲何人，言人人殊，其中，有謂子夏作序者，〔註85〕歐陽修以爲此說必不然，理由：《詩序》以爲〈風〉、〈雅〉有正變兩類，將〈關雎〉繫之周公，〈鵲巢〉繫於召公，此皆不合理之編敍，子夏親受學於孔子，必不爲斯言。

乎！』」又云：「孔子成《春秋》，而亂臣賊子懼。」可知孔子修《春秋》，目的非爲記史實，乃爲「寓褒貶、別善惡」，冀使不守禮法之人，能知所警惕。

〔註82〕《詩序》：「〈駉〉，頌僖公也。僖公能遵伯禽之法，儉以足用，寬以愛民，務農重穀，牧于坰野，魯人尊之。於是季孫行父請命于周，而史克作是頌。」「〈有駜〉，頌僖公君臣之有道也。」「〈泮水〉，頌僖公能修泮宮也。」「〈閟宮〉，頌僖公能復周公之宇也。」

〔註83〕如朱子《詩序辨說》謂〈駉·序〉說穿鑿，姚際恒《詩經通論》謂〈駉·序〉說無稽，方玉潤《詩經原始》謂〈閟宮·序〉說雖辭出於經，然與經異，且非詩旨。

〔註84〕說詳李辰冬：〈魯頌到底是頌誰？〉，《詩經研究》，頁121～139。水牛出版社印行。

〔註85〕如王肅《家語》注曰：「子夏敍詩義，今之《毛詩》是。」沈重據鄭玄《詩譜·序》云：「〈大序〉子夏作，〈小序〉爲子夏、毛公合作。卜商意有未盡，毛公便足成之。」陳奐《詩毛氏傳疏》亦謂：「卜子夏親受業於孔子之門，遂隱括詩人本義，爲三百十一篇作《序》。」

　　《詩序》雖時有小失，以其絕非無本之學，故歐陽修於《詩》亦常以《序》為證，其言曰：

> 自聖人沒，六經多失其傳。一經之學，分為數家，不勝其異說也。當漢之初，《詩》之說分為齊魯韓三家，晚而毛氏之《詩》始出。久之，三家之學皆廢，而《毛詩》獨行，以至於今不絕。今齊、魯之學沒不復見，而《韓詩》遺說，往往見於他書。至其經文亦不同，如「逶迤」「郁夷」之類是也。然不見其終始，亦莫知其是非。自漢以來，學者多矣，其卒舍三家而從毛公者，蓋以其源流所自，得聖人之旨多歟？今考《毛詩》諸〈序〉與孟子說《詩》多合，故吾於詩常以《序》為證也。至其時有小失，隨而正之，惟〈周南〉、〈召南〉，失者類多，吾固已論之矣，學者可以察焉。

《詩本義》一書於篇旨常取《序》說，由上可知其理由乃：（1）《詩序》其來有自，得聖人之旨者多，（2）與孟子說《詩》多合。後人肯定《詩序》價值，以為其說不可廢者，亦多以其絕非無本之學。〔註 86〕至於歐陽修所謂「〈周南〉、〈召南〉，失者類多，吾固已論之」者，其論見諸〈時世論〉，蓋《序》說最不獲歐陽修之心者即在二〈南〉之單元。

六、〈詩圖總序〉之觀念

　　《詩本義》卷末附有〈詩圖總序〉一文，此文旨在為太史公孔子刪《詩》之說辯護。《史記・孔子世家》云：

> 古者《詩》三千餘篇，及至孔子，去其重，取可施於禮義，上采契、后稷，中述殷周之盛，至幽厲之缺。始於衽席，故曰〈關雎〉之亂，以為〈風〉始，〈鹿鳴〉為〈小雅〉始，〈文王〉為〈大雅〉始，〈清廟〉為〈頌〉始。三百五篇，孔子皆弦歌之，以求合〈韶〉、〈武〉、〈雅〉、〈頌〉之音。

〔註86〕如陳奐：「讀《詩》不讀《序》，無本之教也。」章太炎亦曰：「《詩》若無《序》，則作詩之本意已不明，更無可說。」黃永武亦曰：「毛《傳》解釋詩義，〈小序〉講明作詩的本意，毛《傳》與〈小序〉契合無間，息息相關，深入《毛詩》以後，才了解二者的微妙細入釐毫，相互輔成。」又曰：「毛《傳》與〈小序〉應合無間，絕非無本之學」，「《傳》《序》二者，不可廢一。」詳見黃永武：〈怎樣研讀詩經〉，收於孔孟學會主編之《詩經研究論集》一書，黎明文化事業公司出版。

此說一出，後世儒者多據以爲孔子曾經刪《詩》，〔註87〕自唐孔穎達懷疑史遷說不可盡信後，〔註88〕學者又紛紛著論，反對孔子刪《詩》之說。〔註89〕歐陽修以爲孔子確曾刪《詩》，史遷之言不誤，其〈詩圖總序〉云：

> 司馬遷謂古詩三千餘篇，孔子刪之，存者三百。鄭學之徒，皆以遷說之謬，言古詩雖多，不容十分去九。以予考之，遷說然也。何以知之？今書傳所載逸詩，何可數焉？以圖推之，〔註90〕有更十君而取其一篇者，又有二十餘君而取其一篇者。由是言之，何嘗乎三千？《詩》三百十一篇，亡者六篇，存者三百五篇云。

唯歐陽修所謂刪《詩》之說，復與他家有異，其言曰：

> 刪《詩》云者，非止全篇刪去也，或篇刪其章，或章刪其句，或句刪其字。如「唐棣之華，偏其反而。豈不爾思？室是遠而。」此〈小雅·常棣〉之詩也，夫子謂其以室爲遠，害於兄弟之義，故篇刪其章也。「衣錦尚絅」，文之著也，此〈鄘風·君子偕老〉之詩也，〔註91〕夫子謂其盡飾之過，恐其流而不返，故章刪其句也。「誰能秉國成，不自爲政，卒勞百姓」，此〈小雅·節南山〉之詩也，夫子以「能」之一字爲意之害，故句刪其字也。〔註92〕

此言人所未言，於孔子刪《詩》之說中，爲一引人矚目之言論。其後周子醇以爲孔子刪《詩》有刪全篇者，有刪兩句者，有刪一句者，〔註93〕此即跟據歐陽修之說而有的進一步申述。

〔註87〕如毛公、鄭玄、班固、陸德明、歐陽修、蘇轍、邵雍……俱以爲孔子曾刪《詩》。

〔註88〕孔穎達於《毛詩正義》鄭玄〈詩譜序〉疏曰：「《史記·孔子世家》云，古者詩本三千餘篇，去其重，取其可施於禮義者三百五篇。是《詩》三百者，孔子定之。如《史記》之言，則孔子之前，詩篇多矣。案書傳所引之詩，見在者多，亡逸者少，則孔子所錄，不容十分去九。馬遷言古詩三千餘篇，未可信也。」

〔註89〕如鄭樵、朱子、程大昌、朱彝尊、魏源、毛奇齡、方玉潤、崔述、汪琬、皮錫瑞，皆反對孔子刪《詩》之說，參閱左松超：〈孔子與詩經〉，收於孔孟學會主編：《詩經研究論集》，頁99～106。

〔註90〕歐陽修所謂「以圖推之」係指以鄭玄《詩譜》圖推之。

〔註91〕按：〈鄘風·君子偕老〉之詩實無「衣錦尚絅」之句。

〔註92〕按：《四庫全書》與《通志堂經解》之《詩本義·詩圖總序》結束於「存者三百五篇云」之句，此處所錄第二段文字出自朱彝尊《經義考》卷98引。

〔註93〕見吳曾：《能改齋漫錄》，卷10，及馬國翰：《日耕帖》，卷13引。

第四節　歐陽修《詩經》學之評價

一、前人之評介

（1）張爛以《詩本義》爲完整之書，其言曰：

> 毛《詩》有《詁訓傳》，鄭《詩》有《箋》，歐陽《詩》有〈論〉、
> 有〈本義〉。毛鄭之《詩》三百五篇，而歐陽乃百一十四篇，何也？
> 毛鄭二家之學，其三百五篇中，不得古人之意者百十四篇，歐陽
> 修爲之〈論〉以辨之曰：「是不然也。」其詩之本義一如是也。有
> 〈論〉而無〈本義〉者，因〈論〉而義見者也。如毛鄭所注皆得
> 之，則歐陽修之書不作矣。〈關雎〉之〈序〉，兼論四詩之大旨，
> 此獨著其數語，何也？明〈關雎〉之義者也。一篇之文自有本書，
> 亦猶三百五篇之文自有本書也。泛論有〈統解〉十，附之〈本義〉
> 之下，何也？明乎學《詩》者所當講究之事。如《易》之有〈繫
> 辭〉、〈說卦〉、〈序卦〉、〈雜卦〉也。《詩譜》無三〈頌〉，何也？
> 《譜》之作爲分類，有異同而後有譜。〈周頌〉皆作於文王之時，
> 〈魯頌〉爲一僖公，〈商頌〉同得於正考父，無待於《譜》而明，
> 非缺也。大儒著作之體如此，不知者以是爲不全之書，其知者爲
> 歐陽氏全書也。〔註94〕

按：《詩》有三百五篇，歐陽修付諸討論者唯百餘篇，以是而使《詩本義》
一書似嫌不全，張氏特爲辨之，以歐陽修之書爲「全書」。

（2）朱子以爲《詩本義》「煞說得有好處」，其言曰：

> 歐陽修有《詩本義》二十餘篇，煞說得有好處。有〈詩本末篇〉，又
> 有論云：「何者爲《詩》之本，何者爲《詩》之末。《詩》之本不可
> 不理會，《詩》之末不理會得也無妨。」其論甚好。……《詩本義》
> 中辨毛鄭處，文辭舒緩，而其說直到底，不可移易。……〈邶〉〈鄘〉
> 〈衛〉之詩未詳其說，然非《詩》之本義，不足深究，歐公此論得
> 之。〔註95〕

按：朱子一代大儒，其在《詩經》學史上的整體評價高於歐陽修，所著《詩

〔註94〕見朱彝尊：《經義考》，卷104引。
〔註95〕分見《朱子語類》，卷80；《朱文公文集》，卷40，〈答何叔京〉。

集傳》對於歐陽修之說當然不能盡採，然亦善會歐陽修之佳處，故有上述稱譽之言。

（3）林光朝以為《詩本義》無何可取之處，斥之為「苟作」，又曰：

> 《詩本義》初得之才廿五歲，如洗滌腸胃，謂之三歲，旋覺得有未穩處，大率是歐陽、二蘇及劉貢父談經多如此。若補亡鄭氏所序，此爲無用之學。……歐陽不當謂之本義，若論本義，何嘗如此費辭說。〔註96〕

按：林光朝以爲《詩本義》一無可取，且直指爲「苟作」，此評過於嚴苛。平心而論，《詩》至宋代始展現新局面，歐陽修又爲與毛鄭立異之第一人，僅此，歐陽修在《詩經》學史上自應有其不朽之地位。

（4）晁公武謂《詩本義》「所得比諸儒最多」，其言曰：

> 歐陽公解《詩》，毛鄭之說已善者，因之不改，至於質諸先聖則悖理，考於人情則不可行，然後易之，故所得比諸儒最多。但平日不信符命，嘗著書以《周易》河圖、洛書爲妖妄，今又以〈生民〉、〈玄鳥〉之詩爲怪說，蘇子瞻曰：「帝王之興，其受命之符，卓然見於詩書者多矣。河圖、洛書、〈生民〉、〈玄鳥〉之詩，豈可謂誣也哉？恨學者推之太詳，流入讖緯，而後之君子亦矯枉過正，舉從而廢之，以爲王莽公孫之流緣此作亂，使漢不失德，莽述何自起？而歸罪三代受命之符，亦過矣。」〔註97〕

按：晁氏承認歐陽修所得「比諸儒最多」，唯遺憾其以〈生民〉、〈玄鳥〉之詩爲怪說爾。〈生民〉述后稷誕生之異，〈玄鳥〉言契誕生之奇，其說雖怪，然古代本有神話，且〈生民〉之詩本在「述后稷誕生之異，並其稼穡之功，以見周先祖之德，當受天命」，〔註98〕而〈玄鳥〉爲祀高宗之樂歌，〔註99〕歐陽修爲謹愼計，於本義闕其所不知，此爲其審愼之態度，批評毛鄭及諸儒附之者「乖妄」，〔註100〕未免過苛。

〔註96〕見林光朝：《艾軒集》，卷6，〈與趙著作子直書〉。

〔註97〕見晁公武：《郡齋讀書志》，卷1上。

〔註98〕見王師靜芝：《詩經通釋》，頁534。

〔註99〕此據《詩序》及孔《疏》。

〔註100〕按《詩本義》卷10於〈生民〉之詩曰：「毛於《史記》不取履迹之怪，而取其訛謬之世次；鄭則不取其世次，而取其怪說。諸儒附之，駁雜紛亂。附毛

（5）樓鑰謂《詩本義》始敢違忤毛鄭之說，其言曰：

> 由漢以至本朝，千餘年間，號爲通經者，不過經述毛鄭，莫詳於
> 孔穎達之疏，不敢以一語違忤二家，自不相伴者，皆曲爲說以通
> 之。韓文公，大儒也，其上書所引「菁菁者莪」，猶規規然守其說，
> 惟歐陽修《本義》之作，始有以開百世之惑，曾不輕議二家之短
> 長，而能指其不然，以深持詩人之意。其後王文公、蘇文定公、
> 伊川程先生各著其說，更相發明，愈益昭著，其實自歐陽氏發之。
> 〔註101〕

按：樓氏以爲宋儒說《詩》能出新意者，實自歐陽修發之，洵然，而事實
上，這也正是歐陽修能成爲《詩經》學史上指標人物之一的最大關鍵。

（6）周中孚以後儒說《詩》之務立新奇歸咎於歐陽修，其言曰：

> 大意以爲毛鄭之已善者皆不改，不得已乃易之，非樂求異於先儒也。
> 然自唐定《毛詩正義》以後，與毛鄭立異同者，自此書始。雖不輕
> 議二家之短，而頗指其不然，以申其以意逆志之旨。其後王介甫、
> 劉原父、蘇子由、程伊川、朱文公諸家，各著其說，更相發明，而
> 毛鄭之學益微，從此〈小序〉可刪，而經文亦可刪矣，篇次亦可更
> 定矣，其實皆濫觴於是書也。〔註102〕

按：周氏以後儒說《詩》之務立新奇、刪竄經文歸咎於歐陽修，此實非持
平之論，宜乎《四庫提要》爲之辯，以爲濫觴之始，非歐陽修之過。

（7）《四庫提要》曰：

> 自唐以來，說《詩》者莫敢議毛鄭，雖老師宿儒，亦僅守〈小序〉，
> 至宋而新義日增，舊說幾廢，推原所始，實發於修。……修作是
> 書，本出於和氣平心，以意逆志，故其立論，未嘗輕議二家，而
> 亦不曲徇二家。其所訓釋，往往得詩人之本志，後之學者，或務
> 立新奇，自矜神解，至於王柏之流，乃併疑及聖經，使〈周南〉、
> 〈召南〉俱遭刪竄，則變本加厲之過，固不得以濫觴之始歸咎於
> 修矣。〔註103〕

説者謂后稷是帝嚳遺腹子，附鄭説者謂是蒼帝靈威仰之。其乖妄至於如此！」
〔註101〕見朱彝尊：《經義考》，卷104引。
〔註102〕見周中孚：《鄭堂讀書記》，卷128。
〔註103〕見《四庫全書總目》，卷15。

按：《四庫提要》之說，最爲平允，蓋大凡一說之形成，非朝夕之事，雖有個人推波助瀾之力，然勢之趨，亦沛然莫之能禦，且自孔穎達後，言經學者皆墨守注疏，家無異說。然官定之注疏，每每失之繁瑣，且或亦雜以讖緯之說，未必可以厭服人心；歐陽修之前，已有議舊注者，故歐陽修之起，亦勢之使然。且其未嘗輕議毛鄭二家之短長，而僅於說詩時，爲達詩人之本旨，不得不指出舊說之不然，風氣一開，後人接踵而起，發明三百篇之理趣，這正是歐陽修在《詩經》研究史上的貢獻，至於後儒疑經太過，甚至有改經之舉，當然不能歸咎於扮演領航角色的前輩。

二、小　結

　　自漢以後，說《詩》者多宗毛鄭，而自唐高宗永徽 4 年（653）頒行《五經正義》，說《詩》者更奉毛鄭爲圭臬，獨唐人成伯璵《毛詩指說》不拘於毛鄭，而常以己意說《詩》。及至宋代，議經疑經，蔚爲風氣，而首出異說，以立異於毛鄭者，則爲歐陽修。〔註 104〕

　　歐陽修《詩本義》時出己意，此書問世以後，《詩》之別解漸生，是故，無論後人對《詩本義》本身之價值如何評估，皆無法否認歐陽修在《詩經》學上之歷史地位，亦即，考慮歐陽修在說《詩》上的成績時，我們得著眼於《詩本義》在《詩經》研究史上的意義。

　　《詩本義》之寫作旨趣，在於探討詩旨，訓釋章句，評議漢儒之說，時抒一己之見。其前十二卷爲詩篇討論，討論方式大約每篇文分二段，前段以「論曰」發端，旨在評議舊說；後段以「本義曰」發端，旨在發表己見。前段主「破」，後段主「立」，行文次第如此。「破」即今人所謂之「破壞」；「立」即今人所謂之「建設」。有破，故不迷信毛鄭舊說；有立，故能常出新義；而其時出新義，並非妄立異論。歐陽修自言：「不見先儒中間之說，而欲特立一家之學者，果有能哉？吾未之信也。先儒之論，苟非詳其終始而牴牾，質諸聖人而悖理害經之甚，有不得已而後改易者，何以徒爲異論以相訾也。……予於鄭氏之學，盡心焉爾。夫盡其說而不通，然得以論正（按：「然」字下當缺一「後」字），予豈好爲異論哉？」〔註 105〕正因歐陽修治學態度客觀，是以

〔註 104〕參閱屈萬里：《詩經釋義》，敘論；何澤恒〈歐陽修之詩經學〉，孔孟學會主編：《詩經研究論集》，頁 249。
〔註 105〕引文見《詩本義》，卷末，〈詩譜補亡後序〉。

史傳評其「於經術，治其大旨，不爲章句，不求異於諸儒」。〔註106〕

在《詩序》方面，歐陽修雖不知作《序》者何人，然確信其說得聖人之旨者頗多，故常取《序》說爲證，然歐陽修雖然尊重《詩序》，卻不一切依〈小序〉之說，除於〈時世論〉中駁斥二〈南〉《序》說外，《詩本義》前十二卷亦時出新論而不依《序》說。如〈衛風・氓〉之本義，歐陽修云：「據《序》是衛國淫奔之女色衰而爲其男子所棄，因而自悔之辭也。今考其詩，一篇始終皆是女責其男之語。凡言子言爾者，皆女謂其男也。……據詩所述，是女被棄逐，怨悔而追序與男相得之初，殷勤之篤，而責其終始棄背之辭。」〔註107〕又如〈鄭風・羔裘〉，《序》云：「刺朝也。言古之君子，以風其朝焉。」歐陽修則曰：「詩三章皆上兩言述羔裘之美，下兩言稱其人之善。」〔註108〕按〈羔裘〉之詩，但有讚美之詞，而無諷刺之語，《詩序》之說，確嫌迂曲，朱子謂「《序》以變〈風〉不應有美，故以此爲古以刺今之詩，今詳詩意，恐未必然」，〔註109〕說極是。再如〈鄭風〉之〈有女同車〉、〈山有扶蘇〉二詩，歐陽修云：「〈有女同車〉，《序》言刺忽不昏於齊，卒以無大國之助，至於見逐；今考本篇，了無此語，若於〈山有扶蘇〉，義則有之。〈山有扶蘇〉，《序》言刺忽所美非美，考其本篇，亦無此語，若於〈有女同車〉，義則有之。二篇相次，疑其戰國秦漢之際，六經焚滅，《詩》以諷誦相傳，易爲差失，漢興，承其訛謬，不能考正，遂以至今。」〔註110〕凡此皆自出新意，不依《序》說之例。

歐陽修常取〈小序〉爲證，乃因《序》與孟子說《詩》多合，孟子說《詩》之法爲何？孟子自言曰：「說《詩》者不以文害辭，不以辭爲志；以意逆志，是爲得之。」（〈萬章篇〉）歐陽修推求詩本義之法，亦即孟子之所謂之「以意逆志」。

以上所述，可謂爲歐陽修《詩本義》之特色，至其說《詩》之長處，約有下列各端。

（1）強烈反對改字解經之態度

鄭玄箋《詩》，每每改字以就己說，歐陽修於此期期以爲不可，〈取舍義〉

〔註106〕參閱《神宗實錄》、劉子健：〈歐陽修的治學與從政〉。
〔註107〕見《詩本義》，卷3。
〔註108〕見《詩本義》，卷4。
〔註109〕見朱子：《詩序辨說》。
〔註110〕見《詩本義》，卷4。

十二篇中，凡鄭玄改經者，歐陽修皆以爲當從毛說，並強調「若改字以就己說，則何人不能爲說？何字不可改也？」因之，歐陽修解經，遇有所不通者，寧可闕其所不知，絕不輕易更動經文。

（2）態度謹慎溫和，不妄立異論

歐陽修於〈詩譜補亡後序〉云：「予疑毛鄭之失既多，然不敢輕爲改易者，意其爲說不止於《箋》《傳》，而恨己不得盡見二家之書，未能徧通其旨。夫不盡其書，而欲折其是非，猶不盡人之辭，而欲斷其訟之曲直。其能果於自決乎？其能使之自服乎？」其治學態度之謹愼溫和如此。今考《詩本義》一書，易毛鄭之說者百餘篇，約得《詩經》全書三分之一，其餘各篇既以爲毛鄭之說已善，故不易其說。或謂「歐公舒緩，僅小心辨前人之失，故成就不大」，〔註111〕歐陽修《詩經》學之成就若何，固仁智互見，然「小心辨前人之失」者，較勇猛有餘、論證不足者可取，當可肯定。

（3）立論精闢，時有所見

《詩本義》無論本義與專論，立論精闢之處皆極多，如〈時世論〉云：「〈周頌・昊天有成命〉曰：『二后受之，成王不敢康。』所謂『二后』者，文武也。則『成王』者，成王也。猶文王之爲文王，武王之爲武王也。然則〈昊天有成命〉當是康王已後之詩。而毛鄭之說以頌皆是成王時作，遂以『成王』爲『成此王功，不敢康寧』。〈執競〉曰：『執競武王，無競維烈。不顯成康，上帝是皇。自彼成康，奄有四方。』所謂成康者，成王、康王也，猶文王、武王謂之文武爾。然則〈執競〉者，當是昭王已後之詩，而毛以爲成大功而安之，鄭以爲成安祖考之道，皆以爲武王也。據詩之文，但云成康爾，而毛鄭自出其意，各以增就己說，而意又不同，使後世何所適從哉？〈噫嘻〉曰『噫嘻成王』者，亦成王也，而毛鄭皆以爲武王，由信其己說，以〈頌〉皆成王時作也。詩所謂成王者，成王也；成康者，成王、康王也，豈不簡直哉？而毛鄭之說，豈不迂而曲也？」由於毛鄭認定〈周頌〉作於成王之世，遂釋〈昊天有成命〉之「成王」爲「成此王功」，釋〈執競〉之「成康」爲「成大功而安之」，釋〈噫嘻〉之「成王」爲「成是王事」，除〈執競〉「成康」之解猶有可說之外，〔註112〕餘則不如歐陽修之說。

〔註111〕引文見裴普賢：《歐陽修詩本義研究》，頁120。

〔註112〕關於〈執競〉一詩之討論，請參閱本編第六章「朱子之詩經學」，第三節，第93條。

又如〈齊風・東方之日〉，「東方之日」一句下，《傳》云：「興也。日出東方，人君盛明。」《箋》云：「日在東方，其明未融。興者，喻君不明。」「東方之月」一句下，《傳》云：「月盛於東方，君明於上若日也，臣察於下若月也。」《箋》云：「月以興臣。月在東方，亦言不明。」歐陽修批評毛鄭之說皆不足取，其言曰：「以詩文考之，日月非喻君臣，毛鄭固皆失之矣。至於明不明之說，二家特相反。而日出東方明最盛，皆智愚所具見，而鄭以爲不明者，蓋牽就己說爾。」〔註113〕《傳》、《箋》之言頗顯牽強，歐陽修之言極是。

（4）能以歸納法考證《詩經》語助詞之無義訓

《詩本義》一義解〈有客〉「有客有客，亦白其馬」，毛鄭解「亦」字爲「又」，歐陽修非之，其言曰：「謂周人與武庚乘白馬，而微子亦乘白馬也。今考詩之文，不然。詩言『亦』者多矣，若〈抑〉曰『哲人之愚，亦維斯戾』者，似因上文先述庶人之愚，然庶人之愚自云『亦職維疾』，則又無所因，以此知其不然也。〈卷阿〉曰：『鳳凰于飛，亦集爰止』，鄭以爲『亦』眾鳥，其義不通，已見別論。至其下章又云『亦傅于天』，則鄭更無所說；〈菀柳〉曰：『有鳥高飛，亦傅于天』，鄭亦無所說。蓋其義不通，不能爲說也。至於『人亦有言』『亦孔之哀』『民亦勞止』之類甚多，皆非有所因。蓋『亦』者，詩人之語助爾。然則『亦白其馬』者，直謂有客乘白馬爾。」以歸納法考證《詩經》語助詞之無義訓，歐陽修或許爲第一人。〔註114〕

至於歐陽修說《詩》之缺失亦不能免。

（1）以爲孔子刪《詩》，理由不足

《史記》以爲古詩三千餘篇，孔子去其重，取可施於禮義者三百五篇，孔穎達以爲孔子刪《詩》的動作不致如此激烈，歐陽修則據《詩譜》推論，以爲太史公之言不誤，又云「刪詩云者，非止全篇刪去，或刪其章，或刪其句，或刪其字」，此說清儒朱彝尊已辨其非，曰：「歐陽子謂刪詩云者，非止全篇刪去，或刪其章，或刪其句，或刪其字，此又不然。詩云：『唐棣之華，偏其反而。豈不爾思？室是遠而。』惟其詩孔子未嘗刪，故爲弟子雅言之也。詩曰：『衣錦尚絅。』文之著也，惟其詩孔子亦未嘗刪，故子思子舉而述之也。〔註115〕詩云：『誰能秉國成？』今本無『能』字，猶夫『殷鑒不遠，在于夏后

〔註113〕見《詩本義》，卷4。
〔註114〕參閱裴普賢：《歐陽修詩本義研究》，頁120。
〔註115〕按《中庸》第33章：「詩曰：『衣錦尚絅』，惡其文字之著也。故君子之道，

之世』，今本無『于』字，非孔子去也；流傳既久，偶脫去爾。昔者子夏親受《詩》於孔子矣，其稱《詩》曰：『巧笑倩兮，美目盼兮，素以爲絢兮。』惟其句孔子亦未嘗刪，故子夏所受之《詩》，存其辭以相質，而孔子亟許其可與言《詩》；初未以素絢之語有害於義而斥之也。由是觀之，詩之逸也，非孔子刪之，可信已。」〔註 116〕孔子當然也有可能刪《詩》，〔註 117〕不過歐陽修以爲孔子刪《詩》，其所持之理由不夠充分，宜乎朱竹垞一一駁覆之。

（2）肯定《詩序》之價值，理由不足

歐陽修常取《序》說爲證，理由之一是《詩序》「源流所自，得聖人之旨多歟？」至於何以見得《詩序》多得聖人之旨，歐陽修卻未明言。理由之二是「《毛詩》諸〈序〉與孟子說《詩》多合」，然《詩序》與孟子說《詩》多合不足以爲《序》說可信之證，今人趙制陽即謂「《詩》本出於孟子之後，如果《序》與孟子之說相符合，該是作《序》者有意牽符，不能引爲《詩序》可信的佐證」。〔註 118〕最重要的是，《詩序》之不必廢除，是因其內容代表了漢代古文學者的詮釋意見，歐陽修卻希望讀者能相信《序》說的眞實性，如此則容易引發後人疑慮。

歐陽修又以爲《詩序》非子夏作，因爲《詩序》以〈風〉、〈雅〉有正變，又繫〈關雎〉於周公，繫〈鵲巢〉於召公，此皆不合理，子夏聖人之徒，必不爲此言；按其以《序》非子夏作，結論應無誤，唯理由依然不夠充分，清儒崔述謂「孔子既沒，七十子之徒相與教授於齊魯之間，故漢初傳經者多齊魯之儒。子夏雖嘗教授西河，然究在魯爲多。觀戴《記》所言多在魯之事，而《論語》稱子游譏子夏之門人，子夏之門人問交於子張，則子夏之門人在魯者不乏矣。齊魯既傳其《詩》，亦必並傳其《序》，何以齊魯兩家之《詩》均不知有此《序》，而獨趙人乃得之乎？」又謂子夏作《序》之說，「《史》、《漢》、傳記從無一言及之」，是爲「無徵之言」，〔註 119〕此說可補歐陽修之不足。

闇然而日章；小人之道，的然而日亡。君子之道，淡而不厭，簡而文，溫而理；知遠之近，知風之自，知微之顯，可與入德矣。」
〔註 116〕見朱彝尊：《經義考》，卷 98。
〔註 117〕無論是歷史發展或是個人教學需要來看，孔子是有刪削《詩經》的動機與權利。不過，孔子雖然有意讓《詩經》更加實用，但是這並不代表孔子會大幅刪改《詩經》的內容，因爲考量到春秋時期《詩經》已經成爲貴族共同擁有且熟悉的文化財產，孔子沒有在詩文上大幅刪除的需要。
〔註 118〕見趙制陽：〈歐陽修詩本義評介〉，原載《中華文化復興月刊》第 13 卷第 9 期。
〔註 119〕見崔述：《讀風偶識》，卷 1。

（3）缺乏時代之考證

　　《詩》之時世本難確定，歐陽修於〈周南〉諸詩，每以文王、太姒為說，將時世自我設限於商末周初，理由又絲毫未提，此又何足以服人？近人趙制陽云：「詩篇寫作的時代原多不可考，故漢儒所敘詩篇的時代常不一致，即或一致，亦未必可信。比如〈關雎〉的寫作時代與作文旨趣，前人的說法即難以一致。至於首章『窈窕淑女，君子好逑』中的『淑女』是誰？『君子』是誰？即毛鄭亦不敢明指其人。至唐孔穎達始說『君子』謂文王，『淑女』則仍不知是誰。可是歐陽修曰：『下言淑女以配君子，以述文王、太姒為好匹，如雎鳩雌雄之和諧爾。』又謂：『淑女謂太姒，君子謂文王。』又謂：『〈關雎〉、〈鵲巢〉，所述一太姒爾』、『二〈南〉之事，一文王爾。』他似乎毫無懷疑地將〈關雎〉以及二〈南〉所有的詩，都認為是為文王、太姒而作的……歐陽修於駁斥毛鄭時，常說：『此皆詩文所無，非其本義。』試觀二〈南〉諸詩，有那一首告訴我們是作於商紂中世、文王受命之前的？而且如按文求義，當民歌講，就覺得自然通適，有如天籟；如作后妃之德、文王之化來講，就不免牽強附會，迂曲難通。比如他說〈關雎〉的『君子』是文王，史籍上可曾記載文王求太姒以至於寤寐思服，輾轉反側的？說〈卷耳〉的女子是太姒，太姒可曾有執筐採耳、騎馬登山、宴犒使臣的事？歐陽修要人說《詩》本乎人情，像這些時世的安排，人事的編敘，可曾在人情上說得過去？」〔註120〕趙氏謂二〈南〉諸詩「如按文求義，當民歌講，就覺得自然通適，有如天籟」，這純粹是其個人之閱讀感受，他人未必同意，其他之見解可謂諦評，歐陽修認定二〈南〉諸詩皆在描述文王與太姒，理由付諸闕如，確為其失。

〔註120〕見趙制陽：〈歐陽修詩本義評介〉，原載《中華文化復興月刊》第 13 卷第 9 期。

第三章　蘇轍之《詩經》學

第一節　蘇轍（1039～1112）傳略

　　蘇轍，宋仁宗寶元 2 年（1039）2 月丁亥生。〔註1〕字子由，〔註2〕一字同叔，眉山人，蘇洵之季子，〔註3〕蘇軾之弟。

　　慶曆 7 年（1047），蘇轍九歲，與兄軾并學於洵。〔註4〕至和 2 年（1055），娶史氏，時轍十七歲，史氏十五歲。〔註5〕

　　嘉祐元年（1056）3 月，轍隨父赴京秋試，過成都，始謁知益州張方平，方平一見，待以國士。7 月，以侍御史范師道開封府判官，祠部郎中直秘閣王疇，祠部員外郎集賢校理胡倪，屯田員外郎集賢校理韓彥，太常博士集賢校理王瓘，太常丞集賢校理宋敏，求考試開封府舉人，轍中其選。〔註6〕

　　嘉祐 2 年（1057），蘇轍年十九，與兄軾同登進士科，又同策制舉。〔註7〕時仁宗春秋已高，轍慮其或倦於勤，因極言得失，策入，轍自謂必見黜，然考官司馬光第以三等，范鎮難之。蔡襄云：「吾三司使也，司會之言，吾愧之而不敢怨。」惟考官胡宿以為不遜，請黜之。仁宗言：「以直言召入，而以直言棄之，

〔註1〕　孫汝聽編：《蘇潁濱年表》，《四庫全書存目叢書》。台南莊嚴文化事業公司出版。
〔註2〕　《宋史》，卷 339，蘇轍本傳。台灣商務印書館出版。
〔註3〕　易蘇民：《三蘇年譜彙證》。台北大學文選社印行。。
〔註4〕　易蘇民：《三蘇年譜彙證》。
〔註5〕　孫汝聽《蘇潁濱年表》：「娶史氏，年十五。」蘇轍《樂城集・寄內詩》云：「與君少年初相識，君年十五我十七，上事姑章旁兄弟，君雖少年少過失。」
〔註6〕　易蘇民：《三蘇年譜彙證》。
〔註7〕　《宋史》，卷 339，蘇轍本傳。

天下其謂我何？」宰相不得已，寧之下等，授商州軍事推官，知制誥。〔註 8〕
同年，撰〈上樞密韓太尉書〉，〔註9〕此函思慮純熟，足見轍之少年英氣。

　　嘉祐 4 年（1059）10 月，侍父遊京師，12 月至江陵。集舟中所爲詩賦一
百首，爲《南行集》。次年，自江陵至京師，所爲詩賦又七十三篇，爲《南行
後集》。3 月，以選人至流內銓，天章閣待制楊畋，調銓之官吏，授河南府澠
池縣主簿，不赴。楊畋謂曰：「聞子求舉直言，若必無人，畋願備數。」於是
舉蘇轍應才識兼茂明於體用科。〔註10〕又次年，與兄軾同寓遠驛。〔註11〕

　　英宗治平 2 年（1065），轍爲大名府留守推官。次年，丁父憂。〔註12〕服
除，神宗立已二年，轍上書言事，召對延和殿。時王安石以執政與陳升之領
三司條例，命轍爲之屬。呂惠卿附安石，轍與論多相牾。安石出青苗，使轍
熟議，曰：「有不便，以告勿疑。」轍曰：「以錢貸民，使出息二分，本以救
民，非爲利也。然出納之際，吏緣爲姦，雖有法不能禁，錢入民手，雖良民
不免妄用；及其納錢，雖富民不免逾限。如此，則恐鞭箠必用，州縣之事不
勝煩矣。唐劉晏掌國計，未嘗有所假貸，有尤之者，晏曰：『使民僥倖得錢，
非國之福；使吏倚法督責，非民之便。吾雖未嘗假貸，而四方豐凶貴賤，知
之未嘗逾時。有賤必糴，有貴必糶，以此四方無甚貴、甚賤之病，安用貸爲？』
晏之所言，則常平法耳。今此法見在而患不修，公誠能有意於民，舉而行之，
則晏之功可立俟也。」安石曰：「君言誠有理，當徐思之。自此逾月不言青苗。
會河北轉運判官王廣廉奏乞度僧牒數千爲本錢，於陝西漕司私行青苗法，春
散秋斂，與安石意合，於是青苗法遂行。〔註13〕

　　神宗熙寧 3 年（1070），蘇轍充省試點檢試卷官。2 月，轍往見陳升之曰：
「昔嘉祐末，遣使寬恤諸路，各務生事，還奏多不可行，爲天下笑。今何以
異此？」又以書詆安石，力陳其不可。安石怒，將加以罪，升之止之，以爲
河南推官，會觀文殿學士張方平知陳州，辟爲陳州教授。〔註14〕

〔註 8〕　參閱《宋史》，卷 339，蘇轍本傳；朱熹：《三朝名臣言行錄》，台灣商務印書
　　　　　館印行。
〔註 9〕　蘇轍〈上樞密韓太尉書〉云：「轍生十九年矣，其居家所與遊者，不過其鄰里
　　　　　鄉黨之人……。」
〔註10〕　易蘇民：《三蘇年譜彙證》。
〔註11〕　孫汝聽《年表》以之爲五年，此據易蘇民：《三蘇年譜彙證》。
〔註12〕　易蘇民：《三蘇年譜彙證》。
〔註13〕　《宋史》，卷339，蘇轍本傳。
〔註14〕　參閱《宋史》本傳，及易蘇民：《三蘇年譜彙證》。

熙寧 9 年（1076），轍三十八歲，2 月，李肅之提舉南京鴻慶宮，以病自請也。十月，宰相王安石罷，轍歸京師。〔註15〕

元豐 2 年（1079）8 月，蘇軾下御臺獄，轍上書乞納在身官贖兄罪，不報。12 月，軾責授水部員外郎黃州團練副使，轍亦坐貶監筠州塩酒稅。〔註16〕

元豐 8 年（1085）8 月，資政殿學士司馬光爲門下侍郎，以轍爲秘書省校書郎。10 月，以轍爲石司諫。〔註17〕

哲宗元祐元年（1086），宣仁后臨朝，據《宋史》記載，「用司馬光、呂公著，欲革弊事，而舊相蔡確、韓縝、樞密使章惇皆在位，窺伺得失，轍皆論去之。呂惠卿始詔事王安石，倡行虐政以害天下。及勢鈞力敵，則傾陷安石，甚於仇讎，世尤惡之。至是，自知不免，乞宮觀以避貶竄。轍具疏其姦，以散官安置建州。」〔註18〕

元祐 5 年（1090），蘇轍五十二歲。自元祐初革新庶政，至是五年。一時人心已定，惟元豐舊黨，分布中外，多起邪說，以搖撼在位。呂大防及中書侍郎劉摯尤畏之，遂建言欲引用其党以平舊怨，謂之調停。宣仁后猶疑不決，轍於延和面論其非，退復以劄子論之，反復深切。宣仁后命宰執於簾前讀之，仍喻之曰：「轍疑吾君臣遂兼用邪正，其言極中理。」諸公相從和之，「調停」之說遂已。8 月，轍言新除知荆州王光祖不當，詔以光祖爲太原府路總管。10 月，以徐君平、虞策並爲監察御史，從轍薦也。又言新除知順安軍王安世罪狀，詔罷爲京西南張都監，其違法事令都水監依條施行。12 月，以轍爲龍閣學士，次年 2 月，門下侍郎劉摯爲尙書右僕射而兼中書侍郎，以轍爲中大夫守尙書右丞，進門下侍郎。〔註19〕

紹聖元年（1094），哲宗起李清臣爲中書舍人，鄧潤甫爲尙書左丞。二人久在外，不得志，稍復言熙、豐事以激怒哲宗意。會廷試進士，清臣撰策題，即爲邪說。轍諫曰：「伏見御試策題，歷詆近歲行事，有紹復熙寧、元豐之意。臣謂先帝以天縱之才，行大有爲之志，其所設施，度越前古，蓋有百世不可改者。……父作之於前，子救之於後，前後相濟，此則聖人之孝也。漢武帝

〔註15〕　易蘇民：《三蘇年譜彙證》。
〔註16〕　易蘇民：《三蘇年譜彙證》。
〔註17〕　《宋史》本傳云：「哲宗立，轍以秘書省校書郎召，元祐元年，爲右司諫。」此據易蘇民《三蘇年譜彙證》。
〔註18〕　《宋史》，卷 339，蘇轍本傳。
〔註19〕　參閱《宋史》本傳；易蘇民：《三蘇年譜彙證》。

外事四夷，內興宮室，財用匱竭，於是修塩鐵、権酤、均輸之政，民不堪命，幾至大亂。昭帝委任霍光，罷去煩苛，漢室乃定。光武、顯宗以察為明，以讖決事，上下恐懼，人懷不安。章帝即位，深鑒其失，代之以寬厚、愷悌之政，後世稱焉。本朝眞宗右文偃武，號稱太平，而群臣因其極盛，為天書之說。章獻臨御，攬大臣之議，藏書梓宮，以泯其迹；及仁宗德政，絕口不言。英宗自藩邸入繼，大臣創濮廟之議。及先帝嗣位，或清復舉其事，寢而不答，遂以安靜。夫以漢昭、章之賢，與吾仁宗、神宗之聖，豈其薄於孝敬而輕事變易也哉？臣不勝區區，願陛下反覆臣言，愼勿輕事改易。若輕變九年已行之事，擢任累歲不用之人，人懷私忿，而以先帝為辭，大事去矣。」哲宗覽奏，以為引漢武方先朝，不悅。落職知汝州。居數月，元豐諸臣皆會於朝，再責知袁州。未至，降朝議大夫，試少府監，分司南京、筠州居住。3年，又責化州別駕雷州安置。〔註20〕

　　元符2年（1099），再移循州。次年正月，哲宗駕崩，徽宗繼位，改元靖中建國元年，大赦天下。轍徙永州、岳州，已而復太中大夫，提舉鳳翔，清太平宮。〔註21〕

　　崇寧（1102～1106）中，蔡京為尚書右僕射兼中書舍郎，禁元祐法，蘇轍又降朝議大夫，罷祠，居許州，再復太中大夫致仕。築室於許，號穎濱遺老，自作傳萬餘言，不復與人相見。終日默作，如是者幾十年。〔註22〕

　　政和2年（1112），轍卒，年七十四。追復端明殿學士。淳熙（孝宗年號，1174～1189）中，諡文定。〔註23〕

　　蘇轍性情沉靜簡潔，為文汪洋澹泊，似其為人，不願人知之，而秀傑之氣終不可掩，其高處殆與兄軾相迫。所著有《詩集傳》、《春秋傳》、《易說》、《論語拾遺》、《孟子解》、《古史》、《老子解》、《欒城文集》、《龍川略志》、《別志》等，並傳於世。〔註24〕

〔註20〕　《宋史》，卷339，蘇轍本傳。

〔註21〕　張樸民：《唐宋八大家評傳》。台北：台灣學生書局印行。

〔註22〕　參閱《宋史》，卷339，蘇轍本傳；易蘇民：《三蘇年譜彙證》。

〔註23〕　《宋史》，卷339，蘇轍本傳。

〔註24〕　《宋史》本傳云：「轍著有《詩傳》、《春秋傳》、《古史》、《老子解》、《欒城文集》等」，易蘇民：「轍有《詩集傳》、《春秋集解》、《論語拾遺》、《孟子解》、《古史》、《龍川略志》、《別志》、《道德經義》、《老子解》等書，〈三蘇著述考〉，收於《三蘇年譜彙證》一書。《三蘇年譜彙證》又云：「轍有《易說》三卷，以補子瞻之缺。」

第二節　蘇轍《詩集傳》之書名、卷帙、版本與體例

　　歷代史志、目錄於蘇氏《詩集傳》之著錄，卷數並無不同，書名則有小異。宋陳振孫《直齋書錄解題》云：「《詩解集傳》二十卷，門下侍郎眉山蘇子由撰。」〔註25〕晁公武《郡齋讀書志》題作「蘇氏《詩解》二十卷」。〔註26〕

　　元脫脫等所修《宋史·藝文志》有蘇轍《詩解集傳》二十卷」之著錄。〔註27〕馬端臨《文獻通考》則作「蘇子由《詩解》二十卷」。〔註28〕

　　清《四庫全書總目》有「《詩集傳》二十卷，內府藏本，宋蘇轍撰」之著錄。〔註29〕周中孚《鄭堂讀書記》亦作「《詩集傳》二十卷」。〔註30〕陸心源《皕宋樓藏書志》則題「穎濱先生《詩集傳》二十卷」。〔註31〕

　　由上可知，蘇轍《詩集傳》見諸歷代史志、目錄者，書名雖有小異，卷帙則皆爲二十卷。唯現存之《詩集傳》，書名與卷帙與此又有出入。按現存之蘇轍《詩集傳》有二版本，其一：《兩蘇經解》本，〔註32〕書名題爲《穎濱先生詩集傳》，共十九卷。卷一〈周南〉、〈召南〉。卷二〈邶風〉。卷三〈鄘風〉、〈衛風〉。卷四〈王風〉、〈鄭風〉。卷五〈齊風〉、〈魏風〉。卷六〈唐風〉、〈秦風〉。卷七〈陳風〉、〈檜風〉、〈曹風〉。卷八〈豳風〉。卷九〈小雅·鹿鳴之什〉，由〈鹿鳴〉至〈魚麗〉，計十篇。卷十〈南陔之什〉，由〈南陔〉至〈湛露〉，計十篇。〈彤弓之什〉，由〈彤弓〉至〈鶴鳴〉，計十篇。卷十一〈祈父之什〉，由〈祈父〉至〈雨無正〉，計十篇。〈小旻之什〉，由〈小旻〉至〈十月〉，計十篇。卷十二〈北山之什〉，由〈北山〉至〈裳裳者華〉，計十篇。卷十三〈桑扈之什〉，由〈桑扈〉至〈菀柳〉，計十篇。卷十四〈都人士之什〉，由〈都人士〉至〈何草不黃〉，計十篇。卷十五〈大雅·文王之什〉，由〈文王〉至〈文王有聲〉，計十篇。卷十六〈生民之什〉，由〈生民〉至〈板〉，計十篇。卷十七〈蕩之什〉，由〈蕩〉至〈召旻〉，計十一篇。卷十八〈周頌〉。卷十九〈魯頌〉、〈商頌〉。其二：《四庫全書》本，書名題爲《詩集傳》，臺灣商務印書館

〔註25〕陳振孫：《直齋書錄解題》，卷2。台灣商務印書館印行。
〔註26〕晁公武：《郡齋漢書志》，卷1上。台灣商務印書館印行。
〔註27〕《宋史》，卷202。
〔註28〕馬端臨：《文獻通考》，卷179。台灣商務印書館印行。
〔註29〕《四庫全書總目》，卷15。台灣商務印書館印行。
〔註30〕周中孚：《鄭堂讀書記》，卷8。台灣商務印書館印行。
〔註31〕陸心源：《皕宋樓藏書志》，卷5。台北廣文書局印行。
〔註32〕焦竑輯：《兩蘇經解》，萬曆25年（1591）刊刻。

已印行，編入《四庫全書珍本》六輯，書前紀昀等人之〈提要〉雖稱「蘇氏《詩集傳》二十卷」，〔註33〕然其書實僅十九卷，各卷內容之分配與《兩蘇經解》本無異。

《兩蘇經解》本題爲《穎濱先生詩集傳》，蓋蘇轍晚號穎濱遺老，故於《詩集傳》上冠以「穎濱先生」，以示尊重。卷數則《兩蘇經解》本與《四庫全書》本皆爲十九，較歷代史志、目錄之著錄少一卷，按陸心源《皕宋樓藏書志》註明蘇轍《詩集傳》有〈自序〉一篇，查今兩種版本悉無此〈序〉，或歷代史志、目錄皆以〈序〉爲一卷，故全書得二十卷。

蘇轍《詩集傳》於〈小雅〉之編次亦與今本《毛詩》不同，今本《毛詩》以〈南陔〉、〈白華〉、〈華黍〉三篇有目無辭，故將之併入〈鳴之什〉，〈由庚〉、〈崇丘〉、〈由儀〉三篇亦但存篇目而無詩，故併入〈南有嘉魚之什〉，而蘇轍《詩集傳》則無論有辭無辭，凡有篇目者皆自成一篇，故而有所謂〈南陔之什〉、〈彤弓之什〉、〈祈父之什〉、〈小旻之什〉……，此等名目皆今本《毛詩》所無。

蘇轍說《詩》，以〈小序〉反復繁重，類非一人之詞，疑爲毛公之學，衛宏之所集錄，因惟存其一言，以下餘文，悉從刪汰，此僅存之一言，即以之爲各篇之篇旨。

篇旨雖取序之首句，文字之訓詁則有取毛《傳》者，有取鄭《箋》者，有自出己意者，如〈關雎〉一篇，以「關關雎鳩，在河之洲。窈窕淑女，君子好逑」爲第一章，解云：

> 關關，和聲也。雎鳩，王雎，鳥之摯者也，物之摯者不淫。水中可居者曰洲。在河之洲，言未用也。逑，匹也，言女子在家，有和德而無淫僻之行，可以配君子也。

以「參差荇菜，左右流之，窈窕淑女，寤寐求之。求之不得，寤寐思服，悠哉悠哉，展轉反側」爲第二章，解云：

> 荇，接余也。左右，助也。流，求也。服，事也。后妃將取荇菜以共宗廟，必有助而求之者，是以寤寐不忘以求淑女將與共事也。

以「參差荇菜，左右采之，窈窕淑女，琴瑟友之。參差荇菜，左右芼之，窈

〔註33〕紀昀等撰《四庫全書總目》後署紀昀、陸錫熊、孫士毅三人爲總纂官，陸費墀爲總校官，唯李慈銘《越縵堂日記》云：「論者謂《四庫總目》雖紀昀、陸費墀總其成，然經部屬之戴震，史部屬之邵晉涵，子部屬之周永年，皆各集所長。」據此則四庫經部之提要得以完成，戴震功不可沒。見清李慈銘：《越縵堂日記》，台北文光出版社印行。

窈淑女，鐘鼓樂之」爲第三章，解云：

> 芼，擇也。求得而采，采得而芼，先後之敘也。凡詩之敘類此。窈
> 窕淑女，不可得也，苟其得之，則將友之琴瑟，樂之以鐘鼓。琴瑟
> 在堂，鐘鼓在廷，以此待之，庶其肯從我也，此求之至也。

按：關關，和聲；雎鳩，王雎；水中可居者曰洲；逑，匹也；沂，接余也；
流，求也；芼，擇也；此皆採毛《傳》之說也。左右，助也；服，事也；
此皆採鄭箋之說者也。求得而采，采得而芼，先後之敘；琴瑟在堂，鐘鼓
在廷，以此待之，庶幾肯從我；此則蘇轍自出己意。又轍以爲「〈關雎〉三
章，一章章四句，二章章八句」，此係從毛公本意，若鄭則以爲「〈關雎〉
五章，章四句」。〔註34〕

　　蘇氏《詩集傳》於各卷首皆有專論，如卷一先論二〈南〉、論〈國風〉、
論取《序》說首句之由，後釋各詩章句大意；卷二先論〈邶〉、〈鄘〉、〈衛〉，
後釋〈邶風〉各詩；卷三、卷四則以〈鄘〉、〈衛〉之論已見卷二，故直接解
釋〈鄘〉、〈衛〉之詩，不再有專論；卷五以下至卷十九，體例仿此。

第三節　蘇轍《詩集傳》之主要見解

一、論二〈南〉

　　《詩》三百中，〈國風〉所收者爲十五國（或十五單元）之詩。今本十五
國之次第，雖與毛《傳》所記季札觀樂時所見者不同，但〈周南〉、〈召南〉
分居一、二，則並無異。〔註35〕

　　蘇轍《詩集傳》以論〈周南〉發端，而亦連帶述及〈召南〉，訓釋〈召南〉
諸詩之時，則不再專論〈召南〉。蘇氏之言曰：

> 文王之風謂之〈周南〉。〈召南〉何也？文王之法周也。所以爲其國
> 者，屬之周公；所以交於諸侯者，屬之召公。詩曰：「昔先王受命，
> 有如召公，日辟國百里。」言其治外也，故凡詩言周之內治，由內
> 而及外，謂之周公之詩；其言諸侯被周之澤，而漸於善者，謂之召

〔註34〕《十三經注疏》本之《毛詩‧關雎》有謂「〈關雎〉五章，章四句。故言三章，
　　　　一章章四句，二章章八句」，陸德明云：「五章是鄭所分，故言以下是毛公本意。」
〔註35〕屈萬里：《詩經釋義》，敘論，「詩經內容」。台北華岡出版社印行。

公之詩。其風皆出於文王，而有內外之異，內得之深，外得之淺，故〈召南〉之詩不如〈周南〉之深。

又曰：

〈周南〉稱后妃，而〈召南〉稱夫人；〈召南〉有召公之詩，而〈周南〉無周公之詩。夫文王受命稱王，則大姒固稱后妃，而諸侯之妻固稱夫人。周公在內，近於文王，雖有德而不見，則其詩不作；召公在外，遠於文王，功業明著，則詩作於下，此理之最明者也。然則謂之周召者，蓋因其職而名之也。

又曰：

謂之南者，文王在西，而化行於南方，以其及之者言之也。東北則紂之所在，文王之初所不能及也。《毛詩》之《敘》曰：「〈關雎〉、〈麟趾〉之化，王者之風也，故繫之周公。」「〈鵲巢〉、〈騶虞〉之德，諸侯之風也，先王之所以教，繫之召公。」然則二〈南〉皆出於先王，其深淺厚薄，二公無與，而強以名之，可乎？〔註36〕

按：蘇氏引〈大雅・召旻〉七章「昔先王受命，有如召公，日辟國百里」之語，以謂凡詩言周之內治，由內而及外者，謂之周公之詩，其言諸侯被周之澤，而漸於善者，謂之召公之詩；然〈召旻〉之語唯言昔先王文武受命開國，有賢臣如召公者，能日辟百里，借以嘆今之人不能追效昔賢而已，實難據以謂「由內而及外者，謂之周公之詩」、「諸侯被周之澤，而漸於善者，謂之召公之詩」。

蘇氏又云：〈周南〉稱后妃，〈召南〉稱夫人，文王受命稱王，則大姒固稱后妃；召公爲諸侯，諸侯之妻固稱夫人；蘇氏此說乃據《詩序》而來，〔註37〕然即如毛鄭亦不敢明言二〈南〉之「君子」、「淑女」、「后妃」、「夫人」爲誰，至宋歐陽修始逕云〈關雎〉等詩皆爲文王、大姒而作，其說並無證據以佐之，此其說詩之缺失，〔註38〕蘇氏繼歐陽修之後，又謂「大姒固稱后妃，諸侯之妻

〔註36〕 蘇轍：《詩集傳》，卷1。
〔註37〕 《詩序》：「〈關雎〉，后妃之德也。」「〈葛覃〉，后妃之本也。」「〈卷耳〉，后妃之志也。」「〈樛木〉，后妃逮下也。」「〈螽斯〉，后妃子孫眾多也。」「〈桃夭〉，后妃之所致也。」「〈兔罝〉，后妃之化也。」「〈芣苢〉，后妃之美也。」以上〈周南〉。「〈鵲巢〉，夫人之德也。」「〈采蘩〉，夫人不失職也。」「〈草蟲〉，大夫妻能以禮自防也。」「〈采蘋〉，大夫妻能循法度也。」以上〈召南〉。
〔註38〕 參見本編第二章〈歐陽修之詩經學〉。

固稱夫人」云云，亦不講實證，一若周、召二〈南〉《詩序》所云之后妃、夫人，直指太姒、召公之妻已成定論，此亦其率爾之處。蘇氏又云二〈南〉皆出於文王，而有內外之異，內得之深，外得之淺，故〈召南〉之詩不如〈周南〉之深；於此之前，歐陽修亦有類似之意見，而言之較詳：「聖人之治，無異也，一也，統天下而言之，有異焉者，非聖人之治然也，由其民之所得有淺深焉。文王之化，出乎其心，施乎其民，豈異乎？然孔子以〈周〉、〈召〉爲別者，蓋上下不得兼，而民之所化有淺深爾。」〔註39〕歐陽修以爲「其民之所得有淺深」，以民之所化，因性情不同，智愚有異，所得自亦或有深淺，故其言當較蘇氏能自圓其說，唯歐陽修晚年對此說已棄而不用，〔註40〕想係承認「深淺」之說尚未圓融，且其說於《詩經》學並無甚意義。至蘇氏所云「內得之深，外得之淺」，則更無理，其又引《詩序》而自問「其深淺厚薄，二公無與，而強之名之，可乎？」是其於深淺厚薄之說是否可取，終舉棋不定。

二、論〈國風〉之次第

〈國風〉之次第，今傳《毛詩》本與三家《詩》並無岐異，但與季札觀《樂》時所見之次第及鄭康成《詩譜》所列之次第，卻互有不同。鄭氏《詩譜》之次第，乃康成個人之意見，且孔穎達與歐陽修所見之《詩譜》，其〈國風〉次第又復不同，故可不論列，至於今本《毛詩‧國風》之次第，一般以爲乃孔子所定，蘇氏於此，特謂孔子之編次有其深意，其言曰：

> 孔子編《詩》，列十五國先後之次，二〈南〉之爲首，正〈風〉也。邶、鄘、衛、王、鄭、齊、魏、唐之相次，亡之先後也。秦之列於八國之後，後是八國而亡也。陳之後秦，將亡之國也。檜曹之後陳，已亡之國也。豳之列於十四國之後，非十四國之類也。嘗試考其世次，而論其亡之先後，後亡者詩之所先，而先亡者詩之所後也。魏、唐、晉也，諸侯之亡者，莫先於晉，周安王之十六年而田氏滅齊，二十六年而韓、魏、趙滅晉。齊之亡也，先晉十年，而齊詩先晉，何也？晉之失國，自定公始，自定公以來者，韓、魏、趙之晉也。齊之失國，自平公始，自平公以來者，田氏之齊也。定公之立，先平公三十年矣，孔子自其失國之君，而以爲亡焉，故諸侯之先亡者晉，其次齊也。鄭

〔註39〕歐陽修：《詩本義》，卷15，〈周召分聖賢解〉。
〔註40〕裴普賢：《歐陽修詩本義研究》，頁135～140。台北東大圖書公司印行。

之亡也，當安王之子烈王之元年，則齊、晉之亡也久矣。周之亡也，盡於烈王之曾孫，赧王之五十九年，則鄭之亡也亦久矣。衛之亡也，當秦始皇帝之二十七年，則周之亡也亦久矣。後亡者常先，秦最後亡而列於八國之後，以為非特後之，而又兼八國而有之也。《春秋》書諸侯之會，王之大夫必列於上，王之世子必列於後，秦之所以於八國者，猶王世子之後諸侯也，蓋以為異焉耳。陳之亡也，當周敬王之四十一年，孔子卒之歲而陳亡，然則孔子之編《詩》也，陳將亡矣，知其將亡而不以列於未亡之國，蓋以亡國視焉，此陳之所以後秦也。檜之亡也，當周幽王之世，鄭桓公滅之。曹之亡也，當周敬王之三十三年，宋景公滅之。檜先而曹後，因其亡之先後而為之先後焉，以為已亡矣，無所事先而知其後亡也，此檜之所以後陳，而曹之所以後檜也。嗚呼！數十百年之間，國之存亡，孔子預知之，讀其詩，聽其聲，觀其國之厚薄，三者具而以斷焉，是故可以先焉而無疑也。……邶、鄘者，衛之所滅也；魏者，晉之所滅；檜者，鄭之所滅也。檜詩不為鄭，而邶、鄘為衛，魏為晉，何也？邶、鄘、魏之詩作於既滅，其詩之所為作者，衛晉也，是以列邶、鄘、魏於前，而以衛、晉終之，雖主衛、晉，而其風不同，故邶、鄘、魏不可沒也。邶、鄘之詩，學者以為衛矣，何也？敘以衛也。而魏詩不為晉，何也？敘不以晉也。雖不以晉，亦不以魏，然則是不舉其國耳。凡敘之不舉其國者，丈之所不及也，以其不及而廢其為晉，則學者之陋矣。〈汾沮洳〉之三章，而三稱晉官焉，非晉而何？季子觀樂於魯，至於歌魏，曰：「渢渢乎！大而婉，儉而易行，以德輔此，則盟主也」。夫亡國之詩而季子言之若此乎？蓋以為晉矣，非亡國之詩也。至於〈檜風〉，檜之未亡而作矣。豳之非十四國之類，何也？此周公與周大夫之所作也，蓋以為豳耳，非豳人之詩也。非豳人之詩而言豳之風，故繫之豳，雖繫之一豳，而非豳人之詩，故不列於諸國，而處之其下，此〈風〉之特異者也。以其特異而別之，亦理之當然也。季子之觀樂也，既歌齊而繼之以豳、秦、魏、唐，何也？曰：孔子之未編《詩》也，太師次之，以豳為秦之有也，而繫之秦，以秦晉之強相若也，而不能決其長短，意天下之諸侯將歸於此二國，至孔子而後定，蓋非太師之所能知也。〔註41〕

〔註41〕蘇轍：《詩集傳》，卷1。

按：十五〈國風〉之次第，或謂聖人必有深意，或謂聖人未必有深意，唐孔穎達云：「〈周〉、〈召〉，〈風〉之正經，固當爲首，自衛以下，十有餘國，編此先後（按「此」似爲「次」之誤），舊無明說，去聖久遠，難得而知，欲言先後爲次，則齊哀先於衛頃，鄭正後於檜國，而衛在齊先，檜處鄭後，是不由作之先後。欲以國第爲序，則鄭小於齊，魏狹於晉，而齊後於鄭，魏先於唐，是不由國之大小也。欲以采得爲次，則〈雞鳴〉之作遠在〈緇衣〉之前，鄭國之風必處檜詩之後，何當後作先采、先作後采乎？是不由采得先後也。」由是可知，聖人於十五〈國風〉之編次，即使寓有深意，後人亦難以得知，雖然，孔穎達仍設法發掘聖人之深意，其言曰：「二三擬議，悉皆不可，則諸國所次，別有意焉。蓋迹其先封、善否，參其詩之美惡，驗其時政得失，詳其國之大小，斟酌所宜，以爲其次。邶、鄘、衛者，商紂畿內千里之地；〈柏舟〉之作，夷王之時，有康叔之餘烈，武公之盛德，資母弟之戚，成入相之勳，文公則滅而復興，徙而能富，土地既廣，詩又早作，故以爲變〈風〉之首。既以衛國爲首，邶、鄘則衛所滅，風俗雖異，美刺則同，依其作之先後，故以邶、鄘先衛也。周平王東遷，政遂危弱，化之所被，纔及郊畿，詩作後於衛頃，國地狹於千里，徙以天命未改，王爵仍存，不可過于後諸侯，故使次之於衛也。鄭以史伯之謀，列爲大國，桓爲司徒，甚得周眾，武公夾輔，平王克成大業，有屬宣之親，有緇衣之美，其地雖狹，既親且勳，故使之次王也。齊則異性諸侯，世有衰德，哀公有荒淫之風，襄公有鳥獸之行，辭有怨刺，篇無美者，又以大師之後，國土仍大，故使之次鄭也。魏國雖小，儉而能勤，踵虞舜之舊風，有夏禹之遺化，故季札觀樂，美其詩音，云：『大而婉，儉而易行，以德輔此，則明主也。』故次於齊。唐者，叔虞之後，雖爲大國，昭公則五世交爭獻，後則喪亂弘多，故次於魏下。秦以秦仲始大，襄公始命穆公，遂霸西戎，卒爲強國，故使之次唐也。陳以三恪之尊，食侯爵之地，但以民多淫昏，國無令主，故使之次秦也。檜則其君淫恣，曹則小人多寵，國小而君奢，民勞而政僻，季札之所不譏，國風之之於末，宜哉！豳者，周公之事，欲尊周公，使專一國，故次於眾國之後。」〔註42〕孔氏之後，成伯瑜謂「諸侯之詩，謂之國風，校其優劣，以爲次序」，〔註43〕歐陽修

〔註42〕《毛詩正義》，卷1。台北藝文印書館印行。
〔註43〕成伯璵：《毛詩指說》，〈解說第二〉。台北世界書局印行。

亦有〈十五國次解〉，〔註44〕唯諸家之說出入極大，蘇氏以爲後亡者《詩》之所先，先亡者《詩》之所後，與諸家之說復又不同，亦可聊備一覽，而其於孔子編《詩》之時，陳尙未亡，解云：「孔子之編《詩》也，陳將亡矣，知其將亡而不以列於未亡之國，蓋以亡國視焉，此陳之所以後秦也」，於〈豳〉之列於〈國風〉之末，以爲非豳人之詩，此風之將異者，以其特異而別之，亦理之當然，雖皆可言之成理，然與諸家之說皆爲推測之辭，難以謂孰是孰非。既然諸家於〈國風〉之次第之說，純屬推測，故亦有人懷疑〈國風〉次序未必有意，如朱子答范伯崇曰：「十五國次序，恐未必有意，而先儒及近世諸先生皆言之。故《集傳》中不敢提起，蓋詭隨非所安，而辨論非所，敢也。」〔註45〕顧炎武更以爲詩次絕不可信，且疑今《詩》已失古人之次，〔註46〕而程子則肯定「十五〈國風〉各有次序，看《詩》可見」，〔註47〕郝敬亦謂「十五〈國風〉次第，……或謂聖人未必有深意。如二〈南〉首〈風〉，〈王〉次〈衛〉下，〈豳〉居篇末，〈魯〉不附列國，豈得謂無意？」〔註48〕觀此可知十五國之次序是否有原則有循，先儒說不一致，今按〈國風〉之次第即使寓有聖人深意，後人亦難以確知，且強行附會以論〈國風〉次第，亦不足以發《詩》之蘊微，故朱子《詩集傳》不提及此，亦可謂爲其態度之謹愼。

三、以〈小序〉爲毛公之學，衛宏所集錄

詩之難解，不在一字一句，而在於一篇之旨最難明。《詩經》各篇初無標題，故不知其內容何所指。後世說《詩》者，爲明其旨，乃爲之作《序》，今之《毛詩》，乃有《詩序》存焉。《詩序》者，冠於每篇之先，說明該詩內容之旨。〔註49〕其作者及價值，後人之說極爲分歧，迄今尙無絕對之定論，蘇轍則曰：

> 孔子之敍《書》也，舉其所爲作《書》之故；其贊《易》也，發其可以推《易》之端；未嘗詳言之也。非不能詳，以爲詳之則隘，是以常舉其略，以待學者自推之，故其言曰，仁者見之謂之仁，智者

〔註44〕歐陽修：《詩本義》，卷15。
〔註45〕朱熹：《朱子文集》，卷39。北京中華書局印行。
〔註46〕顧炎武：《日知錄》，卷3。台北藝文印書館印行。
〔註47〕朱熹：《二程語錄》，卷15。北京中華書局印行。
〔註48〕郝敬：《毛詩原解》，卷首，〈序〉。台北新文豐出版社印行。
〔註49〕王師靜芝：《詩經通釋》，頁17。台北輔仁大學文學院發行。

見之謂之智。夫唯不詳，故學者有以推而自得之。今《毛詩》之《敘》，
何其詳之甚也？世傳以爲出於子夏，予竊疑之。子夏嘗言《詩》於
仲尼，仲尼稱之，欲後世之爲《詩》者附之，要之，豈必子夏爲之，
其亦出於孔子或弟子之知《詩》者歟？然其誠出於孔氏也，則不若
是詳矣。孔子刪《詩》而取三百五篇，今其亡者六焉，《詩》之《敘》
未嘗詳也，《詩》之亡者，經師不得見矣，雖欲詳之而無由，其存者
將之解之，故從而附益之，以自信其說，是以其言時有反覆煩重，
類非一人之詞者，凡此皆毛氏之學，而衛宏之所集錄也。東漢〈儒
林傳〉曰：「衛宏從謝曼卿受學，作《毛詩敘》，善得〈風〉〈雅〉之
旨，至今傳於世。」《隋·經籍志》曰：「先儒相承，謂《毛詩敘》
子夏所創，毛公及衛敬仲又加潤益。」古說本如此，故予存其一言
而已。曰：是詩言是事也，而盡去其餘，獨采其可者，見於今傳；
　其尤不可者，皆明者其失；以爲此孔氏之舊也。〔註50〕

按：《詩序》之作者，人各異辭，莫衷一是，其中，衛宏作《序》之說，以
其見諸正史，故信之者甚多，且其說除載於《後漢書》之外，又見於陸璣
《草木鳥獸蟲魚疏》，〔註51〕陸氏爲三國吳人，早於范蔚宗，足見三國迄晉，
均有此傳說；蘇氏則以《詩序》反覆繁重，類非一人之辭，疑爲毛公之學，
衛宏所集錄，其說《詩》於篇旨亦僅存《序》之發端一言，以下餘文悉從
刪汰。於此，《四庫全書總目提要》評之曰：「案《禮記》曰：『〈騶虞〉者，
樂官備也。〈貍首〉者，樂會時也。〈采蘋〉者，樂循法也。』是足見古人
言《詩》，率以一語括其旨，〈小序〉之體實肇於斯，王應麟《韓詩考》所
載如〈關雎〉，刺時也；〈芣苢〉，傷夫有惡疾也；〈漢廣〉，悅人也；〈汝墳〉，
辭家也；〈蝃蝀〉，刺奔女也；〈黍離〉，伯封作也；〈賓之初筵〉，衛武公飲
酒悔過也。劉安世《元城語錄》亦曰：『少年嘗記讀《韓詩》，有〈雨無極〉
篇，《序》云：「正大夫刺幽王也。」首云：「雨無其極，傷我稼穡。」』云
云，是《韓詩序》亦括以一語也。又蔡邕《書石經》悉本《魯詩》，所作《獨
斷》載〈周頌·序〉三十一章，大致與《毛詩》同，而但有其首句，是《魯
詩序》亦括以一語也。轍取小序首句爲毛公之學，不爲無見。史傳言《詩

〔註50〕蘇轍：《詩集傳》，卷1。
〔註51〕陸璣：「九江謝曼卿亦善《毛詩》，乃爲其訓。東海衛宏，從曼卿受學，因作《毛
　　　詩序》，得〈風〉〈雅〉之旨。」《毛詩草木鳥獸蟲魚疏》，台灣商務印書館印行。

序》者，以《後漢書》爲近古，而《儒林傳》稱謝曼卿善《毛詩》，乃爲其訓，衛宏從曼卿受學，因作《毛詩序》，轍以爲衛宏所集錄，亦不爲無徵。唐成伯璵作《毛詩指說》，雖亦以〈小序〉爲出子夏，然其言曰：『眾篇之小序，子夏惟裁初句耳。〈葛覃〉，后妃之本也；〈鴻雁〉，美宣王也；如此之類是也。其下皆大毛公自以詩中之意而繫其辭』云云，然則惟取《序》首，伯璵已先言之，不自轍創矣。」〔註 52〕蘇轍以衛宏爲《詩序》之「集錄」者，自較《後漢書》肯定宏爲《詩序》作者可信，惟迄今亦未定論，蓋衛宏作《序》之說，清儒多辨其非，〔註 53〕曾樸《補後漢書藝文志》列舉七驗，以證《序》非宏作，其理雖未必眞確，然《後漢書》之說委實不無可疑，〔註 54〕如此，則《四庫全書總目提要》言轍以《序》爲宏所集錄，不爲無徵云云，亦無法爲轍說之佐證。又轍疑子夏作《序》之說，此則韓愈已先疑之，並謂《序》乃漢儒附託者。〔註 55〕

四、論邶、鄘、衛

邶、鄘、衛三國之詩，所言皆衛事，《左傳》衛北宮文子引〈邶〉詩「威儀棣棣」二句，稱爲衛詩；吳季札觀樂，工爲之歌邶鄘衛，季札謂爲衛風，故馬瑞辰、朱右曾諸家，皆以爲古邶鄘衛乃一篇，後人分爲三。〔註 56〕蘇氏則曰：

> 邶、鄘、衛本紂之畿內，其地在〈禹貢〉冀州太行之東北，逾衡漳東及袞州桑土之野，武王克商，以封紂子武庚，使管叔、蔡叔、霍

〔註 52〕《四庫全書總目》，卷 15。

〔註 53〕王禮卿：〈詩序辨〉，收於中華民國孔孟學會主編：《詩經研究論集》，台北黎明文化事業公司印行。

〔註 54〕姚榮松：〈詩序管窺〉，收於中華民國孔孟學會主編：《詩經研究論集》，台北黎明文化事業公司印行。

〔註 55〕范處義：「異哉！唐人之議《詩序》也，曰：子夏不序《詩》有三焉：知不及，一也；暴揚中冓之私，《春秋》所不道，二也；諸侯猶世，不敢以云，三也。又曰：漢之學者欲顯其傳，因藉之子夏。」《詩補傳》，卷前，〈明序篇〉。台灣商務印書館印行。按：此所謂唐人係指韓愈。李樗：「韓退之作〈詩之序議〉，則謂《詩》之《序》明作之所以云，其辭不諱君上，顯暴醜亂之迹，帷箔之私，不是六經之志，若人云哉。察夫《詩序》，其漢之學者欲自顯立其傳（原註：去聲），因藉之子夏，故其序大國詳，小國略，斯可見矣。」《毛詩李黃集解》，卷 1。台灣商務印書館印行

〔註 56〕屈萬里：《詩經釋義》，〈邶風〉總論。

叔監之，謂之三監，及成王，王幼，三監與武庚叛，周公伐而誅之，
患商人之思舊而好亂也，於是改封微子於宋，以奉商後，而以其餘
民封康叔於衛，以邶鄘封他諸侯，其後衛人并邶鄘而有之，頃公之
世，變風既作，而邶鄘衛皆自有詩，各以其地名之。〔註57〕

按：邶或作鄁，其地在朝歌之北，本殷畿內地，蓋以水而得名者，領域所
及，蓋不出今河南東北及河北之中部與西部。又安陽縣東三十里，汲縣東
北，並有邶城，滑縣之白馬城有鄁水。〈邶風・凱風〉所謂「爰有寒泉，在
浚之下」，乃在滑縣東七里（今河北濮陽縣），則此等處均當爲邶國故地，
是邶當在紂城（今河南淇縣）之東北，亦即殷都（今河南安陽）之東南。
鄘一作庸，或作用，亦殷畿內地，其地在朝歌南，蓋以出宜蘇山之潕水而
得名。鄘之封域當不出今河南新鄉、汲縣東北及山東之西南一帶。衛古或
作鄁，或作韋。其地即今之河南淇縣東北，其後衛滅於狄，齊桓率諸侯救
之，更封衛於河南楚丘（今河南滑縣東六十里），時齊桓公廿七年事也，僖
公卅一年，衛又徒帝丘（今河北濮陽縣西南三十里）。後滅於秦，時爲秦二
世元年。衛之疆域約有今河北南端，河南北端及山東西端之一部，地多奇
零，與宋、魯、齊、普諸國相錯。衛地居中原之北部，齊、魯居其東，宋、
曹居其南、鄭、晉居其西，實爲交通之要衝也。衛初封時，西有殷墟，東
至泰山附近，疆域甚大，入春秋後先滅於狄，後又屢爲齊、晉等國所逼，
故疆域日狹，卒止僅有濮陽之地。〔註58〕

邶、鄘、衛雖爲三國，內容皆衛事，《漢書・地理志》云：「河內本殷之舊
都，周既滅殷，分其畿內爲三國，《詩》〈風〉邶、庸、衛國是也。鄁以封紂子
武庚；庸，管叔尹之；衛，蔡叔尹之；以監殷民，謂之三監。故《書序》曰：『武
王崩，三監畔。』周公誅之，盡以其地封弟康叔，號曰孟侯，以夾輔周室；遷
邶、鄘之民於雒邑，故邶、庸、衛三國之詩，相與同風。〈邶〉詩曰：『在浚之
下。』庸曰：『送我淇上。』『在彼中河。』衛曰：『瞻彼淇奧。』『河水洋洋。』
故吳公子札聘魯，觀周樂，聞邶庸衛之歌曰：『美哉淵乎！吾聞康叔之德如是，
是其衛風乎！』」〔註59〕武庚及管、蔡之亂既平，乃以衛封康叔，兼領邶、鄘、
殷之故地，都於朝歌，至是則無邶與鄘。是故，邶、鄘、衛三國之詩，言城邑

〔註57〕蘇轍：《詩集傳》，卷2。
〔註58〕任遵時：《詩經地理考》，頁100、101、103、104。台北三民出版社印行。
〔註59〕見《漢書》，卷28下。

及河流並無不同，而其詩所詠者又皆衛事，宜乎〈地理志〉云「三國之詩，相與同風」。近人屈萬里云：「衛地既括邶鄘，則衛之詩亦即邶、鄘、衛之詩，編《詩》者欲存邶、鄘舊名（如唐、魏等），而其詩又不易分，故統名之曰『邶鄘衛』云耳。後世析而三之，一若〈邶〉詩即採自邶、〈鄘〉詩採自鄘、〈衛〉詩採自衛者，實不然也。」〔註60〕據此，則蘇氏以爲頃公之世，變〈風〉既作，而邶、鄘、衛皆自有詩，各以其地名之云云，亦未必盡然。

五、論〈王‧黍離〉

詩十五〈國風〉中，有〈王風〉十篇，首篇曰〈黍離〉，《詩序》云：「〈黍離〉，閔宗周也。周大夫行役，至於宗周，過故宗廟宮室，盡爲禾黍。閔周室之顛覆，彷徨不忍去，而作是詩。」〈黍離〉爲周大夫行役之《詩》，其不曰〈周黍離〉，而曰〈王‧黍離〉者，蘇轍云：

> 成王在豐，欲宅洛邑，使周公營之，既成，祀其先王而遷居西都，以爲宗周，近於西戎，周衰，子孫不能及遠，而文王之德未棄於天下，其勢必有遷者，洛陽遠於戎狄，而其旁國無當興者，唯是可以復立，故城以待之，而時以會東諸侯焉。其後十一世，幽王失道，申侯與犬戎攻而滅之，晉文侯、鄭武公立其太子宜臼，是爲平王，遂徒居東都。其地在禹貢豫州（按：《尚書‧禹貢》言「荊河惟豫州」，知豫州之域，南至荊山，北至黃河）太華外方之間，北得河陽漸冀州之南，自平王東遷，而變風遂作，其風及其境內，而不能被天下與諸侯比，然其王號未替，故不曰〈周‧黍離〉，而曰〈王‧黍離〉云。〔註61〕

按：宗周即鎬京（故址在今陝西省長安縣西南）。周室之初，文王居豐，武王居鎬。成王時，周公始營洛邑，爲當時會諸侯之所，以其地居中心，四方來者道里均等之故，自是謂豐鎬爲西都，洛邑爲東都。至幽王嬖褒姒，生伯服，廢申后及太子宜臼，宜臼奔申侯，申侯怒，與犬戎共攻宗周，弒幽王，晉文侯、鄭武公迎宜臼於申而立之，是爲平王。平王徙居東都王城，是爲東周，王室自是衰弱。〔註62〕

〔註60〕 屈萬里：《詩經釋義》，〈邶風〉總論。
〔註61〕 蘇轍：《詩集傳》，卷4。
〔註62〕 糜文開、裴普賢：《詩經欣賞與研究》，第1冊，頁202。台北東大圖書公司印行。

　　〈黍離〉爲〈王風〉首篇，王風乃周平王東遷之後，王城畿內之民間詩歌。〔註63〕是時諸侯勢力凌駕天子，《史記》記載：「平王之時，周室衰微，諸侯彊并弱，齊、楚、秦、晉始大，政由方伯。」〔註64〕又曰：「是後或力政，彊乘弱，興師不請天子。然挾王室之義，以紏伐爲會盟主，政由五伯。諸侯恣行，侈不軌，賊臣纂子滋起矣。」〔註65〕然因宗法名分之關係，表面上諸侯仍承認周天子爲天下之宗主，蘇氏云「其王號未替，故不曰〈周・黍離〉，而曰〈王・黍離〉」，其說當是。

六、論　鄭

　　十五〈國風〉中，有〈鄭風〉二十一篇。鄭邑者，宗周畿內咸林之地，鄭都在今陝西華縣境。〔註66〕蘇轍曰：

> 鄭桓公友，宣王之母弟，食采於鄭，爲幽王司徒，甚得周眾與東土之人，是時王室多故，公懼及於難，問於史伯：「吾何所可以逃死？」史伯曰：「其濟洛河穎之間乎？是其子男之國，虢、鄶爲大，虢叔恃勢，鄶仲恃嶮，皆有驕侈怠慢之心，加之以貪冒，君若以周難之故，寄帑與賄焉，不敢不許。周亂而弊，是驕而貪，必將背君，君若以成周之眾，奉辭伐罪，無不克矣。若克二邑，鄔蔽補丹，依疇歷莘君之土也。若前華後河，右洛左濟，主芣騩而食溱洧，修典刑以守之，可以少固。」公從之。幽王十一年，爲犬戎所殺，桓公死之，其子武公復爲周司徒，而變風始作。鄭者，其所食采地，今華之鄭是也。及既得虢、鄶，施舊號於新邑，則今鄭是也。〔註67〕

按：《史記・鄭世家》記載：「鄭桓公友者，周厲王少子，而宣王庶弟也。宣王立二十二年，友初封于鄭。封三十三歲，百姓皆便愛之。幽王以爲司徒。和集周民，周民皆說，河雒之間，人便思之。爲司徒一歲，幽王以襃后故，王室治多邪，諸侯或畔之。於是桓公問太史伯曰：『王室多故，予安逃死乎？』太史伯對曰：『獨雒之東土，河濟之南可居。』公曰：『何以？』對曰：『地近

〔註63〕　屈萬里：《詩經釋義》，〈王風〉總論。

〔註64〕　《史記》，卷4，〈周本紀〉。

〔註65〕　《史記》，卷14，〈十二諸侯年表〉。

〔註66〕　鄭玄撰，胡元儀輯：《毛詩譜》，《皇清經解續編》，卷1426。台北藝文印書館印行。

〔註67〕　蘇轍：《詩集傳》，卷4。

虢、鄶，虢、鄶之君貪而好利，百姓不附。今公爲司徒，民皆愛公，公誠請居之，虢、鄶之君見公方用事，輕分公地。公誠居之，虢、鄶之民皆公之民也。』」〔註68〕《漢書・地理志》云：「鄭國，今河南之新鄭，本高辛氏火正祝融之虛也。及成臯、熒陽、潁川之崇高、陽城，皆鄭分也。本周宣王弟友，爲周司徒，食采於宗周畿內，是爲鄭。鄭桓公問於史伯曰：『王室多故，何所可逃死？』史伯曰：『四方之國，非王母弟甥舅則夷狄，不可入也。其濟、洛、河、潁之間乎！子男之國，虢、會爲大，情勢與險，窒侈貪冒，君若寄帑與賄，周亂而敝，必將背君；君以成周之眾，奉辭伐罪，亡不克矣。』」〔註69〕鄭玄《詩譜》云：「初，宣王封其弟友於宗周畿內咸林地，是爲鄭桓公。今京兆鄭縣（今陝西華縣境）是其都也。爲幽王大司徒，甚得周眾。……幽王爲犬戎所殺，桓公死之。其子武公，與晉文侯定平王於東都王城。卒取史伯所云十邑之地，右洛左濟，前華後河，食溱洧焉。今河南新鄭是也。」〔註70〕蘇氏論鄭之言即據《史》、《漢》、鄭《譜》而來。

七、論　齊

十五〈國風〉中，有〈齊風〉十一篇。齊乃周武王時太師呂尚（姜太公）始封之國。蘇轍曰：

> 齊，古爽鳩氏之虛，武王以封太公望，國於營丘，而爲諸侯伯。其地東至海，西至河，南至穆陵，北至無棣。在〈禹貢〉青州岱山之陰，濰淄之野。太公姜姓，本四岳之後，即封於齊，通工商之業，便魚鹽之利，民多歸之，故齊爲大國，其後五世，至哀公而變風作。〔註71〕

按：《漢書・地理志》：「齊郡，臨淄師尚父所封。」又曰：「少昊之世有爽鳩氏，虞、夏時有季萴，湯時有逢公柏陵，殷末有薄姑氏，皆爲諸侯，國此地。至周成王時，薄姑氏與四國共作亂，成王滅之，以封師尚父，是爲太公。《詩・風》齊國是也。」〔註72〕齊之疆域，據管仲謂：「東至於海，西至於河，南至於穆陵（今山東臨朐縣），北至於無棣（今河北鹽山縣）。」〔註73〕蘇氏論齊

〔註68〕　《史記》，卷42。
〔註69〕　《漢書》，卷28下。
〔註70〕　鄭玄撰，胡元儀輯：《毛詩譜》，《皇清經解續編》，卷1426。
〔註71〕　蘇轍：《詩集傳》，卷5。
〔註72〕　《漢書》，卷28下。
〔註73〕　楊伯峻：《春秋左傳注・僖公四年》。台北漢京文化事業公司印行。

之言，當據此而來。上述之疆域，當不出今山東省北半部，大致爲東迄於海，南至於穆陵關與泰山，西及於古黃河及今運河之西，北達於冀魯交界一帶，東西長而南北狹，廣運約三五百里間，蓋即太公之封域。〔註74〕

八、論　魏

十五〈國風〉中，有〈魏風〉七篇。《左傳・襄公二十九年》：「虞、虢、焦、滑、霍、揚、韓、魏，皆姬姓也。」由是知魏乃姬姓之國。蘇轍曰：

> 魏本姬姓之國，晉獻公滅之，以封大夫畢萬，其地南枕河曲，北涉汾水，舜禹之都在焉。其民猶有虞夏之遺風，習於儉約。而晉公自僖公以來，變風既作，及魏爲獻公所并，其人作詩以譏刺晉事，如邶、鄘之詩其實皆衛之得失，故孔子之編《詩》，列之唐詩之上，亦如邶鄘衛之次，然毛氏之敘魏詩則曰：「魏地陿隘，其民機巧趨利，其君儉嗇褊急。」「國迫而數侵削，役乎大國。」「民無所居。」蓋猶以爲故魏詩，而不知其爲晉詩也。〔註75〕

按：《漢書・地理志》曰：「河東土地平易，有鹽鐵之饒，《詩・風》唐、魏之國也。……魏國，亦姬姓也。在晉之南河曲，故其詩曰：『彼汾一曲。』『寘諸河之側。』自唐叔十六世至獻公，滅魏以封大夫畢萬，滅耿以封大夫趙夙，及大夫韓武子食采於韓原，晉於是始大。至於文公，伯諸侯，尊同室，始有河內之士。吳札聞魏之歌，曰：『美哉渢渢乎！以德輔此，則明主也。』文王後十六世爲韓趙魏所滅，三家皆自立爲諸侯，是爲三晉。」〔註76〕據此，知晉獻公滅魏，以爲畢萬采邑，魏即亡而入晉，其後畢萬後裔與韓趙分晉，則是戰國時七國之魏，非姬姓之魏。而〈魏風〉七篇，究竟作於獻公滅魏之前，抑或作於獻公滅魏之後，則先儒之說不一。《詩序》：「〈葛屨〉，刺褊也。魏地陿隘，其民機巧趨利，其君儉嗇褊急，而無德以將之。」「〈陟岵〉，孝子行役，思念父母也。國迫而數侵削，父母兄弟離散，而作是詩也。」「〈十畝之閒〉，刺時也。言其國削小，民無所居焉。」「〈碩鼠〉，刺重斂也。國人刺其君重斂，蠶食於民，不脩其

〔註74〕任遵時：《詩經地理考》，頁100。又據任氏自言，其說參閱童書業《春秋史》
　　　　（山東：山東大學出版，1987年），第4章。
〔註75〕蘇轍：《詩集傳》，卷5。
〔註76〕《漢書》，卷28下。

政，貪而畏人，若大鼠也。」則是以之爲故魏詩也。蘇氏不以爲然，謂〈魏風〉七篇實皆晉詩，內容爲「譏刺晉事」，朱傳引蘇氏曰：「魏地入晉久矣，其詩疑皆爲晉而作，故列於〈唐風〉之前，猶〈邶〉、〈鄘〉之於〈衛〉也。」朱子又云：「今按篇中〈公行〉、〈公路〉、〈公族〉皆晉官，疑實晉詩，又恐魏亦嘗大此官，蓋不可考矣。」〔註77〕顯見朱子雖偏向蘇氏之說，然亦不敢遽然肯定。姚際恆《詩經通論》釋〈魏風‧汾沮洳〉謂：「當時公族之人多習爲驕貴，不循禮法，故言此子美不可量，殊異乎公路之輩，猶言『超出流輩』也。正意在末章『公族』二字。『公路』、『公行』亦公放官名，取換韻耳。左傳晉有公族、公行之官，不必據以解此，安知魏之制度同于晉乎？」〔註78〕其說蓋同朱子，唯姚氏不疑其爲晉詩爾。方玉潤《詩經原始》亦謂：「晉至獻公，國已強大，政漸奢侈，而魏詩每刺其君儉勤，與晉氣象迥乎不侔，必非晉詩無疑。且邶鄘之咏衛事，其詩確有可指。此則不著時君，世系亦不得比邶鄘之於衛，殆亦檜鄭例耳。然則何以編之齊秦間乎？繼齊而霸先秦者，晉也。魏既入晉，則爲晉地，故與唐同居齊秦之間，且其地爲舜禹故都，與他國不同，先之所以見聖帝遺風，猶未盡泯，霸圖盛業於此方新云爾。」〔註79〕方氏言之頗詳，〈魏風〉七篇實難認定爲晉詩。近人傳斯年雖以爲「魏詩是否即晉詩之一部，未能決」，然亦不能不承認「唐魏之關係決不與邶鄘衛同。邶鄘衛者實是一事，皆是衛詩，而實以北庸以記音之系統。北爲北聲，用對南音也。至于魏，或爲魏亡前之詩，如此則爲魏詩；或爲魏亡後之詩，如此則爲晉詩。要之出于魏故地。今以唐魏相校，詩意多不同風，魏詩悲憫，唐詩言及時行樂，容非一體。」〔註80〕屈萬里則曰：「魏詩多怨怒之音，一片政亂國危氣象，自畢萬始封（閔公元年）至季札觀樂（魯襄公二十九年。〈國風〉諸詩，無更遲於斯時者），百餘年間，似不應有此現象。鄭康成《詩譜》，謂其詩作於平桓之世，則是以之爲姬魏之詩。其說蓋可信也。」〔註81〕屈氏除申論方氏之說，又引鄭《譜》爲證，其說當較蘇氏之說可信。又魏始封之時，約當周初，

〔註77〕朱熹：《詩集傳》，卷5。
〔註78〕姚際恆：《詩經通論》，卷6。台北廣文書局印行。
〔註79〕方玉潤：《詩經原始》，卷6。台北藝文印書館印行。
〔註80〕傳斯年：《詩經講義稿》，《傳斯年全集》，第1冊，頁285。台北聯經出版公司印行。
〔註81〕屈萬里：《詩經釋義》，〈魏風〉總論。

而始封之人及其世次，則無可考。蘇氏所謂「其地南枕河曲，北涉汾水」，約在今山西省南部解縣、安邑、芮縣、平陸、夏縣等一帶地。〔註82〕

九、論　唐

十五〈國風〉中，有〈唐風〉十二篇。唐，姬姓，其封域在太行、桓山之西，太原、太岳之野，即今山西省太原一帶。其都晉陽，即今太原，爲堯舊都之地（堯後遷都河東平陽，今臨汾縣境）。〔註83〕蘇轍曰：

> 唐者，帝堯之舊都，成王以封母弟叔虞，謂之唐侯。南有晉水，至子燮改爲晉侯。其地在〈禹貢〉太行、恒山之西，太原、太岳之野。晉侯燮之曾孫成侯，始移居曲沃。其孫穆侯又徙於絳。僖公之世，變風既作，其詩憂深思遠，猶有堯之遺風，故雖晉詩而謂之唐，以爲此堯之舊，而非晉德之所及也。〔註84〕

按：蘇氏謂成王封母弟叔虞於唐，其說係根據《左傳》與《史記》之記載。《左傳·昭公元年》引述子產之言曰：「……其季世曰唐叔虞，當武王邑姜方震大叔，夢帝謂已，余命而子曰虞，將與之唐，屬諸參而蕃育其子孫，及生，有文在其手曰虞，遂以命之。及成王滅唐，而封大叔焉，故參爲晉星。」〔註85〕《史記·晉世家》亦曰：「晉唐叔虞者，周武王子而成王弟。初，武王與叔虞母會時，夢天謂武王曰：『余命女生子，名虞，余與之唐。』及生子，文在其手曰『虞』，故遂因命之曰虞。武王崩，成王立，唐有亂，周公誅滅唐。成王與叔虞戲，削桐葉爲珪以與叔虞，曰：『以此封若。』史佚因請擇日立叔虞。成王曰：『吾與之戲耳。』史佚曰：『天子無戲言。言則史書之，禮成之，樂歌之。』於是遂封叔虞於唐。唐在河、汾之東，方百里，故曰唐叔虞。姓姬氏，字子于。」〔註86〕《左傳》、《史記》之說，諸家多信之，唯屈萬里云：「近人據晉公盦考定叔虞實封於武王之世，《左傳》及《史記》說非是。」〔註87〕說亦可備一覽。《史記·晉世家》又謂：「唐叔子燮，是爲晉侯。」後人據此，遂以爲唐改稱晉，始於晉侯燮，馬瑞辰《毛詩傳箋通釋》則曰：「但考《國語》

〔註82〕王師靜芝：《詩經通釋》，頁227。
〔註83〕王師靜芝：《詩經通釋》，頁238。
〔註84〕蘇轍：《詩集傳》，卷6。
〔註85〕楊伯峻：《春秋左傳注》，卷41。
〔註86〕《史記》，卷39。
〔註87〕屈萬里：《詩經釋義》，〈唐風〉總論。

叔向曰：『昔吾先君唐叔，射兕於徒林，殪，以爲大甲，以封于晉。』《呂氏春秋・重言篇》亦言成王於是遂封叔虞於晉。又《史記・周本記》云：『晉唐叔得嘉穀，獻之成王。』唐叔冠以晉，猶康叔冠以衛也，是晉之名，唐叔已先有之。」〔註88〕據此，舊說似亦未的。

　　晉詩不曰晉，而曰唐者，蘇氏謂「其詩憂深思遠，猶有堯之餘風，故雖晉詩而謂之唐，以爲此堯之舊，而非晉德之所及也」，此說恐非是，〈唐風〉諸詩，〈蟋蟀〉內容爲其時農業社會生活之寫照，〔註89〕〈山有樞〉若非勸人即時行樂，即爲刺唐人吝嗇之詩，〔註90〕〈揚之水〉、〈椒聊〉二詩在刺晉昭公，〔註91〕〈綢繆〉爲咏新婚夫婦，感結爲婚姻之不易，驚喜交集之詩，〔註92〕〈杕杜〉爲「無兄弟者，自傷其孤特，而求助於人之辭」，〔註93〕〈羔裘〉爲晉人刺其在位不恤其民之詩，〔註94〕〈鴇羽〉爲民從征役而不得養其父母之所作，〔註95〕〈無衣〉爲晉大夫爲武公請命于天子之使之詩，〈有杕之杜〉爲詩人自感孤特，無人相過而賦，〈葛生〉爲女子悼念亡夫之詩，〔註96〕〈采苓〉爲刺聽讒之詩。〔註97〕既然，似難以認定「其詩憂深思遠，猶有堯之餘風」。相對於蘇氏之論者，則有元儒劉瑾謂「君子欲絕武公於晉，故不稱晉，而稱唐。晉詩名唐，見武公滅宗國之罪；〈魏風〉首晉，又見獻公滅同姓之惡」。〔註98〕是說清儒陳啓源已駁之，陳氏之言曰：「瑾所謂君子者，何人邪？季札觀樂時，《詩》未經刪定也，

〔註88〕 馬瑞辰：《毛詩傳箋通釋》，卷 11。

〔註89〕 王師靜芝：《詩經通釋》，頁 239。

〔註90〕 〈山有樞〉之詩旨，說者不一，至爲紛紜。屈萬里《詩經釋義》採宋儒王質《詩總聞》之說，謂爲勸友人及時行樂之詩，王師靜芝則謂王氏之說純就文字而求，極爲接近，然與其謂爲勸人及時行樂之詩，莫如謂爲刺吝嗇之詩；及時行樂有恣意奢侈之意味，刺其吝嗇則有用財應得其適宜之義，庶幾得之也。見王師靜芝：《詩經通釋》，頁 240～241。

〔註91〕 《詩序》：「〈揚之水〉，刺晉昭公也。昭公分國以封沃，沃盛彊。昭公微弱，國人將叛而歸沃焉。」「〈椒聊〉，刺晉昭公也。君子見沃之盛彊，能修其政，知其蕃衍盛大，子孫將有晉國焉。」

〔註92〕 王師靜芝：《詩經通釋》，頁 245。

〔註93〕 朱熹：《詩集傳》，卷 6。

〔註94〕 《詩序》：「〈羔裘〉，刺時也。晉人刺其在位不恤其民也。」

〔註95〕 朱熹：《詩集傳》，卷 6。

〔註96〕 〈無衣〉、〈有杕之杜〉、〈葛生〉三詩之詩旨分別參閱王師靜芝：《詩經通釋》，頁 251、252、253。

〔註97〕 此依朱熹《詩集傳》之說，《詩序》說同，唯特謂此詩專刺晉獻公。

〔註98〕 劉瑾：《詩傳通釋》，卷 6。台灣商務印書館印行。

然已先歌魏，後歌唐，則晉之稱唐，唐之繼魏，非仲尼筆也。以一字寓褒貶，《春秋》教也，非《詩》教也。即使唐繼魏，晉稱唐，定自仲尼之筆，亦未必如瑾所謂，況魯樂工所歌已爾邪！又唐之名昉於帝堯，而爲晉之本號，未嘗劣於晉也，仲尼欲絕武公，何獨靳一晉名，而於唐則無所惜邪？」〔註99〕陳氏之言甚是，以一字寓褒貶，《春秋》教也，非《詩》教也，唯陳氏又云：「〈蟋蟀‧序〉論稱唐之故，以爲有堯之餘風，吳季子聞歌唐，亦嘆其思深憂遠，有陶唐之遺民，二語不謀而合，可見古義不誣也，是稱晉爲唐，乃以美之，瑾以爲刺，何其悖邪？」陳氏以爲稱晉爲唐，乃以美之，何嘗不是以一字寓褒貶乎？且季札聞歌唐，歎其思深憂遠，明載於《左傳‧襄公二十二年》，《詩序》作者謂「此晉也，而謂之唐，本其風俗，憂深思遠，儉而用禮，乃有堯之遺風焉」，或係受《左傳》之影響，何得以謂之「不謀而合」？是陳氏責人以「《春秋》教，非《詩》教」，自身則亦難免以《春秋》之教論《詩》。

晉詩稱唐，若與美刺無涉，則晉詩又何以稱唐？屈萬里曰：「叔虞後三世至成侯，自晉陽徙都曲沃（今山里聞喜縣）；八世至穆侯，又徙於絳（今山西絳縣）；十世至昭侯，復徙於翼（今山西翼城縣東南）；昭侯以曲沃封桓叔，至其孫武公并晉，又自曲沃徙絳。嗣後晉之疆土益大。此謂之唐而不，其說雖乏鐵證，然自較美刺之說者平實也。〔註100〕又，日人吉川幸次郎以爲不曰晉，而曰唐者，乃依古地名取號，〔註101〕此語誠然，唯何以不依今地名而依古地名取號？依古地名取號，用意又何在？此皆吉川所未理會者，是則其說終不若屈氏之說。

十、論　秦

十五〈國風〉中，有〈秦風〉十篇。秦之地在禹貢雍州之地，古雍州者，今陝西、甘肅二省大部，及青海額濟納之地也。〔註102〕蘇轍曰：

> 唐虞之際，皋陶之子曰伯翳，佐禹治水有功，舜命爲虞官，掌上下草木鳥獸，賜姓曰嬴。夏商之間，子孫或在中國，或在夷狄，商之衰也，中潏居於西戎，以保西垂。其六世孫大駱，大駱適子成，庶

〔註99〕陳啓源：《毛詩稽古編》，卷6，台灣商務印書館印行。
〔註100〕屈萬里：《詩經釋義》，〈唐風〉總論。
〔註101〕〔日〕吉川幸次郎著，洪順隆評析譯注：《詩經國風》，下集，台北林白出版社印行。
〔註102〕王師靜芝：《詩經通釋》，頁258。

子非子，非子事周孝王，養馬汧渭之間，馬大蕃息。孝王分大駱之國為附庸，邑之秦。至曾孫秦仲，而犬戎滅大駱之族，宣王乃以秦仲為大夫，以誅西戎，而秦之變風始作。其後平王東遷，而秦仲之孫襄公興兵救周，平王賜之岐豐之田，列為諸侯，遂有西周畿內之地。在〈禹貢〉荊、岐、終南、惇物之野（按：《尚書·禹貢》「黑水、西河惟雍州」條下有云「荊、岐既旅，終南、惇物，至于鳥鼠」，荊山在今陝西富平縣，岐山在今陝西岐山縣，終南山橫亘陝西南部，主峯在長安南，惇物山在今陝西武功縣南），二十九世而并諸侯有天下，故孔子敘詩，列之八國之後，由此故也。〔註103〕

按：鄭玄《詩譜》云：「秦者，隴西谷名，于〈禹貢〉近雍州、鳥鼠之山。堯時有伯翳者，實皋陶之子，佐禹治水，水土既平，舜命作虞官，掌上下草木鳥獸，賜姓曰嬴。歷夏商興衰，亦世有人焉。周孝王使其末孫非子養馬于汧渭之閒，孝王為伯翳能知禽獸之言，子孫不絕，故封非子為附庸，邑之於秦谷。至曾孫秦仲，宣王又命作大夫，始有車馬禮樂侍御之好，國人美之，秦之變〈風〉始作。秦仲之孫襄公，平王之初，興兵討西戎以救周，平王東遷王城，乃以岐豐之地賜之，始列為諸侯，遂橫有周西都宗周畿內八百里之地，其封域東至迆山，在荊、岐、終南、惇物之野，至玄孫德公又從于雍云。」〔註104〕蘇氏之說本此，其後朱子作《詩集傳》，亦同此說，〔註105〕《史記·秦本紀》則以為平王賜襄公岐以西之地，襄公生文公，遂收周餘民有之，地至歧；歧以東，獻之周，〔註106〕其說與此有異。孔穎達曰：「如〈本紀〉之言，則襄公所得自岐以西，如以鄭言，橫有西都八百里之地，則是全得西畿，言與〈本紀〉異者，案終南之山在岐之東南，大夫之戎，襄公已引終南為喻，則襄公亦得岐東，非唯自岐以西也。即如〈本紀〉之言，文公收周餘民，又獻岐東於周，則秦之東境終不過岐，而春秋之時，秦境東至於河，襄公已後更無功德之君，復是何世得之也？明襄公救周即得之矣。〈本紀〉之言不可信也。」〔註107〕孔氏據〈終南〉之詩，祖鄭以駁《史記》，然〈終南·序〉雖以為戒襄公之詩，究不能因而肯定該詩

〔註103〕蘇轍：《詩集傳》，卷6。
〔註104〕鄭玄著，胡元儀輯：《毛詩譜》，《皇清經解續編》，卷1426。
〔註105〕朱熹：《詩集傳》，卷6。
〔註106〕《史記》，卷5，〈秦本紀〉。
〔註107〕《毛詩正義》，卷6之3。

確爲襄公而作，故屈萬里云孔氏據〈終南〉之詩以駁《史記》，亦非定論，惟據當時情勢度之，則鄭說差可信耳。〔註108〕

春秋之際，秦之疆域不易確考，《漢書‧地理志》云：「其界自弘農故關以西，京兆、扶風、馮翊，北地、上郡、西河、安定、天水、隴西，南有巴蜀、廣漢、犍爲、武都，西有金城、武威、張掖、酒泉、敦煌，又西南有牂柯、越巂、益州，皆宜屬焉。」〔註109〕要之，其疆域蓋有今陝西省中部及甘肅省東南端一帶地，大致東距黃河潼關，東北距河西地，南距秦嶺，西距隴山，北或抵平涼、涇川、延安附近。〔註110〕

十一、論　陳

十五〈國風〉中，有〈陳風〉十篇。首篇題爲〈宛丘〉，次篇〈東門之枌〉亦言及宛丘，宛丘爲陳都，《水經注》云：「宛丘，在陳城南道東」，〔註111〕故址在今河南淮陽縣，爲中國最古之都城。〔註112〕蘇轍論陳曰：

> 陳，大皡伏犧氏之墟，今淮陽郡是也。昔帝舜之冑有虞閼父，爲武王陶正，武王賴其利器用，與神明之後，封其子嬀滿於陳，都於宛丘之側，妻以元女大姬。其封域在禹貢豫州之東，其地廣平，無名山大川，西望外方，東不及孟豬。大姬婦人尊貴，好祭祝巫覡歌舞之事，其民化之。五世至幽公，淫荒遊蕩無度，國人刺之，而陳之變風始作。然原其風出於大姬，蓋列國之風，皆有所自起，方周之盛時，王澤充塞，其善者篤於善，不善者以禮自將，亦不至於惡，其後周德既衰，諸侯各因其舊俗而增之，善者因善以入於惡，而不善者日以益甚，故晉以堯之遺風，爲儉不中禮；陳以大姬之餘俗，爲遊蕩無度，亦理勢然也。〔註113〕

按：鄭玄《詩譜》：「陳者，太皡虙戲氏之墟。帝舜之冑，有虞閼父者，爲周武王陶正，武王賴其利器用，與其神明之後，封其子嬀滿於陳，都於宛

〔註108〕《詩經釋義》，〈秦風〉總論。
〔註109〕《漢書》，卷28上。
〔註110〕任遵時：《詩經地理考》，頁111。
〔註111〕酈道元：《水經注》，卷22。台北藝文印書館印行。
〔註112〕張其昀：《中華五千年史》，第2冊。台北華岡出版社印行。
〔註113〕蘇轍：《詩集傳》，卷7。

丘之側，是曰陳胡公，以備三恪；妻以元女大姬。其封域在禹貢豫州之東，其地廣平，無名山大澤；西望外方，東不及明豬（按：「明豬」當爲「盟豬」之誤）。大姬無子，好巫覡禱祈鬼歌舞之樂，民俗化而爲之。五世至幽公，當厲王時，政衰，大夫淫荒，所爲無度，國人傷而刺之，陳之變風始作。」〔註114〕蘇氏論陳之言，前半襲自鄭《譜》，唯處戲作伏犧，盟豬作孟豬。

鄭氏所謂「大姬無子，好巫覡禱祈鬼神歌舞之樂」，及蘇氏所謂「大姬婦人尊貴，好祭祝巫覡歌舞之事」者，均係根據《漢書‧地理志》之說，〔註115〕此說《春秋》及《史記》皆不載，且其說有不合理者，故陳啓源《毛詩稽古編》議之曰：「《詩譜》謂大姬好巫覡歌舞，民俗化之。〈地理記〉亦謂大姬婦人尊貴，好祭祀用巫，故俗好巫鬼，其說略同，皆言陳俗之不美自大姬始也。窃怪文王、后妃之德化及南國夫人、大夫妻，與漢濱之游女，大姬親孫女，獨不率教，乃行事淫巫，開陳地數百年敝習，況《傳》稱胡公不淫（按：《左傳‧昭公八年》史趙曰：「胡公不淫，故周賜之姓，使祀虞帝。」），斯亦足表正其封內民顧不從君，而從夫人，皆理之難曉者。」〔註116〕日人竹添光鴻亦曰：「《春秋內外傳》及〈陳世家〉，皆不載此事。匡衡疏始稱陳夫人好巫，而民淫祀，顏注以大姬好祭鬼神，鼓舞而祀，引宛丘次章以證，而班〈志〉言陳俗好巫鬼，據〈宛丘〉次章、〈東門之枌〉首章文，注皆以歌舞事神釋之，詳二詩，非巫舞，亦非事神，是陳俗之敝，且不在巫鬼，而強以爲大姬好祭祀用史巫所致，何邪？考匡以《齊詩》兼習《魯詩》，班氏〈藝文志〉稱魯最爲近之，此必齊魯舊義，故取證竝與毛異，鄭既主毛，仍引用其說，尤誤矣。」〔註117〕陳夫人好巫之事，果若與史不合，則蘇氏所謂「晉以堯之遺風，爲儉不中禮；陳以大姬之餘俗，爲遊蕩無度」，亦未必如其所言「亦理勢然也」。又蘇氏所稱陳之封域在禹貢豫州之東者，即今河南舊開封府以東，南至安徽亳州一帶；外方者，嵩高山也；孟豬者，澤名，在今河南商丘縣東北。〔註118〕

〔註114〕鄭玄撰，胡元儀輯：《毛詩譜》，《皇清經解續編》，卷1426，台北藝文印書館印行。

〔註115〕《漢書‧地理志》：「陳本太昊之虛，周武王封舜後媯滿於陳，是爲胡公，妻以元女大姬。婦人尊貴，好祭祀，用史巫，故其俗巫鬼。」

〔註116〕陳啓源：《毛詩稽古編》，卷7。

〔註117〕竹添光鴻：《毛詩會箋》，卷7。台北大通書局印行。

〔註118〕屈萬里：《詩經釋義》，〈陳風〉總論。

十二、論　檜

　　十五〈國風〉中，有〈檜風〉四篇，與〈曹風〉皆爲〈國風〉中詩篇最少者，蘇轍論檜曰：

> 檜，高辛氏火正祝融之墟，在〈禹貢〉豫州外方之北，滎波之南，居溱洧之間。祝融氏八姓，唯妘姓，檜實處其地。周衰，爲鄭桓公所滅。其世次微滅不傳，故其作詩之世，不可得而推也。〔註119〕

按：檜本又作鄶，今河南開封府密縣東北有鄶城，是其地。《左傳‧僖公三十三年》文夫人葬公子瑕於鄶城之下，服虔云：「鄶城，故鄶國之墟。」杜預云：「鄶國在滎陽密縣東北，新鄭在滎陽宛陵縣西南。」是鄭非檜都，故別有鄶城也。鄭併鄶而詩獨遠于鄭者，鄶詩不爲鄭作也。〔註120〕鄭玄《詩譜》云：「檜者，古高辛氏火正祝融之墟。檜國在禹貢豫州外方之北，滎波之南，居溱洧之間。祝融氏名黎，其後八姓唯妘姓，檜者處其地焉。周夷土、厲王之時，檜公不務政事，而好潔其衣服，大夫去之，于是〈檜〉之變〈風〉始作。」〔註121〕蘇氏論〈檜〉之言本此，唯以爲檜滅於鄭桓公，則爲康成所未言。今考《史記‧鄭世家》云：「桓公……東徒其民雒東，而虢、鄶果獻十邑，竟國之。」蘇氏謂鄭桓公滅檜，當據此。然韋昭注《國語》云：「後桓公之子武公，竟取十邑之地而居之，今河南新鄭是也。」〔註122〕孔穎達亦曰：「〈鄭語〉史伯於幽王之世爲桓公謀滅虢、檜，至平王之初，武公滅之。」〔註123〕是知滅檜者，鄭武公也，故裴駰爲《史記》作集解，亦引韋昭之言，謂桓公之子武公滅檜；〔註124〕陸德明亦謂檜爲「子男之國，後爲鄭武公所并焉」。〔註125〕陸氏又引王肅曰：「周武王封祝融之後於濟、洛、河、潁之間，爲檜子。」范處義《詩補傳》亦引王肅此語，〔註126〕屈萬里謂「未詳所據」，李振興著《王肅之經學》，亦謂「不見王氏之語何據」。〔註127〕屈萬里又謂「鄭因檜地，都於溱洧之間；

〔註119〕蘇轍：《詩集傳》，卷7。
〔註120〕竹添光鴻：《毛詩會箋》，卷7。
〔註121〕蘇轍：《詩集傳》，卷4。
〔註122〕《國語》，卷16，〈鄭語〉。台北藝文印書館印行。
〔註123〕《毛詩正義》，卷7之2。
〔註124〕《史記》，卷42，〈鄭世家〉。
〔註125〕陸德明：《經典釋文》，卷6。台北藝文印書館印行。
〔註126〕范處義：《詩補傳》，卷13。
〔註127〕《王肅之經學》，第3章。台北嘉新水泥公司文化基金會印行。

鄭詩既數言溱洧，此又別出檜詩，明檜詩之別出，非因方域及樂調與鄭詩不同，蓋以其為未被併於鄭以前之詩也。然則檜詩四篇，皆平王東遷以前之作矣」，〔註128〕傅斯年亦曰：「檜詩之體，以兮為結，甚似〈鄭風‧緇衣〉，故〈鄭〉、〈檜〉恐是一地之詩。」〔註129〕屈、傅二氏皆言之成理，檜於西周時，即為鄭滅，十五〈國風〉有〈鄭〉又有〈檜〉，〈檜風〉四篇自當為併於鄭前之詩。《漢書‧地理志》引史伯之言有謂「子男之國，虢、會為大」，〔註130〕會即檜，王先謙《詩三家義集疏》以為因其地居溱洧之間，二水合流，故以會名國，作檜者，為假借字。〔註131〕檜之地，蓋在今河南密縣東北五十里，即杜預以為在滎陽密省東北，杜佑所謂在河南密縣者也。〔註132〕

十三、論 曹

十五〈國風〉中，有〈曹風〉四篇。曹國姬姓，為周武王弟叔振鐸所封之國，封域約當今山東荷澤、定陶一帶。蘇轍論之曰：

> 曹，今之濟陰郡，武王以封弟叔振鐸，其地在〈禹貢〉兗州陶丘之北，雷夏、荷澤之野。昔堯嘗遊成陽，死而葬焉。舜漁雷澤，其民化之，其遺俗重厚，多君子，務稼穡、薄衣食，以致蓄積。介於魯衛之間，又寡於患難，末時富而無教，乃更驕侈。十一世昭公立，而變風遂作。〔註133〕

按：鄭玄《詩譜》：「曹者，〈禹貢〉兗州陶丘之名，周武王既定天下，封弟叔振鐸于曹，今日濟陰定陶是也。其封域夏、荷澤之野。昔堯嘗遊成陽，死而葬焉。舜漁于雷澤，民俗始化。其遺風重厚，多君子，務稼穡，薄衣服，以致蓄積。夾于魯衛之間，又寡于患難，末時富而無教，乃更驕侈，十一世當周惠王時，政衰，昭公好奢，而任小人，曹之變風始作。」〔註134〕蘇氏論曹之言，由此而來。所云陶丘之北者，孔穎達曰：「《漢書‧地理志》

〔註128〕 《詩經釋義》，〈檜風〉總論。
〔註129〕 《詩經講義稿》，《傅斯年全集》，第1冊，頁290。
〔註130〕 《漢書》，卷28下。
〔註131〕 王先謙：《詩三家義集疏》，卷11。台北明文出版社印行。
〔註132〕 任導時：《詩經地理考》，頁112。
〔註133〕 蘇轍：《詩集傳》，卷7。按：雷夏即雷澤，在今山東濮縣東南。
〔註134〕 鄭玄撰，胡元儀輯：《毛詩譜》，《皇清經解續編》，卷1426。

云：『濟陰定陶縣，故曹國，〈禹貢〉陶丘在西南，陶丘亭是也。』言邱在曹之西南，則曹在邱之東北，止言北者，舉其大望所在耳。」〔註135〕

　　范處義《詩補傳》：「曹既弱小，又不能用賢，今所存詩，皆言任小人，在位無君子，則國非其國矣。此所以次於檜也。」〔註136〕今存〈曹風〉之詩，《詩序》以為〈蜉蝣〉刺奢，〈候人〉刺進小人，〈鳲鳩〉刺在位者用心不當，〈下泉〉為曹人思明王賢伯之詩；這些解釋都有說教上的考量，詩作原意是否絕對如此，當然無法確認，然今存〈曹風〉之詩確無「多君子」、「務稼穡」之辭，是知其詩皆作於曹衰之時，如范氏所言，「國非其國矣」。傅斯年亦曰：「曹叔振鐸，文之昭也。周初所褒大封，後乃畏服於強鄰。故〈鳲鳩〉之辭，稍似〈小雅〉；〈下泉〉之辭，有類亡國之音哀以思者，蓋曹在初年必為大國，後乃衰微不承權輿耳。」〔註137〕

十四、論　豳

　　十五〈國風〉中，有〈豳風〉七篇。許謙曰：「豳，即邠州，豳之字為邠，唐開元因改古文而改之。」〔註138〕蘇轍論之曰：

　　　　豳，邠之栒邑也。昔公劉自邰出居於豳，脩后稷之業，勤恤愛民，民咸歸之，周之王迹，實始於此。故周公遭二叔之難，而作七月之詩，言后稷、公劉勤勞民事，致王業之艱難，文武受命，功未及究而沒。成王尚幼，恐其不能承以墜先公之功，是以周公當國而終成之，故七月者，道周公之所以當國而不辭也。周公之所以當國而不辭者，重王業之艱難也。然是詩則言豳公而已，不及於周公，故謂之豳，而以周公之詩附之。夫豳公之詩，一國之風也；周公之詩，一人之事也；以為皆非天下之政，是故得為風，而不得為雅也。昔之言《詩》者，以為此詩作於周公之遭變，故謂之〈豳〉之變〈風〉。夫言正變者，必原其時，原其時，則得其實，衛、衛文、鄭武、秦襄之詩，一時之正也，而不得為正，何者？其正未足以復變也。周王、成王之際，而有一不善，是亦一時之變焉耳，孰謂一時之變，

〔註135〕《毛詩正義》，卷 7 之 2。
〔註136〕范處義：《詩補傳》，卷 14。
〔註137〕《詩經講義稿》，《傅斯年全集》，第 1 冊，頁 290。
〔註138〕許謙：《詩集傳名物鈔》，卷 1。。

　　而足以敗其數百年之正也哉？〔註139〕

按：鄭玄《詩譜》云：「豳者，后稷之曾孫曰公劉者，自邰而出所徙戎狄之
地名，今屬右扶風栒邑。公劉以夏后大康時失其官守，竄于此地，猶修后
稷之業，勤恤愛民，民咸歸之，而國成焉。其封域在禹貢雍州岐山之北，
原隰之野，至商之末世，大王又避戎狄之難，而入處于岐陽，民又歸之。」
〔註140〕蘇氏謂豳即邠之栒邑，公劉出居於豳，勤恤愛民，民咸歸之，其說
同此。據此則〈豳風〉爲豳地之詩，其地在今陝西省涇水兩岸，然豳城古
址，各書所載不同，《漢書‧地理志》：「右扶風有漆縣，漆水在縣西，有栒
邑，邑有豳鄉，詩豳國，公劉所都。」王先謙《漢書補注》：「漆縣（邠縣）
有豳亭，栒邑有豳鄉，二縣相接。」雷學淇《竹書紀年義證》：「古豳城在
邠縣東之十五里，三水縣西十里。」《寰宇記》：「古豳城在三水縣東南。」
「豳城在龐川水西，蓋公劉之邑，即此城也。」《括地志》：「三水縣西十里
有豳原，豳城在原上。」《詩地理徵》引《郡縣志》云：「古豳城，在邠州
三水縣西三十里，栒邑故城，在縣東二十五里。」程發軔《春秋左傳地名
圖考》曰：「豳城古址，各書所載不同，一因三水（今栒邑）縣治，漢魏隋
唐，多有遷徙，故方位里數，所計不一；二因公劉之時，尚在半耕半牧生
活，居地不一。……《三水縣志》載『古豳城在縣西南三十里，爲公劉始
都之處。』今圖不載，以地望準之，今日張洪鎮北之皇樓村，殆近之矣。」
〔註141〕除《寰宇記》謂古豳城在三水縣東南，與諸家說大相逕庭之外，餘
皆謂在三水縣西或西南一帶。屈萬里謂豳城故城在今陝西邠縣，〔註142〕此
說亦不能以爲非是，蓋三水在今陝西栒邑縣西，栒邑縣正與邠縣相鄰接，
自難有所分。今邠縣南門外，猶有公劉祠在焉，又有古公城遺址，在縣之
古公鄉，蓋即古公亶父在豳所居之地。〔註143〕

　　蘇氏又云：「〈七月〉者，道周公之所以當國而不辭也。周公之所以當國
而不辭者，重王業之艱難也。」此說係受《詩序》所云「〈七月〉，陳王業也。
周公遭變，故陳后稷先公風化之所由，致王業之艱難也」之影響，當然，僅

〔註139〕蘇轍：《詩集傳》，卷8。
〔註140〕鄭玄著，胡元儀輯：《毛詩譜》，《皇清經解續編》，卷1426。
〔註141〕詳康義勇：〈論詩經豳風之時代〉，收於孔孟學會主編：《詩經研究論集》。台
　　　　灣學生書局印行。。
〔註142〕屈萬里：《詩經釋義》，〈豳風〉總論。
〔註143〕任遵時：《詩經地理考》，頁68。

就〈七月〉之詩文來看，全詩內容主要是歌詠豳地生活之詩，告誡統治者的意味並不濃厚。蘇氏又謂：「是詩（按：指〈七月〉一詩）則言豳公而已，不及於周公，故謂之豳，而以周公之詩附之。」〈七月〉四章有「獻豣于公」一句，公乃豳公，此誠然，以為因此而謂之豳，則未必為是。試問若〈七月〉一詩言及周公，是否即不得謂之豳？若〈七月〉因「及於周公」而不得謂之豳，則又當列於何國何地之詩？蘇氏又謂〈豳風〉「以周公之詩附之」，此亦不盡然，蓋豳詩雖多與周公有關，然亦有例外者，如〈伐柯〉一詩即是。唯豳地雖與周公無關，豳詩卻多言周公東征事，此亦事實，如屈萬里所言，「豳地與周公無關，而豳詩多言周公東征事，此必有故。疑周公東征時所率者多豳地之民，所為歌詩，皆豳地之聲調；故其詩雖作於東國，而仍以豳名之也。〈七月〉之詩，疑東征之士，懷念故土，作之以慰鄉思者。然〈豳〉詩語皆平易，非如〈周頌〉及〈大雅〉中若干篇之艱奧難解，似非西周初年作品。其諸詩流傳於口頭雖古，而著之於竹帛者晚歟（屈氏自註：「傅孟真先生嘗有此說」。按：傅氏云：『〈豳風〉雖涉周公事，然決非周公時詩之原面目，恐口頭流傳二三百年後而為此語言。其源雖始於周公時，其文乃遞變而成於後也。不然，〈周頌〉一部分如彼之簡直，〈豳風〉如此之曉暢，若同一世，於理不允。』說見傅氏著《詩經講義稿》）？凡此皆於論定者也。」屈氏之說雖無鐵證以證成之，然其說或是。王師靜芝論屈說曰：「此說雖屬疑辭，未作定論而頗為近理。周公東征，所率多豳地之民，是可見之事實。如〈東山〉一詩，是豳人隨周公東征三年，反鄉抒情之作；〈破斧〉一篇，是豳人隨周公東征之士，讚美周公伐罪救民之詩。〈九罭〉一篇，是東人送周公西歸之詩，而豳人於事後傳誦者。〈鴟鴞〉則或是東征時作，豳人習誦之；狼跋是豳人讚美周公之詩，當也是東征時所作，故都收入〈豳風〉。東征多豳人，就是〈豳風〉多敘周公之詩的道理；周公之事，多由豳人咏出，國風采自各地，因此有關周公之詩，就都在〈豳風〉。這是由事理推論，有線索可尋的，有事實可證的，而是據〈豳風〉各篇詩中所言追尋所得，當可以講得通。」〔註144〕據此亦可知蘇氏所言〈七月〉不及於周公，故謂之豳；豳公之詩，一國之風，周公之詩，一人之事，怕非天下之政，是故得為〈風〉，不得為〈雅〉；恐皆非是。

蘇氏又謂〈豳風〉諸詩於周公之遭變，然不得謂之變〈風〉。《詩》正變之

〔註144〕以上分見屈萬里：《詩經釋義》，〈豳風〉總論；王師靜芝：《經學通論》，上冊，頁264。

說，首見《毛詩序》：「至于王道衰，禮義廢，政教失，國異政，家殊俗，而變〈風〉、變〈雅〉作矣。」鄭玄《詩譜》詳言之曰：「文武之德，光熙前緒，以集大命於厥身，遂爲天下父母，使民有政有居。其時詩〈風有〈周南〉、〈召南〉，〈雅〉有〈鹿鳴〉、〈文王〉之屬。及成王、周公致太平，制禮作樂，而有頌聲興焉，盛之至也。本之由此風雅而來，故皆錄之，謂之《詩》之正經。後王稍更陵遲，懿王始受譖亨齊哀公，夷身失禮之後，邶不尊賢。自是而下，厲也、幽也，政教尤衰，周室大壞，〈十月之交〉、〈民勞〉、〈板〉、〈蕩〉，勃爾俱作，眾風紛然，刺怨相尋。五伯之末，上無天子，下無方伯，善者誰賞？惡者誰罰？紀綱絕矣。故孔子錄懿王、夷王時詩，訖於陳靈公淫亂之事，謂之變〈風〉變〈雅〉。」〔註145〕據此，則〈文王〉、〈武王〉、〈成王〉之詩，皆謂之正詩；懿王以後之詩，皆謂之變詩。鄭玄又於分敍〈風〉〈雅〉〈頌〉之譜時謂〈周南〉、〈召南〉爲正〈風〉，〈邶風〉以下至〈豳〉爲變〈風〉；〈鹿鳴〉至〈蓼蓼者莪〉爲正〈小雅〉，〈六月〉至〈何草不黃〉爲變〈小雅〉；〈文王〉至〈卷阿〉爲正〈大雅〉，〈民勞〉至〈召旻〉爲變〈大雅〉；假若文王、武王、成王時詩皆爲正詩，則〈豳風〉自當爲正〈風〉，宜乎蘇氏不以之爲變〈風〉。

十五、論〈小雅〉、〈大雅〉之異

《詩經》爲我國最古之詩歌總集，分〈風〉、〈雅〉、〈頌〉三部分。〈雅〉又別爲〈小雅〉及〈大雅〉。蘇轍論其異曰：

> 〈小雅〉之所以爲小，〈大雅〉之所以爲大，何也？〈小雅〉言政事之得失，而〈大雅〉言道德之存亡。政事雖大，形也；道德無小，不可以形盡也。蓋其所謂小者，謂其可得而知，量盡於所知而無餘也；其所謂大者，謂其不可得而知，沛然其無涯者也。故雖爵命諸侯、征伐四國，事之大者，而在〈小雅〉；〈行葦〉言燕兄弟耆老，〈靈臺〉言麋鹿魚鼈，〈蕩〉刺飲酒號呼，〈韓奕〉歌韓侯取妻，皆事之小者，而在〈大雅〉。夫政之得失，利害止於其事，而道德之存亡，所指雖小，而其所及者大矣。《毛詩》之《敍》曰：「雅者，政也。政有大小，故有〈小雅〉焉，有〈大雅〉焉。」以二〈雅〉爲皆政也，而有小大之異，蓋未之思歟？〔註146〕

〔註145〕鄭玄著，胡元儀輯：《毛詩譜》，《皇清經解續編》，卷1426。
〔註146〕蘇轍：《詩集傳》，卷9。

按：《毛詩序》論「雅」謂「言天下之事，形四方之風，謂之雅。雅者，正也。言王政之所由興廢也。政有大小，故有〈小雅〉焉，有〈大雅〉焉」，以正、政釋雅，尚有可說，[註147] 以政有小大區分大小〈雅〉，則有待商榷。蘇氏謂雖爵命諸侯、征伐四國，事之大者，而在〈小雅〉；〈行葦〉、〈靈臺〉、〈蕩〉、〈韓奕〉皆事之小者，而在〈大雅〉；僅此已可知《序》以政有小大為大小〈雅〉區分之標準，其說並不細膩。孔穎達曰：「王者政教有大小，詩人述之，亦有大小，故有〈小雅〉焉，有〈大雅〉焉。歌其大事，制為大體；述其小事，制為小體。」[註148] 此係本之《詩序》之說，未必真實。華師仲麐云：「如依舊說大小正變的解釋，則〈風〉〈雅〉中之所謂正音者，其中未嘗無變，而所謂變音者，其中又未嘗無正；所謂大政者，其中也有小事，所謂小政者，其中也有大事；雜沓矛盾，難以備述，永久無法統一的。例如〈小雅・鹿鳴之什〉，其中〈鹿鳴〉、〈四牡〉、〈皇皇者華〉，如謂之小政正音，而同什的〈采薇〉、〈出車〉之敘困苦，亦得謂之小政正音？〈大雅・文王之什〉誠大政正音矣，而〈生民〉同什中的〈民勞〉以次，又分割列入〈大雅〉之中，尤以〈瞻卬〉、〈召旻〉之怨暴政，雖曰變〈雅〉，寧得謂之大政乎？」[註149] 此則非僅指出正變舊說無理，亦且駁斥《序》所謂政有小大之說。基本上，《序》謂政有小大，故有大小〈雅〉，其說無法得到後世讀者的一致認同。

然則大小〈雅〉區分標準為何？蘇氏以為「〈小雅〉言政事之得失，而〈大雅〉言道德之存亡」、「政事雖大，形也；道德無小，不可以形盡也」、「所謂小者，謂其可得而知，量盡於所知而無餘也；其所謂大者，謂其不可得而知，沛然其無涯者也」、「政之得失，利害止於其事，而道德之存亡，所指雖小，而其所及者大矣」；蘇氏指責《毛序》作者「未之思」，實則其說也有瑕疵。如〈伐

[註147] 王師靜芝：「言天下之事，形四方之風，本就是《詩》的內容，而〈國風〉是各國地方之事，地方之風：雅就擴大了範圍，而言天下之事，形四方之風，而不限於一國。至於雅者正也，是很正確的。《論語・述而》：『子所雅言，《詩》《書》執禮，皆雅言也。』何晏《集解》引鄭《注》：『先王典法，必正言其音，然後義全。』孔氏《正義》說：『此章記孔子正言其音，無所諱避之事。雅，正也。子所正言者，《詩》《書》《禮》也。此三者先王典法，臨文教學，讀之必正言其音，然後義全。』據這一說法，雅就是正，自無問題。正就是政，也有這種涵義。」

[註148] 《毛詩正義》，卷9之1。

[註149] 〈詩義述聞〉，收於孔孟學會主編：《詩經研究論集》。

木〉之詩，《毛序》云：「燕朋友故舊也。自天子至于庶人，未有不須友以成者。親親以睦，友賢不棄，不遺故舊，則民德歸厚矣。」歐陽修云：「此詩主以鳥鳴求友為喻爾。」朱子曰：「此燕朋友故舊之樂歌。」方玉潤云：「此詩取友義也，故曰朋友通用之樂歌。」〔註150〕既為燕朋友故舊之詩，何以不歸於〈大雅〉，而歸於〈小雅〉？豈其「言政事之得失」？又如〈南山有臺〉，《毛序》云：「樂得賢也。得賢則能為邦家立太平之基矣。」立說甚善，然詩文似不見此意。方玉潤曰：「此詩上下通用之樂。當時賓客容有爵齒俱尊，足當之者，蓋古人簡直，如士冠禮祝辭亦云眉壽萬年，又何況古器物銘所謂用蘄萬年，用蘄眉壽，萬年無疆之類，皆為自祝之辭，則此詩以萬壽祝賓，庸何傷乎！」〔註151〕假設此為祝福之詩，則與政事之得失應該無關，若無關係，何以列入〈小雅〉？又如〈鳧鷖〉之詩，為「繹祭燕尸之樂」，〔註152〕〈烝民〉乃宣王命樊侯仲山甫築城於齊，而尹吉甫作詩以送之之詩，〈公劉〉則咏公劉始遷於豳，辛苦經營之詩，凡此豈皆如蘇氏所云「言道德之存亡」？若不盡然，又何以列入〈大雅〉？由是可知，蘇氏以政事之得失、道德之存亡，區分大小〈雅〉，其說未必盡然。

十六、論〈南陔〉、〈白華〉、〈華黍〉、〈由庚〉、〈崇丘〉、〈由儀〉

現存之《詩》有三百十一篇，其中，〈小雅〉之〈南陔〉、〈白華〉、〈華黍〉、〈由庚〉、〈崇丘〉、〈由儀〉六篇，僅存篇名。《毛序》：「〈南陔〉，孝子相戒以養也。〈白華〉，孝子之潔白也。〈華黍〉，時和歲豐，宜黍稷也。有其義而亡其辭。」鄭《箋》：「此三篇者，鄉飲酒燕禮用焉，曰：『笙入，立于縣中，奏〈南陔〉、〈白華〉、〈華黍〉』是也。孔子論《詩》，〈雅〉〈頌〉各得其所，時俱在耳。篇第當在於此，遭戰國及秦之世而亡之，其義則與眾篇之義合編，故存。至毛公為《詁訓傳》，乃分眾篇之義，各置於其篇端云。又闕其亡者，以見在為數，故推改什首，遂通耳，而下非孔子之舊。」陸德明：「此三篇蓋武王之時，周公制禮用為樂章，吹笙以播其曲，孔子刪定在三百一十一篇內，遭戰國及秦而亡。子夏序《詩》，篇義合編，故《詩》雖亡，而義猶在也。毛氏訓傳，各引《序》冠其篇首，故《序》存而《詩》亡。」〔註153〕《毛序》又云：「〈由庚〉，萬物得由其

〔註150〕以上分見歐陽修：《詩本義》，卷6；朱熹：《詩集傳》，卷9；方玉潤：《詩經原始》，卷9；吳闓生：《詩義會通》卷2，〈小雅〉。台北洪氏出版社印行。

〔註151〕方玉潤：《詩經原始》，卷9。

〔註152〕朱熹：《詩集傳》，卷18。

〔註153〕陸德明：《經典釋文》，卷6。

道也。〈崇丘〉，萬物得極其高大也。〈由儀〉，萬物之生，各得其宜也。有其義而亡其辭。」鄭《箋》：「此三篇者，鄉飲酒燕禮亦用焉。曰：『乃閒歌〈魚麗〉，笙〈由庚〉；歌南有〈嘉魚〉，笙〈崇丘〉；歌南山〈有臺〉，笙〈由儀〉。』亦遭世亂而亡之。」蘇轍論〈南陔〉、〈白華〉、〈華黍〉三篇曰：

> 此三詩皆亡其辭，古者鄉飲酒燕禮皆用之。孔子編《詩》，蓋亦取焉。
> 歷戰國及秦，亡之而獨存其義。毛公傳《詩》，附之〈鹿鳴之什〉，
> 遂改什首，予以為非古，於是復為〈南陔之什〉，則〈小雅〉之什皆
> 復孔子之舊。〔註154〕

又論〈由庚〉、〈崇丘〉、〈由儀〉三篇曰：

> 三詩皆亡，鄉飲酒、燕禮亦用焉。燕禮升歌〈鹿鳴〉，下管〈新宮〉；
> 射禮諸侯以〈貍首〉為節。〈新宮〉、〈貍首〉皆正詩，而詞義不見，
> 或者孔子刪之歟？不然後世亡之也。〔註155〕

按：〈小雅·南陔〉等六篇，由於僅存篇目，不見其文，故其來歷，說者不一。鄭玄以為原有其辭，遭戰國及秦之世而亡，依此則序所謂「有其義而亡其辭」，乃指其辭亡佚也。董逌曰：「笙人者，有聲而無詩也。蓋詩有歌有聲，見於詩者，歌也；寓於樂者，聲也。以其用於鄉人、邦國，故當時人習其義，工師肄業，朝夕其事，是以因其器，識其聲，而知其義之如是也。然則亡其辭者，非失亡之，乃本亡也。」〔註156〕董氏以為〈南陔〉等六篇，有聲而無詩，而《序》所謂亡其辭者，亡通無，謂本無其辭也。後世說此六篇者雖多，要不外原本有無其辭之爭耳。李樗曰：「其辭既亡，則其義不可得而知。」〔註157〕乃一併疑及《序》所言六詩之義。李氏又引鄭漁仲曰：「詩既亡其辭，又無其文，安可以強通呼？」鄭氏乃直指《毛序》言六詩之義係以意度之也。張載曰：「人或言亡詩六篇，古無其詩，既無詩，安得有此篇？必是有其辭。所以亡者，良由施之於笙，非若歌之可習。」〔註158〕說同鄭玄。黃震曰：「古者亡即無字。亡其辭之說，云出於毛公，毛公漢人，漢世以亡為無，王雪山云：『西漢亡一人之獄』是也。」〔註159〕此贊同董說，以〈南陔〉等篇本無其辭。

〔註154〕蘇轍：《詩集傳》，卷10。
〔註155〕蘇轍：《詩集傳》，卷10。
〔註156〕王鴻緒等奉敕撰：《欽定詩經傳說彙纂》，卷10引。
〔註157〕《欽定詩經傳說彙纂》，卷10引。
〔註158〕《欽定詩經傳說彙纂》，卷10引。
〔註159〕《欽定詩經傳說彙纂》，卷10引。

明儒郝敬以〈金奏〉、〈九夏〉、〈幽管〉等有辭，反證〈南陔〉六詩無辭爲非是，〔註160〕清胡承珙舉證歷歷，強調笙詩亦自有辭，〔註161〕方玉潤亦謂「今之樂如琴譜〈滄海〉、〈龍吟〉、〈天風〉、〈環佩〉之類，均有聲而無辭，但非〈南陔〉、〈白華〉可比」，〔註162〕近人屈萬里以爲此六詩究係本無其辭，抑或後世亡其辭，迄今尚無定論，〔註163〕蔣善國引戴長庚〈論琴旨無詞之語〉以證原有有聲無辭之詩，其言曰：「大抵作琴操者，或以爲孤臣孽子，去婦棄友，宛結憤鬱，有感於中，不得已而以其言託之於音，不忍明言君父之過；或賢者憤時嫉俗，有所刺發之爲聲，拘於忌諱，而不敢明言其事；又或以詞與音相雜，如鐃歌之〈妃呼豨〉、巾無之〈吾何嬰〉，不可讀，而不足存。且三百篇中笙詩六篇，本無詞，若孔子聆師襄之操，而知文王；師曠聞師涓之音而知濮水，與夫『高山之巍巍，流水之洋洋』，豈俱從詞得之者哉？此王吉途琴旨無詞之說也。」〔註164〕蔣氏引戴氏此語以釋無詞之理由，以證詞義之獨立，然亦不敢遽下結論，而謂「〈南陔〉六詩，元起是否是有聲無辭，我們在數千年以後是很難決定的」；屈、蔣二氏在未有確據之前，不肯輕下斷語，亦可見其治學態度之審慎。

蘇氏所謂詩亡其辭，獨存其義，說皆據鄭《箋》。至其所疑之「〈新宮〉、〈貍首〉皆正詩，而詞義不見，或者孔子刪之歟？不然後世亡之也」，則係疑其所不必疑，且不論孔子是否刪《詩》，孔子有何理由刪去〈燕禮〉、〈射禮〉所用之正詩？是則〈新宮〉、〈貍首〉二詩詞義不見於今世，猶如經傳子史所引之逸詩，乃後世亡之也。蘇氏又據鄭《箋》，以〈南陔〉、〈白華〉、〈華黍〉三篇附之〈鹿鳴之什〉爲非古，於是復爲〈南陔之什〉，以下之分什遂皆與舊本有異，蘇氏並謂此乃「復孔子之舊」，此舉後人多不從之，然亦有從之者，如呂祖謙《呂氏家塾讀詩記》、方玉潤《詩經原始》等是，日人竹添光鴻曰：「毛《傳》缺六笙詩，不入什數，以〈南有嘉魚〉至〈吉日〉爲次什，以下每相差者六篇，凡〈小雅〉七什，末什爲十四篇，奇零之數，歸於末什，〈大雅〉及須皆然，翁方綱謂當從蘇呂所定，收入六詩於什中。夫分什者，止因

〔註160〕《毛詩原解》，卷17。台北藝文印書館印行。
〔註161〕《毛詩後箋》，卷16。台北新文豐出版社印行。
〔註162〕方玉潤：《詩經原始》，卷9
〔註163〕屈萬里：《詩經釋義》。
〔註164〕蔣善國：《三百篇演論》，頁132～133。台灣商務印書館印行。

篇數既多，簡札煩重，不得不分，六詩既亡，自無庸分篇數而入什目，況六笙詩本不在三百篇之中乎！」〔註165〕竹添氏謂六笙詩不在三百篇之中，此非定論，至其謂分什乃因簡札煩重，不得不分，六詩既亡，自無庸分篇數而入什目，則言之成理；後世既以紙代簡，更無庸再改變舊本之分什。

十七、論《詩序》「文王受命作周」之意

　　〈文王〉為〈大雅〉首篇，《詩序》：「〈文王〉，文王受命作周也。」鄭《箋》：「受命，受天命而王天下，制立周邦。」然文王終身未曾封王，其王號乃武王代商而有天下後所追贈，〔註166〕故學者多不信《序》說，姚際恆《詩經通論》云：「〈小序〉謂文王受命作周，非也。文王未嘗為王，無受命之說。」〔註167〕姚氏所言乃史實，故今之解詩者多從朱子所謂「周公追述文王之德」之說，〔註168〕蘇轍則以為《詩序》謂「文王受命作周」之言不錯，故特為之辨說曰：

> 文王在位五十年，其始也，三分天下有其二，以服事商，其政行於西南，而不及於東北，其後虞、芮質成於周，文王伐黎而戡之，東北咸集。詩曰：「商之孫子，其麗不億。上帝既命，侯于周服。」文王於是受命稱王，九年而崩。《書》曰：「誕膺天命，維九年，大統未集。」（按：語出偽《古文尚書·武成》，原文作「我文考文王，克成厥勳，誕膺天命，以撫方夏。大邦畏其力，小邦懷其德，惟九年，大統未集。」）此所謂受命作周也。然學者或言武王克商而稱王，

〔註165〕竹添光鴻：《毛詩會箋》，卷9。

〔註166〕《史記》，卷42，〈周本紀〉。其云：「西伯崩，太子發立，是為武王。西伯蓋即位五十年。其囚羑里，蓋益《易》之八卦為六十四卦。詩人道西伯，蓋受命之年稱王而斷虞芮之訟。後十年而崩，諡為文王。改法度，制正朔矣。追尊古公為太王，公季為王季，蓋王瑞自太王興。」張守節《正義》：「《易緯》云：『文王受命，改正朔，布王號於天下。』鄭玄信而用之，言文王稱王，已改正朔布王號矣。按：天無二日，士無二王，豈殷紂尚存而周稱王哉？若文王自稱王，改正朔，則是功業成矣，武王何復得云大勳未集，欲卒父業也。《禮記·大傳》云：『牧之野，武王成大事而退，追王太王亶父、王季歷、文王昌。』據此文乃是追王為王，何得文王自稱王、改正朔也？」《正義》之說應是，文王之王號乃武王克商後所追贈。

〔註167〕姚際恆：《詩經通論》，卷13。

〔註168〕朱熹《詩集傳》以〈文王〉之詩為「周公追述文王之德，明周家所以受命而代商者，皆由於此，以戒成王。」

文王之世，紂猶在上，則王號無所施之；予以爲不然。文王之治，西南諸侯之大者也，故猶可以事人，及其行於四方，則天子之事也，雖欲復爲諸侯，而不可得矣，是以即其實而稱王。紂雖未服，而天下去之，其所以爲王之實亦亡矣。故文王之得此名也，以其有此實也；紂之失此名也，以其無此實也。空名雖存，而眾不予，其存無損於周之稱王，而其亡不爲益矣。是以文王之世；置而不問。至於武王，紂日長惡不悛，於是與諸侯觀政於商，以爲紂將改歟，則固將釋之，釋之非復以周事之矣，存之而已；若其不改，則將伐之，伐之非以成周之王也，爲不忍民之久於塗炭而已，不然，豈文王獨能事紂，而武王不能哉？從世俗之說，必將有一人受其非者，此不可不辯也。〔註169〕

按：姚際恆以文王未嘗爲王，駁斥《詩序》，然周之王業實奠基於文王，《序》云文王受命作周，未能謂爲必誤。鄭玄以受命爲受天命而王天下，「王天下」三字出而遂使《序》說不合史實也。蘇氏引「商之孫子」四句，謂文王於是受命稱王，亦有可說，蓋〈文王〉詩云：「穆穆文王，於緝熙敬止。假哉天命，有商孫子。商之孫子，其麗不億。上帝既命，侯于周服。」此章贊美文王，以爲周能臣有商之子孫，是乃天命，《詩序》據此而謂文王受命作周，自亦不可斥爲無稽也。蘇氏又以王即使未嘗稱王，究其實即已爲王；紂雖爲王，然名存實亡，非爲王也；又謂武王伐紂，非以成周之王，乃不忍民之久於塗炭而已；蘇氏之辨，前者在申論《序》說，爲《序》說護，其辨雖無關宏旨，要亦可備一覽，後者則因懼人誤以武王伐紂乃是爲己，故有此辨，實則武王繼位之後，時機已然成熟，其誓師伐紂，亦勢所必至，〔註170〕蘇氏其實大可不必「爲聖王辨」。

<hr>

〔註169〕蘇轍：《詩集傳》，卷15。

〔註170〕傅樂成：「文王死後，嗣子發繼位，是爲武王。他在位第十一年（西元前1111年）春初，周人向商發動大規模的攻擊。武王的部隊約五萬人，包括若干諸侯和若干西北西南的土族。他們自盟津（今河南孟縣南）渡黃河北上，並在商行都朝歌附近的牧野誓師，宣佈紂王的罪狀。……紂是中國史上與夏桀齊名的標準暴君，但從甲骨文的記載看，紂時的制作、征伐、田獵、祭祀，莫不整齊嚴肅，又好像是一位英明之王。……紂確是好戰的，可能還有多次不爲後世所知的戰爭，而致國力虧損，爲周人所乘。」《中國通史》，上冊，頁25。大中國圖書公司印行。

十八、論〈周頌〉

〈周頌〉乃周代朝廷所用之樂歌，其作成時朝，多在周初，蘇轍論之曰：

> 〈周頌〉皆有所施於禮樂，蓋因禮而作〈頌〉，非如〈風〉、〈雅〉之
> 詩有徒作而不用者也。文武之世，天下未平，禮樂未備，則頌有所
> 未暇；至周公、成王，天下既平，制禮作樂，而爲詩以歌之，於是
> 〈頌〉聲始作，然其篇第之先後，則不可究矣。考之以其時則不倫，
> 求之以其事則不類，意者亦以其聲相從乎？〈清廟之什〉，禮之大者
> 也；〈臣工之什〉，禮之次者也；〈閔予小子之什〉，禮之小者也；然
> 時有參差不齊者，意者亦以其聲相從也，然不可得而推矣。〔註171〕

按：蘇氏所謂〈周頌〉皆有所施於禮樂，非如〈風〉、〈雅〉之詩有徒作而
不用，其說當是，蓋頌者可以解釋爲誦，〔註172〕《詩序》：「頌者，美盛德
之形容，以其成功告於神明者也。」依此，〈頌〉乃祭祀頌神或頌祖先之樂
歌。陳奐：「頌者皆祭祀之詩，作於成功之後，而其事或涉於成功之先，其
中有周公營雒邑所行祭祀之禮，亦有在鎬京制作之禮。」〔註173〕〈頌〉皆
有所施於禮樂，此誠與〈風〉〈雅〉之「有徒作而不用」者不同。

　　蘇氏又謂〈頌〉聲作於周公、成王之時，此說乃據鄭氏《詩譜》，〔註174〕
其言是否確切，今已無法考定，朱子則以爲〈周頌〉多周公所定，而亦有康王
以後之詩；〔註175〕此說大致已獲肯定。蘇氏又謂〈周頌〉篇第之先後已不可究，
其說是。蘇氏又有「〈清廟之什〉，禮之大者；〈臣工之什〉，禮之次者；〈閔予小
子之什〉，禮之小者」之說；此說亦近是。《詩序》：「〈清廟〉，祀文王也。」〈維
天之命〉、〈維清〉，朱子皆以爲「亦祭文王之詩」。〔註176〕〈烈文〉，屈萬里謂爲
「祭周先公之詩」，〔註177〕〈天作〉，季本以爲「祀岐山之樂歌」，〔註178〕〈昊
天有成命〉，朱子疑爲「祀成王之詩」，〔註179〕〈我將〉，朱子謂爲「宗祀文王於

〔註171〕蘇轍：《詩集傳》，卷18。
〔註172〕朱駿聲：「頌，段借爲誦。頌者，誦也。」見《說文通訓定聲》。藝文印書館
　　　　印行。
〔註173〕陳奐：《詩毛氏傳疏》，卷16。
〔註174〕詳鄭玄著，胡元儀輯：《毛詩譜》，《皇清經解續編》，卷1426。
〔註175〕《詩集傳》，卷19。
〔註176〕《詩集傳》，卷19。
〔註177〕屈萬里：《詩經釋義》，〈烈文〉注1。
〔註178〕季本：《詩說解頤》，〈正釋〉，卷20。台灣商務印書館印行。
〔註179〕朱熹：《詩集傳》，卷19。

明堂，以配上帝之樂歌」，〔註180〕〈時邁〉，姚際恆以為「武王克商後，告祭柴望、朝會之樂歌」，〔註181〕〈執競〉，《詩序》：「祀武王也。」〈思文〉，屈萬里謂為「祭后稷之詩」。〔註182〕綜觀〈清廟之什〉，謂為「禮之大」者，實不為過。而〈臣工之什〉中，〈臣工〉一詩，屈萬里疑為「春日祈穀時所歌之詩」，〔註183〕〈噫嘻〉，顧鎮以為「祈穀後耕籍之樂章」，〔註184〕〈振鷺〉，何楷以為「周成王時，微子來助祭於祖廟，周人作詩美之」，〔註185〕〈豐年〉，陳奐云：「此秋冬報祭，亦必自上帝百神，凡有功於穀實者徧祭之，而皆歌此詩。」〔註186〕〈有瞽〉，何楷以為成王始行祫祭之詩，〔註187〕〈潛〉，季本云：「此周王薦魚于寢廟之樂歌也。」〔註188〕〈雝〉，朱子以為「武王祭文王之詩」，〔註189〕〈載見〉，《詩序》：「諸侯始見乎武王廟也。」〈有客〉，近人張學波以為當是箕子來朝見祖廟，武王眷顧而祝頌之詩。〔註190〕〈武〉，《詩序》：「奏〈大武〉也。」孔穎達《疏》：「〈武〉詩者，奏〈大武〉之樂歌也。謂周公攝政六年之時，象武王伐紂之事，作〈大武〉之樂，既成而廟奏之，詩人覩其奏而思武功，故述其事而作此歌焉。」〔註191〕綜觀〈臣工之什〉，除〈有瞽〉、〈雝〉兩篇之外，其餘諸篇，較之〈清廟之什〉，確為「禮之次」者。而〈閔予小子之什〉中，〈閔予小子〉一詩，《詩序》以為「嗣王朝於廟」之詩；〈訪落〉，《詩序》云：「嗣王謀於廟也。」〈敬之〉，王師靜芝：「此嗣王以自戒自勵之辭告於廟也。」〔註192〕〈小毖〉，張學波以為「當是成王既誅管、蔡之後，周公作此以使成王自儆之詩」，〔註193〕〈載芟〉，郝敬謂為「祈穀於祭祀之樂歌」，〔註194〕〈良耜〉，《詩序》：「秋報社稷也。」〈絲

〔註180〕朱熹：《詩集傳》，卷19。
〔註181〕姚際恆：《詩經通論》，卷16。
〔註182〕屈萬里：《詩經釋義》，〈思文〉注1。
〔註183〕屈萬里：《詩經釋義》，〈臣工〉注1。
〔註184〕顧鎮：《虞東學詩》，卷11。台灣商務印書館印行。
〔註185〕何楷：《詩經世本古義》，卷10。台灣商務印書館印行。
〔註186〕《詩毛氏傳疏》，卷27。
〔註187〕何楷：《詩經世本古義》，卷10。
〔註188〕《詩說解頤》，卷26。
〔註189〕朱熹：《詩集傳》，卷19。
〔註190〕《詩經篇旨通考》，頁311。台北廣東出版社印行。
〔註191〕《毛詩正義》，卷19之3。
〔註192〕《詩經通釋》，頁631。
〔註193〕《詩經篇旨通考》，頁317。
〔註194〕郝敬：《毛詩原解》，卷34。

衣〉寫某場祭祀與宴會的美好、莊重，可以解爲繹祭之詩，〔註195〕〈酌〉，朱子以爲「頌武王之詩」，〔註196〕〈桓〉，鄒肇敏以爲「明堂祀武王之樂歌」，〔註197〕〈賚〉，姚際恆曰：「此武王初克商，歸祀文王廟，大告諸侯所以得天下之意也。」〔註198〕〈般〉，方玉潤以爲「武王巡守祀嶽瀆」之詩，〔註199〕綜觀〈閔予小子之什〉，較之〈清廟之什〉與〈臣工之什〉，確爲「禮之小」者。

十九、論〈魯頌〉

《詩》有〈魯頌〉四篇，〈魯頌〉爲魯國之詩，魯爲諸侯之國，其詩原應收入〈國風〉，不宜歸之於〈頌〉，今既列爲三〈頌〉之一，自有其故。蘇轍曰：

> 魯，少昊之墟，而禹貢徐州大野、蒙、羽之野，成王以封周公之子伯禽，十九世至僖公，魯人尊之，其沒也，其大夫季孫行父請於周，而史克爲之頌。然魯以諸侯而作頌，世或非之，余以爲不然。詩有天子之風，有諸侯之風，有天子之頌，有諸侯之頌，二者無在而不可，凡爲是詩者，則爲是名矣。

又曰：

> 古之王者，治其室家，而後及於其國，故以家爲本，以國爲末。家者，風之所自出，而國者，雅之所自成也。其爲本也，必約而精；其爲末也，必大而麤。約而精者，其微也；大而麤者，其著也。微則易失，著則難喪，是以文武之詩始於二〈南〉，而而繼之以二〈雅〉，

〔註195〕《詩序》：「〈絲衣〉，繹賓尸也。高子曰：靈星之尸也。」鄭《箋》：「繹，又祭也。天子、諸侯曰繹，以祭之明日。卿大夫曰賓尸，與祭同日。周曰繹，商謂之肜。」據《序》說，〈絲衣〉是周王在大祭的次日，舉行繹祭，並酬謝昨日擔任尸的公卿的歌舞詩，又據其所引高子說，所祭的是靈星之神。姚際恆《詩經通論》指出「古祭天地、日月、星辰、山川之屬無尸，其謂有尸者妄也」，對於〈絲衣〉的主題，姚氏則採闕疑的態度。姚氏的考證是應受重視的，但此詩《序》說並非一無可取，如王鴻緒《欽定詩經傳說彙纂》所言，「宗廟正祭之明日又祭曰繹，繹禮在廟門，而廟門側之堂謂之塾，今詩云『自堂徂基』，則基是門塾之基，蓋謂廟門外西夾室之堂基也，其爲繹祭明矣」。假如繹祭無尸，那麼，本篇但謂繹祭之詩即可，詳拙著《詩經全注》，頁620～621。台北五南圖書公司印行。

〔註196〕朱熹：《詩集傳》，卷19。

〔註197〕張學波：《詩經篇旨通考》，頁321引。

〔註198〕姚際恆：《詩經通論》，卷17。

〔註199〕方玉潤：《詩經原始》，卷17。

先其本也，方其盛也，其風加於天下，橫被而獨見，則有二〈南〉，而無諸侯之〈風〉。其後王德既衰，衰始於室家，二〈南〉之風先絕而不繼，國異政，家殊俗，則周人之風不能及遠，而獨爲〈黍離〉。諸侯之風，分裂而爲十一，故風之爲詩，無所不在也。當是時也，王者之風雖亡，然其所以爲國猶在也，故雖幽、厲之世，而雅不絕。至於平王東遷，而喪其所以爲國，則〈雅〉於是遂廢，故《詩》惟〈雅〉爲非天子不作也。

又曰：

〈頌〉之爲詩，本於其德而已，故天子有德於天下，則天下頌之；諸侯有德於其國，則國人頌之。商、周之〈頌〉，天下之頌也；魯人之〈頌〉，其國之頌也。故〈頌〉之爲詩，無所不在也。是二者無所不在，故其用之於樂也亦然。

又曰：

天子諸侯未有不以風、雅、頌爲樂之節者也，然古之説詩者則不然，曰：「一國之事，繫一人之本，謂之風。」「言天下之事，形四方之風，謂之雅。」「美盛德之形容，而告於神明謂之頌。」然則〈風〉之作本於諸侯，〈雅〉、〈頌〉之作本於天子，及其考之於詩而不然，於是從而爲之説曰：「二〈南〉之爲〈風〉，〈文王〉之未王也。」「〈黍離〉之爲〈風〉，大師之自黜也。」「〈魯〉之爲〈頌〉，諸侯之僭也。」及其考之於樂而不然，於是又從而爲之説曰：「天子之樂之歌風，下就也；諸侯之樂之歌雅，上取也。」既爲一説而不合，又爲一説以救之，要之將以尊天子而黜諸侯，是以學者疑之。今將折之，莫若反而求其所以爲〈頌〉之實，曰：〈風〉言其風俗之實也；〈頌〉，頌其德，〈頌〉之實也。豈有天子而無俗，諸侯而無德者哉？〔註200〕

按：魯詩入〈頌〉，鄭玄以爲乃出自孔子之手，其言曰：「初，成王以周公有太平制典法之勳，命魯郊祭天三望，如天子之禮，故孔子錄其詩之頌同于王者之後。」〔註201〕此説有其可能性，蓋孔子嘗曰：「吾自衛反魯，然後樂正，〈雅〉〈頌〉各得其所。」朱《注》：「周禮在魯，然《詩》《樂》亦頗殘缺失

〔註200〕蘇轍：《詩集傳》，卷19。
〔註201〕鄭玄著，胡元儀輯：《毛詩譜》，《皇清經解續編》，卷1426。

次。孔子周流四方，參互考訂，以知其說，晚知道不行，故歸正之。」〔註202〕
徐英曰：「或曰樂待正者，如〈武〉聲淫及〈商〉〈鄭〉聲淫是也，不獨在樂
章。『得所』者，就詩言之。……得所者，亦兼攝聲樂言之。」〔註203〕程石
泉曰：「包慎言《敏甫文鈔》謂：『《論語》〈雅〉〈頌〉以音言，非以詩言也；
樂正而律與度協，聲與律諧。〈鄭〉〈衛〉不得而亂。』實則『〈雅〉〈頌〉各
得其所』，姑無論其以詩言，以樂言，或以音言，孔子所正者必為此三者。蓋
古之《詩》皆可被之管弦（《史記·儒林傳》云：『《詩》三百篇，孔子皆弦歌
之，以求合〈韶〉、〈武〉、〈雅〉、〈頌〉之音。』），以某一詩篇奏於某一時會，
乃禮之事也。」〔註204〕無論「〈雅〉〈頌〉各得其所」如何解釋，《詩經》曾
經孔子重編或整理，皆無可否認。屈萬里曰：「既說〈雅〉〈頌〉各得其所，
則〈雅〉和〈頌〉的篇第，必經孔子整理過，是絕無可疑的。季札觀樂，沒
說到〈頌〉有〈周〉、〈魯〉、〈商〉之分，可能在那時候，〈魯頌〉和〈商頌〉
還沒編進《詩》裡，或者雖已入《詩》，而不在〈頌〉裡。鄭康成以為〈魯〉、
〈商〉兩頌，是孔子編入《詩經》的，這話雖不能絕對證實，但或係孔子新
編入《詩》，或係孔子由別處抽出，改編在〈頌〉裡，二者必居其一。因為魯
是侯國，宋是亡國之餘，它們的詩既不應該和王朝的頌一視同仁的平列，而
且如〈魯頌〉的〈駉〉和〈有駜〉，絕不像〈頌〉而像〈國風〉；〈魯頌〉的〈泮
水〉、〈閟宮〉，〈商頌〉的〈殷武〉，這些阿諛時君之詩，論其體裁，也類〈雅〉
而不類〈頌〉（〈商頌〉他篇，體亦近於〈雅〉）。而這些詩竟都被編在〈頌〉
裡，實在不能不使人感覺著奇怪。按：《春秋》於魯僖公三十一年，開始書『卜
郊』，這說明了好大喜功的魯僖公，可能有稱王的意願；孟子引孔子的話，說：
『知我者，其惟《春秋》乎！罪我者，其惟《春秋》乎！』話說得那麼嚴重，
推其原因，似乎不單是為了庶人不應該操褒貶之權，而必有更重要的意義。
恐怕公羊家『新周、故宋、王魯』之說，恰恰搔著了癢處。如此說來，孔子
把魯詩編入〈頌〉，而和〈周頌〉等量齊觀，正合《春秋》的意旨。」〔註205〕
屈氏之語雖無確據，然魯詩既不入〈國風〉而入於〈頌〉，則其推測自亦可能。
依蘇氏之見，天子有〈頌〉，諸侯亦可有〈頌〉，然則何以當時惟魯、宋有〈頌〉？

〔註202〕朱熹：《四書章句集注》，頁 152～153，〈子罕〉。
〔註203〕徐英：《論語會箋》，卷9。台北正中書局印行。
〔註204〕程石泉：《論語讀訓解故》，頁 160。台北先知出版社印行。
〔註205〕屈萬里：《詩經釋義》，敘論，「詩經之編集」。

蘇氏既以〈頌〉為「頌其德」，並謂豈有「諸侯而無德者」哉？諸侯不可能皆無德，此理所當然，然又豈唯魯、宋之君有德，其餘諸侯皆無德？不然何獨魯、宋有〈頌〉，而其餘諸侯無〈頌〉？此皆蘇氏所忽略者。

再者，蘇氏既謂〈頌〉為「頌其德」，然則〈魯頌〉之詩必皆為頌魯君之詩，今考之詩篇，又有不然者。如〈駉〉詩，《詩序》謂：「〈駉〉，頌僖公也。僖公能遵伯禽之法，儉以足用，寬以愛民，務農重穀，牧于坰野，魯人尊之。於是季孫行父請命于周，而史克作是頌。」此說之非，前人已駁之，朱子曰：「此〈序〉事實皆無可考，詩中亦未見務農重穀之意，《序》說鑿矣。」〔註206〕姚際恆曰：「〈小序〉謂頌僖公。黃東發力辨僖公非賢君，而季明德本之，以此詩為美伯禽牧馬之盛，然亦無所據也。若〈大序〉謂『季孫行父請命于周，而史克作頌』，更無稽。」〔註207〕方玉潤曰：「諸儒說《詩》，專以馬論馬，致滋多疑，或謂頌僖公，或謂美伯禽，都無所考，焉有定論？」又曰：「愚獨以為喻魯育賢之眾，蓋借馬以比賢人君子耳。」〔註208〕依此，則〈駉〉未必為頌魯君之德之詩。又如〈泮水〉一詩，《序》云：「頌僖公能修泮宮也。」屈萬里則曰：「惠周惕云：『此詩始終言魯侯在泮宮事，是克淮夷之後，釋菜而饗賓也。釋奠釋菜，祭之略者也。釋奠釋菜不舞，詩言不及樂，故知為釋菜也。』《禮記·王制》云：『出征，執有罪反，釋奠于學，以訊馘告。』鄭《注》：『釋菜奠幣，禮先師也。』按：此亦僖公時詩。」又曰：「僖公十三年，嘗從齊桓公會於鹹，為淮夷之病杞；十六年，又從齊桓公於淮，為淮夷之病鄫。詩所言當指此二役之一。《春秋經傳》雖未言爭戰，然以情勢度之，必有兵事。下文言獻馘獻囚，雖不免舖張，要非無中生有也。」〔註209〕張學波亦曰：「〈泮水〉之詩，就其全篇詩義揆度之，當是僖公征伐淮夷，執俘於泮宮，為釋菜之禮之詩。」〔註210〕依此，則〈泮水〉一詩亦未必為頌魯君之德之詩，蘇氏以〈頌〉為頌其德，未必盡然。

二十、論〈商頌〉

詩有〈商頌〉五篇，或謂為商代之詩，如欽定《詩經》傳說彙纂有作詩時

〔註206〕朱熹：《詩序辨說》。
〔註207〕《詩經通論》，卷18。
〔註208〕《詩經原始》，卷18。
〔註209〕《詩經釋義》，〈泮水〉，註1、17。
〔註210〕《詩經篇旨通考》，頁327。

世圖，將《詩》三百零五篇，按時代先後排列，以〈商頌〉五篇為商詩，最早之詩為〈商頌〉之〈那〉。〔註211〕孔穎達《正義》亦視〈商頌〉為商代作品。〔註212〕而《國語》：「正考父校商之名頌十二篇於周太師，以〈那〉為首。」〔註213〕正考父為宋之大夫，周太師為周室樂官，《國語》所言，謂正考父以其所作〈商頌〉十二篇，請周太師校正。《魯詩》、《韓詩》、《史記》則皆謂〈商頌〉為正考父所作以美宋襄公者。〔註214〕馬瑞辰謂正考父佐戴、武、宣，見於《左傳》，不可能作頌以美襄公，〔註215〕魏源《詩古微》則舉證十三條，斷〈商頌〉為宋襄公時正考父祭商先祖而稱頌君德所作，〔註216〕近人屈萬里以為〈商頌〉各篇為宋襄公時作，然作者非正考父，〔註217〕王師靜芝謂：「宋之詩所以稱商者，以其為商之後也。《左傳‧僖公二十二年》，宋大司馬固曰：『天之棄商久矣。』可見以商代宋，彼時常用也。〈商頌〉有『奮伐荊楚』之語，商代尚無荊楚一詞，因商代荊楚尚為蠻夷也。據此，雖〈商頌〉為正考父所作一事，論者或有未信；但〈商頌〉非商代作品，已可為定論。」〔註218〕透過多位學者的論述，現今大概很少人依然認定〈商頌〉為商詩。蘇氏論〈商頌〉曰：

> 契為舜司徒，而封於商。傳十四世而成湯受命，其後既衰，則三宗迭興，及紂為武王所滅，封其庶兄微子啟於宋，以奉商後。其地在〈禹貢〉徐州泗濱，西及豫州孟豬之野。其後政衰，商之禮樂日以放失，七世至戴公，其大夫正考父得〈商頌〉十二篇於周太師，歸以祀其先王。至孔子編《詩》而亡其七篇。然春秋之際，大國略皆有變〈風〉，宋、魯獨無〈風〉而有〈頌〉，鄭氏疑而為之說曰：「宋，王者之後也；魯，聖人之後也；是以天子巡守，不陳其詩，蓋所以禮之也。」予聞周之盛時，千八百國，雖後世陵遲，力強相吞，而春秋所見猶百有七十餘國，變〈風〉之作，先於春秋數世矣，而《詩》

〔註211〕王鴻緒等奉敕撰：《欽定詩經傳說彙纂》，卷首上。
〔註212〕《毛詩正義》，卷20之3。
〔註213〕《國語》，卷5，〈魯語〉。
〔註214〕《魯詩》、《韓詩》說並見王先謙：《詩三家義集疏》，卷28；《史記》之說見《史記》卷38，〈宋微子世家‧贊〉）。
〔註215〕馬瑞辰：《毛詩傳箋通釋》，卷32。台灣中華書局印行。
〔註216〕其十三條證據詳見魏源：《詩古微》，卷6，《續修四庫全書》，第77冊，經部《詩》類，上海古籍出版社印行。
〔註217〕屈萬里：《詩經釋義》，敘論，「詩經之編集」及〈商頌〉總論。
〔註218〕《詩經通釋》，頁5～6。

之載於太師者獨十三國，其不見於《詩》者，豈復皆有說哉？意者
列國不皆有詩，其有詩者，雖檜、曹之小，邶、鄘、魏之亡，而有
不能已；其無詩者，雖燕、蔡之成國，宋、魯之禮樂，而有不能作。
且非獨此也，齊桓、晉文，霸者之盛也，而皆不得有詩，桓附於衛，
文附於秦，皆止於一見。衛莊姜、齊襄公、鄭昭公，事至微矣，然
其詩屢作而不止，蓋事有適然而無足疑者。若夫吳、楚之國，雖大
而用夷，且僭周室，則雖其無詩，蓋亦學者之所不道也。〔註219〕

按：蘇氏之言唯首段論〈商頌〉，後段則說明春秋諸侯之國多，而《詩》之
載於太師者獨十三國之故。鄭玄《詩譜》：「商者，契所封之地。……舜舉
爲司徒，有五教之功，乃賜姓而封之，世有官守，十四世至湯，則受命伐
桀，定天下。後世有中宗者，嚴恭寅畏，天命自壞，封紂兄微子啓爲宋公，
代武庚爲商後。其封域在〈禹貢〉徐州泗濱，西及豫州明豬之野。自後政
衰，散亡商之禮樂，七世至戴公，時當周宣王，大夫正老父者，校商之名
頌十二篇于周太師，以〈那〉爲首。歸以祀其先生，孔子錄《詩》之時，
則得五篇而已。」〔註220〕蘇轍論〈商頌〉之語與此大同，唯鄭氏以爲正考
父校商之名頌十二篇于周太師，蘇氏謂正考父得〈商頌〉十二篇於周太師，
此則有小異，然「校」「得」一字之差，可獲致大相逕庭之結論，故不可小
覷。《魯語》謂正考父校商之名頌十二篇於周太師，《詩序》則改「校」爲
「得」，如此則正考父非〈商頌〉作者，而詩之時代亦可由周推前至商，一
字之差，結果大不相同。如前所言，〈商頌〉非商代作品已成定論，故蘇氏
易「校」爲「得」，亦爲其失。蘇氏又謂周之盛時有千八百國，《春秋》所
見猶百有七十餘國，而《詩》之載於太師者獨十三國，其理由乃「列國不
皆有詩」；「列國不皆有詩」，此誠然，所謂千八百國則爲不足徵信之傳說，
且古有采詩制度，〔註221〕故所采者唯十五〈國風〉，亦不足無奇，近人李日

〔註219〕蘇轍：《詩集傳》，卷19。
〔註220〕鄭玄著，胡元儀輯：《毛詩譜》，《皇清經解續編》，卷1426。
〔註221〕《左傳·襄公十四年》師曠對晉侯語引夏書曰：「道人以木鐸徇於路，官師相
規，工執藝事以諫。」杜註：「逸書，道人，行人之官也；木鐸，木舌金鈴；
徇於路，求歌謠之言也。」《禮記·王制》：「天子五年一巡守。歲二月，東巡
守。命太師陳詩以觀民風。」孔叢子巡狩篇：「古者天子命史采詩謠，以觀民
風。」《漢書·食貨志》：「男女有不得其所者，因相與歌咏，各言其傷。孟春
之月，群居者將散，行人振木鐸徇於路以采詩，獻之太師，比其音律，以聞
於天子。」《漢書·藝文志》：「古有采詩之官，王者所以觀其風俗，知得失，

剛曰:「所謂千八百國,實為不足徵信之傳說。《左傳・昭公二十八年》成
鱄曰:『武王克商,光有天下,其兄弟之國者十有五人,姬姓之國者四十人。』
是武王首次封建,僅有五十五國。荀子儒效篇云:『周公兼制天下,立七十
一國,姬姓獨居五十三人。』是周公三次封建僅有七十一國。嗣後周室繼
續擴張疆域,封建新國或有增加,見於《春秋左傳》者,計得一百七十國,
其中百三十九國知其所居,三十一國已亡其處。《春秋大事表》所載并古國
合計,凡二百有九,此為周代所封建諸侯國之最高紀錄,安有所謂『千八
百國』乎?」李氏又曰:「〈風〉詩雖僅采自邶、鄘、衛、鄭、齊、魏、唐、
秦、陳、檜、曹、豳等十二國,已包括雍、冀、豫、青、兗五州;〈二南〉
之詩又涉及荊州,佔周代行政區域八兮之六。王風采自洛邑王畿方六百里
之民歌,亦在豫州範圍。……安知此十五〈國風〉不足以代表周代各地之
歌謠?況所謂『千八百國』大抵皆淺化部落,無文化可言,安可與周室裂
土分茅之諸夏大國相提並論乎?」〔註222〕李氏此言頗為透闢,蘇氏言「列
國不皆有詩」,洵然,唯有詩之國當亦不僅十數國而已,既有采詩之官專司
采詩之責,則必當有所取舍,茲十五〈國風〉既足以代表各地之歌謠,則
《詩》之載於太師者唯十數國而已,亦無須置疑。

第四節　蘇轍《詩經》學之評價

一、前人之評介

（1）宋晁公武《郡齋讀書志》著錄《蘇氏詩解》二十卷,《蘇氏詩解》即蘇
　　　氏《詩集傳》,其評介曰:

其說以《毛詩序》為衛宏作,非孔氏之舊,止存其首一言,餘皆刪
去。按司馬遷曰:「周道缺而關雎作。」揚雄曰:「周康之時,〈頌〉
聲作乎下,〈關雎〉作乎上。」與今《毛詩序》之意絕不同,則知《序》
非孔氏之舊明矣。雖然,若去《序》不觀,則《詩》之辭有溟涬而
不可知者,不得不存其首之一言也。」〔註223〕

自考正也。」由上可知古有采詩之制。
〔註222〕李曰剛:《中國文學流變史》,第3冊,詩歌編（上）。台北聯貫出版社印行。
〔註223〕《郡齋讀書志》,卷1上。台灣商務印書館印行。

按：《詩序》非衛宏所作，大概已是定論。晁氏以爲蘇轍存《序》之首一言，乃因「若去《序》不觀，則《詩》之辭有湔滓而不可知者」，此說未必盡然，實則蘇氏以爲《序》乃出於孔子或弟子之知《詩》者，唯原《序》必不若今〈序〉之詳，今《序》言之極詳，乃由後世經師附益之，類非一人之詞，故蘇氏僅存其一言，以爲此孔氏之舊。〔註224〕

（2）宋陳振孫《直齋書錄解題》著錄《詩解集傳》二十卷，云爲門下侍郎眉山蘇轍子由撰。《詩解集傳》即蘇氏《詩集傳》也。其〈提要〉曰：

於《序》止存其首一言，餘皆刪去。〔註225〕

按：陳氏於蘇氏《集傳》僅提及存《序》首句一事，由此亦可見蘇氏刪《詩序》之舉在當時頗受注目。

（3）《四庫全書總目提要》以爲轍云《詩序》爲衛宏集錄，不爲無徵，唯取《序》首一言，唐成伯璵《毛詩指說》已先言之，不自轍創。又謂：

轍〈自序〉又曰：「獨採其可者見於今傳，其尤不可者皆明著其失。」則轍於毛氏之學亦不激不隨，務持其平者，而朱翌《猗覺寮雜記》乃曰：「蘇子由解《詩》不用《詩序》。」亦未識轍之本志矣。〔註226〕

按：唐人成伯璵著《毛詩指說》，常以己意說詩，而不專依毛鄭，實爲宋人說《詩》之開路先鋒。〔註227〕其以《序》爲出於子夏，說與蘇氏不同，然又謂各篇〈小序〉，子夏惟裁初句，是則唯取《序》首，成伯璵固已先言之。再者，蘇氏訓釋詩文，凡毛《傳》之可取者則取之；其不可者，則逕以己意說之，故《提要》謂其「于毛氏之學，不激不隨，務持其平」。

（4）清儒周中孚《鄭堂讀書記》以爲晁公武發明蘇氏《集傳》之旨，誠爲深切，「然學問自有淵源，潁濱本《毛詩》以作《傳》，則《序》之首句以下云云，鄭《箋》亦未嘗去之，存之而論斷其是非，未爲不可，必如《韓詩序》之例，祗存首句，恐於彼則可耳，此則不可也」，又以爲「自此端一開，因之去《序》言《詩》者，相繼而起，豈非潁濱爲之作俑乎？」因評其書曰：

〔註224〕蘇轍：《詩集傳》，卷1，本章第三節有引。
〔註225〕《直齋書錄解題》，卷2。
〔註226〕《四庫全書總目》，卷15。
〔註227〕屈萬里：《詩經釋義》，敘論，「歷代詩學的演變」。

其所爲《集解》，亦不過融洽舊說，以就簡約，未見有出人意表者，
而忽於〈小序〉止存首句，以立異爲高，蓋文人之說《詩》，大率如
斯，不獨潁濱爲然矣。〔註228〕

按：周氏謂存《詩序》而論斷其是非，未爲不可，必止存首句，則不可，此
言甚是，近人于大成曰：「《詩》本無《序》，《序》是講解者對於《詩》的一
種看法，不同時代的不同的人，由於觀念的不同，當然也可以有另一種看法，
唐詩宋詞，離開今天不過幾百年到千餘年，對於同一首詩或詞，還可能不同
的幾種解說，何況是兩三千年以上的《詩經》！吾人固不必篤守《詩序》以
讀《詩》，但也萬不可一定就認爲後人之說爲是，而《詩序》之說爲非。自古
相傳的說法，至少也還應該有其若干相當可信之處的。」〔註229〕此言誠然，
《詩序》爲了配合朝廷以《詩》說教的要求，有強作解釋者，亦有與詩義相
合者，但合觀整體《詩序》，方能看出漢儒的詮釋內容，蘇氏非《序》首句不
觀，以爲此孔氏之舊，此則難免敝於一曲。至如周氏謂轍取《序》首句，乃
爲標新立異，此則未必，蓋蘇氏既以《序》首句爲孔氏之舊，則其刪汰以下
之《序》文，自亦勢所必至，斥爲「立異以爲高」當非公允之見。

二、小　結

蘇氏《詩集傳》之《詩》論，或采舊說，或逕由己意，其說有無可非議
者，亦有尚待商榷者，其詳則本章第三節各按語已論述及之，茲不贅。至若
其訓詁部分，則以舊說新意兼采，而又不言及出處，故論者或褒或貶，評價
不一。同爲《詩集傳》，《四庫全書總目》謂其「于毛氏之學，不激不隨，務
持其平」，周中孚鄙夷之曰「不過融洽舊說，未見有出人意表者」、兩種評語，
乍見似大相逕庭，實則各有一得，蓋蘇氏之訓詁詩文，確爲融洽舊說而已，
以其不作新奇之解，故「未見有出人意表者」，又以其不全采毛氏之學，故亦
可謂「不激不隨」。茲以〈周南‧關雎〉、〈小雅‧鹿鳴〉、〈大雅‧文王〉、〈周
頌‧清廟〉爲例，以見蘇《傳》之「融洽舊說」、「不激不隨」。

（1）經云：「關關雎鳩，在河之洲。窈窕淑女，君子好逑。」（〈關雎〉首章）

蘇《傳》：「關關，和聲也。雎鳩，王雎，鳥之鷙者也，物之摯者不淫。

〔註228〕周中孚：《鄭堂讀書記》，卷8。
〔註229〕于大成：〈詩經述要〉，收於高明主編：《群經述要》，台北黎明文化事業公司
　　　　印行。

水中可居者曰洲。在河之洲，言未用也。逑，匹也。言女子在家，有和德而無淫僻之行，可以配君子也。」〔註230〕

按：毛《傳》云：「關關，和聲也。雎鳩，王雎也，鳥摯而有別。水中可居者曰洲。」「逑，匹也。」蘇氏之訓詁皆本此。

（2）經云：「參差荇菜，左右流之。窈窕淑女，寤寐求之。求之不得，寤寐思服。悠哉悠哉，展轉反側。」（〈關雎〉二章）蘇《傳》：「荇，接余也。左右，助也。流，求也。服，事也。后妃將取荇菜，以共宗廟，必有助而求之者，是以寤寐不忘以求淑女，將與共事也。」

按：毛《傳》：「荇，接余也。流，求也。」鄭《箋》：「左右，助也。」蘇氏之訓詁本此。又毛《傳》：「服，思之也。」鄭《箋》：「服，事也。」蘇氏於「服」字之訓釋，取鄭而舍毛。

（3）經云：「參差荇菜，左右采之。窈窕淑女，琴瑟友之。參差荇菜，左右芼之。窈窕淑女，鍾鼓樂之。」（〈關雎〉三章）蘇《傳》：「芼，擇也。求得而采，采得而芼，先後之敘也。凡詩之敘類此。窈窕淑女，不可得也。苟其得之，則將友之，庶其肯從我也，此求之至也。」

按：毛《傳》：「芼，擇也。」鄭《箋》：「琴瑟在堂，鍾鼓在庭，言共荇菜之時，上下之樂昏作，盛其禮也。」蘇《傳》本此，唯與鄭《箋》微異，蓋鄭氏以「琴瑟友之」「鍾鼓樂之」爲事實，蘇氏則以爲計畫之辭。

（4）經云：「呦呦鹿鳴，食野之苹。我有嘉賓，鼓瑟吹笙。吹笙鼓簧，承筐是將。人之好我，示我周行。」（〈鹿鳴〉首章）蘇《傳》：「苹，藾蕭也。筐，篚屬，所以行幣帛也。周，忠信也。鹿食於野，無所畏忌，則悠然自得而鳴呦呦矣。我有嘉賓，而禮樂以燕之，從客以盡其歡，使其自得，如鹿之食苹，則夫思以忠信之道示我矣。忠信者，可以願得之，而不可強取也。」〔註231〕

按：苹之爲物有二說，毛《傳》：「苹，蓱也。」鄭《箋》：「苹，藾蕭。」蘇《傳》舍毛取鄭，其後朱子《集傳》說亦同鄭《箋》，而更詳之曰：「青色，白莖如筋。」〔註232〕日人岡元鳳《毛詩品物圖考》則曰：「嚴緝釋草，

〔註230〕蘇轍：《詩集傳》，卷1。
〔註231〕蘇轍：《詩集傳》，卷9。
〔註232〕朱熹：《詩集傳》，卷9。

莩有二種，一云莩，荓，其大者蘋，此水生之莩也；一云莩，藾蕭，郭璞云今藾蒿也，此陸生之莩也，即鹿所食是也。藾蒿，今未詳爲何物，故從毛說。」〔註233〕岡元鳳以不詳藾蒿爲何物，乃從毛說，但如荓爲水生之莩，藾蕭爲陸生之莩，則此章莩之訓釋宜從鄭氏也。又毛《傳》：「筐，筥屬，所以行幣帛也。」蘇《傳》訓筐本此。又毛《傳》：「周，至；行，道也。」鄭《箋》：「周行，周之列位也。」蘇《傳》釋周爲忠信，周道即忠信之道，說與此不同，然《禮記・緇衣》引詩云：「人之好我，示我周行。」鄭《注》：「行，道也，言示我以忠信之道。」〔註234〕是知蘇氏乃採鄭說。

（5）經云：「呦呦鹿鳴，食野之蒿。我有嘉賓，德音孔昭。視民不恌，君子是則是傚。我有旨酒，嘉賓式燕以敖。」（〈鹿鳴〉二章）蘇《傳》：「視，觀也。恌，輕也。敖，遊也。」

按：「視民不恌」之視字，毛《傳》未釋，鄭《箋》：「視，古示字也。」蘇《傳》則釋爲觀，其說當非是。陳喬樅：「〈曲禮〉：『幼子常視母誑。』注云：『視，今之示字也。』〈士昏禮〉：『視諸衿鞶。』注云：『視乃正字，今文作示，俗誤行之。』據此是古文以目視物與以物示人同作視字，今文惟視瞻字作視，其凡爲示人義者皆作示，不作視，故鄭君特明視、示爲古今字之異也。」〔註235〕視、示爲古今字，「視民不恌」即「示民不恌」。毛《傳》：「恌，愉也。」孔《疏》：「昭十年《左傳》引此詩，服虔亦云：『示民不愉薄』是也。」〔註236〕愉即偷，張衡〈東京賦〉：「示民不偷」，〔註237〕以偷代愉，愉即偷也。《爾雅・釋言》：「恌，偷也。」〔註238〕《說文》段《注》：「偷者，愉之俗字。今人曰偷薄、曰偷盜，皆从人作偷，他侯切，而偷字訓爲愉悅，羊朱切，此今義、今音、今形，非古義、古音、古形也。古無从人之偷，愉訓薄，音他侯切，愉愉者，和氣之薄發於色也；盜者，澆薄之至也，偷盜字古只作愉也。」〔註239〕蘇氏不以偷薄訓恌，而曰：「恌，輕也。」蓋恌同佻，〈離騷〉：「余猶惡其佻巧。」王逸《注》：「佻，輕也。」

〔註233〕岡元鳳：《毛詩品物圖考》，卷2。台北廣文書局印行。
〔註234〕《禮記正義》，卷55。
〔註235〕陳喬樅：《毛詩鄭箋改字說》，卷2。台北新文豐出版社印行。
〔註236〕《毛詩正義》，卷9之2。
〔註237〕蕭統編，李善注：《昭明文選》，卷3。台北華正書局印行。
〔註238〕《爾雅》，卷3。
〔註239〕段玉裁：《說文解字注》，8篇上。台北藝文印書館印行。

〔註240〕《廣韻》：「佻，輕佻。」〔註241〕佻有輕佻之義，然蘇氏以之訓〈鹿鳴〉之「視民不佻」，其說不見長於毛《傳》也。又毛《傳》云：「敖，遊也。」蘇《傳》採之。

（6）經云：「呦呦鹿鳴，食野之芩。我有嘉賓，鼓瑟鼓琴。鼓瑟鼓琴，和樂且湛。我有旨酒，以燕樂嘉賓之心。」（〈鹿鳴〉三章）蘇《傳》：「芩，草也。湛，樂之久也。」

按：毛《傳》：「芩，草也。湛，樂之久。」蘇《傳》採之。芩固為草，然毛傳、蘇傳皆失之過簡，朱《傳》：「芩，草名，莖如釵股，葉如竹，蔓生。」〔註242〕說詳於毛《傳》與蘇《傳》。

（7）經云：「文王在上，於昭于天。周雖舊邦，其命維新。有周不顯，帝命不時。文王陟降，在帝左右。」（〈文王〉首章）蘇《傳》：「文王之在民上，其德上昭于天，蓋周之有國，數百千歲也，至是始受命，以有天下。君子曰：『周之德豈不顯，而帝命豈不時哉？』文王行事常若升降在帝左右者，蓋聖人先天而天弗違，後天而奉天時，與天如一故也。詩於天人之際，多以陟降言之。」〔註243〕

按：此章說較紛歧者，厥為「有周不顯，帝命不時」二句。毛《傳》：「不顯，顯也。顯，光也。不時，時也。時，是也。」鄭《箋》：「周之德不光明乎？光明矣。天命之不是乎？又是矣。」蘇《傳》採鄭說，以為疑問句，然毛《傳》實可取，蓋「不」可與「丕」通，朱駿聲《說文通訓定聲》云：「不，假借為丕。《詩·清廟》：『不顯不承。』」〔註244〕孫星衍《尚書今古文注疏》：「丕作不，丕為不，經典多通用。」〔註245〕王師靜芝：「不，通丕。丕，大也。有，語詞。時，是也。」因釋「有周不顯，帝命不時」為「周國乃大顯赫，上帝之命甚是」，〔註246〕文義亦甚暢通。唯毛《傳》未云「不」為「丕」，或其乃以反訓釋「不顯」「不時」，或其視「不」為語詞，無論如何，其以肯定句釋之，說亦可通。

〔註240〕王逸：《楚辭章句》，卷1。台北藝文印書館印行。
〔註241〕余迺永校著：《互註校正宋本廣韻》，頁144。台北聯貫出版社印行。
〔註242〕朱熹：《詩集傳》，卷9。
〔註243〕蘇轍：《詩集傳》，卷15。
〔註244〕朱駿聲：《說文通訓定聲》，〈頤部第5〉。
〔註245〕孫星衍：《尚書今古文注疏》，卷14。台灣商務印書館印行。
〔註246〕《詩經通釋》，頁504。

（8）經云：「亹亹文王，令聞不已。陳錫哉周，侯文王孫子。文王孫子，本支百世。凡周之士，不顯亦世。」（〈文王〉二章）蘇《傳》：「亹亹，勉也。哉，載也。侯，維也。文王維不專利，而布陳之以與人，人思載之，是以立於天下者，未有非其子孫也。文王之子孫，適為天子，而為諸侯，其祚無不百世者，是何故也？凡周之士，雖其不顯者，猶莫不世，而況其顯者乎？士猶且獲世，而況文王之子孫乎？此所謂陳錫載周也。」

按：毛《傳》：「亹亹，勉也。哉，載。侯，維也。本，本宗也。支，支子也。」「不世顯德乎？士者世祿也。」鄭《箋》：「凡周之士，謂其臣有光明之德者，亦得世世在位，重其功也。」蘇傳之說本此。馬瑞辰《毛詩傳箋通釋》以為三家《詩》蓋有作「不顯奕世」者，奕世即長世，或訓為累世；此說亦甚通，唯馬氏又云：「然據下文『世之不顯』即承上『不顯亦世』言之，仍以《毛詩》作亦，訓為語詞為允。」〔註247〕

（9）經云：「世之不顯，厥猶翼翼。思皇多士，生此王國。王國克生，維周之楨。濟濟多士，文王以寧。」（〈文王〉三章）蘇《傳》：「皇，大也。楨，榦也。士之不顯者，猶且翼翼不忘敬也，而況其顯者乎？言士未有不可用者也，是以文王思大獲多士，以為周之榦，言無所不容也。無所不容，此文王之所以安也。」

按：毛《傳》：「翼翼，恭敬。思，辭也。皇，天。楨，幹也。」蘇《傳》取其「翼翼」及「楨」之義，餘不取。鄭《箋》：「猶，謀。思，願也。周之臣既世世光明，其為君之謀事，忠敬翼翼然。又願天多生賢人於此邦，此邦能生之，則是我周之幹事之臣。」其釋義蘇《傳》概不取。茲比較蘇《傳》與毛鄭之說，蘇《傳》似未見後來居上。以「世之不顯，厥猶翼翼」為「士之不顯者，猶且翼翼不忘敬也，而況其顯者乎？」說嫌迂曲，不若釋為「周傳世之必能大顯，以其猷謀能恭敬戒慎也」。〔註248〕以「皇」為大，此說雖是，然訓「思皇多士」為文王思大獲多士，則與毛鄭訓皇為天，都不見得必然是正詁，蓋皇字金文數種字形中，其上皆不從自，而象日有光芒之形，與《詩經》中皇字為盛大光美之義合，〔註249〕朱《傳》訓思為「語

〔註247〕馬瑞辰：《毛詩通箋通釋》，卷24。
〔註248〕王師靜芝：《詩經通釋》，頁505。
〔註249〕詳拙著《尚書洪範研究》，第四章〈洪範集釋〉，國立政大中文研究所 1980 年碩士論文。

辭」，訓皇爲「美」，釋思皇多士爲「美哉此眾多之賢士」，〔註250〕說當較毛鄭與蘇《傳》爲長。

（10）經云：「穆穆文王，於緝熙敬止。假哉天命，有商孫子。商之孫子，其麗不億。上帝既命，侯于周服。」（〈文王〉四章）蘇《傳》：「穆穆，美也。緝，和也。熙，光也。假，大也。麗，數也。不億，不徒億也。天命文王，使有商之子孫，商之子孫眾矣，而維服于周，言其德無所不懷，雖商人亦無有與之較者也。」

按：毛《傳》：「穆穆，美也。緝熙，光明也。假，固也。麗，數也。盛德不可爲眾也。」鄭《箋》：「穆穆乎，文王有天子之容；於美乎，又能敬其光明之德；堅固哉，天爲此命之，使臣有殷之子孫于，於也。商之孫子，其數不徒億，多言之也。至天已命文王之後，乃爲君於周之九服之中，言眾之不如德也。」蘇《傳》之解與毛鄭稍異，毛鄭以「假」爲固，蘇《傳》以之爲大，蘇說似較長，錢大昕曰：「假與固聲雖相近，然假之訓大則釋詁正文。《漢書·劉向傳》言孔子之論《詩》至于『殷士膚敏，祼將于京』，喟然嘆曰：『大哉天命，善不可傳于子孫，是以富貴無常，不如是，則王公何以戒愼？民萌何以勸勉？』其云『大哉天命』，即詩『假哉天命』也；云『富貴無常』，即詩『天命靡常』也，然則宣尼說《詩》已訓假爲大矣。」〔註251〕「假哉天命」即大哉天命，毛鄭訓爲「堅固」，稍欠妥。

（11）經云：「侯服于周，天命靡常。殷士膚敏，祼將于京。厥作祼將，常服黼冔。王之藎臣，無念爾祖。」（〈文王〉五章）蘇《傳》：「膚，美也。敏，疾也。祼，灌鬯也。將，行也。京，周京也。冔，殷冠也；夏曰收，周曰冕。藎，進也。殷人之來助祭於周者，尚皆服其冔，周也新矣而文王無不受者，言其德廣大，無所忌間也。故於以告成王曰：『王之進臣，可無念爾祖哉？』」

按：毛《傳》：「膚，美。敏，疾也。祼，灌鬯也。周人尚臭。將，行。京，大也。黼，白與黑也。冔，殷冠也，夏后氏曰收，周曰冕。藎，進也。無念，念也。」鄭《箋》：「殷之臣壯美而敏，來助周祭，其助祭自服殷之服，明文王以德不以彊。今王之進用臣，當念女祖爲之法，王斥成王。」蘇《傳》

〔註250〕朱熹：《詩集傳》，卷16。
〔註251〕錢大昕：《潛研堂集》，《皇清經解》，卷444。

大抵同毛鄭，唯毛訓「京」為大，蘇釋「京」為周京，其說似異。孔穎達以為毛《傳》之本意乃指廣大之地，亦即京師；〔註252〕毛氏是否本意如此，今難確知，若然，則毛蘇之說同；若不然，則蘇氏之解當得詩之本意。依據瑞典高本漢的說法，京字有三個有佐證的講法：「高地，山，阜」、「京城」、「大」。其中以「京城」的解釋是「最早有實證的」，因為殷代的甲骨刻辭和周代銘文中，「京」字是象宮殿之形，而不是山或阜。從另一方面說，指宮室和京城的「京」，和指山阜的「京」，語源上很可能就是一個詞，基本意義是「大的高起」。「這或者是因為京城總是建在高的地方，或者是因為宮室總是蓋在用樁打過的土層上（我們可以從安陽的發掘得知）」〔註253〕依據這樣的說法，裸將于京指的是灌鬯之禮行於周京，蘇說甚是。

（12）經云：「無念爾祖，聿脩厥德。永言配命，自求多福。殷之未喪師，克配上帝。宜鑒於殷，駿命不易。」（〈文王〉六章）蘇《傳》：「聿，述也。配，順也。駿，大也。既告之，使脩文王之德，順天命以求多福，則又告之以殷之未失眾也。其君皆能配天，及其末世，維違天以敗，故曰宜鑒于殷，駿命不易，言天命之難保也。」

按：毛《傳》：「聿，述。永，長。言，我也。我長配天命而行，爾庶國亦當自求多福。駿，大也。」鄭《箋》：「師，眾也。殷自紂父之前，未喪天下之時，皆能配天而行，故不亡也。」「宜以殷王賢愚為鏡，大之大命，不可改易。」毛鄭之說，蘇《傳》悉從之。此章大意，毛、鄭、蘇言之甚是，唯以「聿」為述，尚待商榷。毛《傳》訓「聿」為述，孔《疏》因解作「述而修行其德」，〔註254〕陳奐亦視「聿」為動詞，述說也，〔註255〕朱《傳》則以「聿」為發語詞，〔註256〕高本漢曰：「《魯詩》（《漢書》引）作『述』修厥德」。……由顏師古《漢書·注》解說《魯詩》，也可以看出他把《魯詩》的『述』也當作句首語助詞。『聿』在《詩經》中作語助詞用是常見的，例如〈唐風·蟋蟀篇〉、〈豳風·東山篇〉、〈小雅·小明篇〉……，特別參看〈小雅·楚茨篇〉的『神保聿歸』，『聿』是『就，因此』的意思。本句

〔註252〕《毛詩正義》，卷16之1。
〔註253〕董同龢譯：《高本漢詩經注釋》，下冊，頁736。國立編譯館中華叢書編審委員會印行。
〔註254〕《毛詩正義》，卷16之1。
〔註255〕《詩毛氏傳疏》，卷23。台灣商務印書館印行。
〔註256〕朱熹：《詩集傳》，卷16。

和〈大明篇〉的『聿懷多福』十分相像，那個『聿』顯然只是句首語助詞。」
〔註257〕高說合理，「聿」爲語詞，屈萬里、王師靜芝均採此說。〔註258〕

（13）經云：「命之不易，無遏爾躬。宣昭義問，有虞殷自天。上天之載，無
　　　聲無臭。儀刑文王，萬邦作孚。」（〈文王〉七章）蘇《傳》：「遏，絕也。
　　　義，善也。有、又通。虞，度也。知命之不易，故告之使無自遏絕於
　　　天，布明善問，度商之所以興廢，以順天命，蓋天之所欲載者，非有
　　　聲音臭味可推而知也。惟儀刑文王，則萬邦信之；萬邦信之，則天載
　　　之矣。」

按：毛《傳》：「遏，止。義，善。虞，度也。載，事。刑，法。孚，信也。」
鄭《箋》：「宣，徧。有，又也。天之大命，已不可改易矣，當使子孫長行
之，無終女身則止，徧明以禮義問老成人，又度殷所以順天之事而施行之。」
「天之道難知也。耳不聞聲音，鼻不聞香臭，儀法文王之事，則天下咸信
而順之。」蘇《傳》取毛之訓詁，與鄭《箋》之說則有小異，鄭以「命之
不易」爲天之大命不可改易，蘇以爲知天命之不易持守，以文義推之，蘇
說似乎較長。又鄭以「宣昭義問」爲徧明以禮義問老成人，此說稍遜於孔
《疏》，孔穎達以「問」爲聞，「義問」爲善聞，〔註259〕如此，「宣昭義問」
意爲明布善聞於天下，其說甚通，故孔《疏》可取，蘇《傳》以「宣昭義
問」爲布明善問，言之未詳。

（14）經云：「於穆清廟，肅雝顯相。濟濟多士，秉文之德。對越在天，駿奔
　　　走在廟。不顯不承，無射於人斯。」（〈清廟〉）蘇《傳》：「於乎美哉！
　　　其祀文王於清廟也。有肅肅其敬，雝雝其和者，實來顯相其禮。文王
　　　沒矣，其神在天，其主在廟，然士之來助祭者，猶不忘秉持其德，以
　　　對其在天，而奔走其在廟者，言文王之澤久而不忘，豈其不顯不承哉？
　　　信矣，其無厭於人也。肅然清淨曰清廟。對，配也。越，辭也。駿，
　　　長也。」〔註260〕

按：毛《傳》：「於，嘆辭也。穆，美。肅，敬。雝，和。相，助也。」「駿，
長也。顯於天矣，見承於人矣，不見厭於人矣。」鄭《箋》：「顯，光也，

〔註257〕董同龢譯：《高本漢詩經注釋》，上冊，頁736～737。
〔註258〕屈萬里：《詩經釋義》，〈文王〉注26；王師靜芝：《詩經通釋》，頁506。
〔註259〕陳奐：《詩毛氏傳疏》，卷23。
〔註260〕蘇轍：《詩集傳》，卷18。

見也。於乎美哉！周公之祭清廟也。其禮儀敬且和，又諸侯有光明著見之德者來助祭。」「對，配。越，於也。濟濟之眾士，皆執行文王之德，文王精神已在天矣，猶配順其素如生存。」「駿，大也。諸侯與眾士，於周公祭文王，俱奔走而來，在廟中助祭，是不光明文王之德與？言其光明之也。是不承順文王志意與？言其承順之也。此文王之德，人無厭之。」蘇《傳》乃融洽毛鄭之說，雖得其本旨，然採毛說，以「駿」為長，實為其失。今人賴明德《毛詩考異》曰：「駿與逡同从夋聲，故古通假。考《禮記‧大傳》：『執豆籩逡奔走』，鄭《注》云：『逡，疾也，疾奔走言勸事也。』《爾雅‧釋詁》：『駿，速也。』速與疾義同。廟中奔走，自以疾速為敬，駿之訓疾較毛傳訓長、鄭箋訓大為善。」〔註261〕賴說是，「駿奔走在廟」之「駿」訓為長或大，文義恐難通。此外，以「不顯不承」為反問辭，亦不若以「不」為丕，訓為「大」為佳。蘇《傳》又採鄭說，以「對越在天」之「對」為配，「越」為語詞，於文義亦有未安，工引之《經義述聞》曰：「家大人曰：『對越在天』與『駿奔走在廟』相對為文，對越猶對揚，言對揚文武在天之神也。」〔註262〕陳奐《詩毛氏傳疏》亦引《爾雅》訓「越」為揚，以為「對越」即〈江漢〉「對揚王休」之「對揚」。〔註263〕屈萬里亦採王說，以「對越」為對揚，云：「對越在天，言順承而發揚彼在天者之意也。文王之神在天，故云。」〔註264〕此說當長於鄭《箋》、蘇《傳》。

由上之分析，可知蘇氏《詩集傳》於經文之說解，多採自毛《傳》、鄭《箋》，於毛鄭有未安之處，乃以己意說之，此所以《四庫全書總目提要》謂其「不激不隨」也；然以其說平實保守，故周中孚評其「不過融洽舊說，未見有出人意表者」。

〔註261〕《毛詩考異》，頁883。國立台灣師範大學國文研究所1972年博士論文。
〔註262〕王引之：《經義述聞》，〈目第五毛詩下〉，台灣中華書局印行。
〔註263〕陳奐：《詩毛氏傳疏》，卷26。
〔註264〕《詩經釋義》，〈清廟〉註5。

第四章　鄭樵之《詩經》學

第一節　鄭樵（1104～1162）傳略

鄭樵，字漁仲，宋福建興化軍莆田人。〔註1〕生於宋徽宗崇寧 3 年（1104），卒於高宗紹興 32 年（1162）。〔註2〕

鄭父國器，太學生，〔註3〕嘗鬻己田，築蘇洋陂，鄉人德之。宣和中，國器自太學還，卒於平江，樵年方十六。盛夏，徒步護喪，歸，謝絕人事，結廬越王山下，閉門誦習，不事科舉。廝養之役，皆自執之。既又築草堂夾漈山，以居久之，乃遊名山大川，搜奇訪古，遇藏書家，必借留讀盡乃歸。〔註4〕晝理簡編，夜觀星象，飲食寒暑俱忘，專以討論著述爲事，一時名人若李綱、趙鼎、張浚皆器重之。〔註5〕

樵從兄鄭厚，字景韋，讀書一覽成誦，有脫略流俗之風，與樵才氣相當，

〔註1〕：《宋史》卷 436 鄭樵本傳謂鄭氏爲興化軍莆田人，地在今福建，《讀史方輿紀要》曰：「興化府，禹貢揚州地，周閩粵地，秦屬閩中郡，漢屬會稽郡，吳屬建安郡，晉屬晉安郡，宋、齊因之，梁屬南安郡，陳屬閩州，隋屬泉州，唐亦屬泉州，宋因之，太平興國 4 年，分置太平軍，又改爲興化軍，宋末改爲興安州，元曰興化路，明初改興化府，今領縣二。」

〔註2〕　參閱錢大昕：《疑年錄》；梁廷燦編：《歷代名人生卒年表》，台灣商務印書館印行。

〔註3〕　參閱陳壽祺等：《福建省志》，卷188，〈人物〉、〈宋儒林傳〉。台北華文書局印行。

〔註4〕　參閱廖必琦等：《莆田縣志》，卷21，〈人物志〉、〈儒林傳〉。台北成文出版社印行。

〔註5〕　參閱陳壽祺等：《福建省志》，卷188，〈人物〉、〈宋儒林傳〉。

十分投契。〔註6〕**根據鄭樵自述，二人夏天不必衣葛，冬天不必衣袍，飲食不定時，髮累月不疏，面目衣裳垢膩積重亦不洗，自謂「貞粹之地油然禮義充足」，然其弟兄、親戚、鄉黨謂爲痴、爲愚、爲妄，不相輩行。二人又沖介自守，不廣交遊，以求聞達，用是見斥於世，彌曠宇宙，若無所容。**〔註7〕

　　靖康元年（1126），金兵陷汴京。次年，徽、欽二帝被擄，時鄭樵二十四歲，鄭厚二十八歲，二人血性男子，憤激有加，乃去函宇文虛中，自比程嬰、杵臼、荊軻、聶政、紀信、馬援、范滂、顏杲卿者流，意欲有所作爲，結論曰：「然則厚也樵也，何人也？沉寂人也，仁勇人也，古所謂能死義之士也，謂人生世間，一死耳。得功而死，死無悔。得義而死，死無悔。得知己而死，死無悔。死固無難，恨未得死所耳！今天子蒙塵，蒼生鼎沸，典午興亡，卜在深源一人耳。厚兄弟用廿一死，以售功、售名、售義、售知己，故比見閣下以求其所也。」宇文虛中雖欣賞鄭氏兄弟，然其於當年即因議和之罪流放韶州，次年又奉使金國，終身見留，即令有意薦引二人，已不可得。〔註8〕

　　鄭樵又有〈與景韋兄投江給事書〉，自謂田家子，又爲經生，身無本領，所可恃者，胸中無膏肓之疾，解紛排難，洞肝徹臆，遇不平事，則熱中振衣，達旦不寐，奔往掉赴，若將後時。〔註9〕此書乃鄭氏兄弟之自薦函，以此與前致宇文虛中書參看，即可知二人少有濟世之志，然因天眞浪漫，連遭挫折，乃轉向學術發展，隱居於夾漈山，一意作「稽古之學」，鄭樵且自云：「欲讀古人之書，欲通百家之學，欲討六藝之文，而爲羽翼。如此一生則無遺恨。」〔註10〕自負不下劉向、揚雄。〔註11〕

　　鄭樵廣讀古書，又極富實驗精神，〔註12〕《通志・總序》：「自五帝立五

〔註6〕　參閱《莆田縣志》，卷21；顧頡剛：〈鄭樵傳〉，原載《北大國學季刊》2期。

〔註7〕　參閱鄭樵：《夾漈遺稿》，卷下，〈與景韋兄投宇文樞密書〉；顧頡剛：〈鄭樵傳〉。

〔註8〕　參閱鄭樵：《夾漈遺稿》，卷下，〈與景韋兄投宇文樞密書〉；《宋史》，卷371，〈宇文虛中本傳〉；顧頡剛：〈鄭樵傳〉。

〔註9〕　詳鄭樵：《夾漈遺稿》，卷下，〈與景韋兄投江給事書〉。

〔註10〕　見鄭樵：《夾漈遺稿》，卷下，〈獻皇帝書〉。

〔註11〕　參閱《宋史》，卷436，鄭樵本傳。

〔註12〕　鄭樵於《通志・天文略・序》自述學天文之經過曰：「天文藉圖不藉書，……圖一再傳便成顚錯。……臣向盡求其書，不得其象，又盡求其圖，不得其信。一日，得步天歌而誦之，時素秋無月，清天如水，長誦一句，凝目一星，不三數夜，一天星斗盡在胸中矣。」又於〈昆蟲草木略・序〉自述學動植物之經過曰：「臣少好讀書，無涉世意，又好泉石，有慕弘景心。結芽夾漈山中，

經博士，開弟子員，設科射策，勸以官祿，訖於元始，百有餘年，傳業者寖盛，枝葉繁滋，一經說至百餘萬言，大師眾至千餘人，蓋祿利之路然也。且百年之間，其患至此，千載之後，弊將若何！況祿利之路，必由科目；科目之設，必由乎文辭。三百篇之《詩》，盡在聲歌，自置《詩》博士以來，學者不聞一篇之《詩》。六十四卦之《易》，該於象數，自置《易》博士以來，學者不見一卦之《易》。皇頡制字，盡由六書；漢立小學，凡文字之家，不明一字之宗。伶倫制律，盡本七音；江左置聲韻，凡音律之家，不達一音之旨。經既苟且，史又荒唐，如此流離，何時返本！」由是可知鄭樵極惡空言著書者流，凡不切實物之學，無不極力反對。

　　據《宋史》記載，鄭樵初為經旨，禮樂、文字、天文、地理、蟲魚、草木、方書之學，皆有論辨，紹興 19 年（1149）上之，詔藏秘府。「樵歸益厲所學，從者二百餘人。以侍講王綸、賀允中薦，得召對，因言班固以來歷化為史之非。帝曰：『聞卿名久矣，敷陳古學，自成一家，何相見之晚耶？』授右迪功郎、禮兵部架閣。以御史葉義向劾之，改監潭州南嶽廟，給札歸，抄所著《通志》。書成，入為樞密院編修官，尋兼攝檢詳諸房文字。請修金正隆官制，比附中國秩序，因求入秘書省繙閱書籍。未幾，又坐言者寢其事。金人之犯邊也，樵言歲星分在宋，金主將自斃，後果然。高宗幸建康，命以《通志》進，會病卒，年五十九，學者稱夾漈先生。」〔註 13〕

　　《宋史·本傳》稱樵「好為考証倫類之學，成書雖多，大抵博學而寡要。平生甘枯淡，樂施與，獨切切於仕進，識者以是少之」。樵之著作之整體成績如何，仁智互見，〔註 14〕謂其切切於仕進，則《福建通志》辨之曰：「紹興十八年，以薦授右迪功郎，獻所著書，詔藏秘府。喪母，哀毀廬墓，部使者舉孝廉者三，舉遺逸者三，皆不就。」《注》云：「《宋史》本傳云：『樵切切於

────────────────

與田夫野老往來，與夜鶴曉猿雜處。不問飛潛動植，皆欲究其情性。」顧頡剛〈鄭樵傳〉據此而謂鄭樵「有一副實驗的精神」。

〔註 13〕《宋史》，卷 436，鄭樵本傳。

〔註 14〕顧頡剛〈鄭樵傳〉：「鄭樵是中國史上很可注意的人。他有極高的熱誠，極銳的眼光，極廣的志願去從事學問。在謹守典型又欠缺徵實觀念的中國學界，真是特出異樣的人物。因為他特出異樣，所以激起了無數的反響。有說他武斷的，有說他杜撰的，有說他迂僻的，有說他博而寡要的，有說他疏漏草率的，有說他切切於仕進的。大家沒有曉得他的真性情，真學問，隨便和他加上幾個惡名。從他的當世，直到清代中葉，他一旦擔負了不良的聲望。……」

仕進，識者以此少之。』此語本周必大《親征錄》，疑當時惡樵者所議，與樵行事不合。」〔註15〕

鄭樵著述極多，有《書考》六卷、《書辨訛》七卷、《詩傳》二十卷、《詩辨妄》六卷、《辨詩序妄》一百二十七篇、《原切廣論》三百二十篇、《春秋傳》、《春秋考》十二卷、《諸經序》、《刊謬正俗跋》、《諡法》三卷、《運祀議》、《鄉飲禮》三卷、《鄉飲駁議》一卷、《鄉飲禮圖》三卷、《系聲樂府》二十四卷、《象類書》十一卷、《六書証篇》、《辨體》、《續汗簡》、《石鼓文考》（《直齋書錄解題》、《文獻通考》並作三卷，《宋志》作一卷）、《論梵書》（《直齋書錄解題》、《文獻通考》並作一卷，《中興館閣書目》、《宋志》則作三卷）、《分音之類》（《通志》作《韻書》）、《字始連環》二卷、《分野記》、《大象略》、《百川源委圖》、《春秋地名》十卷、《春秋列傳圖》、《本草成書》二十四卷、《本草外類》五卷、《詩名物志》、《爾雅注》三卷、《鶴頂方》二十四卷、《食鑑》四卷、《採治錄》、《畏惡錄》、《群書會記》（《玉海》、《通考》、《宋志》作三十六卷，《直齋書錄解題》作二十八卷）、《校讎備論》、《書目正訛》、《求書闕記》七卷、《求書外記》十卷、《圖書志》一卷、《圖譜有無記》二卷、《集古系時錄》（《直齋書錄解題》、《通考》作十卷，《宋志》作一卷）、《集古系地錄》十一卷、《氏族源》、《氏族韻》、《通志》二百卷、《修史大例》十二篇、《彭門紀亂》三卷、《十說》二卷、《谿西集》五十卷、《夾漈遺稿》3 卷、《夾漈書目》一卷、《六經奧論》六卷、《夾漈家傳》一卷等。〔註16〕

第二節　鄭樵之《詩傳》

鄭樵有關《詩經》的著作有《詩傳》、《原切廣論》、《辨詩序妄》、《詩辨妄》等書，今皆已亡佚，只能從後人的輯佚成果看出其部分《詩》論。〔註17〕

鄭樵於〈獻皇帝書〉與〈寄方禮部書〉中自謂著有《詩傳》一書，〔註18〕陳振孫《直齋書錄解題》有《夾漈詩傳》二十卷之著錄，〔註19〕鄭樵人稱夾

〔註15〕參閱陳壽祺等：《福建省志》，卷 188，〈人物〉、〈宋儒林傳〉。
〔註16〕詳見顧頡剛：〈鄭樵著述考〉，原載：《國立北京大學國學季刊》，第 1 卷第 1～2 期。又凡鄭樵〈獻皇帝書〉中明言「未成書」者，今皆不列入。
〔註17〕詳林慶彰：〈鄭樵的詩經學〉，《宋代經學國際研討會論文集》，頁 311～328。台北中央研究院中國文哲研究所 2006 年出版。
〔註18〕〈獻皇帝書〉與〈寄方禮部書〉俱見《夾漈遺稿》，卷中。
〔註19〕見陳振孫：《直齋書錄解題》，卷 2。

漈先生，《夾漈詩傳》即鄭樵自謂之《詩傳》。《宋史・藝文志》有鄭樵《詩傳》之著錄，亦云二十卷。〔註 20〕馬端臨《文獻通考・經籍考》題爲《夾漈詩傳辯妄》共二十六卷，〔註 21〕「辯妄」爲「辨妄」之誤，鄭樵另有《詩辨妄》一書（詳下節），馬氏所云之「辯妄」即樵之《詩辨妄》，《詩辨妄》計六卷，〔註 22〕是則《通考》所云「《夾漈詩傳辯妄》共二十六卷」者，含《詩傳》與《詩辨妄》二書而言。

　　此書書名多作《詩傳》或《夾漈詩傳》，唯朱德潤〈序〉稱《詩傳訓詁》。〔註 23〕原書久已不傳，其詳不可得知，但其基本觀念則約略可窺。鄭樵〈寄方禮部書〉云：「《詩》之難可以意度明者，在於鳥獸草木之名也。……乃敢傳《詩》，以學者所以不識《詩》者，以大小〈序〉與毛鄭爲之蔽障也。……雖三尺童子，亦知大小〈序〉之妄。……《詩》主在樂章，而不在文義。」由是可知《詩傳》一書必棄〈序〉不觀，訓詁亦不依毛鄭，而以己意說《詩》也。《通志・昆蟲草木略・序》云：「夫樂之本在《詩》，《詩》之本在聲。……臣之序《詩》，于〈風〉〈雅〉〈頌〉曰：『風土之音曰「風」，朝廷之音曰「雅」，宗廟之音曰「頌」。』而不曰『風，風也，教也；雅者，正也，言王政之所由興廢也；頌者，美盛德之形容也』。于二〈南〉，則曰：『周爲河、洛，召爲岐、雍。河、洛之南瀕江，岐、雍之南瀕漢。江、漢之間，二〈南〉之地，《詩》之所起在于此。屈、宋以來，騷人墨客多生江、漢，故仲尼以二〈南〉之地爲作《詩》之始。』而不曰『南，言化自北而南』。于〈王・黍離〉、〈豳・七月〉則曰：『王爲王城，東周之地；豳爲豳豐，西周之地。〈七月〉者，西周之風；〈黍離〉者，東周之風。』而不曰『〈黍離〉降〈國風〉』。」「臣之序《詩》，專爲聲歌，欲以明仲尼之『正樂』。臣之釋《詩》，深究鳥獸草木之名，欲以明仲尼『教小子』之意。……已得鳥獸草木之眞，然後傳《詩》。」〔註 24〕由此可知鄭樵之釋《詩》，特重名物之學，其序《詩》則專爲聲歌，唯究竟如何「以明仲尼之正樂」，則全然不可考。又按：

　　（一）鄭樵以風土之音曰風，此說雖是，然僅得風之一義。《詩序》：「一國之事，繫一人之本，謂之風。」此風可解爲風俗，《漢書・五行志》亦以風

〔註20〕見《宋史》，卷 202。
〔註21〕見馬端臨：《文獻通考》，卷 179。
〔註22〕見《直齋書錄解題》、《宋史・藝文志》之著錄。
〔註23〕見朱彝尊：《經義考》，卷 106 引。
〔註24〕見鄭樵：《通志》，卷 75。

為風俗，而兼有「風土」之意，曰：「風，土地風俗也。」〔註25〕以風土、風俗釋風，說是而不全然。鄭玄注《周禮》云：「風言聖賢治道之遺化也。又引申為風、風俗、風刺之風。蓋風教、風刺皆聖賢治道遺化之所存，而風俗之成，實風教、風刺之所養，故《詩》之為風，有三義焉。」〔註26〕〈國風〉之「風」兼賅眾義，故陳啓源《毛詩稽古編》曰：「《詩》有六義，其首曰〈風〉，大敘論之，語最詳複，約之止三意焉。云『風天下而正夫婦』，又云『風以動之，教以化之』，又云『上以風化下』，此風教之風也。云『下以風刺上，主文而譎諫』，又云『吟咏情性，以風其上』，此風刺之風也。云『美教化，移風俗』，又云『一國之事，繫一人之本，言天下之事，形四方之風』，此風俗之風也。餘所言風，則專目〈國風〉。要之，風俗之風，正當『國風』之義矣，然必有風教，然後風俗成，有風俗，而後風刺興，合此三者，『國風』之義始備。」〔註27〕陳氏之言頗晰，風義實不止一端，鄭樵以風土之音釋之，說未完足。質而言之，〈葛覃〉、〈羔羊〉、〈燕燕〉、〈載馳〉、〈北門〉、〈泉水〉諸詩，屬之〈國風〉，而非民間歌謠，〔註28〕又豈得以之為風土之音？

（二）鄭樵以朝廷之音曰〈雅〉，宗廟之音曰〈頌〉，此說甚是。近人屈萬里說：「雅和夏古音相近，往往通用。《荀子‧榮辱篇》：『越人安越，楚人安楚，君子安雅。』又〈儒效篇〉：『居楚而楚，居越而越，居夏而夏。』把這兩段話對照來看，可知雅就是夏。《墨子‧天志下》引〈大雅‧皇矣篇〉『帝謂文王』六句，謂之大夏，更是顯明的証據。夏，是文化較高的黃河流域一帶之地，……〈雅〉應該是流行中原一帶，而為王朝所崇尚的正聲。」〔註29〕屈氏之說，証據確鑿，〈雅〉屬中夏正聲，地屬中原之區，故不分國別。王師靜芝曰：「《說文》：『頌，兒也，從頁，公聲。』故頌假借為容。朱駿聲說：『假

〔註25〕說見蔣善國：《三百篇演論》，頁196。台灣商務印書館印行。
〔註26〕見胡樸安：《詩經學》，頁32引，台灣商務印書館印行。
〔註27〕見陳啓源：《毛詩稽古編》，卷25，〈總詁〉，《皇清經解》，卷84。
〔註28〕屈萬里：「〈國風〉諸詩，有些是貴族和官吏們的作品，那是不成問題的。像〈葛覃〉的女作者有師氏可告，〈卷耳〉的征人有馬有僕，〈羔羊〉的作者顯然是一個高級官員，〈燕燕〉和〈載馳〉的作者顯然是諸侯的子女，作〈北門〉之詩的是一個窮公務員，作〈泉水〉之詩的是衛國貴族的女兒。這類的詩，固然不一定都是他們本人自作，而可能有人捉刀，但那捉刀的人自然都是能用雅言行文的。那麼這些貴族和官吏用雅言寫成的詩歌，自然不能算是民間歌謠。」見〈論國風非民間歌謠的本來面目〉，原載《中央研究院歷史語言研究所集刊》，第34本，今收於屈著《書傭論學集》一書，台灣開明書店印行。
〔註29〕見屈萬里：《詩經釋義》，敘論，「《詩經》內容」。華岡出版部印行。

借爲誦，頌者，誦也。』《禮記・文王世子》：『春誦，夏弦。』注：『樂歌也。』故頌有兩義，一是誦，一是容。《周禮》鄭《注》說：『頌之言誦也，容也，誦今之德，廣以美之。』《詩序》說：『美盛德之形容，以其成功告於神明者也。由這些解釋，可以看出，〈頌〉是祭祀頌神或頌祖先的樂歌。』〔註30〕〈頌〉乃廟堂樂歌，不雜其他抒情風謠之作，鄭樵以宗廟之音釋之，洵然。

　　（三）鄭樵云：「江、漢之間，二〈南〉之地，《詩》之所起在于此。」此說疏於考証。〈周南・關雎〉首章：「關關雎鳩，在河之洲。」據近人裴普賢之研究，《詩經》中之「河」字，概指黃河，〔註31〕則〈關雎〉一詩作於黃河流域之地，不得謂爲江漢之間。〈召南・何彼襛矣〉云：「平王子孫，齊侯之子。」〈何彼襛矣〉乃美王姬之詩，詩人詩歌詠文王之孫女，武王之次女，下嫁齊侯呂伋之子，以其能執婦道以成肅雝之德也。平王之孫，往適齊侯之子，必由河洛至齊，是則此詩或作於河洛之間。〔註32〕〈周南・漢廣〉云：「漢之廣矣，不可永思；江之永矣，不可方思。」兼言江漢，則此詩當如鄭樵所云作於江漢之間。二〈南〉地域不限某地，故王夫之曰：「〈漢廣〉兼言江漢，江北漢南，今之沱沔也。〈汝墳〉言江汝之間，則今之光州新蔡也。而皆系之〈周南〉。若〈召南〉之紀者曰〈江有沱〉，又曰〈江有汜〉，〈禹貢〉：岷山導江東別爲沱，《水經》：江水歷氐道縣湔水入焉。又東別爲沱，入江過都安縣，今湔水自龍安府石泉縣入江，都安今成都府灌縣，沱江在今新繁縣。」〔註33〕魏源曰：「魯、韓《詩》以〈芣苢〉爲宋人女蔡人妻作，文王即位，諷於蔡原，蔡宋皆東南之國，是豫徐二州之風，在陝以東，其采入〈周南〉宜矣。又以〈行露〉爲申人女許嫁於豐而作，申在南陽宛縣，而豐即文王伐崇作豐之地，則豫雍二州之風，在陝以西，其采入〈召南〉宜也。又以〈汝墳〉爲周南大夫妻作，蓋汝墳在潁，此陝以東詩，其入〈周南〉宜也。《爾雅》決復入爲汜，小州曰渚，又曰江爲沱，〈禹貢〉岷山道江東別爲沱，〈地理志〉謂在蜀郡郫縣，此梁州之風，其采入〈召南〉宜也。漢廣與江永並言，明在江漢合流之處，則采於荊。要之，六州之風略具。」〔註34〕二〈南〉地域如此遼闊，鄭

〔註30〕見王師靜芝：《經學通論》，上冊，頁 269。國立編譯館出版，環球書局印行。
〔註31〕詳見裴普賢：〈詩經河字研究〉，收於裴著《詩經研讀指導》一書。東大圖書公司印行。
〔註32〕參閱文幸福：《周南召南發微》，台灣師範大學國文研究所 1979 年碩士論文。
〔註33〕見王夫之：《詩經稗疏》，卷 1。
〔註34〕見魏源：《詩古微》，卷 3。

氏以為唯在江、漢之間，說恐非是。

　　（四）鄭樵以為「王為王城，東周之地」、「〈黍離〉者，東周之風」，其說是，王城即東周都城洛邑。周文王居豐，武王居鎬，至成王，周公始營洛邑，謂豐鎬為西都，洛邑為東都。平王東遷，都洛邑，號為王城。〈王風〉即王城畿內之民間詩歌。〔註35〕鄭樵又以「豳為豳豐，西周之地」、「〈七月〉者，西周之風」，其說未為定論。〈豳風〉為豳地之詩，其地在今陝西省涇水兩岸，豳城古址在三水縣西或西南一帶，〔註36〕鄭氏謂豳為豳豐，豐邑在今長安西北界靈臺鄉豐水上，〔註37〕故址蓋在今豐水西岸平等寺西，秦渡鎮之西北，大原村附近，〔註38〕為周文王所都，以之為豳地，不知何所據？鄭氏以〈七月〉之詩為西周之風，亦有待論定，《詩序》：「七月，陳王業也。周公遭變，故陳后稷先公風化之所由，致王業之艱難也。」據此，〈七月〉為周初之風，自無可疑，然《詩序》之說未必可信，鄭樵向極反對《詩序》，其以〈七月〉為西周之風，必係據詩文研判，近人傅斯年曰：「〈豳風〉雖涉周公事，然決非周公時詩之原面目，恐口頭流傳二三百年後而為此語言。其源雖始于周公時，其文乃遞變而成於後也。不然，〈周頌〉一部分如彼之簡直，〈豳風〉如此之曉暢，若同一世，於理不允。」〔註39〕屈萬里亦以為「〈豳〉詩語皆平易，非如〈周頌〉及〈大雅〉中若干篇之艱奧難解，似非西周初年作品」，〔註40〕王師靜芝以為屈氏之說雖屬疑辭，未作定論而頗為近理，〔註41〕既未定論，則不能謂鄭樵以〈七月〉為西周之〈風〉非是，且即令〈七月〉之詩較晚著於竹帛，亦或不致晚於西周末年。要之，鄭樵以〈七月〉為西周之風，其說或是，然尚有待論定。

　　為鄭氏《詩傳》作〈序〉者，今所知有二家，其一為朱德潤，其言曰：

　　莆田林子發氏攜宋鄭夾漈先生《詩傳訓詁》，謂德潤曰：「先生昔在閩中，紬繹之暇，集為此書，其間摘《詩傳》之幽隱，辨事物之名義，真所謂發宋儒之所未發者。」於是以校正是本，俾德潤讀之。

〔註35〕　參閱王師靜芝：《經學通論》，上冊，頁258。
〔註36〕　見本編第三章，「蘇轍之《詩經》學」，第三節「蘇轍《詩集傳》之主要見解」。
〔註37〕　見《漢書‧地理志》顏師古注。
〔註38〕　見任遵時：《詩經地理考》，頁77。作者自印本。
〔註39〕　見傅斯年：《詩經講義稿》，《傅斯年全集》，第1冊，頁291。台北聯經出版社印行。
〔註40〕　見屈萬里：《詩經釋義》，〈豳風〉總論。
〔註41〕　見王師靜芝：《經學通論》，上冊，頁264。

愚按：慈溪黃氏（按：謂黃震）謂文公朱氏因雪山王公質，夾漈鄭
公樵，去美刺以言《詩》，又嘗於鄭《傳》取其切於《詩》之要者以
備集傳矣。獨惜當時門人學子各宗其宗，而不能參會折衷之，以見
全書之有補於學者。……今觀鄭氏《傳》引，山川、草木、蟲魚之
辨，五音、六律、六呂之所諧，誠可以發揮後學之未究，而渙明千
載之微辭奧義者也。如以「雀無角」爲雀之角，以「龍盾之合」爲
二盾之衛，「露被菅茅」非雨露之露（按：〈小雅・白華〉原作「露
彼菅茅」），「有豕白蹢」爲江豚之豕；〈豳〉之風、雅、頌爲四器十
二器之聲合；其他如〈國風〉、二〈雅〉、三〈頌〉名物度數，毫分
釐析，豈非《詩傳》之大備者乎？善乎孟子曰：「說《詩》者不以文
害辭，不以辭害志；以意逆志，是爲得之。」德潤於朱、鄭之學有
得焉，蓋朱氏之學淳，故其理暢；鄭氏之學博，故其理詳；學者不
可不兼該而並進也。〔註42〕

按：由朱德潤之〈序〉，吾人可略知鄭氏《詩傳》之特色與價值，朱氏謂鄭
氏之學博，故其理詳；鄭氏本有《通志》之作，謂其博學，信非溢美。黃
震、朱德潤又謂朱子有取鄭氏《詩傳》之說；《詩傳》在前，《集傳》在後，
朱子取鄭《傳》之切要者以備《集傳》，自亦可能。至其釋「雀無角」、「龍
盾之合」等，因未見全豹，故難以知其優劣。

虞集亦嘗爲鄭樵《詩傳》作〈序〉，其言曰：

齊、魯、韓《詩》不傳，而毛氏猶存，言《詩》之家千數百年守此
而已。至宋，歐陽子疑《詩序》之非，而著《本義》。蘇欒城亦疑而
去之，不免猶存其首句。譬諸山下之泉，其初出也，雍塞底滯，而
端亦微見矣；漸而清通，沛如江河，後因於先而廓之，而水之源流
遠矣，亦有其時也。至於朱子《詩傳》之出，然後悉屛去大、小〈序〉，
別爲一編，存而不廢，以待考辨，即經以求其故，自爲之說，而天
下學者從之。國家定以爲是，然後其說與聖賢之言《詩》者合，而
學者有所用功矣。

又曰：

集之幼也，嘗從《詩》師得鄭氏經說，以爲〈大序〉不出於子夏，〈小

序〉不出於毛公，蓋衛宏所爲，而康成之爲說如此。心竊異之，欲求其全書不可得。中歲備員勸講，有阿魯灰叔仲自守泉南，入朝爲同官，始得其錄本讀之。見其說〈風〉、〈雅〉、〈頌〉之分，蓋本諸音節之異於比、興、賦也。訓詁多不得興之說，而爲《序》者，掇拾傅會，以愚惑乎後之人；鳥獸草木之名，天文地理之說，或疎或繆，非一端也。剖晰訓詁之舊，痛快決裂，無復遺蘊。向之所謂纏繞穿鑿者，幸一快焉。恨未久散去，而不得終卷也。

又曰：

竊感鄭氏去朱子之鄉若是其近，以年計之，不甚相遠，門人學者，里閈相錯，而不通見於一時，何哉？雖各自爲說，而多同者。豈閩多賢人，學者老於山林，嘗有其說，未達於外，而兩家各有所采乎？將二氏之卓識，皆有以度越前人，不待相謀而有合乎？世遠地廣，未之有考也。〔註43〕

按：由虞集之〈序〉，可知鄭樵《詩傳》在元代尚有鈔本，以後則不見有人提及該書之內容。虞集謂朱、鄭二家說《詩》多不謀而合，此與黃震、朱德潤謂朱子多有取於鄭氏《詩傳》者異，顧頡剛謂虞氏之言實誤，朱熹明在鄭樵之後，可采鄭氏書，黃、朱之說是。顧頡剛且云：「鄭樵前朱熹不久，又沒有赫赫的盛譽，所以朱熹雖是用他的方法，取他的解說，但不甚高興提出他的名字來。」〔註44〕顧氏以後人之心，度前人之腹，用詞殊爲不妥，然謂朱子有取鄭氏之說，則似可信，且朱子自云：「曾有一老儒鄭漁仲，更不信〈小序〉，只依古本與疊在後面。某今亦只如此，令人虛心看正文，久之其義自見。」〔註45〕可見朱子用鄭樵之法說《詩》，原不諱言，以此推論《集傳》有采諸鄭氏《詩傳》者，說自可信。

第三節 《詩辨妄》之主要見解

除《詩傳》外，鄭樵復有《詩辨妄》一書，此書《通志》、《直齋書錄解題》、《宋史·藝文志》俱云六卷；〔註46〕書名《辨妄》，意在專指毛鄭之妄。

〔註43〕見朱彝尊：《經義考》，卷106。
〔註44〕見顧頡剛：〈鄭樵著述考〉。
〔註45〕見《朱子語類》，卷80。
〔註46〕見《通志》，卷2；《直齋書錄解題》，卷2；《宋史》，卷202。

〔註 47〕

　　《通志・藝文略》云：「按《詩》舊惟魯、齊、韓三家而已，魯申公、齊
轅固、燕韓嬰也。終於後漢，惟此三家並立學官。漢初，又有趙人毛萇者，
自言其《詩》傳自子夏，蓋本《論語》『起予者商』之言也。河間獻王雖好之，
而漢世不以立學官。毛公當爲北海相，其《詩》傳於北海，鄭玄北海人，故
爲之箋。《毛詩》自鄭氏既箋之後，而學者篤信鄭玄，故此《詩》專行，三家
遂廢。《齊詩》亡於魏，《魯詩》亡於西晉，隋唐之世猶有《韓詩》可據。迨
五代之後，《韓詩》亦亡。致令學者只憑毛氏，且以《序》爲子夏所作，更不
敢擬議。蓋事無兩造之辭，則學有偏聽之惑。臣爲作《詩辨妄》六卷，可以
見其得失。」〔註 48〕由此可見鄭玄根本不信《毛詩》傳自子夏，亦即不信其
出自孔門，因作《詩辨妄》以批駁毛鄭之非。

　　《詩辨妄》早已亡佚，黃奭《黃氏逸書考》、余蕭客《古經解鉤沉》、馬
國翰《玉函山房輯佚書》均未見該書之踪影，《古今圖書集成・經籍典》則有
鄭樵《詩辨妄》〈自序〉一篇，又引《詩辨妄》本文二十三篇。所引樵之〈自
序〉曰：「《毛詩》自鄭氏既《箋》之後，而學者篤信康成，故此《詩》專行，
三家遂廢。《齊詩》亡於魏，《魯詩》亡於西晉，隋唐之世，猶有《韓詩》可
據。迨五代之後，《韓詩》亦亡。致今學者，只憑毛氏，且以《序》爲子夏所
作，更不敢擬議。蓋事無兩造之辭，則獄有偏聽之惑。今作《詩辨妄》六卷，
可以見其得失。」〔註 49〕所引之本文二十三篇爲：（1）〈四家詩〉。（2）〈二南
辨〉。（3）〈關雎辨〉。（4）〈國風辨〉。（5）〈風有正變辨〉。（6）〈雅非有正變
辨〉。（7）〈豳風辨〉。（8）〈風雅頌辨〉。（9）〈頌辨〉。（10）〈商魯頌辨〉。（11）
〈逸詩辨〉。（12）〈諸儒逸詩辨〉。（13）〈亡詩六篇〉。（14）〈樂章辨〉。（15）
〈刪詩辨〉。（16）〈詩序辨〉。（17）〈詩箋辨〉。（18）〈讀詩法〉。（19）〈詩有
美刺〉。（20）〈毛鄭之失〉。（21）〈詩亡然後春秋作〉。（22）〈秦以詩廢而亡〉。
（23）〈序草木類兼論詩聲〉。〔註 58〕按所引鄭樵〈自序〉及《詩辨妄》二十
三篇皆不可信，顧頡剛曰：「《集成》所引《詩辨妄・自序》，根於《經義考》，
《經義考》根於《通考》，《通考》並沒有看見原書，不過要發抒他的反對的

〔註47〕陳振孫《直齋書錄解題》：「辨妄者，專指毛鄭之妄。」
〔註48〕見鄭樵：《通志》，卷 63。
〔註49〕見《古今圖書集成》，卷 141，〈經籍典〉。
〔註58〕見《古今圖書集成》，卷 151，〈經籍典〉，。

議論，所以抓了〈藝文略〉的按語加以刪節，算做他的自序，實在是不可信的。」〔註51〕比較《通志·藝文略》中鄭樵之按語與《文獻通考》等書所引之〈自序〉，可知顧氏之言是。至於《集成》所引之二十三篇本文，前二十二篇俱見樵著《六經奧論》卷三，末一篇即是《通志·昆蟲草木略》之序，唯文字少異，如首篇〈四家詩〉，《奧論》題為〈毛氏傳〉，內容則完全相同，可見所謂二十三篇《詩辨妄》本文，殊不足信。

　　《詩辨妄》久無傳本，茲有顧頡剛為之輯佚，題為〈鄭樵辨詩妄輯本〉，全文載於《國立北京大學國學門周刊》第 1 卷第 5 期，今即據之以論《詩辨妄》之見解。

（1）鄭樵曰：「《詩》《書》可信，然不必字字可信。」
　　按：《詩》可信，然〈頌〉詩多溢美之辭，如〈商頌·殷武〉：「撻彼殷武，奮伐荊楚。罙入其阻，裒荊之旅。有截其所，湯孫之緒。」（〈殷武〉首章）屈萬里注云：「世人或謂此所言伐楚，指宋襄公隨齊桓公侵蔡伐楚事。按：其事在魯僖公四年，隨齊伐楚者乃宋桓公，非襄公也。惟魯僖公十五年，宋襄公曾會諸侯盟于牡丘，謀伐楚救徐。二十二年，與楚人戰於泓，宋師敗績。〈頌〉詩自多溢美之辭，此言伐楚，蓋指牡丘之會及泓之戰而言；或竟並桓公隨齊伐楚之事言之也。」〔註52〕〈頌〉詩既多溢美之辭，則《詩》自不必字字可信。《書》可信，然《孟子》曰：「盡信《書》，則不如無《書》。吾於〈武成〉，取二三策而已矣。仁人無敵於天下，以至仁伐不仁，而何其血之流杵也？」〔註53〕故《書》亦不必字字可信。鄭樵之言甚是。

（2）鄭樵曰：「孔子教人學《詩》者，欲多識鳥獸草木之名也。」「夫學《詩》者，正欲識鳥獸草木之名耳。」「鳥獸草木之名，惟陶隱居識其真，如《爾雅》，錯失尤多。」
　　按：子曰：「小子何莫學乎《詩》？《詩》可以興，可以觀，可以群，可以怨。邇之事父，遠之事君。多識於鳥獸草木之名。」〔註54〕可見孔子視《詩》之教人，有多方面之作用，多識鳥獸草木之名乃其一端耳，鄭樵據以謂「學《詩》者，正欲識鳥獸草木之名」，說未免過偏。鄭樵又謂鳥獸草木之名，惟陶隱居

〔註51〕見顧頡剛：〈鄭樵著述考〉。
〔註52〕見屈萬里：《詩經釋義》，〈殷武〉注3。
〔註53〕見《孟子·盡心下》，第 3 章。
〔註54〕見《論語·陽貨》，第 9 章。

識其眞，如《爾雅》，錯失尤多；陶隱居者，陶弘景也，陶氏善琴棋，好道術，明陰陽、五行、地理、醫藥，嘗注本草，有《本草集註》之作，〔註55〕今已不傳，不知該書可否用以多識《詩》之草木之名，然與鳥獸無涉則自無疑問。即令陶氏多識鳥獸草木之眞，亦不可謂其他諸家皆不足取，如依鄭氏之言，則陸璣之〈草木鳥獸蟲魚疏〉似可棄置不觀，此非允當之論。又《爾雅》乃中國第一部字書，雖其質性與傳統認知中的經典不合，〔註56〕然其輯錄古代大量之語詞，加以整理注釋，極轉注、假借之妙用，實研究先秦詞彙、閱讀古籍之重要參考資料，〔註57〕其所保存之「鳥獸草木之名」之材料亦有其價值，劉義慶《世說新語》記載：「蔡司徒渡江，見彭蜞，大喜曰：『蟹有八足加以二螯。』令烹之。既食，吐下委頓，方知非蟹。後向謝仁祖說此事。謝曰：『卿讀《爾雅》不熟，幾爲勸學死。』」〔註58〕可知前人固亦未嘗鄙視《爾雅》。鄭樵批評《爾雅》釋鳥獸草木之名，錯失尤多，茲未見其實際之摘誤，又無法得知其《詩傳》一書如何矯正《爾雅》之說，故於鄭氏斥責《爾雅》之說，無以置評。

（3）鄭樵曰：「設如有子夏所傳之《序》，因何齊、魯間先出，學者卻不傳，反出于趙也？《序》既晚出于趙，于何處而傳此學？」

按：鄭樵意謂《詩序》絕非子夏所作，其說當是。鄭樵之前，最早指出子夏不作《序》之宋儒爲歐陽修，其言曰：「或問《詩》之《序》，卜商作乎？衛宏作乎？非二人之作，則作者其誰乎？應之曰：《書》、《春秋》皆有《序》，而著其名氏，故可知其作者；《詩》之《序》不著其名氏，安得而知之乎？

〔註55〕 詳見《梁書》，卷51；《南史》，卷75。

〔註56〕 傅師隸樸：「《爾雅》的內容只不過解釋經的文義，完全是工具書，實不配稱經，唐人把它列入經部，想是認它爲周公、孔子之作，取《博物志》『聖人制作曰經』之義。婢作夫人，究嫌位不當分。龔自珍《六經正名》說：『《爾雅》者，釋《詩》、《書》之書，所釋又《詩》、《書》之膚末，乃使之與《詩》、《書》抗，是尸祝輿台之鬼，配食昊天上帝也。』眞可謂慨乎其言之了。」《增訂國學概論》，頁144～145。中華叢書編審委員會印行。

〔註57〕 胡樸安：「文字訓詁，不外數字一義，與一字數義二項。此種訓詁，毛詩極多。……《爾雅》詁訓，釋《詩》爲多，非《爾雅》專爲釋《詩》而作，漢代學者，搜集周秦間之訓詁爲《爾雅》，《詩》之詁訓，不覺遂多也。……極轉注假借之妙用，文字訓詁，不外乎是。此《爾雅》在訓詁學上之價值也。……訓詁之書，莫先於《爾雅》。《爾雅》者，所以通古今之異言，釋方俗之殊語。」《中國訓詁學史》，頁46～53。台灣商務印書館印行。

〔註58〕 見《世說新語》，卷下之下，〈紕漏第三十四〉。

雖然，非子夏之作，則可以知也。曰：何以知之？應之曰：子夏親受學於孔子，宜其得《詩》之大旨，其言〈風〉〈雅〉有正變，而論〈關雎〉、〈鵲巢〉繫之周公、召公，使子夏而序《詩》，不爲此言也。」〔註59〕清范蘅洲、崔東璧二人持論更爲切當，范氏所持理由有二：其一，《漢志》但言「《毛詩》源流出於子夏」，末嘗言子夏作《序》，毛公亦未明言子夏作《序》。其二，《序》中聞見異詞，記錄舛誤，紉非子夏筆之於書以授學者。〔註60〕崔東璧以爲其時子夏門人多在魯國，齊、魯既傳其《詩》，亦必並傳其《序》，而後世所傳《魯詩遺序》、《齊詩解說》皆與《毛序》義異，且子夏作《序》之說，不見載於《史》、《漢》，故爲無徵之言。〔註61〕子夏不作《序》之說，前人言之成理，鄭樵說亦可採。

（4）鄭樵曰：「作《序》者有可經據，則指言其人，無可經據，則言其意。」「諸風皆有指言當代之某君者，惟〈魏〉、〈檜〉二風無一篇指言某君者，以此二國，《史記》〈世家〉、〈年表〉、〈書傳〉不見有所說，故二風無指言也，若《序》是春秋前人作，豈得無所一言？」

按：此說言之成理，以爲《序》作於春秋前人者，恐難以自圓其說。

（5）鄭樵以爲《詩序》皆是村野妄人所作。〔註62〕

按：鄭樵鄙夷《詩序》，以爲毫無價值，故斥爲村野妄人所作，然其言實過苛；《詩序》有其特殊的書寫背景，不需抵斥，如近人徐復觀所言：「《詩序》出現時代的先後，可作判定文獻價值的標準，不一定可作判定《詩》教價值的標準。同時，若認《詩序》爲有價值，不等於說每一序皆無瑕疵。若認爲無價值，也不等於每一序皆無意義。最重要的是應當看出作《詩序》者的用心所在。」「每一《詩序》，都有教誠的用心在裡面，此之謂藉《序》以明《詩》教。就文意的解釋上說，較朱熹多繞了一個圈子。但正因爲如此，視線的角度放寬了，反映的歷史、社會背景也比較擴大了。其中有的《詩序》與《詩》的文意不太相切合，有如〈齊風〉的〈雞鳴〉，還有像〈秦風〉的〈蒹葭〉、〈晨風〉等，大約一共可以數出二十多首，……此點尤爲攻擊《詩序》者眾矢之

〔註59〕 見歐陽修：《詩本義》，卷 14。
〔註60〕 見范家相：《詩瀋》，卷 2，〈總論下〉。
〔註61〕 見崔述：《讀風偶識》，卷 1。
〔註62〕 顧頡剛曰：「此條見《朱子全書・詩綱領》引，恐非原文。」見〈鄭樵詩辨妄輯本〉，原載《北京大學國學門周刊》，1 卷 5 期。

的。但若了解上述各詩成立的時代，及陳詩編《詩》的目的，則《詩序》的思古以諷今，正符合《詩》教的傳統。」「許多詩，賴《詩序》述其本事，而使後人得緣此以探索詩的歷史背景、政治社會背景；更爲對詩義的了解，提供一種可以把握的線索，這與《詩》教互相配合，也有莫大的價值。攻擊《詩序》的人，對上兩端，可謂毫無理解。」「《詩序》的作者，曾經作了一番努力，想把各篇之詩，組合貫通，使成爲一有系統的《詩》教，這在《詩序》作者的判斷上，也有其重要性。〈關雎·詩序〉，因〈關雎〉爲『風之始』，也是三百十一篇詩之始，所以便統論《詩》教的成立，及全部《詩經》的大旨，這是極有系統的一篇文章，在中國文學批評史上佔有非常重要的地位。……其次，《詩序》中，有的是以事爲主題加以組合。……還有以義爲主題而貫通成爲系統的。……其他各部分的《詩》，都可看出〈小序〉、〈大序〉這種共同的努力。這種方式的努力，當然要繞些圈子，甚至有的近於傅會；但作者所以這樣做，乃出於以政治教育爲目的的《詩》教，因教學上要求，使受教者容易接受。」〔註63〕徐氏之言甚是，《詩序》有其寫作之時代背景與詮釋上的意義，絕非毫無價值，蓋《詩》有作詩者之心，又有采詩編詩者之心，此則魏源《詩古微》早已有言：「夫《詩》有作詩者之心，而又有采詩編詩者之心焉。有說詩之義，而又有賦詩引詩者之義焉。作詩者自道其情，情達而止，不計聞者之如何也。即事而詠，不求致此者之何自也。諷上而作，但蘄上寤，不爲他人之勸懲也。至太師采之以貢於天子，則以作者之詞，而諭乎聞者之志；以即事之詠，而推其致此之由；則一時賞罰黜陟興焉。國史編之，以備矇誦，教國子，則以諷此人之詩，存爲諷人人之詩，又存爲處此境而詠己詠人之灋，而百世勸懲觀感興焉。」〔註64〕魏氏之言甚是，作《序》者有其用心，焉得謂爲村野妄人所作？近人呂思勉亦曰：「今之《詩》，究係何語？讀之究有何義？恐徒讀經文者必不能解，而一讀《韓詩外傳》，則可得許多義理矣。此在今日，論者必訾《韓詩》等爲迂腐之談，昧於作詩者之本意。而不知詩之作義本不可知。陳樸園謂『三家所傳，多爲誦義』，陳蘭甫謂『孔門弟子言《詩》，多不與本義合。蓋由習熟之至，隨時隨地皆覺與詩義相會通，不覺其脫口而出，故初不必盡拘』。蓋猶未敢決言〈小序〉之爲僞，故爲此調停之說，而不知〈小序〉之說詩皆能得其作義，即其據古書附會之確據也。」

〔註63〕詳見徐復觀：《中國經學史的基礎》，頁154～157。台灣學生書局印行。
〔註64〕見魏源：《詩古微》，卷1。

「近人好執其所謂文學眼光尋繹白文，謂得詩人本意，此則又將與朱子之作《集傳》，王柏之作《詩疑》等。夫自今人言之，則據經學以言《詩》，固爲天經地義矣。然在朱子、王柏當日，據其所謂義理者以言《詩》，又何嘗非天經地義乎？《詩》之要者莫如〈風〉，〈風〉詩本於謠辭。謠辭作者本不能確指其人，且往往增減難合，非復一人之作，更何從得作者之意？且即後世之作詩者，亦有率然而成，不自知其作意云何者矣，而況於謠辭？然使時代相近，則辭中寄慨之意，固人人可以得之。此初無待推求，古代陳詩可觀民風由此。若其時代遙遠，則人之心思，社會之事物全變，其意實無從推想。試問讀〈苤莒〉者，孰能知爲婦人傷夫有惡疾之作乎？至於〈雅〉、〈頌〉，似皆有本事可求，與〈風〉不同，然古史茫昧，向來所傳實亦未必可信。……夫〈雅〉、〈頌〉之本義且不可知，而況於〈風〉？故愚謂說《詩》謹守三家之成法，不問作者爲誰，亦不問作詩之意若何，但論我讀此詩有何感慨，引之以証何種義理，則最通。如近人指『月出皎兮』爲男女相悅之辭，吾不知其誠証何在，然若自有男女相悅之情，誦此詩以見意，固無不可也，所謂《詩》無達詁也。若必挾持成見，強作解人，自謂得古人之意於千載之後，在今日此種風尙正盛時，固覺其爲不易之義，及數十百年之後，則又一〈小序〉、《集傳》、《詩疑》而已矣。」〔註65〕戴君仁亦以爲今人宜以求善之眼光視《詩序》之價值，其言曰：「中國人自古對政治有興趣，先秦諸子所講，沒有一家不是政治學，不過觀念與方法，各家不同，儒家是把道德和政治融成一片的，他們講經，是要向人君說教。現代人不明白他們這種心理，責備他們以災異說經，以美刺講《詩》，種種不合理。這完全以現代人的看法來衡量古人，未免太主觀些。我們如用歷史的眼光來看，時代不同，思想各異。我們今日認爲無道理、無價值者，在古代或有道理，有價值。」〔註66〕呂、戴二氏之言均爲明達之論，今人於《詩序》固不必全信，然亦不可厚誣古人，以之爲村野妄人所作。

（6）鄭樵曰：「凡制文字，必依形依象而立。『風』『雅』『頌』皆聲，無形與象，故無其文，皆取他文而借用，如『風』本風雨之風，『雅』本烏鴉之

〔註65〕見呂思勉：〈辨梁任公陰陽五行說之來歷〉，《古史辨》，第 5 冊，頁 364～365。
〔註66〕詳見戴君仁：〈毛詩小序的重估價〉，原載：《孔孟學報》，第 22 期，今收於戴著：《梅園論學續集》（藝文印書館印行）及中華民國孔孟學會主編之《詩經研究論集》（黎明文化事業公司出版）二書中。

鴉，『頌』本頌容之頌，奈何序《詩》者于借字中求義也！」

按：作《序》者爲配合《詩》之內容與教化，由借字中求風、雅、頌之義，實勢所必至，且未嘗必不可通，如以風爲風教、風刺、風俗，亦可得風之一義；以爲「雅者，正也，言王政之所由廢興也」，章太炎謂「後人因爲他所歌詠的都是廟堂大事，因此說『雅』者正也」，〔註67〕王師靜芝由《論語・述而》「子所雅言」章，何晏《集解》引鄭《注》及孔氏《正義》之說，以爲雅訓爲正，亦無問題。〔註68〕故雅訓爲正爲政，雖不足涵蓋大、小〈雅〉八十篇之意義，然亦不可謂其說非是。至於以頌爲「美盛德之形容，以其成功告於神明」，說亦可通，若此說係於借字中求義，當亦有可取之處。

（7）鄭樵曰：「〈關雎〉言『后妃』，便無義。三代之後，天子之耦曰皇后，太子之耦曰妃，奈何合後世二人之號而以為古一人也！」

按：此說言人所未言，可備一覽。

（8）鄭樵曰：「以〈芣苢〉為婦人樂有子者，據〈芣苢〉詩中，全無樂有子意，彼之言此者何哉？蓋書生之說例，是求義以為所，此語不徒然也，故以為樂有子爾。且〈芣苢〉之作，興采之也，如後人之采菱則為采菱之詩，采藕則為采藕之詩，以述一時所采之興爾，何它義哉！」

按：《詩序》：「〈芣苢〉，后妃之美也。和平則婦人樂有子矣。」自來說解此詩者，多稱費解，如朱子云：「采之未詳何用。」〔註69〕姚際恆云：「此詩未詳。」〔註70〕崔東璧云：「不得其解。」〔註71〕近人說解此詩者，多采鄭樵之說，如胡適云：「〈芣苢〉詩沒有多深的意思，是一首民歌，描寫一群女子，當著光天麗日之下，在曠野中采芣苢，一邊采，一邊唱。」〔註72〕屈萬里云：「此咏婦人採芣苢之詩。」〔註73〕王師靜芝云：「此詩純屬采芣苢時合唱之詞，如今之采茶者之歌，插秧者之歌。」〔註74〕張學波：「細考詩篇，全詩無何深義，

〔註67〕見章太炎：《國學概論》，頁94。河洛圖書出版社印行。
〔註68〕詳見王師靜芝：《經學通論》，上冊，頁269。
〔註69〕見朱子：《詩集傳》，卷1。
〔註70〕見姚際恒：《詩經通論》，卷1。
〔註71〕見崔述：《讀風偶識》，卷1。
〔註72〕見胡適撰：《談談詩經》，《胡適文存》，第4冊，頁565。台北遠東圖書公司印行。
〔註73〕見屈萬里：《詩經釋義》，〈芣苢〉注1。
〔註74〕《經學通釋》，頁48。台北輔仁大學文學院發行。

此當是婦女采芣苢時，信口所唱之歌。」〔註75〕裴普賢：「這是農村婦女們利用休閒相約採集車前子時合唱的民歌。」〔註76〕陳子展：「〈芣苢〉，是描述婦女們同采車前這樣一種輕微勞動的賦體詩。不說任何大道理，直寫一種瑣屑。」〔註77〕或許〈芣苢〉在采編入《詩》之前，其原始之義確實如多數學者所言般的單純，但仍無確據以駁《詩序》「婦人樂有子」之說，張學波引康有爲《新學僞經考》所云「〈辨命論〉『冉耕歌其芣苢』，皆以芣苢爲臭草；而以爲『宜子』，何其謬乎？」之語，謂：「康氏駁斥《毛序》之說，甚是，但其用劉孝標〈辨命論〉之義，實乏憑據。」〔註78〕既乏憑據，似不宜謂康氏之說甚是。吳闓生《詩義會通》則曰：「《序》以爲『和平則婦人樂有子矣。』而《韓詩》：『〈芣苢〉，傷夫有惡疾也。』先大夫以爲『夫有惡疾而求藥以療之』，較之『樂有子』而津津道之者，其義爲長。」〔註79〕以芣苢爲可治惡疾之藥，恐未必較毛《傳》「車前也，宜懷任焉」之說爲長。聞一多於〈匡齋尺牘〉一文釋〈芣苢〉曰：「什麼是『芣苢』？據毛《傳》說是如今的車前。……按植物家的說法，是一種多年草本植物。除了花是紫色的，小而且多之外，其餘葉與花莖都像玉簪。夏日結子，也是紫色的，那因爲成熟遲早不同，紫色便有從發赤到發藍種種不同的色調，想必是很悅目的。『采采』二字便是形容這花子的顏色。……『采采芣苢』，若依毛鄭以及薛君讀『采采』爲動詞，無論三百篇中無此文法，並且與下的『薄言采之』的意義重複，在文法上恐怕也說不過去。」又曰：「古代有種傳說，見於《禮緯·含文嘉》、《論衡》、《吳越春秋》等書，說是禹母吞薏苢而生禹，所以夏人姓姒。這薏苢即是芣苢。古籍中凡提到芣苢，都說它有『宜子』的功能，那便是因禹母吞芣苢而孕禹的故事產生的一種觀念。一點點古聲韻學的知識便可以解決這個謎了。『芣』從『不』聲，『胚』字從『丕』聲，『不』『丕』本是一字，所以古音『芣』讀如『胚』。『苢』從『吕』聲，『胎』從『台』聲，『台』又從『吕』聲，所以古音『胎』讀如『苢』。『芣苢』與『胚胎』古音既不分，証以『聲同義亦同』的原則，便知道『芣苢』的本意就是『胚胎』，其字本只作『不以』，後來用爲植物名，變作『芣苢』，用在人身上，變作『胚胎』，乃是文字孳乳分化的結果。」又曰：「本來

〔註75〕《詩經篇旨通考》，頁12。台北廣東出版社印行。
〔註76〕《詩經評註讀本》，頁30。台北三民書局印行。
〔註77〕《詩三百解題》，頁29。上海復旦大學出版社印行。
〔註78〕見張學波：《詩經篇旨通考》，頁11～12。
〔註79〕見吳闓生：《詩義會通》，卷1，頁7～8。台北洪氏出版社印行。

芣苢有宜子的功用，《逸周書・王會解》早已講過。」〔註80〕聞氏之言，雖亦未爲定論，然由此亦可見《詩序》以〈芣苢〉爲婦人樂有子之詩，絕非憑空杜撰。

（9）鄭樵曰：「〈何彼襛矣〉言『雖則王姬，亦下嫁于諸侯』，不知王姬不嫁諸侯，嫁何人？」

按：《詩序》：「〈何彼襛矣〉，美王姬也。雖則王姬，亦下嫁于諸侯，車服不繫其夫，下王后一等，猶執婦道，以成肅雝之德也。」且不論《序》說是否得詩之本旨，云「雖則王姬，亦下嫁于諸侯」，確易令人滋生誤會，蓋王姬嫁於諸侯實爲天經地義，宜乎鄭氏駁之。然若將「雖則王姬」與「亦下嫁於諸侯」讀爲一句，則《詩序》之言似亦無語病。

（10）鄭樵曰：「幸哉〈凱風〉詩也！其詩若不言『有子七人，莫慰母心』，定爲莊姜之詩無疑也。」

按：《詩序》：「〈凱風〉，美孝子也。衛之淫風流行，雖有七子之母，猶不能安其室，故美七子能盡其孝道，以慰其母心，而成其志爾。」《序》中並未言及莊姜，鄭氏謂若非詩中有「有子七人，莫慰母心」之語，則《詩序》必以之爲莊姜之詩，鄭氏蓋見〈終風〉一詩，《詩序》直指爲衛莊姜傷己之詩，故而有此感歎，然其說亦有傷武斷，設使〈凱風〉無「有子七人」之句，《詩序》亦未必即以之爲莊姜之詩也。

（11）鄭樵曰：「衛本紂都，周得天下以爲衛國；而黎乃商之侯國，今潞州黎城是。周時且無黎也，何得于此有寓衛之黎侯！」

按：《詩序》：「〈式微〉，黎侯寓於衛，其臣勸以歸也。」「〈旄丘〉，責衛伯也。狄人迫逐黎侯，黎侯寓於衛。衛不能修方伯連率之職，黎之臣子以責於衛也。」鄭氏云周時無黎，若是則《詩序》之言捏造史實，然《尙書》有〈西伯戡黎〉之篇，是文王時有黎國，《左傳・宣公十五年》且有「晉侯治兵于稷，以略狄土，立黎侯而還」之語，是鄭樵之說實不可信。

（12）鄭樵曰：「〈簡兮〉實美君子能射御歌舞，何得爲刺詩！」

按：《詩序》：「〈簡兮〉，刺不用賢也。衛之賢者，仕於伶官，皆可以承事王者也。」此詩之說，三家無異義。〔註81〕鄭樵之說在先儒中罕見，唯近人多從

〔註80〕詳見聞一多：〈匡齋尺牘〉，收於聞著《神話與詩》一書。
〔註81〕參閱王先謙：《詩三家義集疏》，卷3。

其說，如傅斯年云：「形容〈萬舞〉之士而美之。」〔註82〕屈萬里云：「此美某善舞者之詩。」〔註83〕王師靜芝云：「此美衛庭之舞之詩。」〔註84〕就詩語揣度之，鄭樵之說可謂平實，〔註85〕《詩序》以之爲刺《詩》，當係配合《詩》教而立論。

（13）鄭樵以爲〈將仲子〉爲淫奔者之詩，並謂：「無與于莊公、叔段之事，《序》蓋失之。而說者又從而巧爲之說，以實其事，誤亦甚矣！」

按：《詩序》：「〈將仲子〉，刺莊公也。不勝其母，以害其弟，弟叔失道，而公弗制，祭仲諫而公弗聽，小不忍，以致大亂焉。」鄭樵謂此說不符史實，而以之爲淫奔者之詩；姑且不論《詩序》乃襲用《左傳》之說，〔註86〕其以〈將仲子〉爲淫奔者之詩，清儒已駁斥其非，姚際恆《詩經通論》曰：「此雖屬淫，然女子爲此婉轉之辭以謝男子，而以父母、諸兄及人言爲可畏，大有廉恥，又豈得爲淫者哉！」〔註87〕方玉潤《詩經原始》亦曰：「女心既有所畏而不從，則不得謂之爲奔，亦不得謂之爲淫。」〔註88〕姚氏、方氏之說甚是，〈將仲子〉恐非淫奔者之詩，鄭樵之說未必爲是。

（14）鄭樵曰：「〈宛丘〉、〈東門之枌〉，刺幽公；〈衡門〉，謂刺僖公。幽、僖公之迹無所據見，作《序》者但本謚法而言之。」又曰：「靈公淫夏姬，此其顯顯者，故以爲言。此據迹而言。」

按：幽、僖公之迹既無所據見，則《詩序》作者本諸謚法而言，自亦有可能。〈株林〉之詩，《序》以爲「刺靈公也。淫乎夏姬，驅馳而往，朝夕不休息焉」，其說本諸《左傳·宣公九年、十年》，信而有徵，〔註89〕鄭樵謂

〔註82〕見《傅斯年全集》，第 1 冊，頁 276。

〔註83〕見屈萬里：《詩經釋義》，〈簡兮〉注 1。

〔註84〕見王師靜芝：《詩經通釋》，頁 104。

〔註85〕按：當然後世研究者不從其說者也所在多有，如程俊英、蔣見元：「這是一首女子觀看舞師表演〈萬舞〉，從而對他產生愛慕之情的詩。」《詩經注析》，上冊，頁 102。北京中華書局出版。陳子展：「〈簡兮〉，是關於衛國伶官在公庭上演習〈萬舞〉之詩。……詩人用意只有一個，就是要在西周王朝盛時繾綣配有這樣出色可稱碩人或每人的伶官，正像要在山上繾有榛樹、要在山下繾有苓草一樣。」《詩三百解題》，頁 130。

〔註86〕事詳《左傳·隱公元年》。

〔註87〕見姚際恒：《詩經通論》，卷 5。

〔註88〕見方玉潤：《詩經原始》，卷 5。

〔註89〕：《左傳·宣公九年》：「陳靈公與孔寧、儀行父通於夏姬。皆衷其衵服以戲」朝。洩冶諫曰：『公卿宣淫，民無效焉。且聞不令，君其納之。』公曰：『吾

《詩序》據迹而言，洵然。

(15) 鄭樵曰：「『節南山』言家父作，家父乃桓王時人。當隱、桓之時，家
　　　父使魯，自幽及桓，蓋七十年，何得家父復仕幽朝！」

　按：《詩序》：「〈節南山〉，家父刺幽王也。」云家父所作，蓋詩中明言「家
　父作誦，以究王訩」。然《左傳·桓公十五年》有「天王使家父來求車，非
　禮也」之語，天王乃周桓王，而《詩序》以〈節南山〉為家父刺幽王之詩，
　故鄭樵以為不可能，然作詩之家父是否即求車之家父，殊難考定，鄭氏之
　証據仍嫌不足，唯詩中有「國既卒斬」之語，則此詩當作於東周初年，《詩
　序》以為幽王時詩，未必可信。

(16) 鄭樵曰：「〈正月〉亦刺桓王詩，故引古以喻曰：『赫赫宗周，褒氏威之。』
　　　且平王東遷于王城，故以鎬京為『宗周』。」

　按：《詩序》：「〈正月〉，大夫刺幽王也。」其說恐非是，鄭樵辨之極詳。屈
　萬里以此為傷時之詩，並云：「由詩中『赫赫宗周，褒姒威之』二語証之，
　蓋亦東周初年詩也。」〔註90〕其說同鄭樵。姚際恆、方玉潤、吳闓生俱以
　此為幽王時詩，〔註91〕王師靜芝駁之曰：「意謂或幽王之時，作者意指褒姒
　之行，可以滅周，故爾。然當幽王之際，以褒姒之盛，誰敢直陳而言？且
　竟以滅國指之，誠不合理。」〔註92〕此說或是，〈正月〉可能是宗周已滅，
　詩人感於時事而作。

(17) 鄭樵曰：「〈十月之交〉言『皇父孔聖，作都于向』，向，東都畿內地也。
　　　凡卿士采邑，必于天子畿內，則知此詩不為西周詩矣。」

　按：鄭樵以向為東周畿內地，不知何所據而云然，且以一地名，遽爾斷定詩
　為東周所作，証據亦嫌薄弱。《詩序》：「〈十月之交〉，大夫刺幽王也。」鄭《箋》：
　「當為刺厲王。」究竟孰是孰非？〈十月之交〉有云：「十月之交，朔月辛卯，
　日有食之，亦孔之醜。」後人按曆書推算，此次日食，適為周幽王六年。《新

　　　能改矣。』公告二子。二子請殺之，公弗禁，遂殺洩冶。」〈十年〉云：「陳
　　　靈公與孔寧、儀行父飲酒於夏氏。公謂行父曰：『徵舒似女。』對曰：『亦似
　　　君。』徵舒病之。公出，自其廐射而殺之。」由斯可知靈公淫乎夏姬之事，
　　　信而有徵。
〔註90〕見屈萬里：《詩經釋義》，〈正月〉注1。
〔註91〕姚氏之說詳《詩經通論》，卷10；方氏之說詳《詩經原始》，卷10；吳氏之說
　　　詳見《詩義會通》，卷2。
〔註92〕《詩經通釋》，頁401。

唐書·曆志》:「高祖受禪，將治新曆，東都道士傅仁均善推步之學，……周幽王六年十月辛卯朔入蝕限，合于《詩》。」〔註93〕阮元《揅經室集》:「謂〈十月之交〉四篇屬厲王時詩者，《魯詩》申培公及《中候·擿雒貳》、鄭司農《詩箋》之說也。謂屬幽王者，子夏《詩序》、大毛公《詩傳》之說也。兩漢《毛詩》晚出，其說甚孤。公卿大儒，多從魯說。今考毛說之合者有四，魯說之不合者亦有四。試說之:《詩》言『十月之交，朔月辛卯，日有食之。』交食至梁隋而漸密，至元而愈精。梁虞酈、隋張胄元、唐傅仁均、一行，元郭守敬，並推定此日食在周幽王六年十月建西辛卯朔日入食限，載在史志。今以雍正癸卯上推之，幽王六年十月辛卯朔，正入食限。此合者一也。若屬王在位，有十月辛卯朔日食，緣何自古術家無一人言及，此不合者一也。《詩》:『百川沸騰，山冢崒崩，高岸爲谷，深谷爲陵』，此災異之大者，《國語》:『幽王二年，西周三川皆震，岐山崩，十一年幽王乃滅。』《史記·周本記》載幽王二年事正相同。此合者二也。若屬王在位，殊無此變，《詩》不應誣言百川沸騰諸事，此不合者二也。艷妻實褒姒也。毛《傳》曰:『艷妻褒姒，美色曰艷』，此受子夏之說，故毅然斷之如此，曰妻者，此《詩》作於幽王六年未廢申后以前，褒姒尚在御妻之列，且〈正月篇〉曰:『褒姒威之，揳之煽處』，正復同時。證之《國語》《史記》〈大雅〉時事，更賍然可案。其合者三也。若屬王時，惟聞弭謗專利而已。使有艷姓之妻爲內寵熾盛如此，《詩·大雅》〈板〉〈蕩〉以及《國語》、周秦諸子史中，不容無一語及之者，此不合者三也。皇父卿士，乃南仲之裔孫，周宣王時卿士，命征淮徐者，故〈大雅·常武〉曰:『王命卿士，南仲大祖，大師皇父。』皇父爲老臣，幽王不用之。任尹氏爲大師卿士，任虢石父爲卿，廢申后，去太子宜臼，故詩人雖頌皇父之聖，實怨其安於退居，是尹氏、虢石父，不在卿士皇父、司徒番諸休退老臣之列，此合者四也。若屬王時，用爲卿士專利者，榮夷公也，其爲正臣諫士者，召公、芮良夫也。皇父等七人，考之彼時，無一驗者，其不合者四也。」〔註94〕阮氏言而有據，〈十月之交〉爲幽王時詩當無可疑。

（18）鄭樵曰:「凡《詩》皆取篇中之字以命題，『雨無正』取篇中之義，故作《序》者曰:『〈雨無正〉，雨自上下者也，眾多如雨，而非所以為政

〔註93〕見歐陽修、宋祈等:《新唐書》，卷25。
〔註94〕見阮元:〈詩十月之交四篇屬幽王說〉，收於阮著《揅經室集》,《皇清經解》，卷1070。

也。』此何等語哉！」

按：《詩序》以〈雨無正〉為刺幽王之詩，又曰「雨自上下者」云云，其說似
與詩之內容無關，鄭樵之前，歐陽修已疑其非：「使毛於《詩序》但云：『浩
浩昊天，刺幽王。』則吾從之矣，其曰雨無正，則吾不得不疑而闕。古之人
於《詩》多不命題，而篇名往往無義例，其或有命名者，則必述《詩》之意，
如〈巷伯〉、〈常武〉之類是也。今雨無正之名，據《序》曰『雨自上下者也，
言眾多如雨，而非正也……今考詩七章，都無此義。』〔註95〕歐陽修態度審
慎，其說可取。《序》所謂「雨自上下者也」云云，與詩意應該無涉。

（19）鄭樵曰：「〈何人斯〉言『維暴之云』者，謂暴虐之人也。且二周畿內
　　　皆無暴邑，周何嘗有暴公！」

按：《詩序》：「〈何人斯〉，蘇公刺暴公也。暴公為卿士而譖蘇公焉，故蘇
公作是詩以絕之。」細讀此詩，名「暴」者有之，名「蘇」者無之，故《序》
說所據何來，頗令人致疑。鄭樵以為二周畿內無暴邑，周自無暴公，故釋
「維暴之云」為暴虐之人，此說新穎，而似未見有從之者。朱右曾《詩地
理徵》：「暴，《箋》曰：『畿內國名。』《正義》曰：『春秋之世，為公者多
是畿內諸侯，書未聞畿外有暴國，今暴公為卿士，明是畿內。當卿士兼公
官也。』王氏曰：『《春秋・文八年》，公子遂會雒戎，盟于暴。』杜氏曰：
『鄭地。』右曾案：一名暴隧，《左傳・成十七年》，楚侵鄭及暴隧。」〔註
96〕林義光《詩經通解》則曰：「陳奐云：『〈十月之交篇〉，皇父卿士，皇
父疑即虢石父，暴公之暴疑作虨，即虢之異體，故《說文》錄虢不錄虨也。』
義光按：虨形譌為虨，誤認作暴，虢公遂譌為暴公，說頗近理。」〔註97〕
諸家之說雖有出入，要皆以「維暴之云」之暴為人名。屈萬里：「舊謂暴
即暴公，而無可徵信，然為人名則無疑。」〔註98〕王師靜芝亦釋「維暴
之云」為「名暴者是也」，〔註99〕以暴為人名，文義較可暢通，蓋「維暴
之云」上有「伊誰云從」之句，詩人自問其人從誰而行？接著自答是那位
名暴之人。若釋暴為暴虐，則文義頗嫌扞格。

〔註95〕見歐陽修：《詩本義》，卷7。
〔註96〕見朱右曾：《詩地理徵》，卷4。
〔註97〕見林義光：《詩經通解》，卷19。
〔註98〕見屈萬里：《詩經釋義》，〈何人斯〉注5。
〔註99〕《詩經通釋》，頁429。

（20）鄭樵曰：「劉歆《三統歷》妄謂文王受命九年而崩，致誤衛宏言『文王　　受命作周』也。」

按：〈文王〉爲〈大雅〉首篇，《詩序》：「〈文王〉，文王受命作周也。」鄭《箋》：「受命，受天命而王天下，制立周邦。」文王雖未嘗爲王，然周之王業實奠基於文王，《序》云文王受命作周，未能謂爲必誤；鄭玄以受命爲受天命而「王天下」，「王天下」三字出而遂使《序》說不符史實。昔蘇轍嘗論「文王受命作周」之意，其說可備一覽。〔註100〕

（21）鄭樵曰：「〈召旻〉詩首章言『昊天疾威』，卒章言『有如召公』，是取始　　卒章一字爲題，更無他義。《序》者曰：「旻，閔也。閔天下無如召公之　　臣也。」蕩是『蕩蕩上帝』者，謂天之蕩蕩然無涯也，故取『蕩』名篇，　　彼亦不知所出，則曰：『天下蕩蕩無綱紀文章。』其乖脫有如此者！」

按：〈召旻〉之詩，篇名何所取義，說各不同，實則《詩》之篇名非包容全篇之義者，王師靜芝論〈常武〉之取義曰：「常武二字，用以名篇，後儒以詩中並無此兩字，因之紛紛疑議，莫有定解。然三百篇本無篇名，〈關雎〉、〈葛覃〉，全無用意。〈常武〉爲西周時作，如已先立題目，則〈株林〉、〈澤陂〉，更宜設以有用意之標題矣。《詩經》之標題，固非作詩之人所書，後人采詩中字句而標識之者耳。若〈韓奕〉則由『奕奕梁山』句取一字，間二句，由『韓侯受命』句取一字，又置韓於奕之上，不能謂之有何義、有何法也。〈常武〉者，四章首句曰『王奮厥武』，擬題之人，或以爲此即全《詩》之旨也。而後冠以常字。至於何以冠常字，則議者雖多，愚意皆未敢信。作標題之人既未注釋，則臆度之辭，實浪費筆墨而已。蓋三百篇標題概屬識別之用，無關詩中要旨，則〈常武〉即爲常武，不必求其義也。」〔註101〕此言當是，詩之篇名不必涵蓋全篇之義，〈召閔〉亦然，取始卒章之一字合爲題，並無他義，鄭樵之言洵然不誣，唯鄭樵之前，蘇轍已有此說，其言曰：「因其首章稱旻天，卒章稱召公，故謂之〈召旻〉，以別〈小旻〉而已。」〔註102〕至於〈蕩〉之名篇亦然，〈蕩〉首句云「蕩蕩上帝」，蕩蕩者，廣大之貌也，〔註103〕取「蕩」字名篇，未必寓有深意，所謂「天下蕩

〔註100〕見本編第三章「蘇轍之《詩經》學」，第三節，「蘇轍《詩集傳》之主要見解」。
〔註101〕見王師靜芝：《詩經通釋》，頁 599～600。
〔註102〕見蘇轍：《詩集傳》，卷 15。
〔註103〕參閱朱子：《詩集傳》，卷 18。

蕩無綱紀文章」，乃序《詩》者發明言外之意。〔註104〕

（22）鄭樵曰：「或曰〈桑柔〉芮伯所作，而予不信，何也？曰：如〈蕩〉、〈召
　　　旻〉見于詩，明明如此，尚不可信，況此詩誰以為然？」
　按：《詩序》：「〈桑柔〉，芮伯刺厲王也。」其說本諸《左傳・文公元年》，
　〔註105〕夷考《詩》中有「天降喪亂，滅我立王」之語，故知此詩非芮伯
　刺厲王之作。〔註106〕

（23）鄭樵曰：「〈周頌〉之序，多非依倣篇中之義為言，乃知所傳為真。」
　按：由此可知鄭樵以為《詩序》之可信者，唯在〈周頌〉。實則〈周頌〉以
　外之《序》，不可全不信，〈周頌〉之《序》，亦不可全信，如〈碩鼠〉之詩，
　《序》以為刺重斂；〈株林〉之詩，《序》以為刺陳靈公，焉能不信？如〈周
　頌・絲衣〉之詩，《序》云：「繹賓尸也。高子曰：『靈星之尸也。』」此說
　清儒姚際恆已辨其非，其說曰：「〈小序〉謂『繹賓尸，其非有三。』天子、
　諸侯名『繹』，大夫名『賓尸』，此舊說，具見《春秋》、《儀禮》；今以『繹
　賓尸』連言，一也。彼既以『賓尸』為言，即以有司徹証之，其云『埽堂，
　敠尸俎』，非別殺牲先夕省視也。今何以告濯、告充、告潔一如正祭乎？佞
　序之徒為之說曰：『「自堂徂基」，尸儐于門基；「自羊徂牛，鼐、鼎及鼒」，
　羊先出而牛從之，鼎先出而鼒從之。』意謂正祭日不即徹，至繹之日始徹
　于門外。然則詩何以言『廢徹不遲』乎？即《儀禮》果如是，亦不可據《儀
　禮》以解詩也。二也。據舊解，絲衣、爵弁為士服，然何以天子之繹獨使
　士？鄭氏曰：『繹禮輕，故使士』，非杜撰禮文乎？三也。……《序》下有
　『高子曰：「靈星之尸也。」』按其言『尸』與《序》同，其言『靈星』與
　《序》大異。古祭天地、日月、星辰、山川之屬無尸，其謂有尸者妄也。」
　〔註107〕姚氏言之頗詳，〈絲衣〉之詩，《序》說不易取信於後人。

〔註104〕參閱范處義：《詩補傳》，卷24。
〔註105〕：《左傳・文公元年》記載：秦伯曰：「是孤之罪也。周芮良夫之詩曰：『大風
　　　　有隧，貪人敗類。聽言則對，誦言如醉。匪用其良，覆俾我悖。』是貪故也，
　　　　孤之謂也。孤實貪以禍夫子，夫子何罪？」
〔註106〕屈萬里《詩經釋義》云：「《詩》中有『天降喪亂，滅我立王』之語，則此
　　　　詩作於東周之初，乃傷時之詩。」王師靜芝：《詩經通釋》曰：「此詩有『滅
　　　　我立王』之語，則類幽王之後，或厲王被逐，共和之際所作。非刺厲王之
　　　　作。」
〔註107〕見姚際恒：《詩經通論》，卷17。

（24）鄭樵曰：「按《獨斷》下篇，宗廟所歌詩名，于〈維清〉曰：『秦氏樂
象者之所歌。』則如今《序》中所言『奏象武』者，『奏』實『秦』字，
衛宏錯認之爾。」

按：鄭樵所見之《獨斷》，不知係何版本？據今何刻《漢魏叢書》本《獨斷》
實云「『維清』一章五句，奏象武之所歌也」，據此則作《序》者未錯認字。
〔註108〕

（25）鄭樵曰：「漢之言《詩》者三家耳。毛公，趙人，最後出，不爲當時所
取信，乃詭誕其說，稱其書傳之子夏，蓋本《論語》所謂『起予者商
也，始可與言《詩》已矣』。」「漢人尚三家而不取毛氏者，往往非不
取其義也，但以妄誕之故，故爲時人所鄙。」「惜乎三家之《詩》不並
傳於世矣！齊魯二家斷矣，不知韓氏世有傳者乎？」「鄭康成生東漢之
末，又爲詩《箋》，本毛氏，以毛公先爲北海相，康成北海人，故傳所
書。」「鄭所以不如毛者，以其書生家，太泥于三《禮》刑名度數。」
「毛鄭輩亦識理。」「毛鄭輩乃村里陋儒。」「亂先王之典籍，而紛惑
其說，使後學不知大道之本，自漢儒始！」

按：《詩》有魯、齊、韓、毛四家，漢初說《詩》者唯三家，《史記·儒林
傳》云：「言《詩》，於魯則申培公，於齊則轅固生，於燕則韓太傅。」〔註
109〕鄭樵謂漢之言《詩》者三家耳，《毛詩》最後出，信然，然又謂《毛詩》
「妄誕」，故爲時人所鄙，則與事實相去甚遠。《漢書·藝文志》云：「漢興，
魯申公爲特訓故，而齊轅固、燕韓生皆爲之傳。或取《春秋》，采雜說，咸
非其本義。與不得已，《魯詩》最爲近之。」〔註110〕顏師古《注》：「與不得
已者，皆不得也。三家皆不得其眞，而魯最近之。」班固嘗見各家之《詩》，
故其評語當不致虛誑。其後《齊詩》亡於魏，《魯詩》亡於西晉，《韓詩》
至唐仍存，〔註111〕今唯見《外傳》十卷；〔註112〕《齊詩》屢雜陰陽五行之
說，不免離奇怪誕，其亡之最早，原因或在此。《韓詩》、《魯詩》雖較《齊
詩》平實，然西漢博士好假借經書以發揮其政治哲理，故郢書燕說疊見層

〔註108〕此點，顧頡剛於〈鄭樵詩辨妄輯本〉已言之。
〔註109〕見《史記》，卷121。
〔註110〕見《漢書》，卷30。
〔註111〕此據王應麟《詩考》所據《崇文總目》之說。
〔註112〕《漢志》著錄《韓故》三十六卷，《韓內傳》四卷，《韓外傳》六卷，《韓說》
四十一卷，《唐志》則著錄《韓詩外傳》十卷。

出，〔註113〕其相繼亡佚，原因或在此。鄭樵以爲《毛詩》妄誕，而爲時人所鄙，說恰相反，《毛詩》純正，傳箋平實簡要，易於傳習，故宋之後，唯《毛詩》流傳至今。鄭樵既云毛鄭亦識理，又云毛鄭乃村里陋儒，說似矛盾，實則鄭樵固極鄙夷毛鄭，然魯人毛公（亨）爲一代大儒，即傳佈《毛詩》之小毛公（萇）亦爲河間獻王博士，〔註114〕鄭玄「於經傳洽孰，稱爲純儒，齊魯閒宗之」，又「括囊大典，網羅眾象，刪裁繁誣，刊改漏失，自是學者略知所歸」，〔註115〕此史有定論，鄭樵譏之爲村里陋儒，實非持平之論。至其所謂亂先王之典籍，而紛惑其說，使後學不知大道之本，自漢儒始云云，則皆意氣之言，可以不論。

（26）鄭樵曰：「『關關雎鳩，在河之洲』，每思淑女之時，或興見關雎在河之洲，或興感雎鳩在河之洲。雎在河中洲上，不可得也，以喻淑女不可致之義，何必以雎鳩而說淑女也！毛謂以喻后妃悅樂，君子之德無不和諧，何理？」

按：《詩序》爲配合《詩》教，故以〈關雎〉爲后妃之德，此說近人多不從之，而以之爲詠愛情、婚姻之詩。〔註116〕毛《傳》：「后妃說樂君子之德，無不和諧，又不淫其色，慎固幽深，若雎鳩之有別焉，然後可以風化天下……」此說固嫌牽強，然鄭樵以爲「關關雎鳩，在河之洲」，比喻淑女不可致，此說亦有待商榷，蓋〈關雎〉首章由「關關雎鳩」起興，以引起君子淑女之宜爲佳善之配偶。言雎鳩雌雄，棲於河之洲上，關關然相鳴和，因而聯想及君子淑女，實爲良好之配偶，故曰「窈窕淑女，君子好逑」，這是非常典型的「興」之作法。〔註117〕鄭樵於〈關雎〉詩云「興見」、「興感」，又云「以喻」，作爲其讀者，於此詩究爲興體，或爲比體，恐有疑惑之感。

〔註113〕參閱屈萬里：《詩經釋義》，敍論，「三家詩」。
〔註114〕參閱《漢書》，卷18，〈儒林傳〉。
〔註115〕引文見《後漢書》，卷35，鄭玄本傳。
〔註116〕傅斯年：「〈關雎〉，敍述由『單相思』至結婚，所以是結婚時用的樂章。」《傅斯年全集》，第1冊，頁272。屈萬里：「此祝賀新婚之詩。」《詩經釋義》，〈關雎〉注1。王師靜芝：「此爲詠君子求淑女，終成婚姻之詩。」《詩經通釋》，頁36。高葆光：「按係賀友結婚詩。」《詩經新評價》，頁29，中央書局印行。裴普賢：「這是詩人歌詠君子追求淑女的戀情之詩。」《詩經評註讀本》，頁4。日人吉川幸次郎：「這首詩是君子（可能是統治者）祈幸福的婚姻之歌。」洪順隆評析譯注：《國風上集》，頁32。台北林白出版社印行。
〔註117〕參閱王師靜芝：《詩經通釋》，頁36。

（27）鄭樵曰：「『葛之覃兮，施于中谷』，此婦人急于成婦功之詩也。鄭以爲喻女在母家，形體浸浸日長大也，此何等語！」

按：毛《傳》於「葛之覃兮」三句下注爲興體，鄭《箋》：「此因葛之性以興焉，興者，葛延蔓于谷中，喻女在父母之家，形體浸浸日長大也。」既以爲興，又以爲比，故鄭樵不以爲然。所可怪者，鄭樵竟以「葛之覃兮」二句爲婦人急於成婦功之詩，《詩序》：「〈葛覃〉，后妃之本也。后妃在父母家，則志在於女功之事，躬儉節用，服澣濯之衣，尊敬師傅，則可以歸安父母，化天下以婦道也。」此說純爲配合《詩》教，樵反對《序》說最力，此竟受其影響，以「葛之覃兮」二句爲婦人急於成婦功之詩，寧非咄咄怪事？屈萬里云：「此婦人自咏歸寧之詩。由『言告師氏』之語証之，此婦似非平民。」〔註118〕此說或爲詩之原始義。其首章乃描寫婦女采葛時之景物，言葛草蔓生，延移而至谷中，葛葉茂盛，黃鳥飛鳴，集於灌木之上，鳴聲喈喈；〔註119〕純係寫景，與婦人急於成婦功無關，鄭樵之說恐非是。

（28）鄭樵曰：「『螽斯』者，取二字以名篇爾，無義也。言『螽斯羽』者，謂螽之此羽耳，何得謂螽斯爲一物名！」

按：毛《傳》：「螽斯，蚣蝑也。」鄭樵不以爲然，而訓「斯」爲「此」，螽斯羽者，螽之此羽也；說至新穎，然無據以證成其說。日人岡元鳳《毛詩品物圖考》曰：「《爾雅》：『蜇螽，蚣蝑。』蜇音斯。邢昺云：『蜇螽，〈周南〉作螽斯，〈七月〉作斯螽，雖字異文倒，其實一也。一名蚣蝑，一名蚣蝑，一名蠜蠡。』螽，總名；斯，語詞。注家以爲蚣蝑，則今吉里吉里斯也。」〔註120〕岡元鳳之書有螽斯圖，狀似蝗蟲。又陸璣曰：「幽州謂之春箕，春箕即春黍，蝗類也。」〔註121〕螽斯、春箕，一音之轉，螽斯當爲一物，鄭樵之說恐非是。

（29）鄭樵曰：「『隰有荷華』，荷華，木芙蓉也。」

按：〈鄭風・山有扶蘇〉：「山有扶蘇，隰有荷華。」毛《傳》：「荷華，扶渠也，其華菡萏。」扶渠，俗作芙渠，日人竹添光鴻曰：「《爾雅・釋草》：『荷，芙渠，其莖茄，其葉蕸，其本蔤，其華菡萏，其實蓮，其根藕，其中的，的中薏。』李巡《註》：『皆分別蓮莖華葉實之名，芙蕖其總名也；的，蓮

〔註118〕見屈萬里：《詩經釋義》，〈葛覃〉注1。
〔註119〕參閱王師靜芝：《詩經通釋》，頁38。
〔註120〕《毛詩品物圖考》，卷6。
〔註121〕見陸璣：《毛詩草木鳥獸蟲魚疏》，卷下。

實也；薏，中心也。』《說文》：『扶渠，華未發爲菡萏，已發爲夫蓉。蓮，扶渠之實也。茄，扶渠莖。荷，扶渠葉。蔤，扶渠本。藕，扶渠根。』段《註》：『……蓋大葉駭人，故謂之荷，大葉扶搖而起，渠央寬大，故曰夫渠。《爾雅》假葉名其通體，故分別莖華實根各名，而冠以荷夫渠三字，則不必更言其葉也。荷夫渠之華爲菡萏，菡萏之葉爲荷夫渠，省文互見之法也。』」〔註122〕鄭樵以「木芙蓉」釋荷華，亦是，《爾雅・釋草》郭璞《注》：「芙藥，別名芙蓉。」邢昺《疏》：「江東人呼荷華爲芙蓉。」〔註123〕

（30）鄭樵曰：「『大東』言『東有啟明，西有長庚』，毛鄭以為一星爾，夫太白不見西方，何得為一星！以此見其不識天文。」

按：〈小雅・大東〉有云：「東有啓明，西有長庚。」毛《傳》：「日旦出，謂明星爲啓明；日既入，謂明星爲長庚。庚，續也。」鄭《箋》：「啓明、長庚，皆有助日之名而無實光也。」啓明、長庚本爲一星，而鄭樵以爲太白不見西方，故啓明、長庚不得爲一星，鄭說有待商榷，《爾雅・釋天》曰：「明星，謂之啓明。」郭璞《注》：「太白星也，晨見東方爲啓明，昏見西方爲太白。」〔註124〕《廣雅・釋天》：「太白謂之長庚，或謂之大囂。」〔註125〕《史記・天官書》：「察日行以處位太白。」司馬貞《索隱》：「《韓詩》云『太白晨出東方爲啓明，昏見西方爲長庚』。』又孫炎注《爾雅》以爲晨出東方高三丈，命曰啓明；昏見西方高三舍，命曰太白。」〔註126〕以此見鄭樵非議毛鄭，恐仍有待商榷。

（31）鄭樵曰：「『有鶴在林』，鶴非食魚鳥。」

按：〈小雅・魚藻之什・白華〉之詩有云：「有鶖在梁，有鶴在林。維彼碩人，實勞我心。」毛《傳》：「鶖，禿鶖也。」鄭《箋》：「鶖也，鶴也，皆以魚爲美食者也。」蘇轍：「鶖、鶴皆以魚爲食，然鶴之於鶖，清濁則有閒矣。今鶖在梁而鶴在林，鶖則飽而鶴則飢矣。」〔註127〕鶴亦食魚，此諸家俱無所疑，獨鄭樵持反對意見，不知其依據何在？若鶴不食魚，則以其在

〔註122〕見竹添光鴻：《毛詩會箋》，第 2 冊，頁 530。台灣大通書局印行。
〔註123〕見《爾雅注疏》，卷 8。
〔註124〕見《爾雅注疏》，卷 8。
〔註125〕見《廣雅》，卷 9 上。
〔註126〕見《史記》，卷 27。
〔註127〕見蘇轍：《詩集傳》，卷 14。

林與鶩之在梁連言，似不見比體之妙。

（32）鄭樵曰：「『敦彼行葦，牛羊勿踐履』，言道中之葦無踐之而後能成，以興兄弟不遠棄而後能親。」

按：〈大雅・行葦〉首章：「敦彼行葦，牛羊勿踐履。方苞方體，維葉泥泥。」鄭《箋》：「苞，茂也。體，成此愛之，況於人乎！」鄭玄之言過於牽強，實則〈行葦〉首章爲起興之辭，言彼聚生道旁之葦，牛羊皆不踐踏；彼葦方成其苞，方成其體形，葉初生柔澤。所言是葦之新生漸趨繁茂之狀，而相聚而生，方苞方體，致牛羊見而不忍踏之。可見其生發之氣，相聚相倚之態，不容毀傷之狀。因以聯想兄弟相親之義，以啓下文。〔註128〕鄭樵之言近是。

（33）鄭樵曰：「泮宮，即廟也。若是學，則獻囚獻馘于此何為哉！」

按：〈魯頌〉有〈泮水〉之詩，《序》云：「〈泮水〉，頌僖公能脩泮宮也。」首章有云：「思樂泮水，薄采其芹。」毛《傳》：「泮水，泮宮之水也。天子辟廱，諸侯泮宮，言水則采取其芹，宮則采取其化。」鄭《箋》：「芹，水菜也。言己思樂僖公之脩泮宮之水，復伯禽之法，而往觀之，采其芹也。辟廱者，築土雝水之外，圓之壁，四方來觀者均也。泮之言半也，半水者，蓋東西門以南通水，北無也。天子諸侯宮異制，因形然。」云天子辟廱，諸侯泮宮者，則是以之爲學宮也。《說文》：「泮，諸侯饗射之宮，西南爲水，東北爲牆。」〔註129〕《史記・封禪書》：「天子曰明堂、辟雍，諸侯曰泮宮。」〔註130〕《說苑》：「有昭辟雍，有賢泮宮。」〔註131〕《白虎通》：「諸侯曰泮宮者，半於天子宮也。」〔註132〕《文獻通考》：「朱子曰：〈王制〉論學曰：『天子曰辟廱，諸侯曰泮宮。』說者以爲辟廱大射行禮之處也，水旋邱如壁，以節觀者；泮宮，諸侯鄉射之宮也，其水半之，蓋東西門以南通水，北無也。」〔註133〕可知泮宮爲周代諸侯之學宮，其規模較中央減半。鄭樵不信舊說，並謂「若是學，則獻囚獻馘于此何爲哉」，鄭樵殆不知《禮記・王制》明載：「諸侯……天子命之教，然後爲學，小學在公宮南之左，大學

〔註128〕參閱王師靜芝：《詩經通釋》，頁539。
〔註129〕見《說文解字》，11篇上。
〔註130〕見《史記》，卷28。
〔註131〕見《說苑》，卷3，〈建本〉。
〔註132〕見《白虎通》，卷上，〈辟雍〉。
〔註133〕見《文獻通考》，卷40，〈學校考〉。

在郊。天子曰辟廱，諸侯曰頖宮。（按：頖宮即泮宮）天子將出征，類乎上帝，宜乎社，造乎禰，禡於所征之地。受命於祖，受成於學。出征，執有罪，反，釋奠於學，以訊馘告。」〔註134〕此正與〈魯頌〉「在泮獻馘」、「在泮獻囚」之語合，鄭氏實無須大驚小怪。

（34）鄭樵曰：「六亡詩，不曰『六亡詩』，而曰『六笙詩』，蓋歌，主人必有辭，笙主竹，故不必辭也，但有其譜耳。」

按：《詩》三百十一篇中，〈小雅〉之〈南陔〉、〈白華〉（鹿鳴之什）、〈華黍〉、〈由庚〉、〈崇丘〉、〈由儀〉六篇，僅存篇名。《序》謂此六篇「有其義而亡其辭」，鄭玄以爲原有其辭，遭戰國及秦之世而亡，董逌等人則以此六篇有聲而無辭，〔註135〕鄭樵亦主六詩本無其辭，但有其譜耳，茲以《序》所謂「亡其辭」之「亡」既可釋爲亡佚，又可釋爲有無之無，且〈南陔〉六詩又徒存篇名，兩派之說固無鐵證，是以於孰是孰非，暫存而不論。

第四節 《六經奧論》中有關《詩經》學之見解

《六經奧論》舊本題宋鄭樵撰，計六卷，顧頡剛以爲有四版本：（1）《通志堂》本。（2）《四庫全書》本。（3）《藤花榭》本。（4）《嘉慶甲子蔡熙曾刻》本。〔註136〕今按《杜藕山房叢書》亦收此書，合爲一卷，書名則曰《六經奧論鈔》。

《通志堂經解》本之《六經奧論》卷首有凡例曰：「夾漈先生所著是書，目之爲《六經奧論》，特發場屋之資，考論深有本原。惜乎舊本相傳，錯雜紕繆。愚故以次定之，庶俾讀者則無惑矣。」又曰：「《易》、《書》、《詩》三經，舊本條目錯雜甚多，愚敬收歸各卷，以爲一定。」又曰：「《詩》之論辨，錯雜尤多，愚故更考次第，始爲定卷，皆歸一類，觀者詳之。」朱彝尊《經義考》卷245以其書議論與《通志》「略不合」，樵又未嘗言及有《奧論》之作，因謂是書非鄭樵所作。《四庫全書總目》卷33以書中論《詩》有與《詩辨妄》相反者，又〈天文辨〉一條，引及鄭樵之說，稱夾漈先生，故雖錄存此書，而樵之名則從刪焉。近人顧頡剛則謂《六經奧論》有真出於鄭樵者，有以他

〔註134〕見《禮記注疏》，卷12。
〔註135〕見本書第三章「蘇轍之《詩經》學」，第三節「蘇轍《詩集傳》之主要見解」。
〔註136〕見顧頡剛：〈鄭樵著述考〉。

人之說雜湊者，總之乃出自後人之纂輯，非鄭氏之原本。〔註137〕今按此書世傳鄭樵著，清儒已發見書中尚存若干問題，茲以其書「相傳既久，所論亦頗有可採」（《四庫提要》語），故仍附論於此，但對於有疑義，恐非鄭樵意見的論述，也將分別點出。

（1）《六經奧論》曰：「武帝時，《毛詩》始出，自以源流出於子夏，其書貫穿先秦古書，惟河間獻王好古，博見異書，深知其精。……今觀其書，所釋〈鴟鴞〉與《金縢》合，釋〈北山〉、〈烝民〉與《孟子》合，釋〈昊天有成命〉與《國語》合，釋〈碩人〉、〈清人〉、〈皇矣〉、〈黃鳥〉與《左氏》合，而《序》〈由庚〉六篇與《儀禮》合；當毛之時，《左氏傳》未出，《孟子》、《國語》、《儀禮》未甚行，而毛氏之說先與之合，不謂之源流子夏，可乎？漢興，三家盛行，毛最後出，世人未知毛氏之密，其說多從齊、魯、韓氏，迨至魏晉，有《左氏》、《國語》、《孟子》諸書證之，然後學者捨三家而從毛氏，故《齊詩》亡於魏，《魯詩》亡於西晉，《韓詩》雖存，無傳之者。從韓氏之說，則二〈南〉、〈商頌〉皆非治世音；從毛氏之說，則《禮記》、《左氏》，無往而不合，此所以《毛詩》獨存於世也。」（「毛氏傳」條）

按：鄭樵《詩辨妄》極力詆諆毛鄭，此則貶三家而尊毛氏，並謂《毛詩》其源出於子夏，此與鄭樵一貫之主張不合，今考此說與葉夢得之《毛詩說》相同，故當係後人雜湊之者。

（2）《六經奧論》：「二〈南〉皆出於文王之化，言王者之化自北而南，周召二公未嘗與其間。二〈南〉之詩，後世取於樂章，用之為燕樂、為鄉樂、為射樂、為房中之樂，所以彰文王之德美也。故曰夫武始而北出，再成而滅商，三成而南；南之為義，蓋如是也。五成而分周公左、召公右，周召南之為義，蓋如是也。周世未有樂名南者，維〈鼓鐘〉之詩曰『以雅以南，以籥不僭』，左氏載季札觀樂，見舞象簡南籥者；詳而考之，南籥，二〈南〉之籥也；〈雅〉也，象舞〈頌〉之〈維清〉也；簡之舞象，籥之奏南，其在當時，見古樂如此。而〈文王世子〉又有所謂胥鼓南，則南之為樂古矣。」（「二〈南〉辨」條）

按：此絕非鄭樵之說，必是纂者以他人之說羼入。理由之一，鄭氏嘗自言：「于

二〈南〉，則曰：『周爲河、洛，召爲岐、雍。河洛之南瀕江，岐雍之南瀕漢。江、漢之間，二〈南〉之地，《詩》之所起在于此。屈宋以來，騷人墨客多生江漢，故仲尼以二〈南〉爲作《詩》之始。』而不曰『南，言化自北而南』。」〔註138〕此則采諸《序》說，兩相矛盾。之二，以南爲樂歌之名，其說與程大昌《詩論》第二章幾全同，〔註139〕程氏在鄭氏之後不久，爲同時代人，〔註140〕《六經奧論》又非名不見經傳之作，程氏當不致明目張膽抄襲之，以此知鄭樵「二〈南〉辨」之言，即程氏《詩論》之篇章，後人雜湊之。

(3)《六經奧論》曰：「……太史公曰：『周道闕，詩人本之衽席，而〈關雎〉作。』……《詩》者，樂也。古人以聲詩奏之樂，後世有不能法祖，怠於政者，則取是詩而奏之，以申警諷，故曰作。作之爲義，如『始作翕如』之作，非謂其詩始作於衰世也。孔子言詩，皆取詩之聲，不曾說詩之義如何，如曰『〈關雎〉樂而不淫，哀而不傷』，又曰『師摯之始，〈關雎〉之亂』，皆樂之聲也，非謂〈關雎〉之義如此，序詩者取以爲〈關雎〉之義，則非矣。大抵古人學《詩》最要理會《詩》之聲，夫子曰：『人而不爲〈周南〉〈召南〉，其猶正墻面而立。』爲之爲義，亦作之意，既謂之作，則翕純皦繹，有聲有器，非但歌詠，而爲〈周南〉〈召南〉之爲，正如三年不爲樂，不圖爲樂之至於斯之爲，謂之爲、謂之作者，皆樂之聲也。」（「〈關雎〉辨」條）

按：《詩》與《樂》本有密切之關係，邵懿辰曰：「《樂》本無經也。『詩言志，歌永言，聲依永，律和聲。』故曰：『詩爲樂心，聲爲樂體。』……樂之原在《詩》三百之中，樂之用在《禮》十七篇之中，故曰：『興於《詩》，立於禮，成於樂。』『子所雅言，《詩》、《書》、執禮。』不言樂也。」〔註141〕以《樂》本無經，而分置於《詩》《禮》之中，此說是否屬實，姑置不論，而其以《詩》《樂》不可或分，言之極是。《周禮·樂師》：「及射，王以〈騶虞〉爲節，諸侯以〈貍首〉爲節，大夫以〈采蘋〉爲節，士以〈采蘩〉爲節。」〔註142〕《儀禮·鄉飲酒禮》：「鄉飲酒禮，工歌〈鹿鳴〉、〈四牡〉、〈皇皇者華〉，笙〈南陔〉、

〔註138〕引文見《通志·昆蟲草木略·序》，本章第二節有引。
〔註139〕詳見程大昌：《詩論》，第二篇。
〔註140〕鄭樵生於宋徽宗崇寧3年（1104），卒於高宗紹興32年（1162）。程大昌生於徽宗宣和6年（1124），卒於寧宗慶元元年（1195）。
〔註141〕見邵懿辰：《禮經通論》，「論樂本無經」條。
〔註142〕見《周禮注疏》，卷23。

〈白華〉、〈華黍〉，乃閒歌〈魚麗〉，笙〈由庚〉。歌〈南有嘉魚〉，笙〈崇丘〉。歌〈南山有台〉，笙〈由儀〉。乃合樂〈周南・關雎〉、〈葛覃〉、〈卷耳〉、〈召南・鵲巢〉、〈采蘩〉、〈采蘋〉。工告於樂正，曰：正歌備。」〔註143〕〈鄉射禮〉、〈燕禮〉、〈大射禮〉亦皆有歌《詩》之記載。〔註144〕《禮記・樂記》亦曰：「〈清廟〉之瑟，朱弦而疏越，壹唱而三歎。」〔註145〕《論語・泰伯》亦曰：「師摯之始，〈關雎〉之亂，洋洋乎盈耳。」〔註146〕再證之以孔子自謂「吾自衛反魯，然後樂正，〈雅〉〈頌〉各得其所」，〔註147〕可知鄭樵以爲古人學《詩》「最要理會詩之聲」，非爲無據。唯鄭樵以《論語》「女爲〈周南〉、〈召南〉」之「爲」爲作，則未必爲是，朱子謂「爲猶學也，〈周南〉、〈召南〉，詩首篇名，所言皆修身齊家之事」，〔註148〕朱子之說較爲平實，蓋孔子向極重視《詩》教，故欲伯魚學《詩》。

（4）《六經奧論》曰：「《詩》者，聲《詩》也，出於情性。古者三百篇之《詩》皆可歌，歌則各從其國之聲。〈周〉、〈召〉、〈王〉、〈豳〉之詩同出於周，而分爲四國之聲；〈邶〉、〈鄘〉、〈衛〉之詩同出於衛，而分爲三國之聲；蓋採詩之時，得之周南者係之〈周南〉，得之召南者係之〈召南〉，得之王城與豳者，係之王城與〈豳〉，得之邶鄘衛者，係之〈邶〉〈鄘〉〈衛〉，蓋歌則各從其國之聲……召穆之〈民勞〉，衛武之〈賓之初筵〉，不附其國，而在二〈雅〉，皆以聲別也。夫〈風〉之詩出於土風，而〈雅〉之詩則出於朝廷大夫爾。文王之詩見於〈風〉者，二〈南〉是也。成王之詩見於〈風〉者，〈豳風〉是也。平王之詩見於〈風〉者，〈王風〉是也。〈雅〉〈頌〉之音與天下同，列國之音隨風土而異，若謂降〈黍離〉而爲〈國風〉，則〈豳〉詩亦可降邪？大抵聲有三百篇，皆以聲別，古人採詩之時，隨其國而係之。」（「〈國風〉辨」條）

按：三百篇具有樂性，其始或有徒詩者，然一經釆錄，必皆按聲製譜，即使釆詩之初，未一一製譜，孔子自衛反魯後，亦必譜其闕。〔註149〕皮錫瑞

〔註143〕見《儀禮注疏》，卷9。
〔註144〕詳《儀禮注疏》，卷11、15、17。
〔註145〕見《禮記注疏》，卷37。
〔註146〕見《論語・泰伯》，第15章。
〔註147〕見《論語・子罕》，第15章。
〔註148〕見朱子：《論語集注》，〈陽貨〉，第10章。
〔註149〕參閱蔣善國：《三百篇演論》，頁329。

《經學通論》：「《史記》曰：『三百篇，孔子皆弦歌之，以求合〈韶〉、〈武〉、〈雅〉、〈頌〉之音。』則孔子之時，《詩》無不入樂矣。《漢書》曰：『行人振木鐸，徇於路以采詩，獻之大師，比其音律。』則孔子之前，《詩》無不入樂矣。《墨子》曰：『誦《詩》三百，弦《詩》三百，歌《詩》三百，舞《詩》三百。』則孔子之後，《詩》無不入樂矣。……《左氏傳》云：『〈湛露〉，王所以宴樂諸侯也；〈彤弓〉，王所以燕獻功諸侯也；〈文王〉，兩君相見之樂也；〈鹿鳴〉、〈四牡〉、〈皇華〉，嘉鄰國君勞使臣也。』此《詩》之入樂有一定者也。〈鄉飲酒禮〉，正歌備後有無算樂，《注》引《春秋·襄二十九年》吳公子札來聘，請觀於周樂，此國君之無算。然則《左氏傳》載列國君卿賦詩言志，變〈風〉變〈雅〉，皆當在無算樂之中，此《詩》之入樂無定者也。」〔註150〕皮氏此言甚為透闢，《詩》三百皆可入樂；鄭樵謂《詩》皆可歌，歌則各從其國之聲，其說當是。鄭樵又謂〈民勞〉、〈賓之初筵〉等詩，不附其國，而在二〈雅〉，皆以聲別，其說亦是，屈萬里云：「大小〈雅〉裡，固然多半是士大夫的作品，但〈小雅〉中也不少類似風謠的勞人思婦之辭——如〈黃鳥〉、〈我行其野〉、〈谷風〉、〈何草不黃〉等是。但因為樂調不同，所以被列在〈雅〉，又因為其用不同，音節亦異，於是又有〈小雅〉〈大雅〉之分。」〔註151〕可入〈風〉詩而以樂調不同列於〈雅〉者，固不止一二篇。

（5）《六經奧論》曰：「〈風〉有正變，仲尼未嘗言，而他經不載焉，獨出於《詩序》，若以美者為正，刺者為變，則〈邶〉、〈鄘〉、〈衛〉之詩謂之變〈風〉可也。〈緇衣〉之美武公，〈駟鐵〉、〈小戎〉之美襄公，亦可謂之變乎？必不得已，從先儒正變之說，則當如《穀梁》之書，所謂變之正也。《穀梁》之《春秋》書築王姬之館于外，書《春秋》盟于首戴，皆曰變之正也，蓋言事雖變常而終合乎正也。……《序》所謂變〈風〉出乎情性，止乎禮義，此言得之，然《詩》之必存變〈風〉何也？見夫王澤雖衰，人猶能以禮義自防也；見中人之性，能以禮義自閑，雖有時而不善，終蹈乎善也；見其用心之謬，行己之乖，倘返而為善，則聖人亦錄之而不棄也。先儒所謂〈風〉之正變如是而已，〈雅〉之正變如是而已。」

〔註150〕詳見皮錫瑞：《經學通論》，「二、《詩經》」，「論詩無不入樂，史漢與左氏傳可證」條。
〔註151〕見屈萬里：《詩經釋義》，敘論，《詩經》內容。

（〈風〉有正變辨）

按：極富疑古之精神，一向反對毛鄭之鄭樵，竟爾為《詩序》變〈風〉變〈雅〉之說護，實不能不令人致疑，此當係他人之說入《六經奧論》者。唯其以為若以美者為正，刺者為變，則有不可通之處，此則又合乎鄭樵一貫之批評精神。

(6)《六經奧論》曰：「二〈雅〉之作，皆紀朝廷之事，無有區別，而所謂大小者，《序》者曰：『政有大小，故謂之〈大雅〉〈小雅〉。』然則〈小雅〉以〈蓼蕭〉為澤及四海，以〈湛露〉為燕諸侯，以〈六月〉、〈采芑〉為北伐、南征，皆謂政之小者，如此，不知〈常武〉之征伐何以大於〈六月〉，〈卷阿〉之求賢何以大於〈鹿鳴〉乎？或者又曰：『〈小雅〉猶言其詩典正，未至渾厚大醇者也。』此言猶未是，蓋〈小雅〉〈大雅〉者，特隨其音而寫之律耳。律有小呂、大呂，則歌〈大雅〉、〈小雅〉，宜其有別也。《春秋・襄公二十九年》，吳季札觀周樂，歌〈大雅〉、〈小雅〉，是〈雅〉有小大，已見於夫子未刪之前，無可疑者。然無所謂正變者，正變之言不出於夫子，而出於《序》，未可信也。〈小雅〉節南山之刺，〈大雅〉民勞之刺，謂之變雅可也；〈鴻雁〉、〈庭燎〉之美宣王也，〈崧高〉、〈烝民〉之美宣王，亦可謂之變乎？蓋《詩》之次第，皆以後先為序，文、武、成、康，其詩最在前，故二〈雅〉首之，厲王繼成王之後，宣王繼厲王之後，幽王繼宣王之後，故二〈雅〉皆順其序，〈國風〉亦然，則無有正變之說，斷斷乎不可易也。」（「〈雅〉非有正變辨」條）

按：《詩序》：「雅者，正也。言王政之所由廢興也。政有小大，故有〈小雅〉焉、有〈大雅〉焉。」以政之小大區分大小〈雅〉，其說並不十分妥當，王師靜芝以〈小雅・鹿鳴〉、〈四牡〉、〈皇皇者華〉、〈大雅既醉〉、〈行葦〉諸詩為例，以證〈小雅〉即大小政之說不可憑信，[註152] 加以鄭樵所舉之〈小雅・蓼蕭〉、〈湛露〉、〈六月〉、〈采芑〉、〈大雅〉之〈常武〉、〈卷阿〉，可見實例甚多，不勝枚舉，《序》以政有小大區分大小〈雅〉，必不可信。然則大小〈雅〉又如何區分？鄭樵以音律區分，謂律有小呂、大呂，宜其歌有〈大雅〉〈小雅〉；以音律分別大小〈雅〉，其說大致可信。夫〈雅〉之名或源於樂器，《周禮・應雅・注》：「雅狀如漆筩而弇口，大二圍，長五尺六寸，以羊革鞔之，有兩

〔註152〕詳見王師靜芝：《經學通論》，上冊，頁 265。

紐疏畫。」歌雅詩，殆以此樂器，遂相沿以爲樂歌之名。〔註153〕自鄭樵之說
出，後之說《詩》者紛紛以音律解釋大小〈雅〉，如王質曰：「雅，樂歌名也。」
〔註154〕程大昌曰：「南、雅、頌，樂名也。……音類既同，又自別爲大小，
則聲度必有豐殺廉肉，亦如十二律然；既有大呂，又有小呂也。」〔註155〕朱
子則曰：「以今考之，正〈小雅〉，宴饗之樂也；正〈大雅〉，會朝之樂，受釐
陳戒之辭也。……詞氣不同，音節亦異。」〔註156〕惠周惕亦曰：「大小〈雅〉
當以音樂別之，不以政之大小論之也，如律有大小呂。」〔註157〕以音律音節
區分大小〈雅〉，是許多學者都有的想法。鄭樵又以爲〈雅〉無所謂正變；正
變之說本出《詩序》：「至于王道衰，禮義廢，政教失，國異政，家殊俗，而
變〈風〉、變〈雅〉作矣。」漢儒的正變說基本上也是說教上的方便之論，直
指其說不可從者頗多，不僅鄭樵爲然。

（7）《六經奧論》曰：「『〈周〉、〈召〉、〈邶〉、〈鄘〉、〈衛〉、〈王〉、〈鄭〉、〈齊〉、
　　〈豳〉、〈秦〉、〈魏〉、〈唐〉、〈陳〉、〈檜〉、〈曹〉』，『〈周〉、〈召〉、〈邶〉、
　　〈鄘〉、〈衛〉、〈王〉、〈鄭〉、〈齊〉、〈魏〉、〈唐〉、〈秦〉、〈陳〉、〈檜〉、〈曹〉、
　　〈豳〉』，自〈周〉、〈召〉至〈檜〉、〈曹〉，此夫子未刪之前，季札觀周樂，
　　〈國風〉之次第也。自〈周〉、〈召〉至於〈豳〉，此今詩〈國風〉之次第。
　　十五〈國風〉，初無增損。或謂夫子離衛、降王、進鄭、退齊、入魏與秦；
　　以一己之私，揣摩聖人之意，無是理也。然聖人必以〈豳〉之風置之〈檜〉、
　　〈曹〉之下者，何也？蓋習亂者必思治，傷今者必思古，〈檜〉終於〈匪
　　風〉，思周道也；〈曹〉終於〈下泉〉，思治也。天下後世，苟有〈下泉〉
　　之思治，〈匪風〉之思周道，則〈陳〉淫〈檜〉亂之治，一變而復見〈豳
　　風〉之正，聖人序《詩》，所以寓其變於十五〈國風〉之末者，此也。〈豳
　　風〉、〈豳雅〉、〈豳頌〉，聖人以〈豳〉詩列於〈風〉〈雅〉之間，謂其不
　　純〈風〉而可以〈雅〉，駸駸乎移〈風〉而即於〈雅〉也，所以係〈風〉
　　之末，居〈雅〉之前者，此也。或謂〈七月〉、〈鴟鴞〉之詩，其言則〈雅〉，
　　其體〈風〉，雖非婦人女子之言，實婦人女子之體也，故列之〈風〉〈雅〉

〔註153〕參閱蔣善國：《三百篇演論》，頁208。
〔註154〕見王質：《詩總聞》，卷9。
〔註155〕見程大昌：《詩論》，第二篇。
〔註156〕見朱子：《詩集傳》，卷9。
〔註157〕見惠周惕：《詩說》，卷上。

〈頌〉之間，聖人有深意也。」（「〈豳風〉辨」條）

按：季札觀周樂，所見之〈國風〉次第與今本不同，此蓋今本業經孔子之整理。常識上，《詩經》在孔子之前，為一大眾誦讀之官書，經孔子整理之後，乃成為後世眾所尊重之經書。季札觀樂事，在魯襄公二十九年，時孔子八歲，屈萬里以為季札所見者乃孔子以前魯國所流傳之〈國風〉次第，至於今傳本《毛詩》之〈國風〉次第，乃孔子所定；〔註158〕此說近人多表同意，于大成且謂鄭《譜》所定之〈國風〉次第（〈周南〉、〈召南〉、〈邶〉、〈鄘〉、〈衛〉、〈檜〉、〈鄭〉、〈齊〉、〈魏〉、〈唐〉、〈秦〉、〈陳〉、〈曹〉、〈豳〉、〈王〉）為三家之本，亦為孔子所整編，後經始皇焚書，《詩》借口頭之諷誦，不必依竹帛而傳，逮及漢人再著之竹帛，由於彼此記憶互有出入，故同為孔子刪定之本，卻有《毛詩》與三家《詩》次第之不同。〔註159〕不過，孔子整編〈國風〉之次第，容或有其理念，然聖人既未明示，又未暗示，則後人之推測，無論如何自圓其說，亦未得謂為必是，更不能以為己說必得聖人本意，而他人之說必然為非。鄭樵以人謂夫子離衛、降王、進鄭、退齊之說，為以一己之私，揣摩聖人之意，並無是理；其批評固然可以成立，然其以「習亂者必思治」云云，解釋聖人以〈豳風〉置於〈檜〉、〈曹〉之下之故，又何嘗不是以一己之私，揣摩聖人之意？若謂他人之說並無是理，鄭氏之說又幾曾有是理？鄭氏又論及豳風、豳雅、豳頌之說，夫〈豳〉有〈風〉〈雅〉〈頌〉，首見於《周禮・籥章》：「籥章，掌土鼓豳籥，中春畫，擊土鼓，歙豳詩，以逆暑。中秋夜迎寒，亦如之。凡國祈年于田祖，歙豳雅，擊土鼓，以樂田畯。國祭蜡，則歙豳頌，擊土鼓，以息老物。」鄭玄《注》「〈豳詩〉，〈豳風・七月〉也，吹之者以籥為之聲，〈七月〉言寒暑之事，迎氣歌其類也，此〈風〉也。……豳雅亦〈七月〉也，〈七月〉又有于相舉趾、饁彼南畝之事，是亦歌其類，謂之雅者，以其言男女之正。……豳頌亦〈七月〉也，〈七月〉又有獲稻作酒、躋彼公堂、稱彼兕觥、萬壽無疆之事，是亦歌其類也。謂之頌者，以其言歲終人功之成。」〔註160〕鄭氏之言是否得《周禮》之本義，不無疑問，蓋鄭以正釋雅，以成功釋頌，而

〔註158〕說詳屈萬里：《詩經釋義》，敘論，「《詩經》內容」、「《詩經》之編集」。
〔註159〕說詳干大成：《詩經述要》，收於高明仲華主編之《群經述要》一書，台北黎明文化事業公司印行。
〔註160〕見《周禮注疏》，卷24。

棄音律於不顧，如此則一詩而兼〈風〉〈雅〉〈頌〉三體者，其或不唯〈七月〉一詩。元朱孟章《詩經疑問》：「〈七月〉一詩，或以《周禮・籥章》有豳詩、豳雅、豳頌，而欲三分是詩以當之，《集傳》謂恐無此理。或謂本有是詩而亡之者，然歟？或又謂但以〈七月〉全篇，隨事而變其音節以為〈風〉、以為〈雅〉、以為〈頌〉，果可行歟？又疑以〈楚茨〉、〈信南山〉、〈甫田〉、〈大田〉為〈雅〉，〈思文〉、〈臣工〉、〈噫嘻〉、〈豐年〉、〈載芟〉、〈良耜〉等篇為〈豳頌〉，其說是歟？非歟？敢問。疑後說可通，故朱子於大小〈雅〉諸篇之後各言之也。」〔註161〕朱氏列舉諸說，而疑莫敢定，又謂〈楚茨〉等篇為豳雅，〈思文〉等篇為豳頌，朱子已言之，實則朱子雖有是言，然亦謂「未知其是否也」。〔註162〕鄭樵則謂豳詩不純〈風〉而可以〈雅〉，故係〈風〉之末，居〈雅〉之前，又謂〈七月〉、〈鴟鴞〉之詩，其言則〈雅〉，其體則〈風〉，雖非婦人女子之言，實婦人女子之體，故列之〈風〉〈雅〉〈頌〉之間；其說怪異，而猶自喜於得聖人深意；是否能獲得後世研《詩》學者認同，實不宜樂觀。

（8）《六經奧論》曰：「〈風〉者，出於土風，大概小夫、賤隸、婦人、女子之言，其意雖遠，其言淺近重複，故謂之風。〈雅〉出於朝廷士大夫，其言純厚典則，其體抑揚頓挫，非復小夫、賤隸、婦人、女子能道者，故曰雅。〈頌〉者，初無諷誦，惟以鋪張勳德而已，其辭嚴，其聲有節，不敢瑣語褻言，以示有所尊，故曰頌。唐之〈平淮夷頌〉，漢之〈聖主得賢臣頌〉，效其體也。然所謂〈風〉〈雅〉〈頌〉者，不必自〈關雎〉以下方謂之〈風〉，不必自〈鹿鳴〉以下方謂之〈小雅〉，不必自〈文王〉以下方謂之〈大雅〉，不必自〈清廟〉以下方謂之〈頌〉。程氏曰：《詩》之六體，隨篇求之，有兼備者，有偏得其三者；〈風〉之為言有諷諭之意，三百篇之中，如『文王曰咨，咨女殷商』之類，皆可謂之〈風〉；〈雅〉者，正言其事，三百篇之中，如『憂心悄悄，慍于群小。覯閔既多，受侮不少』之類，皆可謂之〈雅〉；〈頌〉者，稱美之辭，如『于嗟麟兮』『于嗟乎騶虞』之類，皆可謂之〈頌〉；故不必泥〈風〉〈雅〉〈頌〉之名，以求其義也，亦猶賦《詩》而備比興之義焉。」（「〈風〉〈雅〉〈頌〉辨」條）

〔註161〕見朱倬：《詩經疑問》，卷2。
〔註162〕引文見朱子：《詩集傳》，卷19，〈良耜〉自註。

按：鄭樵向主〈風〉、〈雅〉、〈頌〉由聲分，一再強調「古人學《詩》最要理會《詩》之聲」，此竟棄聲而不論，以為應由意義分別〈風〉、〈雅〉、〈頌〉，可見《六經奧論》一書內容駁雜可疑。顧頡剛嘗謂「即使說他的思想有早晚的不同，也不致于如此的走成兩極端」〔註163〕顧說是，鄭氏既力詆毛鄭與《詩序》，又主聲分〈風〉〈雅〉〈頌〉，當不致又贊成〈風〉〈雅〉〈頌〉由內容斷定。且鄭氏又引程氏之言，以為〈大雅・蕩〉可謂之〈風〉，〈邶風・柏舟〉可謂之〈雅〉，〈周南・麟之趾〉、〈召南・騶虞〉可謂之〈頌〉；一詩之體，竟可橫跨〈風〉〈雅〉〈頌〉，不通至極，且竟猶欲人「不必泥〈風〉〈雅〉〈頌〉之名」，如此，《詩》三百大可不必分〈風〉、〈雅〉、〈頌〉，蓋一詩同時可為〈風〉，可為〈雅〉，可為〈頌〉，又將何以置之？是其不可通者。此蓋他人之言雜廁於此，非鄭氏之意見。

（9）《六經奧論》曰：「陳休齊云：『頌者，序其事，美其形容，以告於神明。是其詩專用於郊廟，蓋鬼神之事，戰國以下失之矣。管仲有〈國頌〉，屈原有〈橘頌〉，秦人刻石頌功德，漢有〈聖主得賢臣頌〉，唐有〈磨崖中興頌〉，以鬼神之事，加之生人，其弊如此。』余謂此說不然，蓋〈頌〉者美其君之功德而已，何以告神明乎？即以〈敬之〉為戒成王，〈小毖〉為求助，與夫〈振鷺〉、〈臣工〉、〈閔予小子〉皆非告神明而作也，不惟天子用之，諸侯而臣子祝頌其君者亦得用，故僖公亦有頌。後世揚雄之頌充國，陸機之頌漢功臣，韓愈之頌伯夷，鄭頌子產之不毀鄉校，蓋有是焉。《禮記》載『美哉輪焉，美哉奐焉，君子稱其善頌善禱』，亦猶是也。憑詩之言，而疑後世作頌之過，非的論也。」（〈頌〉辨）

按：頌本為廟堂樂歌，非僅有辭有歌曲，亦且有舞，以「美盛德之形容」；〈魯頌〉則名雖頌，體實近〈風〉〈雅〉，內容以讚美頌禱為主，而非純正之廟堂祭祀之詩；〈商頌〉之〈殷武〉亦類〈雅〉而不類〈頌〉，屈萬里以為此皆孔子之傑作，置魯詩於〈頌〉，正合《春秋》意旨，置宋詩於〈頌〉，亦為人情之常，此即所謂「〈雅〉〈頌〉各得其所」。〔註164〕屈氏說雖非定論，然〈頌〉既有讚美頌禱時君之詩，則不得謂其詩專用於郊廟，後世有頌其國君之作，亦極自然，不得謂以鬼神之事，加之生人；鄭樵之說甚是。

〔註163〕引文見顧頡剛：〈鄭樵著述考〉。
〔註164〕參閱屈萬里：《詩經釋義》，敘論，「《詩經》之編集」。

（10）《六經奧論》曰：「〈魯頌〉是魯僖公已歿之後，《序》中明言季孫行父
　　　請命於周，而史克作是頌。〈頌〉有四篇，皆史克作，明矣。〈閟宮〉
　　　曰：『新廟奕奕，奚斯所作。』蓋奚斯作新廟耳，非作頌也。而漢班固、
　　　王延壽等，反謂〈魯頌〉是奚斯所作。〈商頌〉明言正考父得〈商頌〉
　　　十二篇於周之太師，而太史公曰：『宋襄修行仁義，其大夫正考父美之
　　　而作〈商頌〉。』此蓋出於《韓詩》以〈商頌〉出於春秋之世，故為是
　　　說爾。當漢之時，《詩》之《序》未出，宜乎言《詩》者牴牾也。二〈頌〉
　　　之作，當以《序》為正。」（「商魯〈頌〉辨」條）

按：《詩序》：「〈駉〉，頌僖公也。僖公能遵伯禽之法，儉以足用，寬以愛民，
務農重穀，牧于坰野，魯人尊之。於是季孫行父請命于周，而史克作是頌。」
此說不知何據，朱子謂「此《序》事實皆無可考，詩中亦未見務農重穀之意，
《序》說鑿矣」，〔註165〕姚際恆亦謂此說無稽，〔註166〕鄭樵以為《序》說無
誤，卻又未說明其理，唯曰《序》中明言如何如何，故史克作〈魯頌〉明矣；
此說若出自尊《序》者之口，自有可說，出自鄭樵之口，則難脫張冠李戴之
嫌，質言之，鄭樵必不為是說。又今文家以為奚斯作〈商頌〉，此係誤讀詩文，
其謬自不待言，而鄭樵據《序》謂〈商頌〉為正考父所得，非其自作，又謂
〈商頌〉非作於春秋之世，然《國語》明言：「正考父校商之名頌十二篇於周
太師，以〈那〉為首。」〔註167〕《詩序》以為〈商頌〉乃正考父所得，未詳
何據，清魏源《詩古微》舉證十三條，斷〈商頌〉為宋襄公時正考父祭商先
祖而稱頌君德所作，其所考頗有根據；〔註168〕鄭樵充分肯定《序》說，此在
尊《序》之學者而言自為可能，在鄭樵必為他人之言雜廁於其書。

（11）《六經奧論》曰：「〈魚麗〉之後，亡其三，〈南陔〉、〈白華〉、〈華黍〉也。
　　　〈南山有台〉、〈南有嘉魚〉之後，亡其三，〈由庚〉、〈崇丘〉、〈由儀〉
　　　也。六篇之詩同在一處，不應中間〈南有嘉魚〉、〈南山有台〉二詩獨
　　　能存也。案《儀禮》〈鄉飲酒〉及〈燕禮〉：『笙入，於縣中奏〈南陔〉、
　　　〈白華〉、〈華黍〉。』又曰：『閒歌〈魚麗〉，笙〈由庚〉，歌〈南有嘉
　　　魚〉，笙〈崇丘〉，歌〈南山有台〉，笙〈由儀〉。』此六詩皆主於笙奏

〔註165〕見朱子：《詩序辨說》。
〔註166〕見姚際恆：《詩經通論》，卷18。
〔註167〕見《國語》，卷5，〈魯語〉。
〔註168〕詳見魏源：《詩古微》，卷6。

之。商份曰：『所謂亡其辭者，今《論語》亡字皆讀爲無字。』謂此六詩以笙奏之，雖有其聲，舉無辭句，不若〈魚麗〉、〈南有嘉魚〉、〈南山有台〉於歌奏之，歌人聲也，故有辭爾，此歌與笙之異也。……六亡詩乃笙詩，……初無辭之可傳也。」（「亡詩六篇」條）

按：六亡詩之問題，本篇第三章「蘇轍之《詩經》學」，第三節「蘇轍《詩集傳》之主要見解」，第十六段「論〈南陔〉、〈白華〉、〈華黍〉、〈由庚〉、〈崇丘〉、〈由儀〉」，及本章第三節「《詩辨妄》之主要見解」第三十四段，均有附論，茲不贅。

（12）《六經奧論》曰：「司馬遷云：『古者詩三千餘篇，夫子取其可施於禮義者三百篇。』孔穎達曰：『案書傳所引之詩，見在者多，亡逸者少，則夫子所錄，不容十分去九。』夫《詩》上自〈商頌〉祀成湯，下至〈株林〉刺陳靈公，上下千餘年，而《詩》纔三百五篇，有更十君而取一篇者，皆商周人所作，夫子併得之於魯太師，編而錄之，非有意於刪也。夫『翹翹車乘，招我以弓。豈不欲往，畏我友朋』，如斯等語，亦不俚也，胡爲而刪之乎？〈牆有茨〉、〈桑中〉等語至俚，又胡爲而不刪之乎？則知刪《詩》之說，與《春秋》始隱終獲麟之事，皆漢儒倡之也。大抵得其鄉聲則存，不得其聲則不存也。周之列國，如滕、薛，如許、蔡，如邾、莒等國，夫豈無詩，但魯人不識其音，則不得其詳。季札聘魯，魯人以〈雅〉〈頌〉之外所得十五〈國風〉盡歌之，及觀今三百篇，於季札所觀與魯人所存，無加損也。若夫夫子有意刪《詩》，則當環轍之時，必大搜而備錄之，奚止十五國乎？然聖人不欲強備者何也？蓋以天下情性、美刺、諷詠，亦不過是也。刪《詩》之說，非夫子本意。」（「刪《詩》辨」條）

按：孔子是否刪《詩》，爭持已然千餘年，乃中國經學史上一聚訟紛紜之問題。漢初傳《詩》之魯、齊、韓、毛四家未有孔子刪《詩》之說，太史公始以爲古詩三千餘篇，孔子刪存三百五篇，〔註169〕班固亦以爲孔子「純取周詩」，〔註170〕鄭玄箋《毛詩》，亦採《史》、《漢》之說，《詩譜‧序》亦曰：「故孔子錄懿王、夷王時詩，訖於陳靈公淫亂之事，謂之變〈風〉變〈雅〉。」

〔註169〕詳見《史記》，卷47，〈孔子世家〉。
〔註170〕見《漢書》，卷30，〈藝文志〉。

〔註171〕陸璣亦謂「孔子刪《詩》授卜商」，至唐孔穎達提出異議之後（其說鄭樵已引），歷代經學家於孔子刪《詩》之說，或予支持，或力加反對，各抒己見，反復論辨，相持不決；直至今日，孔子刪《詩》問題，仍有正反之不同意見。〔註172〕鄭樵以今《詩》有俚句，逸《詩》有雅句，又以季札觀樂在孔子前，當時所歌之《詩》俱在今《詩經》之內，以證孔子未嘗刪《詩》，此皆後世反對孔子刪《詩》者所持之重要理由也。清代李淳《群經識小》有言：「《論語》一則曰：『《詩》三百』，再則曰：『誦《詩》三百』，《詩》不止於三百，而三百是其大數，夫子豈敢取既刪之後爲言，而曰人誦我所刪之三百乎？必不然矣。」〔註173〕崔述《讀風偶識》亦曰：「孔子刪《詩》，孰言之？孔子未嘗自言之也，《史記》言之耳。孔子曰：『鄭聲淫』，是鄭多淫詩也，孔子曰：『誦《詩》三百』，是《詩》止有三百，孔子未嘗刪也。學者不信孔子所自言，而信他人之言，甚矣，其可怪也。」〔註174〕孔子未嘗言刪《詩》事，此亦力主孔子未刪《詩》者之主證。趙翼更就《國語》、《左傳》二書所引述之詩句及篇目，統計其存佚之情形，發現《國語》引《詩》三十三篇，內三十一篇見於今《毛詩》，二篇已佚，《左傳》引《詩》二百三十篇，內二百十七篇見於今《毛詩》，十三篇已佚，《左》、《國》所記史事，泰半在孔子前，而兩書所引之詩，見於《詩》三百者二百四十八篇，已佚者唯十五篇，是佚詩尚不及存者之十七分之一也，可見孔穎達所云「夫子所錄，不容十分去九」者，洵然不誣。〔註176〕至於少數之詩何以亡佚，則崔述《洙泗考信錄》已言之：「孔子原無刪《詩》之事，古者風尚簡直，作者本不多，而又以竹寫之，其傳不廣，是以存者少而逸者多。……

〔註171〕見胡元儀輯：《毛詩譜》一卷。
〔註172〕主張孔子未刪《詩》者，孔穎達之後，宋有鄭樵、呂祖謙、朱熹、葉適等，明有黃淳耀，清有汪婉、江永、朱彝尊、王士禎……，民國以來有胡適、梁啓超、顧頡剛、錢玄同……。支持孔子刪《詩》之說者，宋有歐陽修、邵雍、王應麟等，清有顧炎武、范家相、王崧、趙坦等，民國以來仍有章炳麟、謝无量等。詳見糜文開：〈孔子刪《詩》問題的論辨〉，收於糜文開、裴普賢合著之《詩經欣賞與研究》，第2冊，三民書局印行。唯糜氏於「附記」中又曰：「孔穎達雖疑《史記》所載古詩三千之數，但並未說孔子未刪《詩》，而是認爲孔子刪《詩》不多。」
〔註173〕見李惇：《群經識小》，卷3，「刪詩」條。
〔註174〕見崔述：《讀風偶識》，卷3。
〔註176〕詳見趙翼：《陔餘叢考》，卷3。

逸者，事勢之常，不必孔子刪之而後逸也。」〔註177〕朱彝尊亦曰：「然則詩何以逸也？曰：一則秦火之後，竹帛無存，而日誦者偶遺忘也。一則作者章句長短不齊，而後之爲章句之學者，必比而齊之，於句之從之者去之故也。一則樂師矇瞍止記其音節，而亡其辭，竇公之於樂，惟記《周官》〈大司樂〉一篇，而其餘不知，制氏則僅記其鏗鏘鼓舞，而不能言其義，此樂章之所闕獨多也。」〔註178〕崔、朱二氏言之成理，詩之亡逸當非孔子刪《詩》所導致。由以上之論證，再證之以《墨子》、《莊子》、《荀子》等書，皆僅曰《詩》三百，無人曰《詩》三千，足見「《詩》三百」爲春秋戰國時成語，《詩》僅三百，孔子未嘗刪削。〔註179〕孔子大幅刪《詩》之說雖難以成立，然主張刪《詩》之王崧，其言仍可供參考：「《史記》所謂古詩三千餘篇者，蓋太師所采之數。迨比其音律，聞於天子，不過三百餘篇。何以知之？采詩非徒存其辭，乃用以爲樂章也。音律之不協者棄之，即協者尚多，而此三百餘篇，於用已足，其餘但存之太史，以備所用之或闕。」〔註180〕西周至春秋，年祀甚久，當時所採或可能有三千篇，即使如此，亦非慨嘆文獻不足之孔子十去其九。管見，孔子爲了教學上的需要，不無可能刪除少數詩篇，且即便其所刪除的詩篇不多，三百篇有了聖人的參與，身價必然陡升。

（13）《六經奧論》曰：「蓋嘗謂《詩》之〈大序〉（按：鄭樵所謂之〈大序〉，即一般人所謂之〈小序〉首句），非一世一人所能為，采詩之官，本其得於何地，審其出於何人，究其主於何事，且有實狀，然後置之太師，上之國史，是以取發端之二字以命題，故謂〈大序〉是當時採詩太史之所題。」又曰：「《詩》之〈下序〉，序所作為之意。其辭顯者其《序》簡，其辭隱者其《序》備，其善惡之微者，《序》必明著其迹，而不可以言殫者，則亦闕其目而已，故謂下序是宏誦師說而為之。或者又曰：『《序》之之辭，委曲明白，非宏所能為。』曰：使宏鑿空為之，雖孔子亦不能；使宏誦師說為之，則雖宏有餘矣……。今觀宏之《序》，有專取諸書之文至數句者，有雜取諸家之說而辭不堅決者，有委曲宛轉

〔註177〕見崔述：《洙泗考信錄》，卷3。
〔註178〕見朱彝尊：《經義考》，卷98。
〔註179〕見糜文開〈孔子刪詩問題的論辨〉。
〔註180〕見皮錫瑞：《經學通論・二・詩經》，頁67。台北河洛圖書出版社印行。

附經以成其義者……。」（「《詩序》辨」條）

按：鄭樵之前，主張〈小序〉出於國史者爲程頤。其言曰：「《序》中分明言『國史明乎得失之迹』，蓋國史得詩於採詩之官，故知其得失之迹。如非國史，則何以知其所美所刺之人？使當時無〈小序〉，雖聖人亦辨不得。」〔註181〕又曰：「詩〈小序〉，便是當時國史作。如當時不作，雖孔子亦不能知，況子夏乎？」〔註182〕又強調：「〈小序〉國史所爲，非後世所能知也。」〔註183〕鄭樵之後，主張〈小序〉出於國史者有范處義，其言曰：「詩有〈小序〉，有〈大序〉，〈小序〉一言，國史記作《詩》者之本義也。〈小序〉之下，皆〈大序〉也，亦國史之所述，間有聖人之遺言可考而知。」〔註184〕以國史作《序》，其說非是，黃以周已駁之：「《詩》有四家，《毛詩》有序，《齊》、《魯詩》不聞有序，《韓詩》之序，又不與毛同。如《詩序》出自國史孔聖，則齊、魯二家當與正經並傳，不應刪削《序》說；韓序亦當與毛合一，不應別生異議。何以〈關雎〉一篇，《毛詩序》以爲美，而三家皆以爲刺乎？〈采芣〉、〈汝墳〉諸篇，韓、毛兩《序》說不歸於一乎？謂《詩序》出於國史孔聖，可以知其非矣。」〔註185〕黃氏言之中肯，《序》當非史官作。鄭樵又謂《詩》之二句以下爲衛宏作，其所持之理由與葉夢得之說同，文字亦類似，〔註186〕葉夢得在鄭樵之前，若非鄭樵鈔襲葉夢得之說，即是後之纂輯者以葉氏之說雜廁於此，且不論究竟如何，以衛宏作《序》，說皆尙待論定，清儒邃於經學者多已辨其非，言之最詳者爲曾樸，曾氏《補後漢書藝文志》，列舉七驗，以證其非宏作，其說之未諦未盡者，近人王禮卿胥已補足，〔註187〕茲又有徐復觀斷定《詩序》非衛宏作，其說最後出，亦足供參考，爰具錄其說如下：「在論定《詩序》是誰所作以前，首先由三點斷定它決非出於衛宏。（一）在劉歆《七略》著錄《毛詩故訓傳》三十卷

〔註181〕見《二程語錄》，卷11，又見《程氏遺書》，卷18。
〔註182〕見《二程語錄》，卷12。
〔註183〕見《二程語錄》，卷15。
〔註184〕見范處義：《詩補傳》，卷前，〈明序篇〉。
〔註185〕見黃以周：《經說略》，卷1，「論詩序」條。
〔註186〕葉夢得曰：「世人疑《詩序》非衛宏所爲，此殊不然。使宏鑿空爲之，雖孔子亦不能；使宏誦師說爲之，則雖宏有餘矣。且宏《詩序》有專取諸書之文而爲之者，有雜取諸書所說而重複互見者，有委曲宛轉附經而成其書者，不可不論也。……」（《經義考》，卷99引）鄭樵之說與此幾全同。
〔註187〕詳見王禮卿：〈詩序辨〉，收於孔孟學會主編：《詩經研究論集》。

時，《毛詩》已經定型。只要把《詩序》與《毛詩傳》作一番比較，即可發現《毛詩傳》有的地方是補充《序》，推廣《序》的，例如〈魚麗傳〉『太平而後微物眾多』一辭，乃推廣《序》的『故美萬物眾多』之語。〈車攻傳〉盛言田獵之法，乃推補充《序》『復會諸侯於東都，因田獵而選車徒焉』之意。由此可斷定《毛詩故訓傳》定篇著錄時，已經有了《詩序》。衛宏生於西漢之末，而活躍於東漢之初，此斷非他的年齡所能及。且〈南陔〉、〈白華〉、〈華黍〉三逸詩下鄭《箋》謂此三詩『遭戰國及秦之世而亡之，其義（由《序》所言之義）與眾篇之意合篇，故存。至毛公爲《故訓傳》，乃分眾篇之義，各置於其篇端』。鄭氏此說，必有所承，且與《書序》、《易傳》先合後分之情形相應，則《序》在毛《傳》之前，斷無可疑之處。(二) 鄭玄是經學家，范蔚宗是史學家。以生年論，鄭玄約早范氏百年。(按：衛宏作《序》之說，由范曄《後漢書》率先提出，鄭玄並未言及，此所以徐氏要比較鄭、范二氏之生年) 鄭玄先從張恭祖受《韓詩》，晚得《毛詩故訓傳》，乃爲之作《箋》，這是出於一種選擇而非出於門戶之見。他註詩雖『宗毛爲主』(〈六藝論〉)，然其中亦間採《韓詩》之說。他的《詩譜》及《六藝論》，於大小毛公、孟仲子、解延年輩，並能舉其行義爵里 (徐氏自註：見吳承仕《經典釋文敘錄疏證》頁 67)。這是來自《毛詩》的傳授。由衛宏經賈逵、鄭興、鄭眾父子到馬融，《毛詩》的傳承，約略爲三世。鄭玄爲馬氏門人，若衛宏曾爲《毛詩》作《序》，這是經學中的一件大事，豈有不一併傳下來，而爲鄭玄所不知之理。鄭玄曾爲《尚書大傳》作注，爲《乾鑿度》作注，又何嫌於衛宏的詩作，而不加承認。早范蔚宗約百年，且曾爲《毛詩》作《箋》的鄭玄，不知有衛宏作《序》之事，范氏何由得而知之！范生於經學傳統幾乎滅絕之後 (徐氏自註：博士統緒的經學，經漢建安時代的大紛擾及晉永嘉之亂，可以說大部分都斷減了)，故〈儒林列傳〉中訛誤甚多。今不信鄭而信范，在資料判斷上是一種顛倒。(三) 從《詩序》的內容說，不可能出於衛宏之手。在《毛詩》及其《詩序》未顯於世以前，已如前所述，西漢儒生以孔子刪《詩》，本爲三百五篇。這分明不知道還有『有其義而亡其辭』的〈南陔〉等六亡詩。若此六亡詩之〈序〉，不先存在於衛宏之前，則衛宏何所憑藉，又有何需要，而作此六篇之〈序〉；毛公又何緣而補『有其義而亡其辭』一句。因有此六詩之〈序〉，而始有其義。因作《序》者曾看到此六詩，不僅在《序》中確指其義，且在〈小雅·六月〉的《詩

序》中作親切地援引，這不是虛擬懸造可以作到的。此外，從詩的首句採用一、兩字或全句以爲詩名，如〈關雎〉、〈鵲巢〉之類，此乃四家《詩》所同，來自久遠的傳統。定一篇的詩名，乃作《序》的前提條件，故《詩序》必首稱詩名。若《詩序》係衛宏所作，亦必守『定篇名』的成例。乃〈周頌〉：『〈酌〉，告成〈大武〉也。言能酌先祖之道以養天下也。』《正義》：『此經無酌字。《序》文又說其名篇之義。』又『〈桓〉，講武類禡也。桓，武志也。』《正義》：『桓字雖出於經，而與經小異。』『〈賚〉，大封於廟也。賚，予也。言所以錫予善人也。』《正義》：『經無賚字。《序》又說其名篇之意。』『〈般〉，巡狩而祀四嶽河海也。』《正義》：『經無般字。《序》又說其名篇之意。』按此種定篇名的例外，只能推測其來自久遠的傳統，豈衛宏所敢妄作。且秦以前皆稱四嶽，秦統一天下以後，五嶽之名，開始出現。至西漢，則除援引先秦古典，如〈堯典〉之四嶽外，無不稱五嶽。由《序》中『四嶽』一詞即可反映出《詩序》豈僅非衛宏所作，亦非出於趙毛公之手。」〔註188〕徐氏之三大證據中，首證不能成立，蓋其指爲「《傳》補充《序》、推廣《序》」者，吾人亦可謂爲「《序》歸納《傳》」，質言之，徐氏以爲《序》在《傳》前，其說雖新穎，然並無實據可求；雖然，其所提之其餘證據已足動搖衛宏作《序》之說。

（14）《六經奧論》曰：「歐陽永叔深排鄭學，以爲多喜改字，永叔未深考耳。漢時四《詩》並作，文字各有不同，雖三家不如《毛詩》之密，然不可謂無所長也。鄭氏箋《詩傳》，意有不同者，以己說易之；經文有不安者，以三家易之。……當鄭氏箋《詩》，三家俱存，故鄭氏雖解釋經文，不明言改字之由，亦以學者既習《詩》，則三家之《詩》不容不知也。後世三家既亡，學者惟見其改字，而不見《詩》學之所由異，此鄭氏之所以獲譏也。則鄭於經不謂之注，而謂之箋，箋之爲言魏晉間所以致辭於皇太子、諸王者也，鄭嘗以君師之禮待毛公，而不擅改聖人之經明矣。觀其注《禮記・玉藻》、〈雜記〉，顛倒不倫之處，鄭雖理之使條貫，亦不敢易其先後，姑於注下發明而已，則其改字不出臆見，愈可信矣。古詩云：『讀書不到康成處，不敢高聲論聖賢。』吾於鄭氏《詩箋》見之矣。」（「詩箋辨」條）

〔註188〕見徐復觀：《中國經學史的基礎》，頁152～154。

按：鄭樵之《詩辨妄》專辨毛鄭之妄，此則極力爲鄭《箋》迴護；鄭玄箋《毛詩》，遇有不可解之處，則逕改經文，以就己說，此本先儒所不取，歐陽公已屢言之，如〈雲漢〉之詩曰：「昊天上帝，則不我遺。胡不相畏，先祖于摧？」（三章十句後四句）歐陽修曰：「據詩，摧當爲摧壞之義，謂旱既大甚，人民飢饉，不能爲國，則將摧壞先祖之基業爾。」又評毛鄭之說，曰：「毛訓摧爲至，初無義理。鄭又改摧爲嗺，嗟也。改字，先儒不取。」〔註189〕改字解經本爲不可寬囿之陋習，確爲先儒所不取，鄭樵既反鄭《箋》，即未能據此力詆康成，亦不應爲鄭《箋》護，此勢所必至，今則不然，《六經奧論》中，鄭樵竟爾爲鄭氏開脫，此則耐人尋味。使爲鄭《箋》辯護之言誠出自鄭樵，則樵之言謬矣。經文有不安者，即隨意以三家易之，試問鄭所箋者《毛詩》乎？三家乎？此不待辯即可知所謂「不明言改字之由，亦以學者既習《詩》，則三家之《詩》不容不知」者，實失之牽強。鄭樵又以鄭注《禮記》不敢易經文之先後，以證鄭箋《毛詩》，「其改字不出臆見」，此說亦不通之至，《禮》爲《禮》，《詩》爲《詩》，二者風馬牛不相及，何可以鄭氏注《禮》之態度說明鄭氏箋《詩》之態度？尤令人訝異者，鄭樵本詆康成爲「村里陋儒」，《六經奧論》乃引古詩推尊鄭《箋》，夫人之思想有早晚之異本無足爲奇，然誠如顧頡剛氏所言，「也不致於如此的走成兩極端」，〔註190〕是故，此處鄭樵之言，當爲他人之論雜廁於此。

（15）《六經奧論》曰：「《詩》三百篇皆可歌、可誦、可舞、可弦。大師世傳其業，以教國子，自成童至既冠，皆往習焉。誦之則習其文，歌之則識其聲，舞之則見其容，弦之則寓其意。春秋以下，列國君臣朝聘燕享，賦《詩》見志，微寓規諷，鮮有不能答者，以《詩》之學素明也，後之弦歌與舞者皆廢，直誦其文而已，且不能言其義，故論者多失《詩》之意。……《中庸》、《孟子》所以善言《詩》者，以其無漢儒之說亂之也，蓋嘗論之，善觀《詩》者，當推詩外之意，如孔子、子思；善論《詩》者，當達詩中之理，如子貢、子夏；善學《詩》者，當取一二言爲立身之本，如南容、子路；善引《詩》者，不必分別所作之人，所採之詩，如諸經所舉之詩可也。『緜蠻黃鳥，止于丘隅』，緜蠻不過喻小臣之擇卿大夫，有仁者依之；夫子推而至於爲人君止於仁　與國

〔註189〕見歐陽修：《詩本義》，卷 13。
〔註190〕見顧頡剛：〈鄭樵著述考〉。

人交止於信。『鳶飛戾天，魚躍於淵』，旱麓不過喻惡人遠去，而民之
喜得其所；子思推之，上察乎天，下察乎地，觀《詩》如此，尚何疑
乎？『如切如磋，如琢如磨』，而子貢能達之於貧富之間；『巧笑倩兮，
美目盼兮』，而子夏能悟於禮後之說；論《詩》若此，尚何尤乎？南容
三復不過白圭，子路終身所誦，不過『不忮不求』，學《詩》至此，奚
以多為？『維岳降神，生甫及申』，宣王詩也，夫子以為文武之德；『夙
夜匪懈，以事一人』，仲山甫詩也，左氏以為孟明之功；〈小宛〉，幽之
詩也，祭父以為文王；『戎狄是膺，荊舒是懲』，僖公詩也，孟子以為
周公；『矢其文德，洽此四國』，記禮者以為天王之事；『明明天子，令
聞不已』，記禮者以為三代為君，引《詩》若此，奚必分別所作之人，
所採之詩乎？達是詩，然後可以言《詩》也。」(「讀《詩》法」條)

按：讀《詩》之法，古人多論及之，漢儒乃以《詩》為勸善懲惡之用，《毛詩
序》曰：「上以風化下，下以風刺上，主文而譎諫，言之者無罪，聞之者足以
戒。」既以《詩》為勸善懲惡之用，則漢代之所謂善讀《詩》者，必皆能由
《詩》得勸懲之旨，此一讀《詩》法在漢代視為固然，宋代以後則以為不必
然，鄭樵既謂《中庸》、《孟子》所以善言《詩》，以其無漢儒之說亂之，是鄭
以為漢儒之讀《詩》法已然不適用，而其所提之讀《詩》法，即近人胡樸安
所謂之「以《詩》為修養身心之用」，〔註 191〕此一讀《詩》法，孔子早已有
所提示，《論語》：「子曰：『小子！何莫學乎《詩》？《詩》可以興，可以觀，
可以群，可以怨；邇之事父，遠之事君；多識於鳥獸草木之名。』」〔註 192〕
鄭樵所云之讀《詩》法其實亦無非興觀群怨四字，孔子已先言之。又鄭樵文
中所云《詩》之本義亦有待商榷，如其謂〈縣蠻〉不過喻小臣之擇卿大夫，
有仁者依之；細考詩篇，此或為微臣苦於行役之詩。〔註 193〕又如謂〈旱麓〉
不過喻惡人遠去，而民之喜得其所；然〈旱麓〉之詩二四章寫祭祀，其餘各
章述求福，似為祝周王祭祀得福之詩，〔註 194〕何由見其喻惡人遠去？鄭說費
解。

〔註 191〕見胡樸安：《詩經學》，頁 76。
〔註 192〕見《論語・陽貨篇》，第 9 章。
〔註 193〕屈萬里：《詩經釋義》以〈縣蠻〉為「微臣苦於行役之詩」，其意近是。王師
　　　　靜芝：「此詩是微臣行役甚苦，感於帥者之厚遇，故作詩以美之也。」《詩經
　　　　通釋》，頁 496。張學波謂「王氏之說甚是」。《詩經篇旨通考》，頁 255。
〔註 194〕王師靜芝：「〈旱麓〉，祝周王祭祀得福之詩。」《詩經通釋》，頁 516。

（16）《六經奧論》曰：「《詩》有美刺，美詩作於文、武、成、康之世，歌詠太平而不顯作者之名，而況刺詩。……其譏刺是人也，不言其所為之惡，而言其爵位之尊，服飾之美，而民疾之，以見其不堪也，『君子偕老，副笄六珈』、『赫赫師尹，民具爾瞻』是也。其頌美是人也，不言其所為之善，而言其冠佩之華，容貌之盛，而民安之，以見其無媿也，『緇衣之宜兮，敝，予又改為兮』、『服其命服，朱芾斯皇』是也。」（「《詩》有美刺」條）

按：《詩序》喜以美刺說《詩》，其說雖多附會，〔註195〕然詩有美刺，則毋庸置疑，如鄭樵所舉之〈君子偕老〉、〈節南山〉確為刺詩，〈緇衣〉、〈采芑〉確為美詩，〔註196〕而其譏刺、誦美之法，鄭氏亦已言之，蓋《詩》本需講究含蓄之美，與其由正面直說，毋寧由側面入手，黃永武曾云：「含蓄的美，光芒內斂，溫婉深曲，自然教人感到層次重重，具有幽邃的深度。而且含蓄的美，特別適合東方人的美感領域與生活風範，所以自來中國的傳統詩評，沒有不以含蓄為可貴的，所謂『興象超遠，元氣渾然』，所謂『言有盡而意無窮』，這種含蓄蘊藉、味之愈出的美感，最能產生神韻。」〔註197〕若《詩》三百者，最能品味含蓄性之意境，此所以後人以「溫柔敦厚」為《詩》教。〔註198〕

（17）《六經奧論》曰：「〈何彼襛矣〉之詩，平王以後之詩也。注以為武王之詩，

〔註195〕如《序》以〈衛風‧氓〉為「刺時」，〈木瓜〉為「美齊桓公」之詩，皆未必可以深信。

〔註196〕其中〈緇衣〉一詩，後人有異解，《詩序》：「〈緇衣〉，美武公也。父子並為周司徒，善於其職，國人宜之，故美其德。」朱《傳》說與此同，季本：《詩說解頤》始以為武公好賢之詩，姚際恒、方玉潤皆從之，王師靜芝評季本諸人之說曰：「依此說，則〈緇衣〉為賢士所服，而予為武公。然〈緇衣〉既為卿士之服，當為武公所服，敝兮又改為之『予』，則必非武公矣。」又曰：「何玄子《詩經世本古義》以為『武公有功周室，平王愛之，而作此詩。』此說已較季說為通。緇衣為武公所服，而予則天子之稱。惟此詩決不類平王自為之詩。當為詩人美武公之詩，而假天子之言。予指天子，而非天子自言也。按幽王之時，鄭桓公為周司徒。平王時，鄭武公仍為周司徒。故《序》云『父子並為周司徒』。」（《詩經通釋》，頁177）總之，《序》說不誤。

〔註197〕詳見黃永武：《中國詩學鑑賞篇》，頁198，巨流圖書公司印行。

〔註198〕《禮記‧經解》：「孔子曰：入其國，其教可知也，其為人也，溫柔敦厚，《詩》教也。……」前人多以此語出自漢儒，與孔子無涉，是以本編不云「孔子以溫柔敦厚為《詩》教」。

而謂平王為平正之王，齊侯為齊一之侯，案《春秋·莊公元年》書王姬歸于齊，乃桓王女，平王孫，丁嫁於齊襄公，故《詩》曰：『齊侯之子，平王之孫。』斷無疑。〈周頌〉作於康王成王之世，故稱成王成康，公毛鄭以〈頌〉皆成王時作，不應得稱成王康王，故此『昊天有成命』云：『成王不敢康』，為『成此王功，不自安逸』（按：鄭《箋》釋「成王不敢康」為「成此王功，不敢自安逸」），〈執競〉之『不顯成康』為『成大功而安之』（按：此毛《傳》之說），〈噫嘻〉之『成王』，謂『成是王事』（按：此毛《傳》之說），惟以〈召南〉為文武之詩，故不得不以平王為平正之王，惟以〈周頌〉為成王時作，故不得不以成王為成此王功也。殊不知《詩》中此類甚多，〈召南〉中有康王以後之詩，不特文武時也。〈甘棠〉、〈行露〉之美召公既沒之後，在康王世也，〈何彼襛矣〉作於平王已後，亦猶是也，不必謂武王詩。〈大雅〉中，〈大明〉之『維此文王』，〈思齊〉之『文王之母』，〈皇矣〉之『比於文王』，〈靈臺〉之『王在靈沼』，〈緜〉之『文王蹶厥生』，皆後世詩人追詠之辭，何嘗作於文王之世？〈周頌〉之美成王，亦猶是也，不必謂成王時作也，鄭解經不能無失，孰有大於此者？故特舉一二言之。」（「毛鄭之失」條）

按：任何人解經，皆不能無失，毛鄭自亦不例外，而毛鄭不知所定詩之時代不可靠——如〈周南〉〈召南〉之詩，有作於東周者，毛鄭概以之為周初之詩——，〔註199〕乃依其先入為主之觀念，強解《詩》中原本至為易解之詩句，如〈何彼襛云〉二章云：「何彼襛云，華如桃李。平王之孫，齊侯之子。」此章乃由何彼襛矣起興，引起述及乘車出嫁之人，則為平王之孫，而所適者為齊侯之子，〔註200〕經文本至為平易，毛《傳》卻釋「平」為正，平王之孫遂為「武王女，文王孫」，此說若在文王時，則太公當未封齊，固不通矣，若謂武王之女，文王之孫，而正王元妃邑姜乃姜氏女，果能以邑姜所生嫁回於姜姓太公之子？此在平民且不可，天子豈能為之？故知此說不宜深信。〔註201〕由是知鄭樵以〈何彼襛矣〉為平王以後之詩，洵然不誣。類此之例頗多，鄭樵枚舉不少，而其所云常多持平之論，如〈周頌·昊天有成命〉云：「昊天有成命，二后受之。成王不敢康，夙夜基命有密。」二

〔註199〕參閱屈萬里：《詩經釋義》，敘論，「六義四始和正變之說」。
〔註200〕參閱王師靜芝：《詩經通釋》，頁75。
〔註201〕參閱王師靜芝：《詩經通釋》，頁75。

－205－

后謂文王武王，言昊天有已成定而不易之命，文王武王受此天命，乃有周。至成王，承前緒業，不敢安寧，早夜以思，始能順應天命，行寬宏安寧之政，以安天下。此詩本甚爲易解，其爲祀成王之詩，必無可疑，《詩序》以此爲祀天地之詩，不知何所據；鄭玄釋「成王不敢康」爲成此王功，不敢自安逸，尤爲迂曲難通，鄭樵誚之，未爲厚誣。要之，〈周頌〉未必皆作於成王之世，毛鄭之說有待商榷。

(18)《六經奧論》曰：「胡文定公曰：『〈邶〉〈鄘〉以下多春秋詩，而謂《詩》亡然後《春秋》作，何也？〈黍離〉降而為〈國風〉，天子無復有〈雅〉，而王者之《詩》亡矣。春秋始隱公，適當《詩》亡之後。』謂《詩》亡者，〈雅〉詩亡也，予謂不然。《春秋》作於獲麟之時，乃哀公十四年矣，《詩》亡於陳靈公，乃孔子未生之前，故曰《詩》亡然後《春秋》作，謂美刺之《詩》亡，而褒貶之書作，非有定義。」（「《詩》亡然後《春秋》作」條）

按：《孟子》曰：「王者之迹熄而《詩》亡，《詩》亡然後《春秋》作。」〔註202〕其義云何，說者至爲分岐，胡安國知《詩》有作於《春秋》者，乃謂〈雅〉詩亡然後《春秋》作，鄭樵不然此說，以爲《詩經》亡後（此「亡」非謂亡逸，當係指不再采《詩》），孔子之《春秋經》始作。其後朱子作《孟子集注》曰：「王者之迹息，謂平王東遷，而政教號令不及於天下也。《詩》亡，謂〈黍離〉降爲〈國風〉，而〈雅〉亡也。《春秋》，魯史記之名，孔子因而筆削之，始於魯隱公之元年，實平王之四十九年也。」〔註203〕朱子之說必有所本，日人大槻信良曰：「程伊川云：『王者之《詩》亡、〈雅〉亡，政教號令不及於天下。』楊中立云：『《春秋》始于隱公，其說紛紛無定論。《孟子》有言，王者之迹息而《詩》亡，《詩》亡然後《春秋》作。據平王之崩在隱公三年，則隱公即位，實在平王之時。自幽王爲犬戎所滅，而平王立，于是東遷，當是時〈黍離〉降而爲〈國風〉，則王者之《詩》亡矣，此《春秋》所以作也。』蓋朱注所本也。」〔註204〕可知以〈雅〉詩亡然後《春秋》作者，固不止胡安國。然《詩》爲〈風〉〈雅〉〈頌〉之總名，《孟子》固未嘗特曰〈雅〉詩，胡氏諸人說極勉強，俞樾

〔註202〕見《孟子・離婁下》，第21章。
〔註203〕見朱子：《孟子集注》，卷8，〈離婁章句〉下。
〔註204〕見大槻信良：《朱子四書集註典據考》，頁463～464，台灣學生書局印行。

《群經平議》則曰：「此迹字，即車轍馬迹之迹。周制：十二年一巡守，至方岳之下，朝諸侯於明堂，命太史陳詩，以觀民風，是天下皆有王者車轍馬迹焉。巡守之禮廢，而王者之迹熄，於是太史不復陳詩，而《詩》從此亡矣。所謂亡者，非無詩也。其詩士大夫固亦作之，且傳播之，是故春秋時所賦之詩，多出東遷以後，而孔子刪《詩》，亦有取焉。然王者不省方，太史不陳詩，則有詩而不收《詩》之效，雖謂之《詩》亡可矣。孔子曰：『吾欲託之空言，不如見之行事之深切著明也。』此即因《詩》亡而作《春秋》之旨。《詩》，空言也。《春秋》，行事也。《孟子》推《春秋》之作而上溯之。『迹息《詩》亡』殆孔氏之遺言矣。」〔註205〕俞氏之說，除謂孔子刪《詩》有待商榷之外，其餘大約可取。焦循謂：「〈黍離〉降〈風〉，支離莫據。……洎乎東遷，而天子不省方，諸侯不入覲，慶讓不行，而陳詩之典廢，所謂迹息而《詩》亡也，孔子傷之，不得已而託《春秋》以彰衰鉞，所以存王迹于筆削之文，而非進《春秋》於〈風〉〈雅〉之後。《詩》者，〈風〉〈雅〉〈頌〉之總名，無容舉彼遺此。若疑〈國風〉多錄東周，〈魯頌〉亦當僖世，則愚謂《詩》之存亡，繫於王迹之熄與不熄，不繫於本書之有與無也。」〔註206〕此說亦可備一覽。要之，胡安國諸人以為〈雅〉詩亡然後《春秋》作，《詩》為〈風〉〈雅〉〈頌〉之總名，不容舉彼遺此，鄭樵謂《詩》亡於陳靈公，乃孔子未生之前（一般認為《詩經》最晚之詩為〈陳風·株林〉，寫陳靈公與夏南之事，夏徵舒弒陳靈公在周定王8年，時當魯宣公10年，西曆紀元前599年，後四十八年而孔子生），故曰《詩》亡然後《春秋》作；其說勝於胡氏諸人。

(19)《六經奧論》曰：「湯武之興，其民急而不敢去；周之衰，其民哀而不敢叛；蓋其抑鬱之氣紓，而無聊之意不蓄也。嗚呼！詩不敢作，天下之怨極矣，卒不能勝，共起而亡秦，秦亡而後快，於是始有匹夫匹婦存亡天下之權，嗚呼！《春秋》之衰以《禮》廢，秦之亡以《詩》廢，吾固知公卿大夫之禍速而小，民之禍遲而大，而《詩》者正所以維持君臣之道，其功用深矣。」（「秦以《詩》廢而亡」條）

按：此於《詩》之功用推尊備至，似為漢學家之言，以為「《詩》者正所以維持君臣之道」，正合於《詩序》「正得失，動天地，感鬼神，莫近於《詩》。

〔註205〕見俞樾：《群經平議》，卷33。
〔註206〕見焦循：《孟子正義》，卷8。

先王以是經夫婦，成孝敬，厚人倫，美教化，移風俗」之旨；云秦以《詩》廢而亡者，更見其重視詩學之教化作用不在漢儒之下，此或非鄭樵之言論，乃他人之說雜廁於此，然亦無實證可求。

（20）《六經奧論》曰：「橫渠張先生曰：『置心平易始知《詩》。』余謂讀六經之書皆然，如《書》曰：『刑故無小，有過無大。』（按：語出偽《古文尚書·大禹謨》，唯〈大禹謨〉上下二語互易，又〈大禹謨〉此語實迻錄自《論衡·答佞篇》，而〈答佞篇〉此二語又同鄭樵所引）諸家解而十數句解不盡，曾見作者說曰：『刑故無刑小，宥過無宥大。』只添二字，而辭明白，不用解經，而理自明，《孟子》謂『民之秉彝』句，亦如此。」（「解經不可牽強」條）

按：解經不可牽強，鄭樵此語誠然，《孟子》引詩〈大雅·烝民〉「天生烝民，有物有則；民之秉彝，好是懿德」之句（《詩》原文如此，孟子引文「烝」作蒸，「彝」作夷），而曰：「孔子曰：『為此詩者，其知道乎！』故有物必有則，民之秉夷也，故好是懿德。」〔註207〕詩言天生眾民，有其事物與法則，人民於生活中能持其常道，即愛好美德。《孟子》引之以言善性乃人所固有，仁義禮智自根於心，鄭樵贊之，以《孟子》為善解經者。

第五節　鄭樵《詩經》學之評價

一、前人之評介

（1）朱子謂鄭樵《詩辨妄》「言語太甚」，然其言《詩序》不足信，果然。《朱子語類》曰：

《詩序》實不足信。向見鄭漁仲有《詩辨妄》，力詆《詩序》，其間言語太甚，以為皆是「村野妄人」所作。始亦疑之，後來子細看一兩篇，因質之《史記》、《國語》，然後知《詩序》之果不足信。因是看〈行葦〉、〈賓之初筵〉、〈抑〉數篇，《序》與詩全不相似。以此看其他《詩序》，其不足信者煞多。以此知人不可亂說話，便都被人看破了！」〔註208〕

〔註207〕見《孟子·告子上》，第6章。
〔註208〕見《朱子語類》，卷80。

按：鄭樵不迷信舊說，勇於疑古，其說之勝於前人者亦復不少，唯其言語往往稍嫌直率刻薄，指前輩學者爲「村里陋儒」，尤爲大不敬。然就事論事，鄭樵於《詩》學之貢獻實不容抹煞。由朱子之言，可知其說《詩》往往棄《序》不觀，實深受鄭樵之影響。

（2）南宋周孚撰《非詩辨妄》以攻鄭，其〈自序〉曰：

> 古之教人者，未嘗有訓詁也，故曰「不憤不啓，不悱不發，不以三隅反，則不復也」。自聖人沒而異端起，先儒急於警天下之方悟者，故即六經之《詩》而訓詁之，雖其教與古異，而意則一也。自漢以來，六經之綱維具矣，學者世相傳守之，雖聖人起，未易廢也，而鄭子乃欲盡廢之，此予之所以不得已而有言也，故撮其害理之甚者見於予書，而其爲《詩》之義，則有先儒之傳在。嗚呼！聚訟之學，古人惡之，安知不有以是規余者哉？然余之所不暇恤也。於是總而次之，凡四十二事，爲一卷。〔註209〕

按：鄭樵撰《詩辨妄》，專辨毛鄭之妄；同孚撰《非詩辨妄》，專斥鄭樵之非，其言曰：

> 1.「鄭子曰：『漢之言《詩》者三家耳，毛公趙人，最後出，不爲當時所取信，乃詭誕其說，稱其書傳之子夏，蓋本《論語》所謂起予者商也，始可與言《詩》已矣。』非曰：『斯言也，仲尼亦嘗以稱子貢矣，然先儒不以《詩》爲子貢敍者，蓋賜不傳《詩》也，彼商其自傳《詩》耳，不係乎仲尼之稱也。』」

按：鄭樵不以《毛詩》爲子夏所傳，周孚非之，以爲「彼商其自傳《詩》耳，不係乎仲尼之稱也」，夫鄭樵謂毛公稱其書傳自子夏蓋本《論語》孔子之言，乃是推之以情理，本無實證，周孚可以曰《毛詩傳》自子夏未必係乎仲尼之稱，然既肯定子夏傳《詩》，則必須有所根據，今周孚空有結論，未有推論，實不足以非鄭樵。

> 2.「鄭子曰：『設若有子夏所傳之《序》，因何齊魯間先出，學者卻不傳，返出於趙也？《序》既晚出，趙於何處而傳此學？』非曰：『仲尼沒，子夏設教於西河之上，西河，魏境也；趙，魏鄰也，餘波能及，自魏而趙，理或有之，若以毛公非魯人而疑之，則韓嬰韓人也，

豈躬受教於洙泗者乎？若之何右韓而左毛也？』」

按：鄭樵以為未有子夏所傳之《序》，周孚以「理或有之」非之，「理或有之」四字失之草率，不足以病鄭樵。周孚又以韓嬰韓人，未躬受教於孔門，以此指責鄭氏右韓而左毛；此則未能付諸理性之討論。

3.「鄭子曰：『鄭康成生東漢之末，又為詩箋，本毛氏，以毛公先為北海相，康成北海人，故傳所書。』非曰：『康成自箋詩耳，何預北海相事也！』」

按：周孚之言是，康成自願箋《毛詩》，鄭樵一口咬定「康成北海人，故傳所書」，無理可說。

4.「鄭子曰：『據六亡詩，明言有其義而亡其辭，何得是秦火前人語！〈裳裳者華〉，古之仕者世祿，則知非三代之語。』非曰：『鄭子之所疑者似矣，而說非也。吾以為不若蘇子之言曰「是《詩》也，言是事也，昔孔子之遺說也，其反覆煩重，類非一人之辭者，毛氏之學，而衛宏之所集錄也」，夫學經而不辨乎真偽，是徒學也，鄭子疑毛氏所序，衛宏之所集錄，而併廢子夏之《序》，是猶怒於室而色於市也，其可乎？』」

按：周孚引鄭樵之語，言之過簡，但仍可得知鄭樵引《序》語而反對子夏作《序》之說；周孚相信蘇轍之語，以為《詩序》非出一人之手，可見周氏亦非墨守漢儒之人，然以此指責鄭樵不辨真偽，其理終嫌不足。

5.「鄭子曰：『釋《詩》者，於一篇之義不得無總敘，故樵《詩傳》亦皆有敘焉。』非曰：『仲尼之作《春秋》也，始於其祖之所迨聞，蓋以千歲之後，言千歲之前，雖仲尼猶以為難，而鄭子乃能之，則是其智過于仲尼也。就使能之，亦不過隨文附會之學，吾不欲觀之久矣。』」

按：鄭樵之《詩傳》久已不傳，其詳不可得知，然其言釋《詩》於一篇之義不得無總敘，甚是，蓋《詩》之難解不在一字一句，而在一篇之旨最難明，〔註210〕使說《詩》者唯釋字句，於《詩》旨之探討皆棄之不顧，讀者又何以知其內容之所指耶？漢儒說《詩》，三家之學固多迂曲附會，《毛序》之說亦不乏鑿空立論者，此世所公認，鄭樵敢於分敘三百篇之旨，即其說

〔註210〕參閱王師靜芝：《詩經通釋》，頁17。

有不足取者，亦足供讀《詩》者參閱，而周孚非之，以爲「則是其智過于仲尼也，就使能之，亦不過隨文附會之學」，如依此說，今人距離周代更爲久遠，則今人之言三百篇之旨者，更無足觀；實則學問之道，後出可以轉精，周孚之言難以令人接受。又顧頡剛謂周孚此言有理可說，然其理安在，顧氏又未進一步說明，〔註211〕此則令人費解。

6.「鄭子曰：《易》有象象……，非曰：孔子之述象象也……。」
按：此節討論象象，非關《詩》學，姑舍之。

7.「鄭子曰：『《詩》《書》可信，然不必字字可信。』非曰：『斯言也，非六經之福也，鄭子之爲此言，忍乎？』」
按：《詩》《書》可信，然不必字字可信，鄭氏之言誠不我欺；〔註212〕周氏以斯言非六經之福，此蓋認定「經者，不易之稱」、〔註213〕「聖人制作曰經」、〔註214〕「經也者，恒久之至道，不刊之鴻教也」，〔註215〕故以鄭所言爲離經叛道，然「經爲常道，不可不讀」〔註216〕之語誠是，而若以經之言皆爲眞理，則正如裴普賢所言，「經便得到了最高的地位，最大的權威，成爲垂教萬世而永遠要人們尊奉且遵守的規範了。一切倫理、道德、政治、法律，甚至日常生活的坐立、起臥、一飲一食，都要遵照著經典的規定，盲目地尊奉。演變到後來，就成爲束縛人的禮教了。」，〔註217〕徐復觀亦曰：「中國的經，不能說都是常道，但在人之所以爲人這一方面，確顯示了常道，而可對自己的民族，永遠的流注貫通中，與我們以啓發鼓勵、提廝、溫暖，我覺得這是無可置疑底。」〔註218〕要之，欲瞭解中華文化，不能不讀群經，此無庸置疑，然誠如《孟子》所言，「盡信《書》，不如無《書》」，〔註219〕不唯《書經》不必字字可信，其他諸經亦然。

〔註211〕見顧頡剛：〈非詩辨妄跋〉，原刊《北京大學國學門週刊》1卷6期。
〔註212〕詳見本章第三節。
〔註213〕語見鄭玄：《孝經·注》。
〔註214〕語見張華：《博物志》。
〔註215〕語見劉勰：《文心雕龍·宗經篇》。
〔註216〕語見熊十力：《讀經示要》，卷1，第一講。
〔註217〕引文見裴普賢：《經學概述》，第一章，〈經學與經書〉，頁5。台灣開明書店印行。
〔註218〕見徐復觀：〈當前讀經問題之爭論〉，蕭欣義主編：《徐復觀文錄選粹》，頁11。台灣學生書局印行。
〔註219〕見《孟子·盡心下》，第三章。

8.「鄭子曰：『惜乎三家之《詩》並不傳於世矣。齊魯二家斷亡矣，不知韓氏世有傳者乎？』非曰：『蘇子於十月之交，以爲《韓詩》之次與《毛詩》合，於緜「自土沮漆」，以爲《齊詩》「土」作「杜」，則齊韓之詩，蘇子聞見之矣，然卒不敢廢《詩序》者，愼之至也。鄭子未見齊韓，而遽棄毛氏，不幾於邯鄲之學步者乎？宜其誕以惑人也。』」

按：昔顧頡剛嘗謂周孚「不懂得鄭樵的學問精神」，即以此節爲例，其言曰：「鄭樵歎息於三家之亡，他的意思只是可惜和《毛詩》比較的材料太少了。周孚誤會了他的意思，以爲他的《詩》學廢毛氏而從三家，所以說『鄭子未見齊韓，而遽棄毛氏，不幾于邯鄲之學步者乎！』他的意思，以爲經學家應當束身在一個家派裡的，從前齊、魯、韓、毛四家盛行，學者可以擇其一家，現在三家亡了，只有《毛詩》，要做《詩》學的自然只可向《毛詩》去討生活。鄭樵既要廢棄《毛詩》，必得皈依三家，三家既亡了，《毛詩》也就不能廢棄了。其實鄭樵那裡是這樣的一個人，他有自己的思想可用，有自己的裁斷可信，沒有齊、魯、韓是如此，有了齊、魯、韓還是如此。他原要多收集些研究的材料，周孚卻誤會了他，以爲他要求別立一個信仰的標準。還是他的一個大誤會，他不懂得鄭樵的學問精神，根本就在此處。」〔註219〕鄭樵本未表示三家勝於《毛詩》，其可惜三家不存，當係感嘆文獻之不足，周孚於鄭氏之言確屬誤會，顧氏言之中肯。

9.「鄭子曰：『漢人尚三家而不取毛氏者，往往非不取其義也，但以妄誕之故，故爲時人所鄙。』非曰：『取其義而棄其書先儒之於人，恐不如是之澆薄也。』」

按：以《毛詩》妄誕，故在漢朝不如三家興盛，這是昧於經學史之論，鄭說之「妄誕」不值一駁。。

10.「鄭子曰：『〈關雎〉言后妃便無義，三代之後，天子之耦曰皇后，太子之耦曰妃，奈何合後世二人之號而以爲古一人也！』非曰：『后妃云者，猶古語所謂君王云爾，不必以君爲諸侯，王爲天子也。』」

按：鄭氏之說可備一覽，周氏駁之，理似不足。

11.「鄭子曰：『以〈芣苢〉爲樂有子者，據〈芣苢〉詩中，全無樂

〔註219〕見顧頡剛：〈非詩辨妄跋〉，原刊《北京大學國學門周刊》1卷6期。

有子意。……』非曰：『芣苢，車前也，釋《爾雅》者，言其子主婦

人之難產者，婦人以樂有子，故欲預蓄此以禦疾爾。……』」

按：《詩序》以〈芣苢〉爲婦人樂有子之詩，非憑空杜撰；〔註220〕周孚可以
非之。

12.「鄭氏曰：『衛本紂鄉，周復天下以爲衛國，而黎乃商之侯國，

今潞州黎城是。周時且無黎也，何得於此有寓衛之黎侯！』非曰：『按

左氏傳晉數赤狄潞氏之罪曰：「棄仲章而奪黎氏地。」安得周無黎

侯！』」

按：《詩序》於〈式微〉、〈旄丘〉二詩皆言及黎侯寓於衛，鄭氏以爲不合史
實，實則周確有黎，本章第三節已論述及之，周氏非鄭氏之妄，固宜也。

13.「鄭子曰：『大東言東有啓明，西有長庚，毛鄭以爲一星爾，夫

太白不見西方，何得爲一星？以此見其不識天文。』非曰：『蘇子以

爲譚人之疲辭也，其意若曰東則太白，西則太白，以喻王百役之皆

取於譚也，而鄭子乃於中求正義，宜乎其惑也。』」

按：啓明、長庚本爲一星，〔註221〕鄭樵不識天文，而反譏誚毛鄭，周孚可
以非之，然以蘇轍解經之語，謂鄭樵不應由《詩》中求正義，理實不足。

14.「鄭子曰：『夫學《詩》者，正欲識鳥獸草木之名爾。』非曰：『吾

嘗言仲尼之言《詩》矣，其義恐不止於是也。』」

按：鄭樵謂學《詩》之目的在識鳥獸草木之名爾，說未免過偏，本章第三
節已論述及之，茲於此再進一言，《詩》之價值不止一端，而多識鳥獸之名
爲其末，鄭樵本末倒置，其說殊無足取，否則，以今日博物學之發達，《詩
經》豈非猶如一堆廢紙？周孚非之甚是。

15.「鄭子曰：『有鶴在林，鶴非食魚鳥；隰有荷華，荷華，木芙蓉

也。』非曰：『吾嘗詢於野人，鶴食魚，荷華，今人旱蓮也，江南所

在有之。《爾雅》：下溼曰隰。』」

按：鄭氏以爲鶴非食魚鳥，毫無證據，不足以駁舊說，其以木芙蓉釋荷華，
則有《爾雅》郭《注》、邢《疏》可據，本章第三節已分別付諸討論，周氏
以野人之言駁鶴非食魚鳥之說可，以之謂荷華非木芙蓉則不可。

〔註220〕詳見本章第三節。
〔註221〕詳見本章第三節。

16.「鄭子曰：『按《獨斷》下篇，宗廟所歌詩名，於維清曰：「秦氏
　　樂象者之所歌。」則如今敘中所言奏象武者，奏實秦字，衛宏錯認
　　之爾。』非曰：『是說也，吾所不喻，設曰：「維清，秦象武也」，何
　　義乎？』」

按：《漢魏叢書》之《獨斷》云：「〈維清〉一章五句，奏象武之所歌也」，
作《序》者（未必爲衛宏）未錯認字也。若云「〈維清〉，秦象武」，其義不
可通，周氏非之甚是。

17.「鄭子曰：『……風本風雨之風，雅本鳥鴉之鴉，頌本頌容之容，
　　奈何敘詩者於借字之中求義也！』非曰：『〈風〉〈雅〉〈頌〉之名，
　　其來久矣，非仲尼之所自立也，故曰「吾自衛反魯，然後樂正，雅
　　頌各得其所。」使止借字而無義，則胡不以〈風〉爲〈雅〉，〈雅〉
　　爲〈頌〉乎？惟其不可不分，則〈風〉〈雅〉〈頌〉之名必有義焉，
　　其義謂何？曰：「國之事謂之風，形四方之風謂之雅，以成功告於神
　　明謂之頌。」』」

按：鄭樵之學並非不能批評，然類此之反駁則毫無必要，顧頡剛嘗謂周孚
答非所問，以此節爲例，曰：「鄭樵說〈風〉〈雅〉〈頌〉三名有聲無字，都
借字用的，並沒有說從孔子時才借起，他卻回答說：〈風〉〈雅〉〈頌〉之名，
其來久矣，非仲尼之所自立也。」〔註222〕顧氏言之甚是，周孚實不必引出
孔子。周孚又謂「使止借字而無義，則胡不以〈風〉爲〈雅〉，〈雅〉爲〈頌〉
乎？」借字豈可不依原聲，而胡亂借用？周氏之言殊無意義。

18.「鄭子曰：『螽斯者，取二字以命篇爾，實無義也。言「螽斯斯」
　　者，（按：當作「螽斯羽」）謂螽之此羽耳，何得謂螽斯爲一物名。』
　　非曰：『《詩》有以斯爲辭者，如「菀彼柳斯」「弁彼鸒斯」是也，而
　　以訓螽斯則不可，蓋螽斯或謂之斯螽，〈豳〉詩曰：「五月斯螽動股」。』」

按：螽斯爲一物名，斯不宜訓爲此，本章第三節業已言及，鄭說不見勝於
舊說，宜乎周孚非之。

19.「鄭子曰：『〈何彼襛矣〉，言雖則王姬亦下嫁於諸侯，不知王姬
　　不嫁諸侯，嫁何人？』非曰：『鄭忽之辭婚也，曰齊大非我耦也，古
　　者婚姻之禮，必國偶而後敢娶，天子非諸侯之所可偶也，故曰下嫁。』」

〔註222〕見顧頡剛：〈非詩辨妄跋〉，原刊《北京大學國學門周刊》1卷6期

按：周氏此評之不必要，顧頡剛已言之：「〈何彼襛矣〉的〈序〉上說：『雖則王姬，亦下嫁于諸侯。』鄭樵因為這句裡的『雖則』和『亦』兩箇挈合詞用得可笑，所以說『不知王姬不嫁諸侯，嫁何人』，周孚沒有弄清楚他的文義，以為他不懂得『下嫁』二字，所以單把下嫁一義說了，其實和鄭樵的話漠不相關。」〔註223〕顧說洵然。

20.「鄭子曰：『幸哉〈凱風〉詩也！其詩若不言「有子七人，莫慰母心」，定為莊姜之詩無疑也。』非曰：『使不言「有子七人，莫慰母心」，亦不可以為莊姜詩，蓋「母氏聖善，我無令人」，非州吁之所為詩也。』」

按：鄭說頗傷武斷，周氏非之固宜。

21.「鄭子曰：『〈簡兮〉實美君子能射御歌舞，何得為刺詩！』非曰：『信如鄭子之說，則吾將奪之曰：「〈簡兮〉，思賢也。」蓋不用傳註，以私意而度詩，則何所不可！』」

按：鄭樵之說，近人多從之，〔註224〕周氏以為「以私意而度詩，則何所不可」，此說不然，蓋以私意度詩，亦必合情合理，否則讀者焉能接受？周氏若以〈簡兮〉為思賢之詩亦可，唯他人是否收受，則不可得知。

22.「鄭子曰：『言〈王·黍離〉者，亦猶言〈衛·淇奧〉、〈豳·七月〉也，……以為〈黍離〉為降〈國風〉，何理哉？』非曰：『〈衛〉、〈陳〉、〈齊〉、〈鄭〉，國名也，故可以冠詩，王豈國名哉！……王，至尊之稱也，以至尊之稱，而下雜於諸國之間，非降而何？』」

按：〈王風〉乃周平王東遷之後，王城畿內之民間詩歌，〔註225〕其時周之王號未替，故尊之曰〈王·黍離〉，〔註226〕以之為降〈國風〉，似無甚意義。

23.「鄭子曰：『諸風皆有指言當代之某君者，唯〈魏〉〈檜〉二風無一篇指言某君者，以此二國《史記·世家》、〈年表〉、〈書傳〉不見有所說，故二風無指言也，若敘是春秋前人作，豈得無所一言？』非曰：『檜為鄭恒公所滅，其事在春秋前，自季子聽樂，而檜已無

〔註223〕見顧頡剛：〈非詩辨妄跋〉，原刊《北京大學國學門周刊》1卷6期。
〔註224〕詳見本章第三節。
〔註225〕參閱屈萬里：《詩經釋義》，〈王風總論〉。
〔註226〕見本編第三章〈蘇轍之詩經學〉，第三節「蘇轍《詩集傳》之主要見解」。

譏矣。況於子夏之時，相去數百年之久，其理雖可推，而其世不可知；其理可推，則《序》其所以作《詩》之故，其世不可知，則不指名其人，愼之至也。……魏即晉也，當從蘇子說。』」

按：周氏謂「魏即晉也，當從蘇子說」，爲何當從蘇轍之說，周氏未明言，本編第三章「蘇轍之《詩經》學」，以爲蘇轍之說尚待論定，〔註227〕周氏「當從蘇子說」五字不足以非鄭樵。至若〈檜風〉未指言某君一事，周氏言之成理，唯「其理可推」四字易授人以口實，顧頡剛即據以責之：「試問子夏『推理』而作的《序》，和鄭樵的『隨文附會』之學有什麼兩樣？何以鄭樵的便『不欲觀之久矣』，而子夏的乃是『愼之至』呢？」〔註228〕可見顧氏指責周氏滿懷成見，亦非無的放矢。

24.「鄭子曰：『〈宛邱〉、〈東門之枌〉刺幽公，〈衡門〉謂刺僖公，幽、僖之迹無所據見，作《敍》者但本諡法而言之。』非曰：『安知立諡者不本其行事而後諡之耶？且十二公之間，獨以是二君，則其說必有所授之矣。』」

按：鄭氏所言本係事實，無可非議，周氏強欲駁斥鄭樵之說，似可不必。顧頡剛嘗謂周氏喜用「遁辭」，亦以此爲例，曰：「他自己覺得『安知』不妥當，所以找補一句道『且十二公之間，獨以是二君，則其說必有所受之矣』，……只是他自己心理沒有理由的信條，不能算做駁辨別人的理由。」〔註229〕顧說是，「遁辭，知其所窮」，〔註230〕周氏之語失之。

25.「鄭子曰：『靈公淫夏姬，此其顯顯者，故以爲言，此據迹而言。』非曰：『諡法亂而不損曰靈，靈公之行應諡矣，使其迹不著，鄭子又將以幽、僖之說難之矣。靈公之行應諡，則幽、僖之諡安知其不本迹也？幽、僖之與行合，則《詩序》不爲妄言也。』」

按：鄭樵之言不誣，周孚又強欲駁之，於是又有「安知」云云之語，此不足以非鄭樵，亦不足以證「《詩序》不爲妄言」。

26.「鄭子曰：『彼以候人爲刺共公，共公之前則昭公也，故以蜉蝣

〔註227〕見本編第三章〈蘇轍之詩經學〉，第三節，「蘇轍《詩集傳》之主要見解」。
〔註228〕見顧頡剛：〈非詩辨妄跋〉，原刊《北京大學國學門周刊》1卷6期。
〔註229〕見顧頡剛：〈非詩辨妄跋〉，原刊《北京大學國學門周刊》1卷6期。
〔註230〕引文爲孟子之言，見《孟子・公孫丑上》，第2章。

爲刺昭公，昭公之竄無其迹，但不幸代次迫於共公，故爲衛宏所寘。』

非曰：『向日（按：「日」當爲「曰」之誤）作《序》者有可經據，

則指言其人，無可經據，則言其意；從鄭子之說，則凡指言其人者，

必其有可迹據也，今無經據，而又指言其人矣，鄭子患其不通也，

故又爲是世次之說，是其意必欲盡廢《詩》敍，而不顧其自相抵牾

也。夫兩學之相攻猶訟也，理直者一言而是，理曲者委曲，蓋庇而

迹欲彰，鄭子之說，訟而理曲者也。』」

按：鄭樵之言乃係臆測之辭，其所謂「有可經據，則指言其人；無可經據，
則言其意」，亦歸結作《序》之原則，以其有例外，故爲周孚所乘，據以謂
鄭氏自相牴牾也，然此亦不足以裁定鄭氏理曲。

27.「鄭子曰：『詩人之言燕饗無別，其言燕猶飲也，說者當有分別，

而作敍者不識燕饗異儀，但徇《詩》爾。』非曰：『此以《禮》訓《詩》

也，向曰「鄭所以不如毛者，以其書生家太泥於三禮刑名度數」，今

鄭子復以《禮》訓《詩》，則康成得無辭乎？說特言燕饗無別，而鄭

子則分之，是於《詩》之外求義也。訓《詩》而不本《詩》，吾未見

其能《詩》也。』」

按：周氏此言恐非持平之論，顧頡剛氏已言之：「鄭樵說鄭玄訓《詩》太泥于
三禮刑名度數，這是說他太泥于《禮》，並不是說訓《詩》絕對不可用《禮》。
如〈雅〉、〈頌〉裡的詩，儘有可以用《禮》去解釋的，倘能適如其量的加以
訓解，他原不反對。但周孚因爲他既經有非薄鄭玄的話，便須把《詩》與《禮》
完全隔絕，所以看見鄭樵說『作《序》者不識燕饗盡儀』（按：「盡」爲「異」
之誤）就以爲他違背了平素的主張，指他爲『《詩》外求義』了。其實《詩》
外求義，眞要讓漢儒獨步！」〔註231〕顧氏之說確可回應周氏之評語。

28.「鄭子曰：『〈召旻〉詩首章）言「昊天疾威」，卒章言「有如召

公」，是取始卒章之一字合爲題，更無他義，《敍》者曰：「是，閔也

（按：「是」爲「旻」之誤），閔天下無如召公之臣也。」〈蕩〉是「蕩

蕩上帝」者，謂天之蕩蕩然無涯也，故取蕩名篇。彼亦不知所出，

則曰「天下蕩蕩無綱紀文章」，其乖脫有如此者。』非曰：『此蘇子

之說也，申言之何益！』」

〔註231〕見顧頡剛：〈非詩辨妄跋〉，原刊《北京大學國學門周刊》1卷6期。

29.「鄭子曰：『凡《詩》皆取篇中之字以命題，〈雨無正〉取篇之中義，故作《敘》者曰：「〈雨無正〉，雨自上下者也，眾多如雨，而非所以為政也。」此何等語哉！』非曰：『此蘇子之說也，申言之何益！』」

30.「鄭子曰：『葛之覃兮，施於中谷，此婦人急於成婦功之詩也，鄭以謂喻女在母家，形體浸浸日長大也，此何等語！』非曰：『此歐陽子之說也，申言之何益！』」

按：以上三則，鄭樵謂《詩序》、鄭《箋》之說不通，周孚唯曰此某某人之說也，申言之何益；周氏儘可指責鄭樵掠他人之美，然既欲非鄭氏之妄，則不能不說明序箋是否得當，今既無理可說，吾人安不可曰周氏「申言之何益」？又，〈雨無正〉《序》說之不通，蘇轍之前，歐陽修已先言之，〔註232〕周氏以此為蘇子之說，亦非是。

31.「鄭子曰：『節南山言家父作，家父乃桓王時人，當隱桓之時，家父使魯，自幽及桓，蓋七十年，何得家父復仕幽朝！』非曰：『此歐陽子之棄說也，何足以曉學者！且魯有兩單伯，安知周無兩家父乎？』」

按：作詩之家父與使魯之家父是否同一人，殊難考定，鄭氏之說或是，唯證據仍嫌不足，〔註233〕周氏則謂「安知周無兩家父」，不能證明周有兩家父，而以此語駁之，似亦落於下乘，至於強調「此歐陽子之棄說」，以示鄭氏之說不可從，此亦大可不必，何況歐陽修不再使用之舊說，未必就代表其說不可成立。

32.「鄭子曰：『〈正月〉亦刺桓王詩，故引古以喻曰「赫赫宗周，褒姒烕之」，且平王東遷於王城，故以鎬京為宗周。』非曰：『烕則滅爾，非寔滅也。……以鎬京為宗周，蓋當時諸侯朝覲之辭爾，非自平王而始也。』」

按：鄭氏之言透闢，周孚不得已而曰「烕非實滅」，顧頡剛曰：「何謂滅非實滅，這個意思真使人不能懂得！」因謂周氏之言「不通」。〔註234〕周氏之言誠然過簡，然其意亦可懂，即以為褒姒之行可以滅周；不過，此說之不

〔註232〕詳見本章第二節。
〔註233〕詳見本章第三節。
〔註234〕詳見本章第三節。。

合理，顧頡剛也已提出。〔註235〕周氏又謂「以鎬京爲宗周，蓋當時諸侯朝覲之辭」，此無根之言，不何足以非鄭樵。

33.「鄭子曰：『繼桓王者，莊王也，按長歷莊王二年十日辛卯日食，又《春秋》魯桓公十七年書「冬十月朔，日有食之」，莊公二年，歲在丙戌，即桓之十七年也，此甚明白，亦足以見平王之後，其《詩》皆列〈雅〉，亦足以見作敍者之謬。』非曰：『《春秋》所書止曰「冬十月朔，日有食之」耳，其不書日，《左氏》以謂官失之也，則十月之食，自仲尼、邱明已不知其日矣。鄭子以長歷之故，而信爲辛卯，則是以杜預爲過於仲尼也，其可乎？』」

按：顧頡剛嘗謂周孚無歷史觀念，以此爲例，曰：「鄭樵根據了杜預的《長歷》，斷定〈十月之交〉的日食爲東周莊王二年，即魯桓公十七年，《春秋》所書的『冬十月朔，日有食之』和《詩經》的『十月之交，朔日辛卯，日有食之』，即是一事。周孚駁他道……，他不知道天文推算應當後人比前人進步，所以從前官守會失記，後來私家卻能算出，所以孔子雖不能知道二百年前日食的日子，杜預卻不妨知道一千年前。他以爲孔子不知道，就不應該再有人知道了，這很可證明他沒有歷史的觀念。」〔註236〕顧說是，如依周氏之說，則後世之天文歷法之書俱可廢，事實上當然不是如此，茲以武王克殷之年爲例，《史記·周本紀》謂在武王 12 年（西元前 1110 年），劉歆《三統世經》謂在帝辛（紂）53 年（西元前 1122 年），司馬遷在劉歆之前，而邵雍《皇極經世》、劉恕《通鑑外紀》、鄭樵《通志》、金履祥《通鑑長編》、清乾隆時奉敕撰之《通鑑輯覽》皆從劉歆之說，這當然是因爲後人之說未必遜於舊說。而皇甫謐《帝王世紀》、陳夢家、董作賓……諸人，又或據文獻，或據金文，或據歷法，或據月象，以建立新說，〔註237〕雖使伐紂之年代益加紛歧，然亦說明舊說未爲定論。要之，以杜預未賢於孔子而鄙夷其說，殊爲不宜。

34.「鄭子曰：『〈十月之交〉言皇父孔聖作都于向，向，東都畿內地也，凡卿士采邑必於天子畿內，則知此詩不爲西周詩矣。』非曰：『今之輿地書謂向屬同州，同州，漢之左馮翊，亦西周之畿內地也。鄭

〔註235〕見顧頡剛：〈非詩辨妄跋〉，原刊《北京大學國學門周刊》1 卷 6 期。
〔註236〕詳見本章第三節。
〔註237〕詳見拙著《尚書洪範研究》，頁 54～55，政治大學中文研究所 1980 年碩士論文。

子之不從彼者，欲以成其爲莊王詩也。且桓之八年，以東都之向賜
鄭，後十六年而莊王即位，鄭子謂莊王二年有皇父城向之事，則向
屬於鄭十有七年矣，非皇父之所得都也，其所傳如此，殆難以廢先
儒之說也。』」

按：鄭說本不足信，本章第三節已言之，周氏駁之甚是。

35.「鄭子曰：『何人斯言「維暴之云」者，謂暴虐之人也，且二周
畿內皆無暴邑，周何嘗有暴公！』非曰：『蘇公、暴公蓋外諸侯入而
爲王卿士者，如虢、鄭武公之流，非畿內諸侯也。何以知之？曰：
蘇，今之懷州；暴，自春秋以來屬鄭矣。』」

按：鄭樵謂「維暴之云」爲暴虐之人，其說恐非是，而《序》謂「何人斯，
蘇公刺暴公也」，似亦無據，本章第三節已言之。周孚謂周有暴公，亦無可
徵信，即令周有暴公，亦難以據謂「維暴之云」即係指暴公。

36.「鄭子曰：『劉歆《三統歷》妄謂文王受命九年而崩，致誤衛宏
言文王受命作周也。』非曰：『文王受命作周云者，猶謂天命文王以
興周云爾，非以受命爲稱王也。舜之受命，孟軻氏言之詳矣，亦猶
是也。』」

按：《詩序》以「文王」之詩爲「文王受命作周也」，周之王業既奠基於文
王，則《序》說不能謂爲必誤，本章第三節已言之，周孚之言甚是。

37.「鄭子曰：『「敦彼行葦，牛羊勿踐履」，言道中之葦無踐之而後
能成，以興兄弟不遠棄而後能親。』非曰：『葦之爲物微矣，以況兄
弟，何義乎？且以爲比耶？興耶？以爲比則不類，以爲興則鄭子又
以爲比也，爲《詩》而不知比興，適足以自惑也。』」

按：鄭樵之言不誤，本章第三節已論述及之，周孚則謂「葦之爲物微矣，以
況兄弟，何義乎？」「敦彼行葦」云云本爲起興之辭，非用以況兄弟，且鄭氏
亦未嘗以葦況兄弟，周氏之詰似爲無的放矢。周氏知此詩不類比體，又謂鄭
氏以此詩爲比，然鄭氏分明以此詩爲興體，如此則是周氏難脫誣賴之嫌。

38.「鄭子曰：『毛鄭葦亦識理。』非曰：『向日村里陋儒，今日識理，
理非村里陋儒所能識也。』」

按：鄭樵雖斥毛鄭之妄，然亦承認毛鄭「識理」，此本無需再非之，而周孚
又以「理非村里陋儒所能道也」非之，此亦意氣用事。

39.「鄭子曰：『關關雎鳩，在河之洲』，每思淑女之時，或興見關雎在河之洲，或興感雎鳩在河之洲。雎在河中洲上，不可得也，以喻淑女不可致之義。……」非曰：『使止以雎鳩爲興，則曰「翩彼雎鳩」足矣，何必曰「關關雎鳩」？有取於和而且摰也。……』」

按：鄭樵於〈關雎〉詩云「興見」、「興感」，又云「以喻」，其說稍嫌蹇產不清，〔註238〕周孚之言則更爲含混，何以若以雎鳩爲興，則必不可曰「關關雎鳩」？詩人見及雎鳩關關然相鳴和，因而聯想及「窈窕淑女，君子好逑」，此非「興」之作法而何？

40.「鄭子曰：『鳥獸草木之名，惟陶隱居識其眞，如《爾雅》，錯失尤多。』非曰：『……取其義而棄其書，鄭子誠忍人哉！』」

按：鄭樵謂《爾雅》錯失尤多，然其釋《詩》亦嘗取《爾雅》之說，周氏因而評鄭氏爲「忍人」，此一指責似亦小題大作，蓋鄭樵既取《爾雅》之說，可見其心目中，亦非視《爾雅》一無可取也。顧頡剛云：「他（周孚）不知道鄭樵實在沒有棄過《爾雅》，不但不棄，並且爲它做注作圖。他不知道鄭樵所以非薄《爾雅》，因爲裡邊有『昧於言理』的，又有『不達物之情狀』的，（顧氏原註：均見《爾雅》註後序）惟其他要『求是』，所以不能不加改正。」〔註239〕顧說是，謂《爾雅》有錯失，不可謂爲「棄其書」。

41.「鄭子曰：『〈周頌〉之敘，多非依倣篇中之義爲言，乃知所傳爲眞。』非曰：『……六亡《詩》已失，秦漢儒何所依倣而能序是也？無所依倣而有序，則諸序不出於漢儒明矣。此吾就鄭子所言而言者也。』」

按：《詩序》有可信者，有不可信者，然並非以是否「依倣篇中之義爲言」爲其是否可信之關鍵，故周孚可以就鄭氏所言而提出非議。

42.「鄭子曰：『泮宮即廟也，若是學，則獻囚獻馘在此何爲哉？』非曰：『……詩曰：「在泮飲酒。」然則廟中而飲酒可乎？』」〔註240〕

按：泮宮爲周代諸侯之學宮，此有古籍可徵，本章第三節有所討論，鄭說

〔註238〕詳見本章第三節。

〔註239〕見顧頡剛：〈非詩辨妄跋〉，原刊《北京大學國學門周刊》1 卷 6 期。

〔註240〕周孚雖自言其「非詩辨妄」凡四十二事，實則略多於此數，筆者擇其語義明晰者，爲四十二事，略加析論於上。。

非是。周孚以廟中不可飲酒非之，理由不足。

由上可知，凡鄭樵辨毛鄭之言，周孚必設法非之，爲學之態度既生偏差，則其非議之內容頗多意氣之言，亦勢所必至。

（3）陳振孫《直齋書錄解題》著錄《夾漈詩傳》二十卷，《辨妄》六卷，評介曰：

> 鄭樵撰。《辨妄》者，專指毛鄭之妄。謂〈小序〉非子夏所作可也，盡削去之，而以己意爲之《序》，可乎？樵之學雖自成一家，而其師心自是，殆孔子所謂不知而作者也。〔註241〕

按：《詩序》有其著述背景，內容有可信者，有不可信者，鄭樵必欲盡去之而後快，委實矯往過正。然其說《詩》極富懷疑與批判之精神，且非唯破壞舊說，亦時有新意，雖其論述之誤謬者不能無有，然其敢於不迷信權威，自出己意，在學術史上自有其意義，陳氏責其師心自是，不知而作，恐非持平之論。

（4）馬端臨《文獻通考》期期以鄭樵之「捨《毛詩》」爲不可，其言曰：

> 按夾漈專詆《詩序》，晦庵從其說。所謂『事無兩造之辭，則獄有偏聽之惑』者，大意謂毛《序》不可偏信也。然愚以爲譬之聽訟，《詩》者，其事也；齊、魯、韓、毛，則證驗之人也。《毛詩》本書具在，流傳甚久，譬如其人親身到官，供指詳明，具有本末者也。齊、魯、韓，三家本《詩》已亡，于他書中間見一二，而眞僞未可知，譬如其人元不到官，又已身亡，無可追對，徒得風聞道聽，以爲其說如此者也。今捨《毛詩》而求證於齊、魯、韓，猶聽訟者以親身到官所供之案牘爲不可信，乃採之于旁人傳說，而欲以斷其事也，豈不誤哉！〔註242〕

按：馬氏之比喻極爲生動，不過鄭氏並未捨《毛詩》而就三家，〔註243〕故其說終無礙於鄭樵之辨毛鄭之妄。顧頡剛曾說：「鄭樵爲書之義，以《詩經》建設在樂章上，以解釋建設在名物上，更把拘章的傳說一切推翻。〈藝文略〉中立語不善（按：語見本章第三節引），似乎薄毛氏而尊齊、魯、韓，于是

〔註241〕見陳振孫：《直齋書錄解題》，卷二。
〔註242〕見馬端臨：《文獻通考‧經籍考》。
〔註243〕說詳本節「周孚《非詩辨妄》對鄭樵《詩經》學」之評價之第8段。

來馬端臨的反對。使馬氏看見您的書，或者可以不是這樣說，因爲三家的精神原和毛氏一致，鄭樵是反對這種精神，並不是反對某家宗派。且就馬氏的話而論，他能保證親身到官的不說謊話嗎？」〔註244〕顧說是，鄭樵從未薄毛氏而尊三家。

（5）《四庫全書》未收鄭樵之《詩經》學要籍，然《總目提要》於「《毛詩正義》條」曰：

> 唐貞觀十六年，命孔穎達等因鄭《箋》爲正義，乃論歸一定，無復岐塗。……融貫群言，包羅古義，終唐之世，人無異辭。……至宋，鄭樵恃其才辨，無故而發難端，南渡諸儒始以掊擊毛鄭爲能事。……然朱子從鄭樵之說，不過攻〈小序〉耳，至於《詩》中訓詁，用毛鄭者居多。後儒不考古書，不知〈小序〉是〈小序〉，《傳》《箋》自《傳》《箋》，閱然佐鬥，遂併毛鄭而棄之。……〔註245〕

又於「《蠹齋鉛刀編》條」曰：

> 宋周孚撰。……鄭樵作《詩辨妄》，決裂古訓，橫生臆解，實汩亂經義之渠魁。南渡諸儒，多爲所惑，而孚陳四十二事以攻之，根據詳明，辨證精確，尤爲有功於《詩》教。今樵書未見傳本，而孚書巍然獲存，豈非神物呵護以延〈風〉〈雅〉一脈哉！是尤可爲寶貴者矣。」〔註246〕

按：《提要》之言甚疏，鄭樵因見及毛鄭之妄，乃著書辨之，焉得謂「無故而發難」？鄭樵辨毛鄭之言，有可取者，有不可取者；可取者有助於吾人讀經，不可取者儘可棄置，何可謂其「實汩亂經義之渠魁」？且鄭樵所言，若毫無眞知灼見，則飽讀詩書之諸儒，何能「多爲所惑」？而周孚之《非詩辨妄》，內容可取者不多，《提要》竟譽爲「根據詳明，辨證精確」，溢美之辭，實不可信。而樵書之不傳，周書之獨存，純係人爲因素，《提要》竟因而有「神物呵護」云云之說，是尤可嘆。

（6）顧頡剛極爲推崇鄭樵，其言曰：

> 鄭樵所說的話，勇往而少檢點，錯誤的地方自然也有，但他見到的

〔註244〕見顧頡剛：〈鄭樵著述考〉。
〔註245〕見《四庫全書總目》，卷15。
〔註246〕見《四庫全書總目》，卷159。

大體自是不錯的。……中國學術社會因爲有了「信古而不動天君」的大毛病，所以使得二千年來只有因襲的儒術，不能把真的學問發揮光大。雖有鄭樵一輩人把學問的真處見到了，竭力的提倡，但因爲和舊習慣衝突，有許多守舊黨起來，重重阻礙他，使得他志願不能發展，著作不能流傳。……鄭樵精心結撰的詩辨妄出來不久，就會歸於散失，而周孚勉強做成的《非詩辨妄》則至今依然存在。……」

〔註247〕

按：顧頡剛一向疑古，彼嘗自謂「我的工作，在消極方面說，是希望替考古學家做掃除的工作，使得他們的新系統不致受舊系統的糾纏」，〔註248〕又嘗自謂「每從父祖案頭獲見《困學紀聞》、《日知錄》諸書，愛其時出新義，勝於舊註」，〔註249〕其偏愛極富懷疑批判精神之鄭樵，亦理所當然，勢所必至。又顧氏爲史學家，非經學家，故若有人以顧氏贊同鄭樵之辨毛鄭之妄爲今文家之見，則皆不能成立。〔註250〕

二、小　結

宋人勇於疑古，於《詩經》方面，糾正不少以往之謬見。歐陽修之《詩本義》、蘇轍之《詩集傳》皆能獨抒己見，而不迷信舊說。〔註251〕鄭樵繼起，其反對毛鄭舊說，更甚於歐、蘇；歐陽公雖開宋人不遵毛《傳》之始，蘇轍雖疑及《詩序》，然敢專斥毛鄭，排詆《詩序》，而另立己意說《詩》者，鄭樵實啓其端。唯以其「立語不善」（顧頡剛語），遂有周孚諸人之大力非之。平心而論，鄭樵之說雖多尚待論定，然其爲學之精神及新穎之見解，未嘗不可予後人莫大之啓示，僅此一端，鄭樵於《詩經》學史上亦自有其地位。

〔註247〕見顧頡剛：〈非詩辨妄跋〉，原刊《北京大學國學門周刊》1 卷 6 期。

〔註248〕引文見《古史辨》，第 2 冊卷首顧頡剛〈自序〉。

〔註249〕引文見顧頡剛：《史林雜識初編》，卷首「小引」。

〔註250〕余英時：「顧雖然接著康有爲、崔適講王莽、劉歆僞造群經的問題，但他卻早已跳出了今文經學的舊門戶。……他的目的與經學家不同，不是爲了證明某種經學理論而辨僞。……在顧看來，『要辨明古史，看史蹟的整理還輕，而看傳說的經歷卻重』，這樣一來，史學的重心才完全轉移到文獻問題上面來了。」詳見余英時：〈顧頡剛、洪業與中國現代史學〉，附於《史林雜識初編》中。

〔註251〕參閱屈萬里：《詩經釋義》，敘論，〈歷代詩學的演變〉。按：在詩文的解釋方面，歐陽修之新說遠多於蘇轍。